Lara-Shamen Cyll

Insidious Fate

AF191020

Lara-Shamen Cyll

Insidious Fate

Thriller

Impressum

Texte: © 2023 Copyright by Lara-Shamen Cyll

Umschlag: © 2023 Copyright by Lara-Shamen Cyll

Lektorin: Heike Susanne Przybilla

Verantwortlich

für den Inhalt: Lara-Shamen Cyll

                          Papenstraße 113,

                          27472 Cuxhaven

                          Laracyll.lc@gmail.com

Verlag: BoD • Books on Demand GmbH, In de Tarpen 42, 22848 Norderstedt
Druck: Libri Plureos GmbH, Friedensallee 273, 22763 Hamburg
ISBN: 978-3-7597-7566-5

Ich widme dieses Buch meiner wundervollen Tochter.
Natürlich ganz unabhängig vom (nicht-jugendfreien) Inhalt,
denn in erster Linie steht dieses Buch in meinen Augen für
Durchhaltevermögen und innere Stärke. Ich habe mir einen
Traum erfüllt und das wünsche ich dir auch, mein kleines
Mädchen. Du kannst alles werden, was du möchtest.
Glaub an dich, so wie ich an dich glaube! Ich liebe dich.

Deine Mama

Dir wird ängstlich beim Gedanken an den Tod? Ich habe nur entsetzliche Angst vor Schmerzen. Das ist ein schlechtes Zeichen. Den Tod wollen. Die Schmerzen aber nicht, das ist ein schlechtes Zeichen. Sonst aber kann man den Tod wagen. Man ist als biblische Taube ausgeschickt worden, hat nichts Grünes gefunden und schlüpft nun wieder in die dunkle Arche.

Franz Kafka

Prolog

Die spitzen Steinchen des Asphalts bohrten sich in ihre nackten Füße. Schritt. Atmen. Schritt. Ihr war nicht klar, wie weit sie diesmal gelaufen war und wieso sie es immer wieder an diesen Ort zog, aber das war ihr auch egal. Ihr fehlte etwas. Tief in ihrem Innern spürte sie eine Leere, die nur einmal in ihrem Leben für kurze Zeit gefüllt worden war. An dem Tag auf dem Spielplatz. Das war das erste Mal, dass sie ihrer Pflegefamilie entschlüpft und diesem lautlosen Ruf gefolgt war. Immer wieder aufs Neue wurde sie den Behörden gemeldet, weil sie so verwahrlost aussah und nicht richtig sprechen konnte. Dann wurde sie wieder vermittelt. Aber keiner konnte ihr diese Leere nehmen.

Auch jetzt trug sie nur ein Nachthemd, durchgeweicht von Schweiß und Dreck, der Körper ausgemergelt, unfähig, klare Gedanken zu fassen. Denn teilweise lief sie wochenlang, nur um von der jeweiligen Pflegefamilie in diesen Vorort zu flüchten. Die steil ansteigende Straße, die sie nun erneut erklomm, war gesäumt von Einfamilienhäusern, eines schöner als das andere. Gepflegte Gärten und Bäume, die genau auf Maß angepflanzt worden waren, ließen dieses Gebiet so surreal erscheinen, so bildhaft. Da vorn. Dort stand ein rotes Backsteinhaus. Es hob sich ab, von den malerisch perfekten Nachbarhäusern. Es war kleiner und irgendwie ... schief, umringt von einem Beet aus strahlendweißen Steinen. Der Vorgarten war mit unzähligen bunten Blumen und einer großen Eiche bepflanzt. Schritt. Atmen. Auf der anderen Straßenseite hockte sie sich hinter einen Stromkasten und spähte zu dem Haus hinüber. Noch nie war sie weiter gekommen als bis zu diesem Punkt, denn jemand wie sie fiel hier ganz schnell auf. Ihr ganzer Körper schrie vor Erschöpfung. Doch sie richtete all ihre Sinne auf die Familie, die dort drüben lebte. Ein paar Mal hatte sie sie gesehen. Die Mutter hatte blonde, lange Haare, wie ein Wasserfall aus flüssigem Gold, so wie die Tochter auch. Sie waren lebhaft und laut, voller Energie. Der Vater arbeitete in einem Krankenhaus. Vor ein paar Jahren wurde sie mal dort eingeliefert. Und er war so freundlich und warm, wie sie noch nie jemand kennen gelernt hatte. Vielleicht zog es sie deshalb hierher. Wegen des Gefühls, willkommen zu sein. Damals auf dem Spielplatz war es dieser Junge, der auch zu der Familie gehörte. Er hatte nur mit ihr geschaukelt und sie wusste, dass sie nie wieder woanders sein wollte als an seiner Seite. Leider wurde sie danach in eine weit entfernte Stadt vermittelt. Es hatte lang gedauert, bis sie herausfand, wo sie hinmusste. Und bevor sie ihr Ziel hier erreicht hatte, wurde sie in das Krankenhaus gebracht. Heute war aber etwas anders. Heute würde sie den Mut finden, dort drüben zu klingeln, bevor sie erwischt wurde. Auch wenn ihr nicht bewusst war, was sie sagen sollte, zumal sie sehr schwer zu verstehen war, durch dieses Problem mit ihrer Zunge. Und wenn sie sie wieder wegschickten? Wenn sie sie nicht wollten? Was passierte, wenn sie den Jungen endlich wiedersah und dann würde er nichts von ihr wissen wollen? Diese Fragen spukten ihr jedes Mal im Kopf herum. Doch heute ... Heute würde sie Antworten bekommen. Die Nacht bot ihr Schutz, selbst die Laternen waren bereits erloschen. Sie zwang sich aufzustehen, obwohl ihre Beine brüllten und flehten, einfach sitzen zu bleiben, für immer. Schritt. Atmen. Schritt. Sie war gerade an der Eiche angekommen, da erhellten Autoscheinwerfer die dunkle Straße. Schnell versteckte sie sich vor dem heranrasenden Fahrzeug. Es hielt direkt vor dem Haus. Mehrere Männer stiegen aus, allesamt in Schwarz gekleidet. Sie beschlich das Gefühl, diese Gestalten schon einmal gesehen zu haben. Angst und Panik fluteten ihren Geist. Wollten sie sie holen kommen? Nein, sie waren nicht wegen ihr hier, stellte sie fest, denn sie beobachtete, wie die Männer schnurstracks auf den Eingang zugingen und klingelten. Und noch einmal und noch einmal. In sämtlichen Fenstern gingen die Lichter an. Dann riss der Vater der Familie die Tür auf, mit einem Baseballschläger in der Hand und blaffte die Störenfriede an. Was dann passierte, konnte ihr vor Entsetzen getrübter Geist nicht ganz erfassen. Der vorderste Mann zog eine Waffe und schoss dem Vater direkt in den Kopf. Es ertönte kein Knall, wie man es aus den Filmen kannte. Geräuschlos sank der Mann mit den himmelblauen, warmen Augen zu Boden und die Männer stürmten ohne einen Laut ins Haus. Oh Gott. Was sollte sie nur tun? Zum ersten Mal in ihrem Leben flehte sie still darum, dass die Behörden kamen. Die Polizei, Krankenwagen, alles. Alles, was eine Sirene besaß. Was konnte sie nur tun? Um Hilfe schreien? Würde man ihr glauben? Würde sie überhaupt die Chance haben, zu erklären? Man konnte sie nicht verstehen. Sie wirkte doch für jeden normalen Menschen wie eine Verrückte. Glas zerbrach und Schreie ertönten. Warum hörte das denn keiner? Sie durfte nicht noch mehr Zeit verlieren. Mit wild pochendem Herzen befahl sie ihren Gelenken, sich zu bewegen. Zu der Eingangstür. Das Adrenalin dröhnte in ihren Ohren, als sie die Klingel betätigte. Dann noch einmal. Atmen. Im Innern des Hauses wurde es totenstill. Sie hörte nur ihr Blut rauschen, ihren Atem rasseln. Plötzlich wurde die Tür aufgerissen und in dem Moment, als sie das bekannte, wutverzerrte Gesicht des Beamten, der die letzten Jahre die Familien für sie ausgesucht hatte, und die gezückte Waffe sah, wusste sie, was sie zu tun hatte. Sie nutzte die Sekunde der Überraschung, um blitzschnell einen der weißen Steine aus dem Beet zu klauben und einen Haken zu schlagen. Dann rannte sie. So schnell wie noch nie in ihrem Leben. Direkt zu dem Nachbarshaus, in dessen Fenster sie den Stein schmiss, ohne stehen zu bleiben. Sie rannte, bis ihre Lungen brannten und ihre Muskeln wild zuckten. Die Alarmanlage gellte in schrillen Tönen weit hinter ihr durch die Straße. Sie musste sich nicht umdrehen, um zu wissen, dass die Männer ihr dicht auf den Fersen waren. Und dass sie sie lebend haben wollten.

Kapitel 1

5 Jahre später, November

Die Schlaufen der Einkaufstüten schnürten in seine Hände. Als Jack an der Bushaltestelle angekommen war, stellte er sie schnaufend ab und zündete sich eine Zigarette an. Zum Glück hatte er das mit Vogeldreck beschmierte Glasdach der Haltestelle über sich, denn mit lautem Donner riss innerhalb von wenigen Minuten der Himmel auf. Jack ließ sich auf einen der Sitze sinken und atmete den frischen Spätherbstduft ein. Der Regen, der sich nun wild über das belebte Dublin ergoss, roch nach einer Mischung aus Laub und Meersalz. Selbst der Geschmack der Chesterfield konnte der wohligen Frische nichts anhaben. Jack liebte Regen. Besonders den Moment, wenn es aufhörte. Dann wirkte die Welt so friedlich, gereinigt und voller frischem Leben. Vielleicht war er deshalb hierher nach Irland gezogen, wegen der hohen Niederschlagsrate. Vielleicht … Endlich kam der Bus, der ihn nach Hause brachte. Nach Hause … Eigentlich wusste er gar nicht, was das bedeutete. Die letzten fünf Jahre hatte er in einer psychiatrischen Anstalt in Leipzig verbracht, in halb komatösem Zustand, bis er vor drei Monaten aufgewacht war. Dr. Siemann, sein Arzt, hatte mit ihm als Voraussetzung für die Entlassung vereinbart, sich jeden Tag einmal zu melden und vor allem regelmäßig an seine Medikamente zu denken. Die kleine Dose mit den Dicodid klapperte wie eine Erinnerung in seiner Hosentasche, als er in den Bus stieg. Hydrocodon. Ein Opiat, an dessen Wirkung er sich so gewöhnt hatte, dass sie für ihn seine eigene Realität darstellte. Jack bezahlte sein Ticket bei dem unscheinbaren, schlaksigen Fahrer und schlitterte vorsichtig über den matschigen Boden durch den schmalen Gang. Die regennasse Kleidung der anderen Passagiere gab einen modrigen Geruch nach nassem

Hund in die schwüle Hitze. Jack rümpfte die Nase und entschied sich, für die paar Stationen stehenzubleiben. Die schweren Tüten zwischen seine Beine geklemmt, packte er die Halteschlaufe über sich, als der Bus sich ruckelnd in Bewegung setzte. Draußen schlug ohne Erbarmen der Sturm gegen die Fenster, verwandelte die Welt in einen alten Schwarz-Weiß-Film. Obwohl es mitten am Tag war, herrschte in den Straßen eine Düsternis, die Jack eine Gänsehaut verschaffte. Da bemerkte er, wie ihn hellgraue Augen anstarrten, direkt vor sich in dem schmierigen Busfenster. Ein Fremder. Die blonden, feuchten Locken fielen ihm schwer ins Gesicht, die müden Augen leer, von dunklen Ringen unterzogen. Für einen kurzen Moment schaute er sich um, bis ihm klar wurde, dass es sein eigenes Spiegelbild war. Jack schloss die brennenden Augen und versuchte, die Geräuschkulisse der sich vielen unterhaltenden Menschen und den Schweiß, der sich auf seiner Stirn bildete, auszublenden. Noch immer hatte er sich nicht daran gewöhnt. An sein Aussehen, sein Leben. Als wäre er einfach mitten in einen reißenden Fluss geworfen worden, ohne zu wissen, ob er schwimmen konnte. Ohne Erinnerung, ohne Identität, ohne Vergangenheit war er wie aus einem langen, traumlosen Schlaf erwacht. Immer wieder hatte er sich erschreckt, wenn er sein Spiegelbild sah, weil er den Mann, der er war, nicht kannte. Dr. Siemann hatte ihn unterstützt, sowohl therapeutisch, als auch organisatorisch. Gemeinsam verschafften sie ihm Stück für Stück eine neue Identität, Ausweisdokumente, Versicherungen, eine Wohnung, das Nötigste an Einrichtung. Selbst ein kleines Startkapital hatte Jack von seinem Arzt bekommen. Für den Umzug. Für den Neuanfang. Denn vom ersten Moment an, als er die Augen aufgeschlagen hatte, zog ihn ein seltsamer Impuls mit voller Kraft auf die grüne Insel. Vielleicht würde er hier seine Erinnerungen wiederfinden? Jack folgte seinen Instinkten, vertraute restlos auf sein Unterbewusstsein, das ihn durch diese unbekannte Welt leitete. Die Eindrücke, die Tag für

Tag auf ihn einprasselten, die er kennenlernen musste, überforderten ihn oft, besonders abends, wenn er versuchte, zur Ruhe zu kommen. Wenn er nicht seine Pillen hätte … Sein Handy piepte und riss ihn aus den Gedanken. Jack fingerte das kleine Prepaidhandy aus seiner Tasche und nahm den Anruf an, ohne auf das Display zu schauen. Es gab nur eine Person, die diese Nummer hatte. Nur einen Menschen in seinem Leben.

»Hey, Doc«, begrüßte Jack seinen Arzt mit gedämpfter Stimme, rau von den vielen Zigaretten. »Jack, wie geht es dir?«

»Gut soweit. Hab gerade eingekauft.«

»Nicht nur Alkohol hoffentlich?«, fragte Dr. Siemann mit sorgenvoller Stimme. Jack hatte sich in der Klinik allen Suchtmitteln, zu denen er Zugang hatte, hingegeben. Etwas in ihm schrie nach jedem Rausch, den er kriegen konnte. Der Teil in ihm, der sich fehl am Platz fühlte, der es für falsch empfand, am Leben zu sein. Dieser Teil drängte ihn, flehte darum, wieder in das selige Vergessen eintauchen zu können. Besonders dann, wenn ihm selbst das Atmen zu anstrengend erschien. Der Doktor war mit ihm immer wieder durchgegangen, welch gravierende Folgen seine Alkoholexzesse haben könnten und dass er sich ausschließlich an seinen Medikamentenplan halten sollte. Widerwillig hatte Jack sich dem gefügt, zumindest bis er hierher aus der Reichweite des Arztes gekommen war. »Nein«, log Jack.

»Ich kenne dich nun schon seit vielen Jahren und weiß, wenn du lügst.« Er seufzte und fuhr mit sanfterer Stimme fort. »Jack, bitte. Pass auf dich auf. Du hast eine zweite Chance bekommen. Nutze sie.«

Jack war zu müde, um wieder einmal über dasselbe Thema zu diskutieren.

»Ja, gut«, sagte er nur. Obwohl er Dr. Siemann für alles, was er getan hatte, dankbar war – er war nun mal nicht sein Vater. Er hatte keine Familie, Freunde, niemanden, der ihn vermissen würde. Nicht selten hatte Jack im Suff darüber nachgedacht, seiner wertlosen Existenz ein Ende zu machen. Wenn da nicht … dieses Kribbeln wäre. Dieses Bauchgefühl. Ein unsichtbares Band, das ihn mit irgendetwas oder irgendjemand verband. Und ihn hierher geführt hatte.

»Wie sieht heute die Skala aus?«, fragte Dr. Siemann ruhig. Von eins bis zehn, war es ein guter Tag? War er auszuhalten? Oder brauchte Jack dringend ein ausführlicheres Telefonat?

»Sechs.«

»Wann hast du zuletzt …?«

»Vor einer Stunde. Es ist alles gut, Doc«, unterbrach er ihn. Dr. Siemann seufzte noch einmal tief.

»Findest du dich denn zurecht? Mit dem Busnetz und so?«

Jack senkte die Stimme noch etwas. Vermutlich konnte ihn keiner hier verstehen, dennoch wollte er solche Gespräche ungern in der Öffentlichkeit führen.

»Alles okay. Ich bin anscheinend früher oft Bus gefahren, aber das Einkaufen … war schon schwieriger. So viel Auswahl und irgendwie ist überall das Gleiche drin, es steht aber ein anderer Name drauf und die Preise sind auch völlig verschieden … Aber ich werde mich schon daran gewöhnen.«

»Gut, Jack, brauchst du …«

»Ich muss aussteigen. Ich muss hier raus, wir telefonieren bald wieder.«

Jack beendete das Telefonat und drückte auf den Halteknopf vor ihm. So sehr er die Sorge seiner einzigen Bezugsperson schätzte, manchmal war es ihm einfach zu viel. Er stieg eine Station zu früh aus, wie er feststellte, aber das kam ihm ganz gelegen. Trotz des strömenden Regens genoss er es, die letzten Meter zu seiner Wohnung zu laufen. Den Mief des Busses von sich spülen zu lassen und durchzuatmen. Es gab immer wieder Dinge, die ihm sofort vertraut erschienen, Glücksgefühle weckten, wie Wasser, Bäume oder Bücher. Und es gab auch immer wieder Dinge, die ihm auf Anhieb ganz leichtfielen. Wie Kartentricks, Joggen, mit Gewürzen hantieren, oder der Umgang mit Tieren. Die liebte er. In der Klinik gab es Therapiepferde. Jack hatte sich stundenlang bei ihnen aufgehalten, ihre Stärke und Wärme in sich aufgenommen. Dr. Siemann hatte bei jeder Sitzung die Nase gerümpft, wegen des Stallgeruchs, der Jack dauernd anhaftete. Ein Schritt nach dem anderen. Das war sein Motto. Jack stoppte nochmal kurz, um sich unter dem Schutz eines Hauseingangs eine weitere Zigarette anzuzünden, bevor er in die Straße zu seiner Wohnung bog. Zu seinem neuen Zuhause. Was war das nur, das in ihm loderte, das ihn so unerbittlich anzog? Was sich in seinem Innern mit seinem Lebenswillen duellierte? Wie zur Bestätigung flatterte es in seinem Bauch, ein sanftes Streicheln über seine Seele, das ihm Heilung versprach. Deswegen war er hergekommen. Heilung, Erinnerung, vielleicht sogar Familie.

Zwei Wochen später

Hagelkörner prallten gegen die beschlagene Scheibe des Wohnzimmerfensters, aus dem Jack mit müden Augen hinausstarrte und die hell erleuchteten, verschwommenen Gassen des Temple-Bar-Bezirks taxierte. Sein Appartement lag im Dachgeschoss eines der antiquierten Altbaugebäude, die inmitten des lebhaften Viertels die letzten Jahrzehnte überlebt hatten. Die Schritte und die Stimmen der unzähligen Menschen, die die Kopfsteinpflaster passierten, hallten üblicherweise bis in sein Schlafzimmer wider. Doch nun übertönte der prasselnde Regen und der rauschende Wind, der unerbittlich gegen die Fenster schlug, das Gemurmel der Welt da draußen. Es wirkte, als säße er in einer schallisolierten Blase, in der er seine Umgebung wie durch ein Portal aus dumpfen Geräuschen und unscharfen Bewegungselementen wahrnahm. Die paar Gläser Scotch, die er getrunken hatte, halfen nicht gerade, die verzerrte Optik zu klären und aus dem Wirrwarr vor ihm ein sinnbringendes Bild zu erschaffen. Eine Ringeltaube suchte unterdessen Schutz vor dem Unwetter auf dem Fenstersims und pickte beharrlich mit dem Schnabel gegen das dünne Glas. Das spitze Klopfen bahnte sich einen Weg durch die Wand der Blase. Immer lauter, bei all der Stille in seinem Kopf, wirkte es beinahe ohrenbetäubend laut. Das Tier zog Jacks Aufmerksamkeit erfolgreich auf sich und ihm fielen ein paar kahle Stellen in ihrem durchnässten Gefieder auf. Kurzerhand öffnete er den Fensterhebel und ließ das kränkliche Vögelchen herein. Um das Fenster zu schließen, musste er sich mit der Schulter und seinem ganzen Gewicht dagegenstemmen, da der alte Rahmen sich im Laufe der Zeit verzogen hatte. Jack bekam einen Regenschwall ins Gesicht, der ihn brutal aus seinem Trancezustand riss. Er fühlte sich plötzlich wieder hellwach, doch in seinem Kopf begann es sofort zu hämmern. Die Taube flatterte wild in dem kleinen

Appartement umher, bevor sie sich, immer schwächer werdend, auf den haselnussbraunen Flokati-Teppich sinken ließ. Jack setzte sich leise zu ihr auf das ausgefranste Fell und ließ seine Finger über ihre Flügel gleiten.

»Na, kleines Täubchen«, flüsterte er. Behutsam setzte er das gurrende Tier auf die Couch und raffte die urige Baumwolltagesdecke, die er aus der Klinik gestohlen hatte, um sie herum zu einem Nest. Die Taube ließ die Einbettung zu, vermutlich war sie auch nicht in der Lage, sich groß zu wehren, da der Orkan ihr Gefieder bis auf die dünne rosa Haut durchweicht hatte. Ihr Körper zitterte. Jack setzte sich auf den Boden, legte seine verschränkten Arme auf das senfgelbe Polster und stützte sein Kinn auf ihnen ab. Mit seinem Zeigefinger fuhr er weiter zärtlich über das graue Kehlchen und flüsterte ihr beruhigende Worte zu. Während er das feuchte, samtweiche Federkleid streichelte und ihre onyxschwarzen Augen beobachtete, drifteten seine Gedanken ab. Das war nun sein Leben. Hier in dieser Wohnung, spartanisch und einfach. Sein Wohnzimmer bestand aus dem gelbem Schlafsofa, auf dem er gerade halb lag und einem Fernseher, den er dauerhaft im Hintergrund laufen ließ – im Moment lief eine Dauerwerbesendung über neuartige Tragetaschen, besonders reißfest und klimatisierend – nicht, dass ihn das Programm groß interessierte. Es war eher wie ein leises Summen, das die Gedanken übertönte, die ihn manches Mal so überforderten. In den Wohnraum integriert war außerdem eine kleine Küchenzeile, die er aber nicht wirklich nutzte, was die leeren Pizzakartons, die sich in der Ecke des Raumes stapelten, untermalten. In Jacks Schlafzimmer stand lediglich ein einfaches hölzernes Doppelbett, seine Kleidung war in Kartons verstaut, die er Tag für Tag neu sortierte. Bis auf das Badezimmer und eine kleine leere Kommode im Flur, war es das auch schon. In der Pizzeria an der Ecke zum Liffey hatte er einen Minijob angenommen. Zumindest bekam er dort etwas zu essen und genug Lohn, um die Wohnung unterhalten zu können, nicht zu vergessen, um die Zigaretten und den Alkohol zu finanzieren. Den Rest bekam er von seinem Arzt regelmäßig zugeschickt. Seine Medikamente. Jack nervte es unbändig, diese Last mit sich herumzutragen, wie einen Koffer, gefüllt mit Baggersteinen. Diese Abhängigkeit. Bei dem Alkohol und den Zigaretten war es anders, nicht so … verzehrend. Doch die Symptome, die sich einstellten, wenn er mal zu spät mit der nächsten Tablette dran war, waren kaum auszuhalten. Jack hatte letzte Woche versucht, alles abzusetzen. Nicht zum ersten Mal. Er hatte sich in einem Augenblick der Verzweiflung in der Wohnung eingeschlossen, all die restlichen Dosen und Packungen im Klo heruntergespült und sich in sein Bett gelegt. Ganz bald begannen die Kopfschmerzen. Brüllende, zerreißende Schmerzen. Dann setzten die Übelkeit und der Schwindel ein. Seine Haut brannte, als würde sie in Flammen stehen. Und dann begannen die Halluzinationen. Nach sechsunddreißig Stunden, so lange hatte er immerhin noch nie durchgehalten, war Jack völlig am Ende gewesen und hatte sich mit mordlustigen Geisterwesen unterhalten, die ihm Bilder des Todes zeigten. Sie jagten ihn, während sie die Wohnung vollbluteten. Jack hatte sich mit seinen Klamotten unter die Dusche gestellt, weil er überall nur noch Blut sah, und diese Schmerzen … Er überstand es nicht. Wie ein Wahnsinniger lief er in die nächste Apotheke und kaufte alles, was er rezeptfrei kriegen konnte, und spülte es mit einer halben Flasche Wodka herunter, bevor er in einer kleinen Gasse zusammenklappte. Seitdem war diese Stimme in seinem Kopf eingezogen. Ein Alter Ego, die Stimme der Sucht, die ihn triezte, alles kommentierte und sein Inneres lichterloh brennen ließ, sollte er die Tabletten nicht rechtzeitig nehmen. Dr. Siemann hatte er von alldem nichts erzählt. Der war schon besorgt genug. Jeden Tag rief er an und wollte haarklein wissen, wie es lief. Das war die Abmachung, aber allmählich hatte Jack genug davon. Wie aufs Stichwort vibrierte sein Handy auf dem Wohnzimmertisch.

»Ja«, meldete er sich knapp.

»Hallo, Jack. Ich wollte nur fragen, wie es dir geht?«

»Gut.«

»Brauchst du etwas? Geld? Kleidung?«

Jack schnaubte. »Kümmern Sie sich eigentlich um all Ihre Patienten so? Schmeißen mit Ihrem vielen Geld um sich, füllen sie mit Tabletten ab wie 'ne Nutte, was bin ich eigentlich für Sie? Ihre Eintrittskarte in die Wohlfahrt?

Oder bin ich irgendein besonderes Experiment?«

Einem Teil in ihm tat der verächtliche Tonfall leid, mit dem er seinen Arzt anfuhr. Doch diese Fragen schwelten nun schon länger in seinem Kopf.

»Hast du wieder getrunken? Was sagt die Skala?« Seine Stimme klang leicht ängstlich, zögerlich, als hätte Jack einen Nerv getroffen.

»Null, ich bin beim absoluten Nullpunkt angelangt! Beantworten Sie doch ausnahmsweise einfach mal MEINE Fragen!«

»Da ich noch nie einen Patienten hatte, der in einer solchen Situation steckte, nein. Vermutlich würde ich es aber auch für andere tun. Ich will dich nicht abfüllen. Ich will dir helfen.«

»Warum?! Warum muss ich diesen ganzen Scheiß nehmen? Was ist mit mir passiert? Was soll ich mit mir anfangen?!« Der Frust sprudelte aus Jack heraus wie ein glühender Lavastrom. Das letzte Glas hätte er sich vielleicht verkneifen sollen.

»Du …« Der Arzt zögerte kurz. »Wo bist du jetzt gerade?«

Noch eine weitere Gegenfrage und Jack wäre durch das Telefon gesprungen. Dr. Siemann schien es in seinem angestrengten Atem zu hören und fuhr rasch fort.

»Du weißt doch … Du hattest einen Unfall. Und dein Gedächtnis verloren, durch eine schwere Hirnverletzung. Und die Tabletten helfen dir, die chronischen Schmerzen, die du als Folge der Verletzung erlitten hast, im Zaum zu halten. Du hattest dir vor Schmerzen beinahe die Augen ausgekratzt. Und die

Neurochirurgie hatte mir gesagt, es gäbe keine Möglichkeit, dich anders zu therapieren.«

»Aber sie vernebeln meinen Verstand!«

Nun fuhr auch der sonst so gelassene, gefasste Mann am anderen Ende der Leitung leicht aus der Haut. »Weil du sie andauernd mit Alkohol panschst! Wenn du dich mal an meinen Rat halten würdest, würde es dir besser gehen!«

»Aber … Der Alkohol hilft mir immer noch am besten.«

»Das ist ein Irrglaube. Denn er macht dich aggressiv und unberechenbar.« Seine Stimme wurde sanfter. Beruhigend langsam bat er Jack, wie immer in solchen Momenten, tief ein- und auszuatmen. Und wie immer zeigte es Wirkung. Die Anspannung wich der Erschöpfung und der Traurigkeit, die sein Herz in einer festen Umklammerung aus Dornen hielt. Er musste ein paar Tränen zurückhalten, brachte kein Wort mehr hervor.

»Jack, mein Lieber. Du hast so viel durchgemacht! Erinnere dich an deinen Plan.«

Es fühlte sich an, als würden die Worte seines einzigen Vertrauten einen Schalter bei ihm umlegen. Einen Schalter der Ruhe.

»Ich suche mir einen Job.«

»Und was für einen?«

»Kellnern. Vielleicht in einem Pub.«

Seine Antworten kamen wie automatisch über seine Lippen. Er hörte sich wie aus weiter Ferne, leise und unklar.

»Und wann?«

»So bald wie möglich.«

Eine Kälte, die tief aus seinem Innern kam, schüttelte Jacks Körper. Die Taube schlug ihm plötzlich ihre Flügel ins Gesicht und holte ihn aus dieser seltsamen Trance. Ich muss mich echt wieder in den Griff kriegen. Das geht so nicht weiter.

»Sehr gut.«

Jack massierte die Stelle zwischen seinen Augenbrauen und rieb sich über die Lider.

»Ich hab doch einen Job. In der Pizzeria«, fiel ihm ein.

»Das ist aber nichts für länger. Glaub mir, Jack, ich weiß, wovon ich rede.«

»Ach ja? Ich glaub kaum, dass Sie jemals so etwas nötig hatten.«

»He, ich war auch mal jung«, rief der Mann und lachte aus vollem Halse.

Jack stimmte nicht mit ein, obwohl die anfängliche Wut verraucht war. Er konnte seinem Arzt nie lange böse sein. Immer wieder schaffte er es, zu Jack durchzudringen und ihn zu beruhigen. *Vielleicht sollte ich mich wirklich mal drauf einlassen und tun, was er sagt …*

»Ich mach jetzt Schluss. Danke«, sagte Jack nur und beendete das Gespräch. Seufzend ließ er sich erneut gegen die Couch sinken und flüsterte dem kleinen Täubchen zu, dass er bald wieder da wäre.

In Baalsdorf, einem Stadtteil in Leipzig, legte der grauhaarige Mann den Telefonhörer zurück auf die Station. Erschöpfung und Zweifel zerrten an seinen Gliedern. *Tat er das Richtige? Ist es erlaubt, falsche Dinge aus den richtigen Motiven zu tun?* Genervt rieb er sich über seine Geheimratsecken. Für einen Moment stütze er seine Ellenbogen auf dem Schreibtisch ab, an dem er Tag für Tag saß, und atmete ein paar Mal tief ein und aus, bevor er für sich selbst eine Notiz verfasste: *Dringend C. D. anrufen.*

Eine zarte, weibliche Stimme ließ ihn aufsehen. Seine Assistentin war unbemerkt hereingekommen.

»Verzeihen Sie, Sie haben nicht auf mein Klopfen reagiert. Ist alles in Ordnung?«

Der weiche Singsang ihrer Worte umspülte seinen schmerzenden Kopf wie Wogen aus Wärme und Licht.

Der Doktor nickte nur unbeholfen, merkwürdigerweise immer etwas eingeschüchtert von ihrer vollkommenen Gestalt.

»Ihre nächste Patientin ist da«, sagte sie zögerlich und legte eine Akte vor ihm auf den Schreibtisch. Als er aber den Namen las, wich alles, was gut und schön war, dem blanken Unheil.

»Wie geht es ihr heute?«, krächzte er, bemüht, professionell zu bleiben. Doch ein Blick in das besorgte Gesicht seiner Assistentin genügte als Antwort. Dr. Siemann schluckte schwer und atmete noch einmal tief ein und aus, bevor er zu seiner Tochter ging.

Kapitel 2

Jack spazierte durch die erleuchteten Straßen von Dublin, genoss die Anonymität, die Schwerelosigkeit, die ihm die mit Menschen überfüllten Straßen boten. Er suchte sich einen Pub, der nicht so modern war. Der nicht von Studenten belagert wurde. Der Regen hatte aufgehört, doch die Straßen glänzten noch immer feucht im Schein der Laternen. Der Pub namens Blue Post, den er betrat, war stickig und alt. Es roch nach Alkohol und Zigarren. An der Decke hingen allerlei Blechbilder mit Motorrädern und anderen Retromotiven darauf. Jack setzte sich an die Bar und bestellte sich ein Guinness. Das kräftige Gebräu ließ ihm seine Zunge schwerer werden und die Kälte wich mit jedem Schluck aus seinem Körper. Der Barmann, er nannte sich Barron, beäugte ihn skeptisch, als Jack den Finger hob und signalisierte, dass er gern noch eines hätte. Der dickliche Mann kratzte sich an seinem kahlen Kopf. Seine aschfahle Stirn runzelte sich, als er mit tiefer, rauchiger Stimme fragte, ob er etwas auf dem Herzen hätte. Jack schüttelte nur den Kopf. Barron stellte ihm einen weiteren Krug Schwarzbier auf den Tresen, zusammen mit einer Schale Erdnüsse und widmete sich wieder dem Polieren der Gläser. Jack schüttete sich gleich eine Handvoll in den Mund. Heute hatte er noch nichts gegessen, weshalb er aus Appetit erst genüsslich das Salz ableckte, bevor er sie kaute. Ihm fiel auf, dass Barron ihn noch immer mit Seitenblicken durchlöcherte. Fragend zog Jack die Augenbrauen hoch und zündete sich eine Zigarette an. Der Barmann schob freundlich lächelnd einen gläsernen Aschenbecher unter Jacks Nase und stützte seinen massigen Körper auf dem Tresen ab. Seufzend kniff er kurz die mit Krähenfüßen gespickten enzianblauen Augen zusammen.

»Hast du einen Namen, Junge?«

»Jackson Burrow.« Etwas wie Erkennen blitzte in Barrons Blick. Jack war nicht klar, wieso er seinen vollen Namen nannte. Wie aus einem Reflex heraus. Das Gesicht seines Arztes blitzte vor seinem inneren Auge auf, wie eine Erinnerung. Ein kaltes Schaudern durchlief seinen Körper und hinterließ eine Gänsehaut. Ein paar kräftige Züge an der Chesterfield beruhigten sein Gemüt wieder. Verwirrt fing er den studierenden Blick von Barron wieder auf.

»Wirklich alles in Ordnung?«, fragte dieser.

»Ja, sicher. Sagen Sie, haben Sie zufällig einen Job zu vergeben?«, platzte Jack heraus.

»Hier? In meiner kleinen Spelunke willst du arbeiten?«

Jack war sich nicht sicher, warum, aber er spürte eine Art Vertrautheit, als ob er hier ganz genau richtig wäre. Es war nicht die einladendste Atmosphäre, das Gebäude wirkte baufällig und in dem schwummrigen Licht zu arbeiten, machte doch bestimmt müde. Wieso sollte er sich überhaupt in einem Pub bewerben, wenn er sich doch von Alkohol fernhalten solle? Und warum konnte er denn nichts Nützliches machen? Eine Lehre zum Tierpfleger zum Beispiel? Jack nahm sich vor, den Arzt beim nächsten Telefonat danach zu fragen. Barron kramte etwas aus der Tasche seiner dunkelgrünen Jeans, die viel zu eng um seinen aufgeblähten Bierbauch geschnürt war. Vielleicht schnaufte er deshalb so. »Pass auf, hier habe ich zwar keinen Job für dich, aber wie wäre es hiermit?«

Er hielt kurz inne und spuckte einen gelblichen Schleimklumpen in das Spülbecken. Jack trank einen weiteren großen Schluck seines Bieres, kämpfte gegen die aufkeimende Übelkeit. Nach einem letzten tiefen Zug an seiner Zigarette, drückte er den Stummel in dem Aschenbecher aus.

»Das könnte dich interessieren«, raunte der dicke Mann ihm zu.

So eigen Barron auch war, Jack fand ihn irgendwie sehr sympathisch. Ein Lächeln huschte über seine tauben Lippen, dann strich er das Papier glatt, welches nun vor ihm auf dem Tresen lag. Es war eine Stellenbeschreibung. Die Worte auf dem Flyer schrien ihn geradezu an, griffen nach dem Band in seinem Inneren.

»Es werden schon lang keine Patienten mehr dort hingebracht, die noch irgendjemandem etwas bedeuten. Dort wird man nur die Menschen los, die sich zu einer Plage entwickeln«, sagte Barron im Flüsterton. Eine Psychiatrie. Wie passend.

»Was ist damit?«, fragte Jack, bemüht deutlich zu sprechen.

»Kein Patient kam dort je wieder raus. Es kursieren unendlich viele Gerüchte. Diese Gemäuer sind nicht mehr das, was sie mal waren, oder was sie sein sollten. Seit der großen Hungersnot damals hat sich unser Land verändert, die Menschen sind kälter geworden, industrieller.« Er spuckte diese Worte regelrecht, wie den Schleim in seinem Hals, voller Abscheu und Bedauern. »Aber dafür verdienst du umso besser. Pass auf, mein Junge, du scheinst mir ein kluger Knabe zu sein und dieses Haus braucht unbedingt mal frischen Wind. Vor allem brauchen wir, die letzten Einheimischen, unbedingt vertrauenswürdige Augen und Ohren.« Barron lehnte sich noch dichter zu ihm und seine Stimme wurde noch leiser, fast tonlos. »Verstehst du, diese Gerüchte kursieren nur, weil wir im Ungewissen gelassen werden. Niemand weiß, was da oben vor sich geht, und besonders die alten Iren …«, er deutete auf einen Tisch im hinteren Bereich des Lokals, an dem fünf ältere Männer saßen und Karten spielten, genauso grau und faltig wie Barron, eingehüllt in eine Rauchwolke, »… machen sich Sorgen.«

»Woher willst du wissen, dass du mir vertrauen kannst? Du kennst mich doch gar nicht.«

»Viel zu verlieren habe ich nicht.« Ein Schatten, getrübt von endloser Trauer, huschte über das aufgedunsene Gesicht, doch im nächsten Moment schon strahlte wieder ein warmes Lächeln darauf.

»Außerdem sagt mir meine Erfahrung, dass du ein guter Kerl bist.«

»Kann sein …« Kann sein. Wer weiß das schon.

»Und hin und wieder kommst du mal wieder hierher zum alten Barron und berichtest bei einem guten Guinness, wie es dir so ergangen ist.« Er zwinkerte Jack zu und machte sich daran, die Theke abzuwischen und die Nüsse neu aufzufüllen. Plötzlich lachte Barron laut auf, kehlig und herzlich. Jack fragte sich, was denn nun so lustig war, während der Mann zu seiner Kundschaft am anderen Ende des Raumes stapfte. Sollte er sich bewerben? Vielleicht sollte er das mit seinem Arzt besprechen. Von einer Anstalt in die nächste? Es war ein schlechter Witz. Andererseits könnte er gerade wegen seiner Vorgeschichte perfekt dafür sein. Schaden würde der Versuch bestimmt nicht. Irland war bekannt für diese Art der Unterbringung, hatte Jack gelesen. Die verrückten Iren. Er beschloss, eine Nacht darüber zu schlafen und nüchtern dann eine Entscheidung zu treffen. Vielleicht würden sie ihn auch gar nicht nehmen, dachte er. Schließlich hatte er ja keine Ausbildung oder Erfahrung vorzuweisen.

»Danke, ich werde mir das durch den Kopf gehen lassen«, säuselte Jack, als Barron wieder da war, und zündete sich noch eine Zigarette an.

»Danke mir nicht zu früh, denk gut darüber nach und pass auf dich auf, Jung'.«

Der warnende, sorgende Blick des Barmanns verfolgte ihn noch den ganzen Abend. Jack war bald nach Hause getaumelt, hatte sich vor der Haustür fast in die Hose gemacht, weil er seinen Schlüssel erst nicht fand. Zum Glück kam gerade rechtzeitig die alte Frau, die über ihm wohnte, und öffnete freundlich lächelnd die Haustür. Mit seinen Nachbarn hatte er sich noch nicht allzu intensiv beschäftigt, auf jeden Fall konnte er nicht meckern. Die Frau, die ihm die Tür aufgemacht hatte, sah er öfter. Sie schien sehr nett zu sein, ein Mensch, von dem man sich gern eine Einladung zum Kaffee und Kuchen wünschen würde. Es lebte auch noch ein junges Pärchen mit einem Baby hier. Jack konnte manchmal das Kleine weinen hören, störte sich aber nicht daran. Vielleicht höchstens daran, dass hin und wieder der Kinderwagen den Hauseingang versperrte. Jack hatte aber nicht wirklich Lust, sich über etwas zu ärgern. Meistens war ihm alles einfach egal. Kam das von den Pillen? Alkohol machte ihn oft sauer und traurig, aber auch locker und gesellig. Und die Pillen machten ihn nur müde, gelangweilt. So wollte er nicht sein.

,Solange sie dich am Leben halten, also mach hin und wirf ein!' Jack schreckte kurz zusammen, sein kleiner Gedankenteufel begann wieder lauter zu werden. Wie er ihn hasste. Doch …
Es war sein eigener Kopf. Der Hass konnte sich nur gegen ihn selbst richten, es war seine eigene verzerrte Stimme. Frustriert ließ er sich auf seine Couch sinken. Tränen stiegen ihm in die Augen.

,Du verdammte Heulsuse! Krieg dein' Arsch hoch' Jack blinzelte ein paar Mal, schniefte und zog die kleine Dose aus der Hosentasche. Er nahm gleich zwei auf einmal, und bald schon breitete sich in seinem Kopf die vertraute Schwere aus. Ein Stupsen an seinem Oberschenkel zog seine Aufmerksamkeit auf sich.

»Hey, kleines Täubchen. Dich habe ich ja ganz vergessen.«
Jack setzte den Vogel auf seinen Bauch und zu seiner Überraschung ließ er es zu. Doch nach kurzer Zeit begann die Taube wild mit den Flügeln zu schlagen und Jack sah ein, dass sie sich draußen wohler fühlen würde, und wahrscheinlich hatte sie auch Hunger. Also setzte er sie wieder auf den mittlerweile trockenen Fenstersims und beobachtete noch eine Weile, wie sie sich putzte. Die nächsten Stunden verbrachte Jack damit, eine nach der anderen zu rauchen und die schnauzbärtigen Gesichter auf den Pizzakartons anzustarren, die sich in der Ecke stapelten. Sie schienen sich irgendwann selbstständig zu machen,

ganze Diskussionen führten sie plötzlich mit ihm. Der Alkohol, gemischt mit der lähmenden Wirkung der Pillen und der dominierenden Beeinflussung der italienischen Druckgestalten, brachte ihn schließlich dazu, eine Entscheidung zu treffen.

Ihr war schlecht. Dieses Hin- und Her-Geschaukel. Wasser hatte sie noch nie leiden können. In einer Badewanne vielleicht, okay, aber das Meer war so unberechenbar, so wild. Die junge Frau vergrub ihre Finger in dem Gummi des Reifens, an den sie sich klammerte. Vor ein paar Stunden war sie irgendwie hier auf der Fähre gelandet, sie wusste nicht warum oder wohin sie fuhr, aber ihr Instinkt beruhigte sie. Bald wären sie da, hörte sie die Besitzer des Autos sagen, unter dem sie sich versteckte. Wenn doch nicht nur alles so schaukeln würde … Sie hielt sich eine Hand vor den Mund. Gleich würde sie brechen und ihre Tarnung würde auffliegen. Zum Glück hatte sie seit einer Weile nichts gegessen. Dann kam hoffentlich nur Galle. Die Frau wimmerte. Sie musste stark sein. Dieses winzige Flämmchen Wärme und Sicherheit, das sie in sich trug und das sie leitete, ließ Hoffnung in ihr aufkeimen. Hoffnung auf eine Zukunft, in der sie nicht mehr leiden musste. Hoffnung auf einen Sinn, auf … mehr. Noch eine Welle schaukelte die Fähre und dann konnte sie es nicht mehr halten. Grünliche Magensäure brannte sich durch ihre Speiseröhre, nur mit Mühe gab sie dabei kein Geräusch von sich. Erschöpft schloss sie die Augen und begann zu träumen. Sie malte sich im Geiste ihre Wünsche aus, von grünen Wiesen, warmen Quellen und bunten Blumen, bis hin zum Lesenlernen, Musikhören und richtiges, frisches Essen. Ihr Körper gab nach und sie fiel in einen unruhigen Schlaf.

»Sie sind 24 Jahre alt, was haben Sie denn bisher gemacht?«
Callahan Doyle betrachtete Jack abschätzend durch zusammengekniffene Augen.

»Um ehrlich zu sein, noch nichts, ich …« Jack war überfordert. Der stämmige Mann sonnte sich in der Macht, die er verströmte, ergötzte sich an jedem Tropfen Schweiß, der über Jacks Schläfe rann. Je mehr er um Worte rang, desto mehr plusterte Mr Doyle sich in seinem riesigen Chefsessel auf.

»Haben Sie Ihre Zeit mit Partys und solchem Jugend-Krams vertrödelt?«

Das wird ein Reinfall. Er würde die Stelle nicht bekommen. Was hab ich mir nur dabei gedacht? Sollte er die Wahrheit sagen? Wahrscheinlich würde er nicht noch schlechtere Chancen haben, wenn er die Karten auf den Tisch legte. Ein leiser Kopfschmerz schlich sich hinter seine Augen.

»Ich habe die letzten Jahre in einer Klinik in Leipzig verbracht«, rutschte es ihm plötzlich heraus. Genugtuung blitzte in den kalten, grünen Augen des Klinikleiters auf, als hätte er auf diese Information gewartet.

»Ich … ich war Patient. Amnesie. Nach einem Unfall…« Jack rutschte unruhig auf seinem Stuhl hin und her. Mr Doyle zog nur eine der geschwungenen, dünnen Augenbrauen hoch. Eine ausgeprägte Narbe zog sich über seine Oberlippe und ließ seinen Mund noch wulstiger erscheinen, als er ihn nun zu einem spöttischen Lächeln verzog. Jack konnte ihn nicht leiden. Bereits im ersten Moment, als die junge, blonde Frau im Vorzimmer ihn in das Büro gerufen hatte, hatte sich eine eisige Abscheu in Jacks Innern breitgemacht. Er wischte seine kaltschweißigen Hände an seinen Jeans ab und atmete tief durch. Reiß dich zusammen!

»Sie scheinen mir sehr nervös zu sein. Ist Ihnen irgendwas unangenehm?«

Nein. »Nein«, sagte er nochmal laut. »Sir, ich weiß, ich kann keine Erfahrung vorweisen, aber ich denke … Nein, ich weiß, dass ich sehr schnell lernen werde und hundertprozentiges Engagement beweisen werde.« Jacks Stimme zitterte etwas, doch er war zufrieden mit der Entschlossenheit, die er versuchte auszustrahlen. Ohne etwas darauf zu erwidern, ließ der Klinikleiter seinen musternden Blick über Jacks Gesicht schweifen, um sich nach einer Weile räuspernd aufzusetzen und aus seiner Schreibtischschublade einen daumenbreiten Papierstapel hervorzuholen. Mit einem lauten Klatschen landete er vor Jacks Nase. Er trug die Aufschrift: Arbeitsvertrag. Hatte er es tatsächlich geschafft, ihn zu überzeugen? So leicht?

»Füllen Sie alles restlos aus. Und unterschreiben Sie überall, wo ein Kreuz ist. Lesen Sie sich besonders die Verschwiegenheitserklärung gründlich durch. Sie können sich dafür Zeit lassen. Der Arbeitsbeginn wird erst in einigen Monaten sein, diesbezüglich melden wir uns nochmal bei Ihnen. Ich bin erstmal geschäftlich verreist. Bringen Sie die Papiere dann am ersten Tag mit, oder schicken Sie sie vorher per Post zu Viola, meiner Sekretärin. Nun können Sie gehen. Guten Tag.«

Sofort richtete Mr Doyle seine Aufmerksamkeit auf ein Dokument, das neben seinem Computer lag. Jack war entlassen. Er überlegte kurz, ob er sich erlauben durfte, noch Fragen zu stellen, aber gleichzeitig hätte die Atmosphäre in dem riesigen Raum nicht noch kälter werden können. Jack nahm den Papierstapel und stand auf. Seine Beine kribbelten, als wären sie eingeschlafen. Bevor er sich von dem einschüchternden, großen Mann, der nun sein Chef sein würde, abwandte, fiel sein Blick auf einen kleinen Glasdelfin, der auf dem viel zu akkurat geordneten Schreibtisch irgendwie fehl am Platz schien. Die spitze Schnauze strahlte ein warmes Funkeln aus. Inmitten von kaltem Geschäft.

Barron verschloss gerade die schweren Türen seines Pubs, als ein Piepen ertönte. Sein Handy. Mit zitternden Fingern zog er es aus der Schürze und las die Nachricht: Gut gemacht. Eine Ahnung ließ seine Beine Richtung Hintertür bewegen und tatsächlich … auf dem Kopfsteinpflaster der dunklen Gasse lag eine Akte. Wie vereinbart. Schmal und nichtssagend, aber Barron brach zusammen, als er die erste Seite aufschlug und ihr Bild entdeckte. Auf Knien sah er zum nachtschwarzen Himmel hinauf und betete still, dass sie nun endlich frei war.

Die nächsten Monate bis zu seiner Einstellung als Krankenpflegehelfer verbrachte Jack damit, sich intensiv über die Einzelheiten dieses Berufs zu informieren. Er besuchte die Bibliothek des Trinity-Colleges, wälzte Bücher über die Geschichte Irlands und die Klinik. Es wurde zu einem täglichen Ritual. Zuerst fuhr er mit der Straßenbahn zur Dawson-Haltestelle, lief an dem Musikladen vorbei, bei dem er nicht anders konnte und immer ein paar Minuten stehenbleiben musste, um sich die Musikinstrumente anzuschauen – er war fasziniert von der Vielfältigkeit der Konstruktionen, mit denen man die gleichen Melodien auf so unterschiedliche Weise interpretieren konnte –, und nachdem er mit ein wenig Inspiration seinen Geist erhellt hatte, holte er sich an der Ecke zum College Park bei einem kleinen Stand noch zwei Kaffee und lief dann weiter Richtung Bibliothek. Beim Eingang zu den mit Büchern, Schriftstücken und uralten Manuskripten gefüllten Gemäuern, die sich scheinbar auf unendliche Weiten erstreckten, gab er den zweiten Kaffee Muriel, einer der Bibliothekarinnen, die für Ordnung, Struktur und Disziplin an diesem Ort sorgten. Muriel war um die fünfzig Jahre alt, hatte graumelierte Locken, die sie meist zu einem lockeren Dutt wickelte und eine altmodische halbrunde Lesebrille, die an einer goldenen Kette um ihren Hals hing. Sie trug meist lange schwarze Hosenröcke zu farbenfrohen Blusen und passendem Schmuck. Muriel strahlte eine klassische

Eleganz aus, die einladend fröhlich und dennoch professionell und unnahbar wirkte. Als Jack sie das erste Mal traf, machte sie ihn energisch darauf aufmerksam, dass er sich nicht einfach bedienen dürfe, als er im ,Long Room' nach einem ledrigen, staubigen Einband mit der Aufschrift ,The old Éire' griff. Er entschuldigte sich und bat sie mit seinem charmantesten Lächeln, ihn über die Regeln in diesem Gebäude aufzuklären, da er ja schließlich neu im Lande sei. Sie erklärte ihm, er wäre in der John-Stearne-Bibliothek im St. James Hospital wahrscheinlich besser aufgehoben, was medizinische Fragen anging, doch er verstand sich auf Anhieb so gut mit Muriel, dass er ihre Gesellschaft der der gestressten Medizinstudenten definitiv vorzog. Außerdem kam hinzu, dass er ohne einen Studentenausweis ohnehin nirgends Einblick bekam, und da half ihm ein guter Kontakt über diese administrative Schwierigkeit hinweg. Sie setzten sich zusammen in einen kleinen Leseraum und unterhielten sich stundenlang über alles, was sie wusste, über ihre Heimat, den Beruf eines Pflegers und die Anstalt. Ihr irischer Akzent war zwar manchmal etwas schwer zu verstehen, aber sie war sehr geduldig. Wenn er sich seine Großmutter vorstellte, dann so. Fürsorglich und warm in ihrer Art und willig, ihr Wissen und ihre Lebenserfahrung zu teilen. Sie half ihm, seine Sprachkenntnisse auszubauen, gab ihm Ratschläge, und von Tag zu Tag, kam er mehr ins Reine mit sich. Jack trank weniger Alkohol, begann sogar zu kochen und das gar nicht mal schlecht. Das Einkaufen klappte auch immer besser. Und nachts arbeitete er in der Pizzeria. Muriel erklärte ihm außerdem, wie man mit Rechnungen umging und was es mit den Steuern auf sich hatte. Sie verbrachten auch den St.-Patrick's-Day zusammen. Gemeinsam mit Muriels Enkeln schauten sie sich die Parade an, aßen allerhand grüne Speisen und lachten bis spät in die Nacht. Von Dr. Siemann hatte Jack sich distanziert, sie telefonierten nur noch ein bis zwei Mal die Woche. Doch seine Medikamente nahm er weiterhin regelmäßig, damit die Stimme in seinem Kopf nicht zu laut wurde. Allerdings hatte er trotzdem seit ein paar Wochen jede Nacht Alpträume. Die Geisterwesen, die ihn bei seinem Entzugsversuch verfolgt hatten, suchten ihn nachts heim, sobald er die Augen schloss. Jack wachte jedes Mal gerädert auf, doch er schaffte es, nicht erneut zur Flasche zu greifen. Manchmal, wenn er tagsüber ins Träumen verfiel, saßen sie plötzlich neben ihm in der Bahn oder liefen über eine Ampel. Als würde er halluzinieren. Jack sagte sich, dass es bestimmt Nebenwirkungen waren, doch er wurde das Gefühl nicht los, dass sie ihm etwas sagen wollten. Sie sahen furchterregend aus. Hautfetzen hingen von ihren mageren Gesichtern, die Gewänder, in denen sie steckten, bestanden aus zerrissenen Lumpen, genauso grau wie ihre Haut. Die Augenhöhlen waren leer. Schwarze Löcher, die ihm Bilder des Todes einbrannten. Manchmal sah er sogar Kinder unter ihnen. Und immer dieses Blut. Überall. Er behielt es für sich. Muriel vertrieb seine Einsamkeit und baute ihn mit ihrem Witz und ihrer Klugheit wieder auf, wenn ihn an manchen Tagen die Erschöpfung packte.

»Ich bin nicht erfreut, dass du bald nicht mehr jeden Tag herkommen kannst«, erklärte sie ihm eines Tages mit einem traurigen Lächeln. »Ich halte es immer noch für keine gute Idee, dass du dort anfängst. Du weißt, ich verlor meine Schwester in diesem Höllenloch. Pass bitte auf dich auf.«

»Ich komme dich besuchen, sobald ich kann«, versprach er ihr.

Ihm würde es auch fehlen, sie nicht mehr jeden Tag zu sehen. Durch sie war er einem Leben, wie er es sich wünschte, ein Stück nähergekommen. Durch sie hatte er auch sich selbst besser kennengelernt, hatte an Selbstwertgefühl gewonnen. Er war eigentlich ein ganz guter Kerl, liebenswürdig, wenn er Muriels Worten Glauben schenken durfte.

Sie war seine erste richtige Freundin in dieser neuen Welt.

Kapitel 3

6 Monate später

Der erste Tag verlief überraschend gut. Jack hatte seine Aufgaben innerhalb eines Nachmittags erledigt. Mittagessen verteilen, Medikamente vorbereiten, Vitalwerte eintragen. Nun saß er in dem kleinen, stickigen Aufenthaltsraum in einem mintgrünen Kasack und einer weißen Hose, die er in mehrfacher Ausführung gestellt bekommen hatte und trank Kaffee aus einer knallroten Rentiertasse. Der Raum war ausgestattet mit einem großen ovalen Eichenholztisch, der sich an einigen Ecken bereits stark abnutzte und zahlreiche Glasränder und Flecken aufwies. Im hinteren Teil des Zimmers waren ein paar Spinde aufgestellt, in denen Kaffee, Milch und etliche Fundsachen und Kleinkram aufbewahrt wurden. Im vorderen Teil war eine kleine Pantryküche mit einem Kühlschrank, der heißgeliebten Kaffeemaschine und einem Getränkeautomaten daneben. An sich ein gemütlicher schmaler Raum, in dem Pausen, Übergaben und allerhand Besprechungen stattfanden. Er trug den charmanten Beinamen ‚Butze'. Im St. Caprice arbeiteten etwa 120 Menschen und es beherbergte 456 Patienten, wurde Jack erklärt. Wie das zu schaffen war, musste er noch herausfinden. Die Hände fest um die heiße Tasse gepresst, die Wärme geradezu aufsaugend, plauderte er gerade mit seinem Kollegen Aiden Collins. Ein großer, schmaler Mann Mitte 30, mit schokoladenbrauner Haut und lockigen, pechschwarzen Haaren. Sein Gesicht war kantig und scharf, doch seine Lachfältchen um die braunen Augen verliehen seinem Ausdruck Sanftheit und Güte. Er war die Pflegedienstleitung hier, ein intelligenter Kopf, der immer die Kontrolle behielt. Aiden hatte Jack heute herumgeführt und in seine Tätigkeitsfelder eingeführt.

»Läuft prima hier, ich weiß gar nicht, was alle haben«, seufzte Jack und ein Schmunzeln bildete sich auf seinen Lippen.

»Werd mal nicht überheblich, das ist dein erster Tag. Ich kann dir ´n paar Patientenstorys erzählen, wenn du willst. Ich vermute, dann kommst du ganz schnell wieder von deinem hohen Ross ´runter«, scherzte Aiden. Jack nahm das Angebot dankend an. Während er den Worten seines Kollegen lauschte und ihm das bittersüße Aroma seines Kaffees die Nerven wachrüttelte, schweiften seine Gedanken nach draußen. Es regnete noch immer. Das kalte unbändige Wetter war ungewöhnlich für diese Jahreszeit, aber es störte ihn nicht. Nach wie vor, mit jedem Tag mehr, fühlte Jack sich zu der Insel hingezogen. Die weiten grünen Wiesen, die salzige Meeresluft, die belebten Straßen der Stadt, all das löste in ihm Gefühle der Vertrautheit, der Sicherheit aus. Vielleicht kam er ja von hier. Und vielleicht gab es hier auch eine Familie, die auf ihn wartete. Ein weiteres Lächeln bildete sich bei diesem Gedanken.

»Hey, das ist nicht witzig! Ein Patient, der sich selbst sämtliche Finger abgebissen hat, bringt dich also zum Lachen?«, fragte Aiden gespielt empört. Jack schüttelte den Kopf und signalisierte ihm mit einer Handbewegung, dass er fortfahren sollte. Er erzählte von einer Patientin, deren Psychosen sie nach langer Behandlung und viel Mühe dennoch so beherrscht hatten, dass sie es schaffte, sich das Leben zu nehmen, auf brutalste Weise. Jack war klar, dass der Mann ihm Angst machen wollte, ihn testen wollte, ob er dem gewachsen war, was auf ihn zukam. Doch Jack ließ sich nicht beirren. Er war vorbereitet, hatte vergleichsweise gut geschlafen und hatte heute Morgen all sein Selbstbewusstsein zusammengekratzt, das er in seinem ramponierten Inneren finden konnte. Mit gestrafften Schultern trank er einen weiteren, großen Schluck des belebenden Gebräus.

»Weißt du, Aiden ...«, begann er, räusperte sich kurz, um mit kräftigerer Stimme fortzufahren, »was auch immer mich erwartet, ich freu mich darauf.« Und das stimmte. Heute Morgen war er das erste Mal mit einem Lächeln erwacht. Trotz der Träume, trotz der Erschöpfung hatte er Aufregung und Freude empfunden. Endlich hatte er eine Aufgabe, einen Sinn, einen Rhythmus. Nun konnte sein Leben erst richtig anfangen. Erst im Bus, als er von weitem die hohen Fichten sah, die das hügelige Gebiet umkreisten, beschlichen ihn ein paar Zweifel. Nur für einen kurzen Moment. Das neblige, kalte Wetter ließ die Szenerie düster und unheimlich erscheinen, aber die Gedanken verliefen sich schnell im Matsch. Im wahrsten Sinne. Der Bus fuhr nur bis zum Waldrand und Jack musste den Rest des steinigen Weges laufen. Umgeben von den hohen dichten Bäumen und dem Geräusch des Windes, der durch die Nadeln rauschte, war er zum zweiten Mal den Hügel zwei Kilometer hinaufgestapft. Das erste Mal, als er wegen des Vorstellungsgesprächs diese Anfahrt auf sich genommen hatte, war es ihm noch deutlich weiter vorgekommen. Erneut war er überwältigt gewesen von diesem Konstrukt, welches sich hier auf mehreren Hektaren erstreckte. Die Psychiatrie bestand aus einem gigantischen Gebäudekomplex im viktorianischen Stil mit einem Hauptgebäude und zwei Nebengebäuden, alle aus grau-rotem Backstein. Das Gelände war umgeben von einem schwarzen, stählernen Zaun, mit Stacheldraht geschmückt, und vor sämtlichen Fenstern waren engstriemige Gitter angebracht. Bevor man den Eingang passierte, durchschritt man einen gewaltigen Vorhof, der mit kunstvoll angelegten Beeten und Pflastersteinwegen durchzogen war. Links führte ein Weg um die Anstalt herum, zu einem Parkplatz, wie er einem Schild entnehmen konnte. In der Mitte stand ein großer Steinbrunnen, in dem das Wasser fröhlich aus vier kleinen Düsen sprudelte, gepflegt, mit einer eleganten Elefantenstatue gekrönt. Jack waren viele Ornamente oder Schriftzeichen, vermutlich keltisch, um den Saum herum aufgefallen. Die Gärtner leisten beste Arbeit, hatte er gedacht, als er die bunten Blumensträucher bestaunte. Der Haupteingang, der sich mittig im Hauptgebäude befand, bestand aus zwei enormen Flügeltüren aus schwarzem Ebenholz, gesäumt mit in Handarbeit gefertigten Marmorfiguren. Doch trotz des distinguierten Erscheinungsbildes lag ein Schatten über diesem Berg, am Rand zur Zivilisation, abgeschnitten von jeglichen gesellschaftlichen Konventionen. Die St.-Edward-Caprice-Nervenheilanstalt war, wie Barron sagte, nicht das, was sie sein sollte. Durch ein Rütteln an seiner Schulter wurde Jack aus seinen Grübeleien gerissen.

»Wenn dich das alles nicht interessiert, sag es ruhig«, grummelte Aiden.

»Nein, tut mir leid. Es sind nur so viele Eindrücke, die ich erstmal verarbeiten muss. Ich bin dir wirklich dankbar für deine Zuwendung.«

»Schleimen brauchst du nun auch nicht, pass auf, ich hab mal erlebt …«, setzte er gerade an, als plötzlich die Tür des Gemeinschaftsraumes aufsprang. Brody Buckley stürmte herein und hielt sich die Brust. Er war, wie Aiden ihm morgens erklärt hatte, nicht nur Pfleger, sondern auch Sicherheitsbeauftragter, mit dem Schwerpunkt Überwachung. »Er hängt viel zu oft vor der Glotze«, hatte sein Kollege gemeint. Bisher gab es noch nicht viel Gelegenheit zu reden, aber dennoch war der große Mann – noch größer als Aiden – Jack eher unsympathisch. Irgendetwas an seiner Ausstrahlung signalisierte Jack, Vorsicht walten zu lassen. Er hatte dieses blasierte Glitzern in seinen Augen gesehen.

»Beruhige dich erst einmal. Du solltest mit dem Rauchen aufhören, mein Freund. Was ist passiert?«, fragte Aiden mit einer Seelenruhe. Hustend brachte Brody nur schwierig die nächsten Worte heraus.

»Schon klar, Arschloch. Wir haben eine neue Patientin. Wurde als … Notfall eingeliefert vom St. James. Als wir die

Fixierung gelöst hatten, um sie umzulagern, ist sie aufgesprungen ... und ins Treppenhaus geflüchtet. Wir bräuchten Unterstützung«, keuchte der stämmige Mann mit gerötetem Gesicht.

»Bin unterwegs, warum funkst du denn nicht?«, sagte Aiden gelassen, mehr zu sich selbst, und stand auf.

»Auf geht's, Jackson. Du brauchst mal etwas Action«, grinste er. Dieser stellte die leuchtend rote Kaffeetasse auf den Tisch und lief den beiden Männern hinterher. Ein Kribbeln in seinem Bauch ließ ihn erschaudern. Aufregung, Adrenalin flutete seine Adern.

»Sag mal, ich dachte es werden keine Patienten mehr eingeliefert?«

»Doch, hin und wieder bekommen wir schon noch einen, wenn alle anderen Einrichtungen überfordert sind«, erklärte Aiden, ohne ihn anzusehen.

»Aber ... werden die hier denn wieder gesund? Oder, was kann hier denn getan werden, was sonst kein anderer kann?«

Brody lief schneller voraus, Aiden schien seine Frage absichtlich zu überhören. Und während Jack hinter ihm den hell erleuchteten Flur entlangrannte, der zum Treppenhaus führte, wurde er das Gefühl nicht los, dass es keinen richtigeren Ort für ihn gab. Hier musste er sein, genau an diesem Tag, in diesem Moment.

»Jackson, Schatz, komm, wir wollen los!«, hörte er eine liebliche Stimme rufen. In dem schönen grünen Garten hingen silberne Luftballons an den Ästen eines großen Kirschbaumes, die die Zahl 12 formten. Eine Frau mit langen, blonden Locken strahlte ihn von der Terassentür aus mit einem warmherzigen, stolzen Lächeln an und winkte ihm zu. Als Jack gerade auf sie zugehen wollte, veränderte sich die Szenerie, waberte, als würde jemand mit einem nassen Pinsel über die Wasserfarben des Bildes streichen und sie verschwimmen lassen. Die Ballons waren fort. Ebenso seine Mutter. Aus einem Impuls heraus setzten sich seine Beine wieder in Bewegung, in die andere Richtung, vorbei an bunten Blumenbeeten und Gewächshäusern, Gartenzwergen im Rockabilly-Stil und einer Sitzecke neben einem Elektro-High-Tech-Grill. Bis zum Rand des Gartens, dort schlüpfte er durch ein kleines Loch im Zaun, hinter einem Brombeerstrauch, und verschwand in dem angrenzenden Laubwald. Nach zweihundert Metern etwa erreichte er das Wolfsgehege eines Zoos, der direkt am Wald lag. Jack suchte sich ein Fleckchen weiches Moos, das möglichst nah an dem hohen Zaun lag, so dass er das Summen des Stroms hören konnte, der durch die Maschendrähte floss, und studierte voller Ehrfurcht die eleganten Tiere. Wie sie sich bewegten, anmutig und stark. Wie sie fraßen, gewissenhaft und klug, und miteinander umgingen, so liebevoll und behutsam. Eine Vollkommenheit der Natur. Einer der Wölfe, so grau wie Jacks Augen, reckte die Schnauze in die Höhe und stieß einen heulenden Laut aus. Der sanfte Ton strich über sein Gesicht, materialisierte sich zu einer Hand, die ihn an der Schulter packte. Plötzlich erzitterte sein Körper und im nächsten Moment blinzelte er gegen das grelle Licht in dem Treppenhaus an, in dem er nun stand, und erfasste die Geschehnisse vor sich mit einer Mischung aus Entsetzen und Staunen. Er konnte sich nicht rühren, stand fassungslos da, während seine Kollegen zu dritt an einer mageren, knochigen, aber erstaunlich starken Frau zerrten.

Sie trug einen losen Patientenkittel, der den Großteil ihres blassen, geschundenen Körpers freilegte. Ihre feuerroten Haare, verfilzt und dreckig, fielen ihr ins Gesicht. Die Männer hielten ihre Arme und Beine, versuchten ihr ein Sedativum zu spritzen, doch sie wehrte sich mit aller Kraft und schlug ihnen die Spritze aus der Hand. Dann drang aus ihrem Gekreische, das dem einer Wildkatze ähnelte, ein einzelner markerschütternder Schrei in Jacks Kopf. Alles verlor an Bedeutung in der kurzen Sekunde, in der dieser Schrei durch sein Bewusstsein hallte. Durchdringend, betäubend, voller Angst. Etwas geschah mit Jack. Etwas Echtes. Er konnte es nicht definieren. Sein Körper vibrierte, als stände er unter Strom. Seine Brust wurde enger. Ihm wurde heiß und dann wieder kalt. Sein Kopf begann zu schmerzen. Dieser Schrei veränderte sich zu einer engelsgleichen Stimme in seinem Kopf. Es war ein Hilfeschrei. Jack hatte das seltsame Gefühl, er müsse antworten, es war wie in einem Traum, in dem er ohne Stimme versuchte, zu sprechen. Sein Sichtfeld verschwamm, sein Blut kochte vor Adrenalin. Was passierte hier? Die Kollegen versuchten, sie die Stufen hinaufzuziehen. Jeder Muskel in ihrem ausgemergelten Körper war angespannt. Sie schlug und biss um sich. Doch dann erblickte sie Jack und die Zeit verlangsamte sich. Ihre grünen, mandelförmigen Augen sahen ihn mit einem Ausdruck der Überraschung an, und mit einem Mal machte alles Sinn. Warum es ihn hierher gezogen hatte. Warum er es nicht geschafft hatte, trotz aller Mühe, die Hoffnung nicht aufzugeben. Dieses Band. Ein warmes Gefühl machte sich in seiner Brust breit. Aiden tauchte auf und wedelte mit seiner Hand vor Jacks Gesicht herum. Der Geruch von Blut bahnte sich einen Weg zu seiner Nase und katapultierte ihn wieder in die Realität.

»Was … Was kann ich tun?«, fragte er zögerlich.

»Pack mit an, verdammt nochmal und starr nicht so blöd!«

Brody schrie, jemand müsse den B-52 holen. Aiden schüttelte nur den Kopf und Jack löste sich aus der Starre, sprang die Stufen hinunter. Von hinten packte er ihre wirbelnden Hände in seine und hielt sie ganz fest, damit sie niemanden mehr verletzen konnte. Und dann, als wäre der Blitz eingeschlagen, der alles zum Erliegen brächte, wurde sie auf einmal ganz still. Die plötzliche Ruhe dröhnte mit einer Präsenz, die die Luft um sie herum zerriss. Nur noch keuchender Atem war zu hören. Wie erstarrt lag die junge Frau in den Armen der Männer und sah Jack an, der ihre zitternden Hände hielt. In ihrem Blick lagen Verwirrung und Schmerz. Und Hoffnung.

»Wie … Was machst du …«, stotterte der dritte Mann, Kane McCarthy.

»Scheißegal! Handlungsfreigabe nach Protokoll 251. Mach dich an die Dokumentation, Brody. Gebt sie mir. Jack und ich bringen sie in die Iso«, wies Aiden mit stoischer Miene an und nahm die Frau den Männern ab, die vorsichtig einen Schritt zurücktraten. Jack ließ sie nicht los. Sie starrten beide wachsam auf ihre verknoteten Finger. Langsam gingen die Kollegen die letzten Stufen hinauf und liefen den Flur entlang, aus dem sie gekommen waren. Jack sah in ihre Augen. Aus der Nähe waren sie noch eindrucksvoller. Groß und klar, und in der Iris spielten kunstvolle, goldene Ornamente mit dem satten Smaragdgrün. Hypnotisierend. Er war wie in einen Bann gezogen. Das Gefühl, irgendetwas in ihm hätte sich verändert, irgendetwas hätte Besitz von ihm ergriffen, ließ nicht nach. Es wuchs, keimte wie ein Samen in seinem Innern. Sie gingen gerade durch den Versorgungstrakt, um eine neue Liege zu beschaffen. Schließlich durften sie sie nicht durch den ganzen Komplex tragen. Mit Ruhe und Vorsicht legten sie die Frau auf eine der Bahren, die am Rand standen. Jack ließ ihre Hände nicht los, während Aiden ihren Kittel zurechtlegte und sie zudeckte. Hin und wieder zuckte ihr Körper, wenn Aiden ihre Haut berührte, aber sie hielt still. Er beschaffte noch ein Muskelrelaxans, damit sie sich entspannen konnte, doch als er die Spritze an ihrem Oberarm ansetzen wollte, drückte sie wimmernd Jacks Hände.

»Können wir da nicht drauf verzichten?«

»Jackson, es würde ihr guttun, sich ein bisschen zu entspannen, und wir müssen auch auf unsere Sicherheit achten. Vertrau mir.«

Er stach zu und Tränen rannen aus ihren Augen.

»Nein, bitte hör auf, ich übernehme die Verantwortung«, entfuhr es Jack, forscher als beabsichtigt. Aiden hielt inne, sah ihn mit einem durchdringenden Blick an und drückte den Kolben bis zum Anschlag hinunter.

»Du hast keine Verantwortung. Ich habe die Verantwortung als Dienstältester und Leitung. Verstehst du, du hältst dich an das, was ich dir sage!« Sein erst so ruhiger Ton wurde betonter. Ein Schatten huschte über das dunkle Gesicht, den Jack nicht deuten konnte und Skepsis vergrub sich in seinen Eingeweiden. Als die sedierende Flüssigkeit sich einen Weg durch das Blut der Frau bahnte, merkte Jack, wie ihre Kraft verschwand. Ihre Augen rollten nach hinten, bis nur noch weiß zu sehen war, bis sie sich schließlich flatternd schlossen. Behutsam legte Jack ihre Hände neben ihren Körper und fragte sich, ob das wirklich hätte sein müssen. Aiden schien seine Gedanken zu lesen und seufzte, seine Züge wurden wieder weicher.

»Du sollst hier lernen. Ich rate dir, halte dich an die Erfahrenen hier und lass dich nicht von Mitleid leiten.« Jack verstand kaum ein Wort, der Druck in seinem Kopf verstärkte sich, als würde etwas aus seinem Schädel brechen wollen. Argwöhnisch betrachtete er den zusammengesackten, erschöpften Körper und hatte das Bedürfnis, ihr zu versichern, das alles gut werden würde. Dieser Keim in ihm würde wachsen, das wusste er. Er spürte es. Mit einer Mischung aus Ehrfurcht und Sorge nahm er dieses neuartige, seltsame Gefühl wahr, aber er musste später darüber nachdenken. Denn auf einmal schlug ihm jemand kräftig auf den Rücken und presste sämtliche Luft aus seinen Lungen. Jack sah hüstelnd auf und schaute direkt in das ausdruckslose, aufgequollene Gesicht des Klinikleiters Callahan Doyle. Seine grünen Augen waren stetig zu misstrauischen Schlitzen verengt. Anspannung durchzuckte Jacks Körper, als ihn eine Duftwolke aus Ammoniak, Leder und Kölnisch Wasser einhüllte.

»Guten Tag, Sir«, brachte er hervor. Sie nickten sich zu, förmlich und kalt. Mr Doyle wandte sich ohne ein Wort an Aiden und gab ihm Anweisungen bezüglich der Patientin. Dann ließen sie ihren Boss im Gang zurück und machten sich weiter Richtung Quartiere. Jack spürte die Verachtung in seinem

Rücken, wie eine kleine Spinne, die sich still und heimlich in seinem Nacken niederließ und an den kleinen Härchen kitzelte. Unbeirrt folgte er Aiden, der mit ihm zu sprechen schien, zumindest bewegten sich seine Lippen, aber Jack hörte noch immer kein Wort. Die Schmerzen wurden lauter, je weiter sie die Gänge voranschritten.

‚Schluck lieber mal 'ne Pille, bevor du ausrastest.' Erst links, dann rechts, dann wieder links. ‚Hey! Hör mir zu!' Ein Ruck erfasste ihn, als sie anhielten. Sie standen in einem Fahrstuhl.

»Hey, sag mal, hörst du mir überhaupt zu?«, fragte Aiden genervt.

Wie in Zeitlupe bahnte sich die Stimme seines Kollegen durch das Rauschen, zog Jacks Aufmerksamkeit zurück an die Oberfläche seines Bewusstseins.

»Tut mir leid, ich … ich …«, setzte Jack an und überlegte kurz, ob er ihm von seinen gesundheitlichen Problemen erzählen sollte und von dem Bedürfnis, in den Gemeinschaftsraum zu seinem Rucksack zurückzukehren, wo seine erlösenden Medikamente sorgsam verstaut waren. Doch zum Glück brachte er die Worte nicht heraus, verwarf sie schnell wieder. Erst jetzt bemerkte Jack, dass sie ausgestiegen waren und nun im Isolationstrakt waren. Der Trakt mit den Zellen der Patienten, die zu labil waren, um sie mit anderen zusammenzustecken. wie Aiden ihm heute Morgen erklärt hatte. Oder auch IST – Instabilen-Station. Ein Schauer lief über Jacks Rücken, als er sich in dem kalten, weiß gefliesten Flur umsah. Dort durfte er heute Mittag zur Essensausgabe nicht hin. Reiß dich zusammen, verdammt!, sagte er sich und sah Aiden an.

»Was ist denn los mit dir?«, fragte dieser. Zu viel. Das war alles ein Fehler. Du bist nicht gut genug für diese Arbeit. Vielleicht hätte er doch einfach in einem Pub kellnern sollen. Hunderte Fragen und Zweifel donnerten Jack durch den Kopf. Vielleicht würde er Aiden später etwas ausfragen über die Patientin, vielleicht schaffte er es auch, einen Blick in die Krankenakte zu werfen. Vor einer der stählernen, weißen Zellentüren blieben sie stehen. Eine Isolierzelle. Prüfend blickte Jack auf die blasse, rothaarige Frau auf der Bahre vor ihm und fuhr erschrocken zusammen, als er feststellte, dass sie ihn konzentriert ansah. Etwas unfassbar Zärtliches lag in ihren Augen.

»Keine hektischen Bewegungen. Ich nehme an, dass ihr Immunsystem das Relaxans zu schnell abgebaut hat, vielleicht durch eine Angststörung oder einfach durch das überschüssige Adrenalin, das ihr Köper produziert hat«, erklärte Aiden im Flüsterton, während er lautlos nach seiner KeyCard griff, die an seinem Gürtel baumelte. Jack wollte wieder ihre Hände nehmen, doch im nächsten Moment passierte alles viel zu schnell. Sie wusste, was er vorhatte. Sie wollte dort nicht hinein, auf keinen Fall. Und sie würde sich mit all ihrer verbliebenen Kraft wehren. Das stand auf jeden ihrer sprungbereiten Muskeln geschrieben. Aiden signalisierte Jack, dass er sie festhalten musste, aber er erwischte sie nicht. Die Patientin sprang Aiden kreischend an. Schnell stieß Jack die Trage beiseite, schnappte sich die Karte und hielt sie an das kleine Lesegerät. Mit einem Ruck ließ sich die Tür öffnen. Ein Schmerzensschrei hallte durch den Trakt, bevor Aiden die Frau mit Gewalt in die Gummizelle schob. Jack sperrte mit einem letzten kurzen Blick hinter der hageren Frau zu.

»Das Miststück hat mir in die Schulter gebissen«, keuchte sein Kollege wutentbrannt. »Was passiert jetzt mit ihr?«, fragte Jack, als er seine Sprache wiederfand.

»Was interessiert dich das? Das nächste Mal stehst du gefälligst nicht wie angewurzelt da und guckst einfach zu. So etwas wie eine Schonfrist gibt es hier nicht, verstanden?! Wenn dich das fertig macht, bist du hier am falschen Ort. Verdammt!«, fluchte Aiden. Mit einem Nicken bedeutete er Jack, ihm zu folgen. Zusammen gingen die beiden schweigend wieder Richtung Butze. Vorher machten sie noch einen Abstecher in einen Behandlungsraum, um Aidens zerfetzte Schulter zu verarzten.

»Ich hoffe, die hat keine Krankheiten. Jetzt muss ich mich auch noch testen lassen. Entschuldige, dass ich dich vorhin so angeschrien hab«, brummte sein Kollege, während er seine Sachen packte, um Feierabend zu machen. »Du verstehst bestimmt trotzdem, was ich meine. Deshalb …«, er deutete auf seine Schulter, »… hast du hier keine Verantwortung.«

Jack nickte, obwohl er es eigentlich nicht verstand. Die ganze Situation kam ihm so unwirklich vor, so unnatürlich. Angesichts seiner Vergangenheit war er vielleicht wirklich nicht der Richtige für so einen Job, er wies zu wenig Erfahrung auf, um gleich mit solch menschlicher Gewalt konfrontiert zu werden. Vielleicht hätte er insgesamt schneller reagieren können, das war klar, aber es war sein erster Tag und er war auch nicht ausgebildet. Aiden Collins kam ihm nicht wie ein Mensch vor, der solche Fakten ignorierte. Jack versuchte seinen Ausbruch nicht persönlich zu nehmen, immerhin sah die verletzte Schulter wirklich nicht gut aus. »Schönen Feierabend«, sagte er nur. »Ja, dir auch.«

Praktisch hätte Jack nun auch Feierabend. Doch die vergangenen Ereignisse nahmen ihn mehr mit, als er zugeben wollte. Er nahm zwei seiner Dicodid gegen seine Kopfschmerzen, und endlich gab das Teufelchen wieder Ruhe. Die Klinik besaß einen Seiteneingang, an dem sich für Rettungswagen eine überdachte Einfahrt befand. Eigene Wagen besaß Mr Doyle nicht, und die Einfahrt wurde lediglich als Ein- und Ausgang für die Mitarbeiter und als Raucherplatz verwendet, wie Jack herausfand. Dort saß er nun, auf einer weißen Gartenbank, bei der die Farbe bereits abblätterte und das Aluminiumgestell darunter freigab. Langsam begann er, sich mit jedem Zug an der Zigarette in seiner zitternden Hand zu entspannen. Die kalte Luft fegte seine Lungen frei, brachte ihm wieder einen klaren Kopf. Es war bereits dunkel und die Sterne leuchteten hell und strahlend am Himmel. Müde rieb er sich die Augen und dachte nach. Das erste Mal seit Stunden erlaubte er sich, durchzuatmen und zu versuchen, zu verstehen, was mit ihm passiert war. Da im Treppenhaus. Das war eine Erinnerung. Er hatte sich an sein Zuhause erinnert. An seine Mutter. Sie war so makellos gewesen, hatte in diesem kurzen Augenblick eine innere Freude ausgestrahlt, die beinahe greifbar gewesen war. Aber wo war sie? Suchte sie nicht nach ihm? Hatte er noch mehr Familie? Und was zum Teufel hatte diese Patientin damit zu tun? Denn das hatte sie definitiv, das spürte er. Sie hatte eine Erinnerung bei ihm ausgelöst. Das war bisher noch nie passiert. Hatte er sie vielleicht in seinem früheren Leben gekannt? Jack musste unbedingt mehr über sie herausfinden. Vielleicht war sie der Schlüssel. Vielleicht konnte er durch sie seine Familie, seine Identität wiederfinden. Und dieses Gefühl … dieser Drang, sie zu beschützen. Das hatte er bei keinem anderen Patienten gespürt, den er heute im Laufe des Tages kennengelernt hatte. Überhaupt bei keinem Menschen, dem er in seinem neuen Leben bereits begegnet war. Der Kopfschmerz der Überforderung lauerte trotz der Pillen hinter seinen Augen, wie ein geduldiges, gefräßiges Tier. Ich sollte Dr. Siemann anrufen.

»Was machst du noch hier? Du hast doch schon längst Feierabend«, nuschelte Brody mit einer Zigarette im Mund, der plötzlich neben Jack auftauchte und ihn aus seinen Überlegungen riss. Der Mann war bestimmt zwei Meter groß und hatte die Statur eines Footballspielers. Das runde Gesicht, das in gewisser Weise nicht zu seinem Körper passte, war blass und abgespannt. Seine kupfernen Haare hingen durch den Mittelscheitel, in die mit Sorgenfalten durchzogene breite Stirn.

»Ich hatte noch keine Lust, nach Hause zu gehen«, sagte Jack leise und rieb über die kleine Narbe hinter seinem Ohr. Der Wind frischte auf und fröstelte über seine nackten Arme.

»Von mir aus, aber lass dich nicht vom Chef erwischen. Der kann es gar nicht leiden, wenn hier jemand herumschleicht. Vor allem Neulinge«, knurrte sein Kollege mit hasserfüllten Augen.

»Und was machst du noch hier?«

»Doppelschicht. Hab nichts Besseres zu tun«, erklärte Brody emotionslos, und warf im nächsten Moment einen bedeutungsschweren Blick zur Ecke der Überdachung. Eine Kamera. Dann drehte er sich so zu Jack, dass die Linse ihn nicht erfassen konnte und kreiste mit dem Finger. Überall. Es war eine Warnung. Oder eine Drohung? Ohne auf eine Antwort zu warten, drückte der große Mann seine halbe Kippe in dem gelben, überfüllten Porzellanaschenbecher aus und machte auf dem Absatz kehrt. Jack tat es ihm gleich, aber mit Abstand. Von Neugierde gepackt lief er ihm unauffällig hinterher. Brody schlurfte pfeifend einen der Gänge im Personaltrakt entlang. In diesem Bereich befanden sich der Gemeinschaftsraum, die Umkleiden samt Toiletten und Duschen, ein Bereitschaftszimmer und der Überwachungsraum, in dem Brody nun verschwand. Leise schlich Jack zu der angelehnten weißen Tür und wagte einen Blick hinein. Der Raum war ausstaffiert mit Unmengen an Bildschirmen, deren Flackern den gesamten, sonst dunklen Raum füllten. Brody saß auf einem breitem Bürostuhl, der unter seinem Gewicht ächzte, und starrte auf die gefilmten Areale. Einige Kameras waren auf den Bildschirmen mit verschiedenen ‚Zellennummern' betitelt, andere wechselten ihre Ansicht im Sekundentakt. Wie soll man denn da den Überblick behalten? Kein Wunder, dass der Mann etwas eigenartig war. Plötzlich ertönten hinter Jack die Stimmen mehrerer Männer, unter anderem die von Mr Doyle. Panik packte ihn, er wusste nicht, wohin, taumelte ein paar Schritte zurück, als sein Chef um die Ecke kam, in Begleitung zweier Männer in weißen Arztkitteln. Der eine war hochgewachsen, mit einem nichtssagenden, langen Gesichtsausdruck, dunklen Augenringen und ausgeprägten Schneidezähnen. Er spielte an einem Kugelschreiber herum, der in der Brusttasche seines Kittels steckte. Der andere war klein und rundlich. Sein pickeliges Gesicht wirkte durch seine Glatze fast kreisrund und seine Miene war stoisch geradeaus gerichtet. Er schien nicht einmal zu atmen. Und dann war da noch eine uniformierte Frau. Haselnussbraune, lange Wellen fielen ihr um die schmalen Schultern. Ihre enzianblauen Augen, die ihn an irgendjemand erinnerten, blickten müde und erschöpft. Sie sah blass aus, leicht kränklich. Und wunderschön.

»Was machen Sie noch hier?«, fragte Mr Doyle mit einem beherrschten, aber aggressiven Ton. Er war wütend. Und wie wütend er war. Doch daran war nicht nur Jack Schuld. Etwas war vorgefallen. Seine machtvolle Präsenz, wie immer in einen feinen Anzug gekleidet, stank förmlich nach Einschüchterung und Stolz. Und zwang jeden in die Knie.

»Ich dachte …« Jack brachte kein weiteres Wort heraus.

»Sie denken mir definitiv zu viel, Mr Burrow. Aber wo Sie schon einmal hier sind … Das ist Diana Kingsley«, sagte er und legte seine Hand auf die Schulter der Frau.

»Diana, das ist Jackson Burrow. Unser Neuling.«

Sie nickten sich zu und sahen dann beide erwartungsvoll Mr Doyle an.

»Sie wird Sie einarbeiten, Mr Burrow. Wenn Sie morgen Ihren Dienst antreten, werden Sie sich an die Fersen unserer bezaubernden Diana heften. Sie wird dafür sorgen, dass Sie nicht mehr so viel denken und keine Gelegenheit mehr haben, hier herumzuschleichen. Sie wird Ihnen alles beibringen, was Sie wissen müssen. Ich erwarte, dass Sie sich nun auf der Stelle nach Hause begeben und morgen pünktlich auf der Matte stehen. Und wenn ich Sie hier noch einmal außerhalb Ihrer Schicht erwische, können Sie von einer fristlosen Kündigung ausgehen. Haben Sie verstanden?«, presste er zwischen zusammengepressten Lippen hervor, was die dicke Narbe noch hervorhob. Jack nickte und sah Diana an. Diese aber würdigte ihn keines Blickes, schien mit ihren Gedanken ganz woanders zu sein. Jack senkte den Kopf, lief mit schnellen Schritten an den Herrschaften vorbei und wollte nur noch nach Hause. Er warf einen Blick auf die Uhr. 22.01 Uhr. Na super … Nun durfte er auch noch laufen. Das hatte er nicht bedacht. Der letzte Bus war genau vor einer Minute gefahren. Er holte seinen Rucksack aus der Butze, zog sich um und machte sich auf den Weg durch das nächtliche, düstere Dublin.

‚Verdammt, nicht hier', dachte Diana sich. Ihr war übel.

Schon wieder. Eigentlich hätte sie schon Schluss, doch Callahan hatte ihr aufgetragen, ihn zu einer Konferenz zu begleiten. Nach bald sechs Jahren wunderte sie sich über nichts mehr an diesem Ort. Nicht mal über eine Konferenz, die mitten in der Nacht stattfand. Immerhin hatte sie ihn nun so weit, dass sie ihn begleiten durfte. Sechs Jahre. Cals Laufburschen, Dr. Carter und Dr. Zachary, waren auch da. Sie trugen zwar weiße Kittel, aber Diana hatte sie noch nie einen Patienten behandeln sehen. Sie verwettete einiges darauf, dass die Doktortitel erkauft waren. Tief in Gedanken versunken merkte sie nicht, dass sie anhielten. Erst als sie Callahans wulstige Finger auf ihrer Schulter spürte, kam sie wieder zu sich. Ihre Übelkeit wurde stärker. Wie immer, wenn er sie berührte. Doch sie hatte sich heute schon mehrfach übergeben müssen, das durfte jetzt nicht sein. Diana sah den Grund für den plötzlichen Halt. Vor ihnen stand ein Mann. Ungefähr in ihrem Alter, vielleicht ein bisschen jünger. Groß, blonde, lockige Haare, wolfsgraue Augen. Er war attraktiv und etwas an ihm verriet ihr, dass in ihm ebenso ein Sturm tobte. Sein markanter Kiefer war angespannt, ein Muskel zuckte darin. ‚Jackson' nannte Cal ihn. Diana nickte ihm zu. Sie wollte ihn weiter ansehen, irgendetwas sagen, doch sie kämpfte mit dem Brechreiz. Ihr war so schrecklich kalt. Schweiß lief ihr über die Stirn. Ihr Sichtfeld verschwamm immer wieder. ‚Jetzt nicht, bitte … Komm schon, verdammt', fluchte sie. Sie konzentrierte sich. Ihr Blick wurde wieder etwas klarer. Der Beinahe-Ohnmachtsanfall war überstanden, jetzt war da noch die

Übelkeit, mit der sie fertig werden musste. Sie hätte zu Hause bleiben sollen. Wer geht denn schon mit solch schwerer Grippe zur Arbeit. Aber in den letzten sechs Jahren war sie noch nie krank gewesen, keinen einzigen Tag. Und das würde sie auch nicht ändern. Diana war schon mit Schlimmerem fertig geworden als mit Fieberkrämpfen und Schüttelfrost. Sie spürte Jacksons Blick auf sich, so voller Wärme, er vertrieb die Kälte für einen seligen Moment, doch sie konnte ihn nicht erwidern. Er ging an ihr vorbei. Sein Geruch streichelte ihre Nase, kurz, aber zart. Eine Mischung aus belebendem Sommergewitter und frisch gemähtem Gras. Fast wäre sie dem Impuls gefolgt, sich in den wohltuenden Duft zu schmiegen. Wollte seine Schönheit genießen, inmitten all der hässlichen Atmosphäre. Das ist das Fieber, sagte sie sich und schüttelte leicht den schmerzenden Kopf. Gemeinsam mit Diana betraten die Männer den Konferenzraum, in das auch das Überwachungssystem integriert war. Brody saß bereits dort. Gleißendes Licht erfüllte den Raum. Viel heller, als die energiesparende Beleuchtung im Flur. Diana musste ihre tränenden Augen zusammenkneifen. Drei Stunden. In drei Stunden war es vorbei. In drei endlosen Stunden konnte sie in ihrem Bett liegen und sich ausruhen. Drei Stunden …

Dieses Licht, das niemals ausgeschaltet wurde, brannte in ihren Augen. Sie verlor jegliches Zeitgefühl. Was würden sie mit ihr tun? Dieser Raum … Schmerzen … Im ganzen Körper Schmerzen. Aber … Sie hatte ihn gefunden. Endlich. Erst hatte sie ihn nicht erkannt, so erwachsen war er geworden. Aber als er sie berührt hatte, so sanft und gleichzeitig voller Stärke … Da wusste sie es. Sie hatte gespürt, endlich ihr Ziel erreicht zu

51

haben. Sie wollte ihn nie wieder loslassen, das Gefühl, seinen Geruch nie wieder missen. Diese Leere wurde für wenige Minuten gefüllt, doch … dann war sie gezwungen, ihn erneut loszulassen. Er hatte sie verlassen, aber sie hatte ihm angesehen, dass es nicht das war, was er wollte. Dass er es auch fühlte. Sie glaubte fest daran, dass er sie holen würde und dann könnten sie endlich zusammen sein. Unablässig zog sie an dem Band in ihrer beider Innern, wie sie es nun schon seit Jahren tat. Für sie beide. Sie zog und schrie nach ihm. Aber jetzt konnte sie nichts mehr tun, außer warten. Er war hier und sie war hier. Nun lag es an ihm.

Kapitel 4

»Guten Morgen«, murmelte Jack, als er mit müden Knochen den Gemeinschaftsraum betrat. Seine Beine schmerzten, sein Kopf brummte und seine Augen brannten wie Feuer unter der Sonnenbrille.

»Was ist denn mit dir los?«, fragte Aiden, der schon an dem großen Tisch saß und ihn skeptisch beäugte. Sonst war noch niemand da. Erleichtert, dass er es rechtzeitig geschafft hatte, schlurfte Jack zur Kaffeemaschine.

»Hab nur schlecht geschlafen ...«, maulte er und unterdrückte ein Gähnen. Schlecht war untertrieben. Er hatte so gut wie gar nicht geschlafen. Nachdem er eine dreiviertel Stunde brauchte, um den steinernen Berg hinunterzulaufen bis zu der nächsten Straßenbahnhaltestelle, dann feststellte, dass diese wegen eines umgestürzten Baumes nicht fuhr, und dann noch einmal zwei Stunden, um vom Stadtrand zu seiner Wohnung zu kommen, dann noch zweimal stolperte, sich das Knie aufschlug, um dann beinahe von einem rücksichtslosen Fahrradfahrer in den Liffey gestoßen zu werden, fiel er schlussendlich erschöpft in sein Bett. Doch trotz enormer Müdigkeit, schaffte er es nicht wirklich, zu schlafen. Er war ein-, zweimal kurz eingenickt, nur um wieder von blutigen Halbschlafträumen aufzuschrecken. Obwohl er sich mittlerweile weitestgehend daran gewöhnt hatte, nicht durchschlafen zu können, gab es Nächte, in denen ihm seine Alpträume und die darauffolgende Schlaflosigkeit noch sehr zu schaffen machten. Normalerweise hätte er mit Tabletten nachgeholfen, aber er hatte Angst, dann den Wecker zu überhören. Sein Pflichtgefühl und eine heiße Dusche gaben ihm heute Morgen den nötigen Antrieb, um zur Arbeit zu fahren. Und nun würde ein heißer, starker Kaffee ihm den Rest Energie geben. Mir bleibt ja nichts anderes übrig.

»Kommt vor. Sag mal ... Ich hab gehört, der Chef hat dich gestern ziemlich zusammengeschissen.« Aiden grinste. Seine rechte Schulter war in dicken Verbandsmull gehüllt und den Arm hielt er in einer Schlinge. Jack setzte sich mit seiner Tasse Wachmacher zu seinem Kollegen, nahm die Sonnenbrille ab und antwortete ihm mit einem genervten Augenrollen. Aber er bereute es sofort, als ihm ein stechender Schmerz durch die Schläfe jagte.

‚Besser, du nimmst wieder mal was, Kumpel. Besser gleich zwei.'

Die letzte war erst vor einer Stunde, entgegnete er sich selbst im Stillen. Die Tür ging auf und Brody und Diana kamen herein. Brody setzte sich mit an den großen Eichenholztisch und begann mit Aiden eine lebhafte Unterhaltung darüber, dass seine Schulter heute Morgen von James genäht werden musste, über das neue Auto vom Boss, einen schwarzen 70er Pontiac GTO, und dass sie den einfach kapern sollten, um eine Spritztour nach Italien zu machen, weil es da die schönsten Frauen gäbe. Spätestens an diesem Punkt hörte Jack nicht mehr zu. Ihm war nicht nach Reden zumute. Er wollte einfach nur wieder in sein Bett. Sein Blick fiel auf Diana, die leicht schwankend bei der Kaffeemaschine stand. Ihm entging nicht, wie sein Körper auf ihre Erscheinung reagierte. Sie strahlte eine begehrenswerte Selbstsicherheit aus. Jack hatte, seit er dieses neue Leben begonnen hatte, noch nicht einmal an so etwas gedacht. Frauen, Liebe, Verlangen. Er hatte keinen Impuls, keinen Anreiz, sich mit solchen Dingen zu beschäftigen. Bis gestern. Die letzten Monate hatte er sich neu kennengelernt, hatte versucht zu verstehen, wer er war. Doch diese Frau weckte allein durch ihren Anblick – ihre blauen, strahlenden Augen, ihr schmales Gesicht, die vollen Lippen – eine Seite in ihm, die noch unerforscht war. Sein Instinkt drängte ihn, zu ihr zu gehen, ihren Duft einzuatmen. Salzige Meeresluft und ... Kamille, dachte er. Es wäre riskant und in einigen Augen sicher unangebracht, mit einer

Arbeitskollegin, in diesem Fall sogar Vorgesetzten, anzubandeln, doch der Reiz ... Jack gesellte sich zu ihr und atmete tief durch.

»Hallo, schöne Frau. Kann man Ihnen behilflich sein?«, fragte er mit seinem zuckersüßesten Lächeln. Diana schaute auf, doch mehr durch ihn hindurch, als ihn gänzlich wahrzunehmen. Sie schien auch keine gute Nacht gehabt zu haben. Dunkle Schatten zeichneten sich unter ihren Augen ab, ihre samtige Haut war bleich und verschwitzt, was ihrer Attraktivität aber keinen Abbruch tat.

»Alles in Ordnung?«

»Ja, nur eine leichte Erkältung«, erwiderte sie, nachdem seine Stimme nun wohl in ihrem Kopf angekommen war.

»Ich bin Jack. Ich weiß, Mr Doyle hatte mich gestern bereits vorgestellt, aber die ganze Situation war mir so unangenehm. Ich mein, ich hab mich nicht von meiner besten Seite gezeigt, daher dachte ich, wir fangen nochmal von vorne an.«

Sie trug ihre Haare heute in einem Pferdeschwanz, aus dem sich einige Strähnen gelöst hatten. Wie gern hätte er sie hinter ihr Ohr gestrichen. Diana hob eine der geschwungenen Augenbrauen, musterte ihn eingehend unter ihren langen Wimpern hervor. Auf ihren Mundwinkeln zeichnete sich ein leichtes Schmunzeln ab, als könne sie seine Gedanken lesen.

»Diana Kingsley. Sehr erfreut.«

»Guten Morgen, Ms Kingsley«, entgegnete er sanft. Kurz blitzten ihre weißen Zähne auf, doch in wenigen Sekunden wandelte sich ihr Gesichtsausdruck zu einer undurchdringlichen, harten Miene. Sie sah an Jack vorbei zu den Männern und strahlte Zorn aus.

»Was fällt euch eigentlich ein, solch einen Mist zu erzählen?! Aiden, von dir hätte ich mehr erwartet«, fuhr sie die beiden an. Jack verstand nicht recht, was los war. Er hatte von dem Gespräch der beiden nichts mitbekommen.

»Was mischst du dich da ein? Geh lieber nach Hause, bevor du noch aus den Latschen kippst!«, meldete sich Brody zu Wort.

»Diana, das war doch nur so dahin geredet«, sagte Aiden und hob beschwichtigend den gesunden Arm.

»Um was geht es?«, fragte Jack, der sich nun wieder zu seinen Kollegen an den Tisch gesellt hatte.

»Was geht dich das an, Neuling«, brummte Brody vor sich hin. Diana wandte sich nun an Jack und sah ihn genervt an. Die schüchterne, liebevolle Frau, die er eben kurz sehen durfte, trug nun wieder eine Maske aus Verachtung und Unbeugsamkeit. Vermutlich brauchte sie diese Seite, um hier zurechtzukommen.

»Es geht um die Patientin, die gestern eingeliefert wurde. Wir haben gestern in der Konferenz besprochen, dass unsere Kapazitäten erschöpft sind. Wir haben kein Personal, um uns mit jemandem wie ihr zu beschäftigen.

Was das bedeutet, muss ich dir ja wohl nicht erklären.«

Doch, das musste sie wohl. Jack rutschte unruhig auf seinem Stuhl hin und her. Nervosität ergriff sein Herz bei dieser Information.

»Aber …«, Jack kam nicht zu Wort. Brody unterbrach ihn, ohne ihn anzusehen.

»Tja, Scheiße passiert«, sagte er grinsend.

»Halt die Klappe, Brody. Du bist echt ein Ekel«, fauchte Diana. Feindseligkeit schwängerte die stickige Luft. Unwillkürlich fragte Jack sich, was für eine Beziehung sie wohl zueinander hatten.

»Komm Jack, ich hab viel zu tun und geteiltes Leid ist halbes Leid. Auf die Übergabe können wir verzichten!«

Mit schnellen Schritten verließ sie den Raum ohne ein weiteres Wort. Jack lief ihr sofort hinterher. Er hatte Mühe, mit ihr mitzuhalten, seine Muskeln schmerzten noch immer von der gestrigen Nachtwanderung und sein Kopf …

»Was meinte Brody? Was passiert denn mit ihr?«, fragte er, als er Diana eingeholt hatte. Bisher hatte Jack noch keinen Blick in die Akte werfen können. Eigentlich hätte er die Übergabe gern mitgemacht. Wie es der Patientin wohl gehen mochte?

»Nichts Sofortiges. Mach dir keine Sorgen. So … Ich übernehme drei Bereiche hier, mir obliegen die Leitung der Personalabteilung, der Überwachung und Sicherheit und gleichzeitig bin ich als Faktotum des Chefs zugange. Das bedeutet, ich habe viel zu tun. Ich denke, dir liegt der Bereich der Sicherheit mehr denn der des Pflegers, oder? Nach dem, was ich gestern gehört habe?«

Jack nickte, ohne wirklich die Antwort zu kennen. Er verstand, dass sie erst einmal nicht weiter auf seine Fragen eingehen würde. Doch er würde nicht lockerlassen. Sobald er sich hier richtig eingearbeitet hatte und wusste, wie weit er wo gehen konnte, würde er es wieder versuchen. Denn diese Patientin ging ihm nicht aus dem Kopf. Er sah ihre grünen Augen jedes Mal, wenn er nur blinzelte, konnte noch immer das Gefühl ihrer Haut spüren. Genau das, diese unsichtbare Verbundenheit hatte ihn dazu bewogen, in dieses unbekannte Land zu ziehen und deshalb musste er dem nachgehen. Egal, was mit ihr passieren würde. Jack würde versuchen, es zu verhindern.

Seit fast vier Stunden liefen sie zwischen einzelnen Büros hin und her und brachten Papiere von dem einen Ort zum anderen, füllten Listen und Lieferscheine aus, kontrollierten Anwesenheitslisten und andere Dokumente. Sie redeten dabei nicht viel. Die meiste Zeit versank sie in tiefen Gedanken. Und Jack ließ sie. Er wusste, wie schwierig es war, am Ball zu bleiben, wenn es einem nicht gut ging. Trotz ihrer Verfassung erledigte Diana dennoch alles mit einer Souveränität, die Jacks Bauch zum Kribbeln brachte.

Er selbst verstand kaum etwas von dem bürokratischen Kram, doch es war ihm eine Freude, Diana eine Schulter bieten zu können, falls sie eine brauchen würde. Als sie gerade durch eins der oberen Geschosse liefen, begann sie ihm mit brüchiger Stimme zu erläutern, wie sein Tagesablauf in den nächsten Tagen aussehen würde. Gegen 10.00 Uhr einstempeln, Übergabeprotokolle durchlesen, im zweiten und dritten Stock das Mittagessen samt Medikamente an die bettlägerigen Patienten verteilen und gegebenenfalls anreichen. Der Rest da oben war noch in der Lage, sich die Mahlzeiten in der dort vorhandenen Kantine selbst zu holen. Sie verbrachten dann ein etwas Zeit in der Mensa und es gab sogar ein wenig Unterhaltungsprogramm. Lesungen, Gruppentherapien waren sehr gefragt und auch Singkurse. Von denen, die geistig fit genug waren, dass sie an so etwas teilnehmen konnten, gab es leider nicht viele. 186, sagte Diana. Dann eine Stunde Pause und dann dasselbe Programm noch einmal, nur durch Abendessen und die Vorbereitung für die Nacht ergänzt. Nach der Einarbeitungsphase würde er in den Bereich der Sicherheit wechseln und offiziell ihr unterstellt werden. In dieser Institution würde wenig Wert auf die akademischen Grade oder Abschlüsse des Personals gelegt, erzählte Diana. Das Wichtigste war, verschwiegen zu sein und seine Arbeit nach bestem Gewissen zu erledigen. Genau sein Plan. Jack hatte schnell erkannt, dass Diana eine Frau war, die viele Geheimnisse verbarg, wenn nicht sogar, dass sie ebenso schwere Lasten trug wie er. Je mehr sie ihn durch die einzelnen Abteilungen führte, ihm aufzeigte, wie er es mit der Hygiene zu handhaben hatte, welche Hinweise er in Krankenakten beachten musste und was er in Notfällen tun sollte, fühlte er sich von Minute zu Minute besser aufgehoben bei ihr. Eine seltsame Vertrautheit lag zwischen ihnen, als wäre ihre erste Begegnung nicht erst einen Tag her. Sie lenkte ihn mit ihrem starken, intelligenten Schein ab von den Geheimnissen, von den Schmerzen und vor allem von der Stimme in seinem Kopf. Vorhin hatte er es dennoch kurz gewagt, zu seinem Rucksack zu gehen und nachzuwerfen, bevor er noch Verdacht erregte.

Jack wollte am liebsten Muriel von dem ganzen Input erzählen, den er hier erfuhr und von Diana und ganz besonders von der Patientin. Doch aufgrund des Mangels an Personal war sein nächster freier Tag erst in sieben Tagen. Bei der Einstellung hatte ihn Mr Doyle bereits vor den Überstunden gewarnt und Jack hatte sich nicht in der Position gefühlt, zu hinterfragen, warum nicht mehr Leute eingestellt wurden. Anhand der Erzählungen von Barron und Muriel und den Kollegen in der Pizzeria, hatte er sich diesen Teil denken können. Als nun endlich Zeit für eine Pause war und es Jack bereits schmachtete, eine zu rauchen, setzte er sich wieder auf die Bank draußen in der Einlieferungsschneise. Diana machte ihm die Freude, ihm Gesellschaft zu leisten.

»Rauchst du auch?«

»Nein, gelegentlich, aber eigentlich … Nein!«, antwortete sie barsch. Sie sah immer erschöpfter aus. Einen Augenblick lang saßen die beiden schweigend nebeneinander. Doch als Jack sie wieder ansah, machte er sich ernsthafte

Sorgen. Dianas Blick wirkte vernebelt, die Augen halb geöffnet, den Kopf leicht zur Seite geneigt, so blass. Als wäre sie in einem Trance-Zustand, kippte ihr Körper ein wenig in seine Richtung.

»Diana«, flüsterte er ruhig. Ruckartig setzte sie sich auf, schüttelte ihren Kopf und blinzelte mehrfach die Müdigkeit weg, die sie offensichtlich überfallen hatte.

»Wie fühlst du dich? Kann ich etwas tun?«

»Nein, bitte entschuldige, ich bin nur kurz eingenickt. Die Erkältung«, erklärte sie, »Halt mich wach, frag mich was.« Ihre stumpfen Augen schauten ihn erwartungsvoll an.

»Okay …Was ist mit dieser Anstalt? Ich mein …« Er brauchte nicht weiter zu erläutern, denn er sah, dass sie ihn ganz genau verstand. Jack zog an seiner Zigarette. Mit einem traurigen Lächeln begann sie zu erzählen.

Die eisigen Temperaturen waren ungewöhnlich für diese Jahreszeit und hier draußen auf dem bergigen Gelände, umgeben von dem düsteren Fichtenwald, trafen die brachialen Naturkräfte noch härter auf das Anwesen herein, als es in der Stadt der Fall wäre. Diana fuhr ein Frösteln durch den Körper und sie zog ihre dicke Arbeitsjacke noch fester zu. Doch Jacks Lächeln war so warm. Er zog die Kälte förmlich aus ihr heraus, sie hätte stundenlang mit ihm reden können, hatte sich an ihn anlehnen wollen. Seine blonden Locken fielen ihm verspielt in sein sorgenvolles und doch so sanftes Gesicht. Ihr Fieber hielt sich dank der Grippostad, die sie alle zwei Stunden einnahm, in aushaltbaren Graden. Die Gliederschmerzen gaben ihr zwar ein Gefühl von Bewegungsunfähigkeit, doch ihr eiserner Wille und die herzliche Gesellschaft neben ihr ließen sie durchhalten. Er war so nah. Nicht nur körperlich, auch etwas tief in ihr fühlte sich bereits nach dieser kurzen Zeit, die sie mit ihm verbracht hatte, unaussprechlich zu ihm hingezogen. War es das Lächeln? Oder die wolfsgrauen Augen, die ihr wie silberne Diamanten direkt in die Seele schimmerten? Oder war es vielleicht doch nur der Fieberwahn, der sie nun endgültig verwirrte und aus dem Konzept brachte? Egal. Sie gab sich dem Gefühl hin und begann ihm zu erzählen, wie es 1809 mit der Klinik angefangen hatte. Sie wurde errichtet als eine Auffangstation für psychisch instabile Persönlichkeiten, denen rein medikamentös, ohne die dazugehörige Therapie, nicht hätte geholfen werden können. Sie wurden unter Beobachtung gehalten und für eine Wiedereingliederung therapiert. Doch während der großen Hungersnot, die Irland damals befiel, kamen immer mehr Patienten. Menschen, die irreparable Schäden aufwiesen. Die auch mit noch so viel Anstrengung kein eigenständiges Leben mehr führen konnten. Und durch die Probleme, die das Land befallen hatten, waren Menschen mit kleinsten Auffälligkeiten zu einer Last geworden. Und so wurde die Großmutter mit dem Alkoholproblem, der schizophrene Onkel, der eigentlich nur sehr einsam war, ja, sogar die eigene Schwester, die sich regelmäßig erbrach, in diese Klinik eingeliefert. Und dann verstarb 1876 der Gründer dieser Einrichtung, Edward Caprice persönlich. Er vermachte sie seinem Sohn Elliot und dieser wiederrum seinem Sohn. Callahan, der aus unerfindlichen Gründen den Namen seiner ersten Frau Patricia Doyle annahm, begann das Klinikum umzuwandeln. Die starken Patienten wurden von den Schwachen getrennt. Die ohne Kommunikationsfähigkeit wurden weggesperrt. Behandlung ausgeschlossen. Er wählte bestimmte Leute aus, die mit ihnen arbeiten durften – und sobald einer zu viele Fragen stellte, hinsichtlich dem, was hinter den verschlossenen Türen passierte, bekam dieser eine sofortige Kündigung. Da die Arbeitsumstände sich mit jedem weiteren Patienten verschlechterten – kein Urlaub, unzählige Überstunden und die Aussicht, niemals den Mund aufmachen zu dürfen, verleitete das meiste Personal, die Anstalt zu verlassen. Daher war die Atmosphäre oft sehr angespannt. Es wurden ungelernte Hilfskräfte wie Jack eingestellt, die unter normalen Umständen niemals die Erlaubnis gehabt hätten, Medikamente zu verteilen oder Notfallprotokolle, bei denen sogar Spritzen verabreicht werden mussten, durchzuführen.

Diana sah, wie Jack mehrmals tief Luft holen musste, während er ihren Worten aufmerksam lauschte. Entsetzen und gleichzeitig Faszination waren in sein Gesicht geschrieben. Er zog unerbittlich an seiner Zigarette und zündete sich gleich noch eine an, als die andere nur noch ein Stück verbrannter Filter war. Sein maskuliner Adamsapfel zuckte, als er schwer schlucken musste.

»Wie seid ihr hier hergekommen? Aiden, Brody und du, ihr stammt nicht aus Irland, hab ich recht? Ihr habt keinen Akzent, wie Kane zum Beispiel.«

»Brody schon, er ist von uns am längsten hier, achtzehn Jahre hat er bereits in dieser Hölle verbracht. Aiden ist in Berlin geboren, lebte eine ganze Weile in England und kam über Umwege hierher.« Aiden und sie waren Freunde geworden in den letzten Jahren. Nicht so eng, dass sie alles miteinander teilten, aber sein gutes Herz hatte sich mit der Zeit ihr Wohlwollen erschlichen. »Seine Familie lebt oben im Norden von Irland. Ich komme aus einer kleinen Stadt direkt an der Nordsee, in der Nähe von Hamburg. Meine Geschichte …« Sie stockte. Sie brachte die Worte nicht heraus. Ihre Vergangenheit. Nein. »Irgendwann vielleicht«, versprach sie leise und versuchte ein ungezwungenes Lächeln aufzusetzen. In seinem Blick sah sie liebevollen Zweifel.

»Brody … ja, Brody ist eine Klasse für sich. Ich bin seit sechs Jahren hier und kann ihn bis heute nicht einschätzen.«

»Habt ihr Streit miteinander?«

»Ja. Nein. Ach … Er kann manchmal echt ein Arsch sein und ich trau ihm irgendwie nicht über den Weg. Ein Teil von mir möchte glauben, dass das alles nur Fassade ist, aber dann reißt er wieder einen blöden Spruch oder guckt so herablassend und ich will ihm nur an die Gurgel springen.«

Jack nickte und schwieg einen Augenblick. Als er sie wieder anschaute, sah sie Kummer und echte Angst in seinen Augen.

»Diana … Das Mädchen, die Frau, die gestern eingeliefert wurde …«

»Stopp«, unterbrach sie ihn, »Ich weiß, worauf du hinauswillst, aber ich kann dir darüber nichts verraten. Ich werde selbst im Dunkeln gelassen. Tut mir leid, ich hätte dich heute Mittag nicht so verunsichern sollen.«

Das hätte sie wirklich nicht. Ihr war es so rausgerutscht. Tatsächlich war sie diejenige gewesen, die in der Konferenz angemerkt hatte, dass es keine Kapazitäten mehr gab. Nur wollte man ihr nicht verraten, was genau mit der Patientin passieren würde. Oder mit den anderen. Wenn Diana ehrlich war, hoffte sie auf eine Verlegung in eine andere Klinik. Irgendeine. Doch Callahan hatte nur gesagt, sie würden schon einen Platz finden. Und jeder, über den Cal so etwas gesagt hatte, war nie wieder gesehen worden. Der bissige Kommentar von Brody heute Mittag schürte die Gerüchte nur, die deshalb im ganzen Gebäude kursierten. Deshalb war sie auch so wütend geworden. Jack nahm Dianas Worte für den Moment so hin, aber er hatte ein Interesse an der Frau, das Diana nicht verstehen konnte. Daher würde er nicht lockerlassen. Und das war auch gut so. Wenn sie ihm nur sagen könnte, was er hören wollte ... Jack kam ihr vor wie ein Mann, der seinen Willen durchsetzen konnte. Und er war nicht so naiv, alles zu glauben. Selbst ihre stählerne Maske bröckelte schon nach dieser kurzen Zeit. Da war ein Ausdruck in seinen Augen, der einen Punkt in ihrem Innern erreichte, den sie seit dem Unfall nicht berührt hatte, nicht hervorgeholt hatte. Niemand kannte diesen Teil in ihr. Wie machte er das nur? Vielleicht war er ja das langersehnte fehlende Puzzleteil für ihre Ziele, der fehlende Dominostein, um die Ereignisse endlich zum Fallen zu bringen. Diana betrachtete das samtige Orange der untergehenden Sonne, die durch die Wolkendecke brach und ihre letzten Strahlen für diesen Tag auf ihre Gesichter warf. Damit würde auch die letzte Quelle der Wärme versiegen und sie in einem unbarmherzigen Sturm hinterlassen. Sie stand auf, um hinein zu gehen, bevor aus der Erkältung noch eine Lungenentzündung wurde, doch plötzlich fühlte sie sich, als würde ein rasendes Karussell in ihrem Kopf rotieren. Ein Schwindelanfall überkam sie und ihr Sichtfeld verschwamm. Diana griff nach Jacks Arm, konnte aber nicht mehr sagen, ob sie ihn zu packen gekriegt hatte, denn sie sah nur noch schwarz.

Kapitel 5

Meine Hand tut weh, flüsterte Diana, ich habe einen Splitter in meiner Hand. Ihr war nicht klar, mit wem sie sprach, oder ob sie diese Worte überhaupt laut gesagt hatte, doch wie zur Antwort drang eine Stimme an ihr Ohr. In die dunkle, kalte Welt ihres Unterbewusstseins.

»Diana. Diana, bist du wach?« Sie hörte ihren Namen. Wie er ihn aussprach, so sinnlich, so weich. Als sich endlich vor ihren Augen langsam einzelne verschwommene Fetzen zeigten und zu einem Bild zusammenfügten, sah sie das besorgte Gesicht von Jack. Aiden war auch da. Ihr Kollege und Freund stand mit grimmiger Miene neben der Trage, auf der sie offenbar lag. Sie blickte an sich herunter, schaute auf ihre Hände. Nach und nach klärte sich ihr Blick. Kein Splitter, ein Zugang, der mit einer Elektrolytinfusion verbunden war, steckte in ihrer Hand.

»Was ist passiert?«, fragte sie mit ausgetrockneter Kehle. Aiden erklärte, dass sie wohl einen Schwächeanfall gehabt hatte. Jack hatte sie dann hier in das Krankenzimmer getragen und Hilfe geholt. Die weiße Gipsdecke des Raumes wirkte so nah, als könne sie sie anfassen und im nächsten Moment wieder unendlich weit weg. Dianas Kopf brummte wie ein Presslufthammer.

»Wir haben Mr Doyle verständigt, er wollte jemanden abstellen, der dich nach Hause bringt.«

»Ich hab doch nur eine Erkältung«, protestierte sie leise.

»Tut mir leid, Kleines. Aber wir können das nicht verantworten.« In diesem Moment trat Callahan zu ihnen in den Raum. Sein dicker Bauch drückte sich gegen die Liege, als er näherkam und seine ölige Hand auf ihre Stirn legte. Dianas Muskeln verkrampften sich. Noch nie hatte sie so viel Abscheu für einen Menschen empfunden wie für diesen Mann. Niemals würde sie die Narben verzeihen, die sie ihm verdankte, die seelischen und die körperlichen. Die Narben, die sie täglich daran erinnerten, warum sie auch nach Jahren noch die Kraft besaß, die Anstalt zu betreten und einen hervorragenden Job zu machen. Würde niemals vergessen, wie sich seine wulstigen Finger auf ihrem Körper anfühlten. Seine vernarbten Lippen an ihrem Hals. Callahan hinterließ einen feuchten Film auf ihrer Stirn, als er seine Hand wegzog. Ihr wurde wieder übel, hätte sich am liebsten direkt vor seine Füße erbrochen, doch stattdessen holte sie tief Luft und versuchte ihre trockene Kehle mit einem Räuspern und Schlucken zu befeuchten. Diana wollte etwas sagen, doch Jack kam ihr zuvor.

»Wenn es Ihnen nichts ausmacht, könnte ich sie nach Hause fahren. Sir.« Ein Zittern durchfuhr ihren Körper. Erleichterung. Sie sah, wie Cal ihn argwöhnisch musterte. Schließlich nickte er ihm zu und lächelte Diana an. Obwohl es mehr wie eine verzerrte Grimasse aussah. Eines Tages schneide ich dir dein selbstgefälliges Grinsen aus deiner hässlichen Fratze, du verfluchter Widerling. Die Worte spukten ihr im Kopf herum, bahnten sich einen Weg bis zu ihren Stimmbändern, und als sie den Mund öffnete, krächzte sie: »Danke, Sir, für Ihr Verständnis. Ich weiß das sehr zu schätzen.«

Jack hatte sich zu Tode erschreckt, als Diana vorhin plötzlich schwankte und das Gleichgewicht verlor. Er konnte sie gerade noch so packen, damit sie nicht mit dem Kopf auf dem harten Beton aufschlug. Selbst Aiden war schockiert gewesen, als er Diana sah, die regungslos und bleich auf der Liege im Krankenzimmer lag. Callahan Doyle allerdings sah seltsam gefasst aus. Jack machte sich keine weiteren Gedanken darum, wollte nur derjenige sein, der Diana nach Hause fahren durfte. Die merkwürdige Berührung von Mr Doyle, als er ihre Stirn fühlte, ließ Jack jedoch nicht los.

Besonders nicht dieser Ruck, der durch ihren Körper ging. Später. Später würde er darüber nachdenken. Der karmesinrote, schmächtige VW Polo ließ sich sehr leicht steuern. Jack besaß keinen Führerschein, aber er musste mal einen gehabt haben. Dr. Siemann hatte ihn mal fahren lassen, um herauszufinden, wie Jacks Instinkt ihn leitete. Ohne wirklich zu wissen, was er tat, hatte er das Cabrio seines Arztes ohne Probleme durch die Stadt gefahren. Ebenso gut funktionierte es heute, sogar noch besser. ‚Hexe', wie Diana ihn getauft hatte, war handlich und ruhig. In einer Stunde waren sie in der Innenstadt angekommen. Sie wohnte etwas weiter hinter der Universität, in einer engen Seitenstraße. Diana war eingeschlafen, ihr Kopf lehnte an der Fensterscheibe, die durch ihren heißen Atem beschlug. Ihr lieblicher Duft füllte den engen Raum zwischen ihnen. Nachdem er einen Parkplatz gefunden hatte, stupste Jack sie leicht am Oberschenkel an. Mit einem Mal schreckte sie hoch, angsterfüllt, vermutlich aus einem schlechten Traum. Intuitiv beugte Jack sich über die Mittelkonsole zu ihr rüber und nahm sie sofort fest in seine Arme. Sie sträubte sich erst gegen den plötzlichen Druck, doch dann wurde sie allmählich ruhiger.

»Wach auf … Du hast nur geträumt, alles in Ordnung.

Keine Angst. Alles ist gut«, raunte er ihr zu. Sie saßen eine Weile eng umschlungen dort im Auto, in angenehmes Schweigen gehüllt. Das Fieber war wieder gestiegen, bemerkte Jack, denn die Hitze, die ihr Körper ausstrahlte, brachte ihn zum Schwitzen. Diana schien sich komplett der Umarmung hingegeben zu haben. Sie murrte leise, als er begann, sich vorsichtig zu lösen, nur so weit, dass er sie ansehen konnte. Er hob mit seinem Zeigefinger leicht ihr Kinn an. Eine Welle der Begierde überkam ihn, als er sie betrachtete, ihr Gesicht so nah an seinem. So nah, dass er ihren heißen Atem spüren konnte. Diana blinzelte und ihre Augen funkelten, als er zärtlich ihre Wange streichelte.

»Es ist schon lang her, dass mich jemand so festgehalten hat...«, flüsterte sie mit heiserer Stimme.

Jack schenkte ihr ein Lächeln voller Verständnis.

»Ich bring dich jetzt in dein Bett und dann kannst du dich ausruhen, okay?«

Sie nickte kaum merklich, löste ihren Blick keinen Zentimeter von seinem. Ihre Augen waren trotz des Fiebers so klar wie ein Blumenfeld aus Enzian. Widerwillig setzte er zurück, er musste Distanz zwischen ihre vollen Lippen und seine bringen. Jack ließ sie los und stieg aus, um sie von der anderen Seite aus dem Auto zu holen und in ihre Wohnung zu bringen.

‚Oh Diana, du bist so schön‘, hauchte Jack in ihren Nacken, als er ihr langsam ihre Unterwäsche auszog, erst den BH, dann den Slip. Sie lagen in ihrem Bett, mehr konnte sie nicht erkennen. Um sie herum war alles verschwommen, auch Jack schien dunkle Schemen hinter sich herzuziehen. Er liebkoste ihren Nacken, die empfindliche Stelle hinter ihrem Ohr, knabberte sanft an ihrem Ohrläppchen. Seine Hände bewegten sich gierig über ihre nackte Haut, erkundeten jeden Zentimeter. Diana wusste nicht, wie ihr geschah, war sich nicht sicher, ob sie träumte. Ihr Körper pochte vor Lust, von der Hitze, die seine Finger hinterließen.

»Wie sind wir hier hergekommen?«, fragte sie ihn, doch er legte nur seinen Zeigefinger auf ihre Lippen. Sie entdeckte, dass auch er komplett nackt war. Jack blickte ihr tief in die Augen und mit einem kräftigen Stoß stach er in ihre feuchte Mitte. Ihr entfuhr ein Stöhnen und mit jedem Stoß trug sie die Woge der Lust weiter in die Ferne. Seine Lippen eroberten ihre, gierig und leidenschaftlich ließ er seine Zunge in ihren Mund gleiten. Er stieß schneller zu, sie keuchte und beugte ihren ganzen Körper seiner Männlichkeit entgegen. Mit dem nächsten Stoß entlud sich die Welle eines Orgasmus' über ihr und dann wachte sie auf. Dianas schwere Lider öffneten sich, blinzelten gegen die Müdigkeit an, die auf ihr lag, wie eine bleierne Decke. Es war dunkel um sie herum. Langsam schalteten sich nach und nach ihre Sinne ein. Sie fühlte die weichen Fleece-Laken unter sich und die dicke Daunendecke, die sie in einen wärmenden Kokon hüllte. Der Geruch. Sie war bei sich zu Hause. Zum Glück. Mühsam stemmte sie ihren schweißnassen Körper gegen die Schwerkraft. Der intensive Traum und der sehr reale Orgasmus ließen ihren Körper erneut erzittern, als die Erinnerung Gestalt annahm. Wie gut er sich angefühlt hatte … Warum träumte sie so etwas? Jack hatte sie nach Hause gefahren. Ob er wohl noch hier war? Vorsichtig versuchte sie ihre Stimme wiederzufinden. Ein raues »Hallo?« kam hervor. Keine Antwort. Sie setzte sich weiter auf. Eine heiße Dusche würde ihr guttun, dachte sie. Ihrer kaltschweißigen Stirn und dem bitteren Geschmack auf ihrer Zunge nach zu urteilen, schien sie mehrere Stunden stark gefiebert zu haben. Ihre Glieder schmerzten, als hätte sie an einem Marathon teilgenommen. Außerdem begann sich erneut Schwindel hinter ihren Augen zu bilden, doch alles in allem fühlte sie sich besser. Mit einem vorsichtigen Ruck drückte sie die dicke Decke von sich herunter und stand auf. Das Gleichgewicht war noch nicht vollständig wieder hergestellt, sie musste ein paar Sekunden warten und die Schwäche wegblinzeln, bevor sie sich mit kleinen Schritten über das kalte Laminat Richtung Badezimmer begab.

Callahan Doyle saß in seinem Büro und starrte ins Leere. Zu viele Gedanken schwirrten in seinem klugen Kopf. Dieser Junge … Er war sehr erwachsen geworden und wirklich fügsam. Wie man es ihm versprochen hatte. Nur gefiel es Cal gar nicht, wie er sich Diana anbiederte. Hoffentlich … Nein. Cal hoffte nicht. Hoffnung war für Schwächlinge, die ihr Schicksal aus Unfähigkeit nicht selbst in die Hand nehmen können. Diana würde ihn nicht enttäuschen, da war er sich sicher. Eine gute Ausbildung und eine starke Hand. Damit hatte er sich ihre Loyalität erarbeitet und würde sie auch nicht verlieren. Schade, dass sie krank geworden war. Aber es gab nun mal auch bei solch vollkommenen Menschen wie ihr Grenzen und es schien, als hätte er sie erreicht. Aber jede Grenze konnte erweitert werden. Wie bei ihm. Seine Macht hatte schon lange keine mehr. Der Junge jedoch … Er musste ihn im Auge behalten. Und vielleicht mal ein ausführliches Gespräch mit seinem Arzt führen.

Gedankenverloren stützte Diana sich mit den Ellenbogen gegen die Fliesen, während die wohlige, nasse Wärme ihren wunden Körper Zentimeter für Zentimeter eroberte. Allmählich bildete sich eine Dampfwolke um sie herum, hüllte sie ein, verbarg ihre Verletzlichkeit vor der Realität. Getrieben von der einsetzenden Entspannung, gab sie sich ihrem Inneren hin. Sie schloss die Augen und Bilder blitzen auf, von Jack über ihr, von seinen silbernen Augen, die direkt in sie hineinsahen. Von seinen Händen, die leidenschaftlich über ihren Körper wanderten. Wie von allein begannen sich ihre Hände der Erinnerung nach zu bewegen. Die eine glitt über ihre nassen Brüste, die andere streichelte die empfindliche Stelle zwischen ihren Schenkeln. Ein Stöhnen entfuhr ihr und sie setzte sich, als ihre Beine unter ihr nachgaben. Sie konnte seine Lippen auf ihren spüren, das köstliche Kribbeln, das sich bei jedem Kuss durch ihren Körper zog. Sie massierte weiter kreisend ihre Klitoris, als sich ein zarter, leichter Orgasmus ankündigte. Jack hielt sie in ihrer Vorstellung fest an sich gedrückt, während das vertraute, befreiende Zucken durch ihren Körper fuhr, sie bis in die Zehenspitzen erschaudern ließ. Diana öffnete die Augen, leicht außer

Atem. Es fühlte sich so real an. Wie konnte sie solch intensive Gefühle für einen Mann entwickeln, den sie gar nicht kannte? Wie konnte er ihr Herz, das sich so lang kalt und leer angefühlt hatte, mit einer Wärme füllen, einer Lebendigkeit, die sie nie für möglich gehalten hatte? Die Empfindungen überwältigten sie. Sie erinnerte sich, wie er sie gestern in seinem Arm gehalten hatte. So hatte sie sich noch nie mit einem Mann gefühlt. Sicher und geborgen. Diana wünschte sich unwillkürlich mehr davon. Natürlich. Es ist rein biologisch in einer Frau verankert, sich einen sicheren Hafen zu suchen, doch sie kam die letzten Jahre auch ohne jemanden aus. Sie musste doch mit ihm zusammenarbeiten, da konnte sie sich nicht von ihren Hormonen leiten lassen. Auch wenn ein Teil von ihr viel dafür geben würde, den Traum wahr werden zu lassen. Jack schien wirklich ein freundlicher Mensch zu sein, immerhin hatte er sie nach Hause gefahren und sich um sie gekümmert. Aber nun wurde es Zeit für Diana, wieder aufzustehen, die Gedanken an ihn abzuschütteln und weiterzuarbeiten. Sie durfte ihr Ziel nicht aus den Augen verlieren, schon gar nicht wegen eines Mannes. Als sie sich gerade unter dem heißen Strom aufrichten wollte, blieb ihr Blick an der gläsernen Duschkabinentür hängen. Der Morgen war angebrochen und warf rotgoldene Strahlen durch das Badfenster direkt auf das Glas. Die kleinen Tropfen, die sich ihren Weg durch die Beschlagenheit der Scheibe bahnten, funkelten wie kleine Diamanten und Rubine. Es war ein hypnotisierender Anblick, so leicht, glänzend, wie sie sich langsam einer nach dem anderen der Schwerkraft ergaben. Diana ließ wie in Trance ihren Finger über das kühle Glas gleiten, verband die kleinen zarten Perlen miteinander, genoss das Kribbeln in ihren Fingerspitzen.

Doch plötzlich riss sie ein klirrendes Geräusch aus ihrer Verzückung. Es schien aus ihrer Küche gekommen zu sein.

Jack hätte nicht bleiben sollen. Sein Pflichtgefühl hatte ihm gestern geraten, dazubleiben, falls sie Hilfe bräuchte. Er war sich zwar bewusst gewesen, dass es ein wenig bizarr erscheinen könnte, in der Wohnung einer Frau zu übernachten, die er erst einen Tag kannte, aber besondere Umstände ... Doch als er mit schmerzendem Rücken auf der Couch erwachte und feststellte, dass seine Tabletten leer waren, die er immer mit sich trug, und Nachschub gefühlt ewig weit weg war, dachte er nur noch an seine Wohnung und seinen Vorrat. Bei dem Trubel gestern hatte er es ganz vergessen. Diana konnte er nicht fragen. So weit konnte er sie noch nicht einschätzen und das könnte seine Anstellung gefährden. Aber vielleicht ... Er war nicht süchtig, er war nur im wahrsten Sinne des Wortes abhängig. Das war nicht seine Schuld. Er war krank. ‚Sie arbeitet in einer Irrenanstalt, schau in ihren Medizinschrank.‘

Das Dröhnen in seinem Kopf wurde wieder lauter. Er presste seine Handballen gegen die Schläfen und unterdrückte einen Aufschrei. Das Geräusch von fließendem Wasser ließ ihn hochschrecken. Jack besann sich darauf, wo er gerade war und warum. Diana war wohl aufgewacht und duschen gegangen. Gut. Er würde sich jetzt zusammenreißen und Kaffee kochen. Dann würde er sich um Diana kümmern, das würde ihn sicher ablenken, hoffte er. Doch seine Glieder brüllten ihn an, er solle gefälligst liegen bleiben, sein Kopfschmerz stemmte sich gegen seinen Willen, rief ihm zu, er solle lieber sterben, dann brauche er sich um nichts mehr zu kümmern. Mit Mühe kämpfte Jack sich zum Waschbecken und spritzte sich ein wenig kaltes Wasser ins Gesicht. So schwer hatte sich sein Körper schon lang nicht mehr angefühlt. Sollte er Dr. Siemann anrufen? Nun war schon eine ganze Weile vergangen, seit er das letzte Mal mit ihm gesprochen hatte. Komischerweise hatte sein Arzt auch nicht angerufen und nachgefragt. Vielleicht war er es leid. ‚Dein ewiges Gejammer hält doch auch keiner aus!‘

In seinen Gedanken formte sich ein Bild, ertönte eine

Stimme, die ihn rief. Weiblich. Wunderschön. Ihr Gesang schmeichelte seinem schmerzenden Kopf, zupfte an seiner Seele wie an der Saite einer Harfe. Mama. Das Lied kam ihm bekannt vor. Das Bild der blonden Frau auf der Terrasse war plötzlich wieder da, wandelte sich von Sekunde zu Sekunde immer wieder von Neuem. Sie hielt Jack in ihrem Arm, dann saßen sie auf einer Decke und lachten herzlich, dann stand sie in der Küche und summte vor sich hin. Die Erinnerungsfetzen spielten sich in seinem Kopf ab, wie ein Film, mit seinem Gute-Nacht-Lied als Hintergrundmusik. Mit einem Mal war Jack hellwach. Das Wasser tropfte von seinem Kinn. Die Erkenntnis traf ihn wie ein Schlag ins Gesicht. Die Geisterwesen, die ihn Nacht für Nacht verfolgten, das Blut. Eins davon hatte er heute Nacht wieder erkannt. Hatte sich erinnert. Seine Mutter. Das Blut … Waren es vielleicht seine Erinnerungen, die ihn verfolgten? War seiner Familie etwas zugestoßen? Suchten sie deshalb nicht nach ihm? Der Unfall … die Kinder waren vielleicht seine Geschwister. Und was hatte die Patientin damit zu tun? Durch sie hatte er erstmals diese geistige Barriere brechen können. Gehörte sie zu seinem früheren Leben? Jack rappelte sich auf, er musste es herausfinden. Wollte seine Identität wiederhaben! Er würde Diana um ihr Auto bitten, zu seiner Wohnung fahren, die Medikamente holen und dann zur Arbeit fahren. Und dort würde er versuchen, zu der Frau zu kommen, in der Hoffnung, sie würde vielleicht etwas bei ihm auslösen. Jack rieb sich die Augen und dehnte seine Muskeln gegen die Schmerzen an, er fand eine behelfsmäßige Aspirin in einer Küchenschublade und machte sich dann ans Kaffeekochen. Gerade als er zwei Tassen aus dem Schrank holte, ging ein Ruck durch seinen Körper. Erneut explodierten Bilder in seinem Sichtfeld. Ein Spielplatz, eine Schaukel, ein rothaariges Mädchen, welches ihn nach seinem Namen fragte. Das klirrende Geräusch der Tassen, die auf dem Boden zersprangen, zog ihn wieder in die Realität. Jack musste sich auf der Theke abstützen, damit sein Körper nicht nachgab. Er brauchte unbedingt seine Tabletten. Dann hörte er das leise Tapsen von nackten Füßen, die sich vorsichtig anschlichen. Diana, nur in ein Handtuch gehüllt, stand mit schreckgeweiteten Augen in der Tür und sah ihn an.

»Was ist passiert?«

Langsam, so quälend langsam übernahm er wieder die Kontrolle über seinen Körper, atmete tief durch und versuchte, als der Mann aufzutreten, der er gern für sie sein wollte.

»Es tut mir leid, ich habe versehentlich die Tassen fallen lassen, ich werde sie dir selbstverständlich ersetzen.« Ihre Gesichtszüge wurden allmählich weicher und sie kam vorsichtig ein paar Schritte näher. Jack fiel auf, dass ihre Haut noch ein wenig dampfte und nach Vanille und Kardamom roch.

»Vorsicht. Die Scherben.« Diana hielt inne. Beide standen sie nun in der kleinen Durchgangsküche, die hinter der freistehenden Theke ins Wohnzimmer führte. Er machte einen Schritt auf sie zu, über die Scherben hinweg und stand plötzlich näher, als er beabsichtigt hatte. Diana schaute ihn mit großen, erwartungsvollen Augen an. Ihre haselnussbraunen Haare tropften noch, vermutlich hatte sie sich ziemlich erschrocken und beeilt. Jack sammelte all seine Kräfte und hob sie kurzerhand auf seinen Arm. Sie protestierte nicht so sehr, wie er es erwartet hatte, was ihm ein kleines Schmunzeln abrang. Er trug sie zu dem schwarzen Satinsofa, auf dem er die Nacht geschlafen hatte und setzte sie sanft ab. Schnell kuschelte sie sich in eine der Tagesdecken und Jack gesellte sich zu ihr, endlos erschöpft und schloss für einen kurzen Moment die Augen.

»Also … du bist noch da«, flüsterte Diana. »Danke.«

»Ja, ich bin noch hier und du brauchst dich nicht zu bedanken.« Er bemühte sich um ein Lächeln, als er ihr ansah, wie verletzlich sie plötzlich schien. Im Angesicht ihrer Verfassung und der intimen Umgebung, in die er mehr oder weniger eingedrungen war, bekam er ein schlechtes Gewissen. Er hätte nicht bleiben sollen. Und doch gab es ihm ein Gefühl der Gebor-

genheit, wie sie ihn musterte. Schüchtern und doch voller Zärtlichkeit, mit einem Lächeln, das ihre Mundwinkel leicht umspielte.

»Es tut mir leid, wegen der Tassen. Ich …«

»Vergiss die Tassen. Ist nicht schlimm. Möchtest du mir erklären, was mit dir los ist? Hab ich dich angesteckt?«

»Nein, du hast mich nicht angesteckt. Ich … weiß nicht, wie
ich es erklären soll.«

»So, wie es ist?«

Jack lachte. Einfacher gesagt als getan.

»Das sagst du so einfach. Wie fühlst du dich?«

»Schon besser. Noch ein wenig schlapp, aber das Fieber hat
nachgelassen.« Er nickte beruhigt und widerstand dem Bedürfnis, näher zu rücken und ihren Körper an seinen zu pressen.
Sein Blick allerdings wanderte unaufhaltsam von ihrem leicht
geröteten Gesicht über ihren nackten Hals, ihr milchiges De-
kolletee und über die wohlgeformten Rundungen, die unter
dem braunen Handtuch versteckt waren.

»Hey, meine Augen sind hier oben.«

Sichtlich peinlich berührt, zog sie die Decke enger um ihren
Körper. Erschrocken fuhr er zurück. Vollidiot.

»Es … tut mir so leid. Ich war kurz weggedriftet«

Zu seiner Erleichterung antwortete sie mit einem herzlichen
Lachen. Jack konnte nicht anders und stimmte mit ein. Seine
Schmerzen zogen sich zurück, wurden übertönt, wenigstens
für den Moment.

Das Gelächter der beiden wurde lauter und intensiver, sie
konnten nicht anders, ließen ihren Gefühlen freien Lauf. Vielleicht fanden die Jahre des Schweigens, des Trauerns, des
Schmerzes nun endlich ein Ende.

Kapitel 6

»Gibt es etwas Neues?«

»In der Tat, Doktor. Er begann vor zwei Tagen sein Arbeitsverhältnis bei mir.«

»Es hat tatsächlich funktioniert?«, fragte Dr. Siemann zögerlich.

»Ja, es läuft alles. Ich habe ihn im Auge, Sie brauchen sich keine Sorgen zu machen.«

»Ich bin erleichtert. Also ... behandeln Sie ihn gut, Callahan. Er hat viel durchgemacht.«

»Sie sind nicht in der Position, Forderungen zu stellen, lassen Sie den Jungen meine Sorge sein.«

»Ich weiß ... Nur habe ich meine Zweifel an der Art und Weise, wie Sie den Jungen benutzen.«

»Haben Sie den Verstand verloren? Denken Sie allen Ernstes, es ist ratsam, an mir zu zweifeln? Ich erinnere Sie daran, dass ich Ihnen jederzeit den Geldhahn wieder zu drehen kann. Ohne einen Nachteil für mich. Im Gegensatz zu Ihnen. Was wäre Ihre Klinik ohne mich? Und denken Sie an Ihre Tochter! Womit wollen Sie die aufwändige Stammzelltherapie bezahlen? Die ganzen Operationen, die noch auf sie zu kommen. Das arme Mädchen. Wir können sie natürlich auch gern hier behandeln, wenn es Ihnen lieber ist!«

»Es reicht! Ich habe verstanden, es tut mir leid.«

Entnervt presste er den Hörer auf die Gabel und lehnte sich in seinem Sessel zurück. Cal seufzte. Ständig musste er allen den Kopf zurechtrücken. Manchmal überwältigte selbst ihn das Gefühl, er hätte einen falschen Weg eingeschlagen, doch Ziele sind da, um sie zu erreichen. Und Zweifler sind unnütz, Zeitverschwendung, also schüttelte er diese ekelerregenden, unsicheren Gedanken ab, um sich wieder seinen Aufgaben zu widmen. Perfekt. Es musste alles perfekt sein.

Doch als er den kleinen, blinkenden Punkt auf dem Bildschirm betrachtete, stieg ein Zorn in ihm hoch, den er bisher erst einmal in seinem Leben gespürt hatte. Und den er zu kontrollieren nicht fähig war.

Ihr Bauch schmerzte. Diana konnte sich nicht daran erinnern, wann sie das letzte Mal so gelacht hatte. Und sie wusste nicht einmal, warum. Jacks Blick, der über ihren Körper geglitten war, katapultierte ihr Selbst in den Traum der letzten Nacht zurück. Sie verlor die Kontrolle und, unfähig zu denken, fing sie an zu lachen. Es kam tief aus ihrem Inneren, glich einem Schrei der Verzweiflung. Und als Jack auch noch die plötzliche Erheiterung in sich aufnahm und mit einstimmte, herzlich und melodisch, wie eine wunderschöne Symphonie, war kein Halten mehr. Sie ließen sich vollends mitreißen. Diana zog die Knie dicht an ihren Körper, genoss die Muskelschmerzen, die tief aus ihrem Bauch heraus strahlten. Ihr Gesicht vergrub sie in ihren Händen, als sie das Gefühl überschwemmte, nie wieder aufhören zu können. Jack versuchte irgendetwas zu sagen, doch auch er kullerte sich mittlerweile zwanglos auf dem Sofa. Man sagt, Lachen sei die beste Medizin. Und das, was Jack und sie gerade erlebten, glich einer Heilungskur, wie sie kein Arzt würde verschreiben können. Langsam schaffte sie es, tiefe Atemzüge zu nehmen. Sie fühlte sich frei. Auch wenn es nicht lange anhalten würde, das war ihr klar. Immerhin wartete da draußen, außerhalb dieses warmen Wohnzimmers mit dem fremden Mann, ein anderes Leben auf sie. Aufgaben, die sie zu bewältigen hatte. Pläne, die sie durchziehen musste und Erwartungen, die zu erfüllen sie verpflichtet war. Sie hatte sich diese Verpflichtung selbst auferlegt. Der Gedanke daran, warum sie tat, was sie tat, ließ sie allmählich verstummen. Jack bemerkte wohl ihren eintretenden Missmut und wurde ebenfalls still.

Vorsichtig legte er eine Hand auf ihr Knie, das unter der Tages-decke hervorlugte und rückte ein Stück näher zu ihr heran.

»So gut hab ich mich schon sehr lang nicht mehr gefühlt. Ich kann mich nicht einmal mehr daran erinnern, wann ich das letzte Mal überhaupt gelacht habe. Danke«, raunte er ihr leise zu. Diana schmolz unter der Hitze seines Blickes und seiner Be-rührung.

»Ich auch nicht, muss ich zugeben«, erwiderte sie leise. Ihre Atemzüge waren belebender als je zuvor und ihre Wangen wa-ren noch heiß und feucht, von den Freudentränen, selbst ihre Kiefermuskeln taten weh.

»Magst du mir jetzt erzählen, was vorhin los war?«, fragte Diana mit einem sanften Lächeln auf den Lippen.

Er nahm die Hand von ihrem Bein. Ein Schatten huschte über sein Gesicht, aber sie sah in seinen Augen, dass er ver-suchte, die richtigen Worte zu finden. »Es ist wirklich schwer. Ich möchte nicht, dass du ein falsches Bild von mir hast. Du kennst mich noch nicht lang und gut. Und wenn ich dir erzäh-len würde, was in meinem Kopf vorgeht … Herr Gott, ich weiß es ja selbst nicht mal.«

Mit zitternden Händen massierte er seine Schläfen. Sie wollte ihn nicht bedrängen, er würde schon seine Gründe ha-ben. Doch sie hatte dieses intensive Bedürfnis, ihn besser ken-nen zu lernen und ihm diesen Schmerz vielleicht etwas zu neh-men. Es war töricht zu glauben, dass sie dies könnte, wo sie selbst doch dem Fluch des Schmerzes erlegen war. Anderer-seits hatte sie eben einen Blick auf den wahren Jack, die Seele hinter den grauen Augen, erhaschen dürfen, und das ließ sie sich nicht nehmen. Also setzte sie alles auf eine Karte. Mehr. Sie wollte mehr.

»Ich verstehe, was du meinst, aber weißt du, ich fühle mich ziemlich wohl mit dir. Ich meine, normalerweise betritt nie-mand diese Wohnung außer mir, also muss das schon was hei-ßen.« Nach einem tiefen Atemzug fuhr sie fort, »Ich glaube, wir könnten Freunde werden. Vielleicht die Freunde, die wir beide brauchen in unseren Leben.«

Denn sie hatte zwar Aiden, der so etwas wie ein Freund für sie war, aber das würde niemals über eine Arbeitsbeziehung hinausgehen. Diana wollte ihrem Instinkt trauen, so wie sie es schon immer getan hatte und der schrie ihr zu, dass Jack der Mensch war, auf den sie seit Jahren gewartet hatte. Ein zustimmendes, leichtes Lächeln umspielte seine Mundwinkel, also sprach sie weiter.

»Also vielleicht sollten wir erstmal das Kennenlernen nachholen, wenn wir Freunde werden wollen. Möchtest du etwas über mich wissen?« Er hob den Kopf und entgegnete ihrem Blick durchdringend und suchend.

»Vielleicht sollte ich vorher die Scherben in der Küche aufräumen und den Kaffee holen, denn den kann ich jetzt echt gut gebrauchen. Und dann, ja, würde mir einiges einfallen, was ich über dich wissen möchte«.

Sein keckes Grinsen ließ sie fast erneut wieder loslachen, doch sie behielt sich im Griff. Er wollte gerade aufstehen, hielt jedoch kurz inne und sah sie mit einem dunklen Blick voller Begierde an, der ihr den Atem raubte.

»Und vielleicht solltest du dir dann etwas anziehen. Dein Anblick lenkt mich doch ziemlich ab.« Jack zwinkerte ihr zu und machte sich auf den Weg in die Küche.

»Das ist eine sehr gute Idee«, erwiderte sie amüsiert und gab ihm die nötigen Instruktionen, wo er Kehrschaufel und Handfeger fand.

Nachdem Jack den Boden gesäubert hatte und Diana diesen gefahrlos betreten konnte, huschte sie in ihr Schlafzimmer. Er seufzte und atmete tief durch. Was geschah nur mit ihm? Seine Emotionen gerieten außer Kontrolle, aber seine Schmerzen blieben immerhin erträglich. Es tat unendlich gut, in ihrer Nähe zu sein. Diese starke Frau seine Freundin nennen zu können, wäre eine unglaubliche Ehre, dachte er. Was hatte sie nur an sich? Mal abgesehen von ihrer Attraktivität, die den Mann in ihm weckte. Jack erkannte so viel Tiefe in ihren ehrlichen, aufgeweckten Augen. Das durch den Lachanfall verursachte Kribbeln in seinen Bauchmuskeln, hallte noch immer nach. Er konnte gar nicht aufhören zu grinsen und so beschloss er, sich einfach diesem Gefühl hinzugeben. Er hatte ohnehin keine Kraft mehr, um darüber nachzudenken, also fing Jack an, sich treiben zu lassen, während er den Kaffee in die neuen Tassen füllte und zurück zum Sofa ging. Wenn sein Körper ihn nicht wieder im Stich ließ, könnte er den Morgen überstehen. Den Schmerz beiseiteschieben. Ablenken. Denn mit Diana war es irgendwie möglich. Das hatte Jack nicht erwartet. Selbst sein Teufelchen gab keinen Mucks mehr von sich. Ein zufriedenes Seufzen entfuhr ihm. Jacks Blick schweifte durch das Wohnzimmer. Diana hatte nicht viele Möbel. Unter dem großen Fenster rechts von ihm stand ein langes, schwarzes Sideboard, in dem sich jede Menge Bücher befanden. Darauf waren Fotos in unterschiedlich großen Bilderrahmen drapiert, und eine dünne Lichterkette schlang sich um das dunkle Holz. In der Ecke stand eine Yuccapalme, die wohl schon länger kein Wasser mehr bekommen hatte. Vor dem Sofa an der Wand stand auf einer kleinen Kassettenkiste ein Flachbildfernseher, nicht sonderlich groß, aber dennoch ein neueres Modell. Die Dachschräge über ihm ließ den Raum sehr klein wirken und ohne die offene Küche hätte er wahrscheinlich Beklemmungen bekommen. Links von ihm an der Wand hing eine große Leinwandfotografie, auf der ein Wolf mit seinem Rudel im Hintergrund abgebildet war. Dieses Bild hatte Jack die ganze Nacht angestarrt, vielleicht hatte er deshalb so schlecht geschlafen. Es erinnerte ihn an den Augenblick vor zwei Tagen. Das grelle Treppenhaus, die magere Frau, die um Hilfe schrie. Und seine Mutter. Sie war ihm so präsent wie noch nie. Wachte über ihn wie das Pendant zu seinem Teufelchen. Eine Kerze hatte sich entzündet, deren schwacher Schein nun sein Bewusstsein erleuchtete. Ein Schein der Erinnerung.

Diana setzte sich auf ihr Sofa und riss Jack, der seine Kaffeetasse wie ein Rettungsseil umklammert hielt, aus einem tiefen Gedanken.

»Schöne Tiere, nicht wahr?«

Als sie seinem sorgenvollen Blick begegnete, zuckte sie kurz unmerklich zusammen.

»Oder nicht?«

»Ja. Wunderschön«, sagte er mit einer Ernsthaftigkeit, die ihr eine Gänsehaut bescherte. Diana hatte sich ihren geliebten Oversize-Sonntags-Pullover übergezogen. Sie erkannte die Ironie dahinter, da es für sie eigentlich keine Sonntage in dieser Form gab. Aber die grüne Alpakawolle schmiegte sich so weich und samtig an ihren Körper, dass sie jedes Mal, wenn sie ihn trug, das Gefühl von Entspannung empfand. Er hatte mal ihrer Schwester gehört. Das war eines der wenigen Dinge, die Diana noch von ihr hatte, von ihrem früheren Leben. Dazu trug sie eine hellgraue Jogginghose und Socken, die so dick wie ihre Arbeitsstiefel waren. Ihre Haare waren mittlerweile einigermaßen getrocknet und rahmten in zerzausten Strähnen ihr Gesicht ein. Jacks Züge wurden weicher, als er sie betrachtete. Diana nickte erwartungsvoll. Sie war so seltsam verlegen in seiner Nähe, das kannte sie überhaupt nicht von sich. Normalerweise war sie die taffe Herzensbrecherin, die immer und überall die Kontrolle übernahm, und jetzt? Sie wollte diesen Mann für sich gewinnen, würde ihn ein Stück weit in ihr Inneres sehen lassen. Hoffentlich würde sie es nicht bereuen.

»Okay. Wo genau kommst du her?« Jack schmiegte sich ebenfalls in eine der weichen Tagesdecken auf der Couch und gemeinsam genossen sie den Moment der Ruhe, den sie sich gegenseitig schenkten.

»Wie ich ja schon sagte, komme ich von der Nordsee«, begann sie zu erzählen. »Eine kleine geschichtsträchtige Stadt namens Cuxhaven. Die Menschen dort sind voller Gutmütigkeit und Wärme. Ein wenig eingefahren in ihren Ansichten, aber immer da, wenn man sie braucht. Das liebe ich sehr an diesem Ort. Und was noch viel schöner ist, ist das Meer. Du solltest das mal sehen, so weit.« Diana breitete ihre Arme aus, um ihren Worten Nachdruck zu verleihen. »Natürlich sind wir hier in Irland auch von Wasser umgeben, aber hier ist es nochmal etwas anderes. Rauer.«

Jack bemerkte das Glitzern in ihren Augen, während sie weitersprach, hatte das Gefühl, mit ihr an diesem Ort zu sein. Er spürte fast die salzige Meeresbrise, die seine Nase kitzelte und die erfrischende Kälte, die seine Glieder wachrüttelte.

»Wenn ich nachdenken musste, oder einfach mal abschalten wollte, saß ich an einem ganz geheimen Ort, wo mich niemand finden konnte. Ich kauerte mich mit einer Decke und einem guten Buch in die Felsen und schwebte weg. Mein Kopf war nirgends so frei und leicht wie dort. Es fehlt mir.« Eine kleine Träne kullerte über ihre Wange und Jack konnte nicht anders, als sich vorzubeugen und sie mit seinem Finger aufzufangen. Er glitt über ihre butterweiche Wange mit seinem Daumen und wünschte sich, seiner Begierde, die sich in ihren Augen widerspiegelte, als sie ihn mit leicht geöffneten Lippen ansah, einfach nachgeben zu können. Doch er zog sich wieder ein wenig zurück, ignorierte den Druck, der kurzerhand Besitz von ihm ergriff.

»Sprich bitte weiter«, sagte er heiser und nahm einen großen Schluck seines Kaffees.

Diana schluckte. Emotionen, die sie so nie erwartet hatte, überfluteten ihren Körper. Das Heimweh, gepaart mit dem tiefen Glücksgefühl, das sie bei der Erinnerung an ihre Heimatstadt empfand, gemischt mit der Trauer, die aufkam, wenn sie an ihre Vergangenheit dachte. Und dann dazu diese überwältigende Erregung. Eine kurze, sanfte Berührung reichte aus, um ihr den Verstand zu rauben. Sie war ihm ausgeliefert und sie genoss es. Mit ihrer ganzen Seele. Wenn er sie mit diesen begehrenden, sanften grauen Augen ansah, fühlte sie sich nicht wie die einsame Frau, die unmögliche Aufgaben zu bezwingen hatte, die stark und selbstbewusst auftreten musste, während ihr Chef, der Mensch, den sie am meisten hasste, seine Hände über ihren Körper wandern ließ. Nicht wie eine Frau, die lieber sterben würde, damit ihr Leiden ein Ende hatte. Nein. Wenn Jack sie ansah, war sie nur eine junge Frau, zart und zerbrechlich, wie ihr Innerstes. Diana wollte in diesem Moment nicht dagegen ankämpfen, sie wusste, dass sie sich in ihn verliebte und wusste, wie schwer das werden würde, aber sie wollte es zulassen. Er zog sich zurück und sie widerstand gerade so dem Drang, zu protestieren. Jacks tiefe Stimme erklang in ihrem Kopf und nach einem kurzen Moment der Besinnung, fand sie ihre Sprache wieder.

»Ich …« Sie befeuchtete ihren trockenen Mund mit einem Schluck Kaffee. »Was möchtest du noch wissen?«

Jack räusperte sich. »Hast du Familie?« Vor dieser Frage hatte sie sich gefürchtet. Sollte sie ihm diesen Teil ihrer Geschichte anvertrauen? Vielleicht schafft er es dann, auch über sich zu sprechen, dachte sie. Diana schluckte schwer und begann vorsichtig zu erzählen. Leise, als wären die Worte ein scheues Reh, an das man sich anschleichen müsse, damit es nicht verschwand. Oder schlimmer, wie ein Tiger, bei dem man keine ruckartigen Bewegungen machen sollte, damit er einen nicht mit Haut und Haaren verschlang.

»Ich hatte Familie.« Sie zog die Knie dicht an ihren Körper und senkte den Blick, schaute in sich hinein. Ach, zum Teufel, hatte sie denn etwas zu verlieren? »Mein Vater verschwand, als ich neun Jahre alt war. Er war unserer Familiensituation nicht gewachsen, hatte er gesagt. Das war drei Jahre, nachdem ...« Die Worte lagen wie Steine in ihrem Herzen. Sie sah Jack an. Die Wärme in seinem mitfühlenden Blick gab ihr Kraft, doch sie schaffte es nicht, auszusprechen, was sie seit Jahren auffraß. Diana holte tief Luft. Der Schmerz der Erinnerung lag tief verankert und es schnürte ihr die Brust zu, als sie an ihr kleines Mädchen dachte. Jack nahm ihre Hand in seine und drückte sie sanft und ermutigend.

»Ich habe das noch nie jemandem erzählt, Jack.«

»Es ist okay. Du musst es nicht. Ich möchte nur, dass du weißt, das du es kannst.« Sie glaubte ihm.

»Okay«, hauchte sie, voller Dankbarkeit und Furcht. »Wir zogen nach Irland, als meine kleine Schwester Beth geboren wurde. Das war der Wunsch meines Vaters. Ungefähr zwei Jahre nach ihrer Geburt stellten wir fest, dass sie eine schwere Form des Autismus entwickelte. Es war fast unmöglich, mit ihr zu kommunizieren, im Laufe der Zeit entwickelte sie immer stärker aggressive und destruktive Verhaltensweisen. In einem Moment war sie ein scheinbar fröhliches Kind und im nächsten Moment schlug sie ihren Kopf gegen die Wand.« Diana trank noch einen Schluck Kaffee, gegen den Kloß in ihrem Hals. »Mein Vater kam nicht mit dieser Situation klar und verschwand, drei Jahre nach ihrer Geburt. Und meine Mutter. Nun ja, meine Mutter zog sich eine ganze Zeit lang in ihre Traurigkeit darüber zurück und ließ uns mehr oder weniger allein. Ich lernte in dieser Zeit viel über Beth's Krankheit, besonders, wie ich mit ihr kommunizieren konnte. Irgendwann verstand ich sie, wie es sonst niemand konnte. Ich wusste, was sie dachte, was sie fühlte. Sie war mein kleiner Schatz, mein Grund, morgens aufzustehen und bereits mit elf Jahren nach der Schule zu arbeiten. Zeitungen austragen, in einem Café aushelfen und so weiter. Ich versuchte sie so viel wie möglich überall mit hinzunehmen, damit sie zu Hause nicht sich selbst überlassen war und soweit funktionierte das auch ganz gut. Sie vertraute mir. Bis meine Mutter langsam zu sich kam und eines Tages Stewart anschleppte« Diana biss sich auf die Lippe vor Wut, die in ihr hochkochte. »Mutters Aussage war, dass sie unsere Familie nicht allein versorgen könne, also brauche sie Hilfe. Dass ich in den Jahren zuvor allein dafür gesorgt hatte, dass sich unsere Familie über Wasser hielt, blendete sie komplett aus. Versteh das nicht falsch, ich liebte meine Mutter unbändig und wollte nichts weiter als ihr Wohlergehen, aber sie stürzte uns ins Unglück. Anstatt, dass sie einfach da gewesen wäre, uns ins Bett gebracht hätte und uns vorgelesen hätte, wollte sie auf ihre Art versuchen uns zu helfen. Also lernte sie Stewart kennen« Ein weiterer tiefer Atemzug. »Stewart war ein ekeliger Mann. Er hatte ein wenig Geld, das der Familie zugutekam, aber er behandelte uns nicht gut. Er trank zu viel und war sehr grob zu unserer Mutter. Mich beachtete er kaum, aber nur, weil er wusste, dass es ihm nicht guttun würde, wenn er sich mit mir anlegen würde. Aber da war noch Beth. Mit ihr kam er überhaupt nicht klar. Ständig versuchte ich ihm zu erklären, dass er sich anders verhalten müsse, doch er wollte das nicht hören. Eines Tages … Ich war fast fertig mit meiner Ausbildung zur Fachkraft für Schutz und Sicherheit, als ich nach Haus kam und …« Sie konnte es nicht mehr aufhalten. Die Erkältung, die ihre Nerven noch immer abschmirgelte, die Erinnerung, diese absurde Situation, sich einem fremden Mann so offenbaren zu wollen. Es war zu viel. Ein tiefes Schluchzen bahnte sich ihre Kehle hoch und brach in einem Schwall aus schmerzerfüllten Tränen hervor. Diana vergrub ihr Gesicht in ihren Händen, als könne sie die Wut und die Trauer irgendwie auffangen. Doch da war etwas anderes, das sie vor dem Zerbrechen bewahrte. Jacks starke Arme schlangen sich um ihren Körper und hielten sie ganz fest an sich gedrückt. Sie konnte seinen Herzschlag in seiner Brust fühlen, versuchte sich von dem beruhigenden Rhythmus mittragen zu lassen.

»Schhh ...«, flüsterte er in ihr Ohr und strich ihr zärtlich über das Haar.

»Meine Mutter ... Sie lag in der Küche auf dem Boden, mit einem tiefen Loch in der Stirn«, weinte Diana, »Beth kauerte unter der Spüle. Sie war zu verstört, um mir mitzuteilen, was passiert war. Und Stewart.« Diana vergrub ihre Finger in Jacks Pullover, zog ihn noch näher an sich. Sein Geruch nach frisch gemähtem Gras und Sommergewitter hüllte sie in eine wohlige Blase aus Vertrauen und Geborgenheit. »Er war am Packen ... Er sagte nur, Beth wäre durchgedreht und hätte Mutter ge-schubst, so dass sie mit dem Kopf auf die Theke geknallt war.«

»Aber das war nicht so, stimmts?«

»Beth hätte ihr niemals etwas getan! Ihr Zustand war stabil, dafür hatte ich gesorgt! Aber er musste sie doch immer wieder provozieren. Ich hätte sie nicht allein lassen dürfen mit ihm.« Da war es raus. Der Vorwurf, der sie all die Jahre umklammert hielt, der es ihr verbat, irgendwelches Glück zu empfinden.

»Es war nicht deine Schuld. Du hast alles getan, was du konntest.«

Ja, das hatte sie wirklich. Und doch hatte es nichts genützt. Sie war nicht genug. Nicht genug.

»Was ist dann passiert?« Sie schluckte schwer und nach ein paar tiefen Atemzügen löste sie sich ein wenig von Jack, um ihn anzusehen.

»Dann wurde sie abgeholt.« Sie konnte die nächsten Worte nicht aussprechen. So weit dürfte sie nicht gehen, denn das würde über Freundschaft hinausgehen. Sie würde ihn in eine Sache mit hineinziehen, die sehr gefährlich für ihn werden konnte. Unter keinen Umständen durfte sie ihm das antun.

»Was ist?«, fragte er verwirrt, als er ihren zögernden Blick richtig deutete.

»Ich habe genug erzählt«, sagte sie kühl und zog sich aus seiner Umarmung zurück.

»Diana«, raunte er leise.

»Jack, ich kann dir nicht mehr erzählen. Zu deiner eigenen Sicherheit, okay?«

»Also wenn du eine Bank ausgeraubt hast, erwarte ich, dass du mich an der Beute beteiligst, sonst bist du ganz schön mies als Freundin«, neckte er sie zwinkernd. Mit Humor versuchte er der Situation die Schärfe zu nehmen, wie süß er doch war ... Ein Lächeln huschte über ihr Gesicht. Es hatte gutgetan, diese Geschichte loszuwerden und, anders als erwartet, hatte sie auch kein schlechtes Gewissen, dass sie Jack damit belastete.

»Danke fürs Zuhören, Freund«, flüsterte sie sanft und gab ihm einen kurzen, leichten Kuss auf seine stoppelige Wange.

»Ich weiß es zu schätzen, dass du mir dieses Vertrauen schenkst. Es ist mir eine unbeschreibliche Ehre, der Mann sein zu können, der diese Worte mit dir teilen darf.«

»Danke ... Aber jetzt bist du dran. Erzähl mir etwas über dich.« Ihr Gesicht war noch gerötet und hin und wieder schniefte sie etwas, aber Diana schien sich beruhigt zu haben. Jack verdaute die Geschichte noch, verstand nun besser ihre traurigen Augen. Auch wenn sie ihm den Rest der Geschichte noch nicht erzählen wollte, hoffte er, ihr vielleicht trotzdem eine starke Schulter bieten zu können. Er schaute auf die Uhr. In vier Stunden musste er auf Arbeit sein, und er musste vorher seine Tabletten holen, sonst würde er den Tag nicht überstehen. Vielleicht sollte er damit nicht unbedingt anfangen, dachte er. Nur, womit würde er anfangen? Er wusste doch kaum etwas?

»Meine Familie war ...« Jack schluckte, als er über dieses Wort stolperte. War. Es war einmal. Vergangenheit. Unwiederbringlich. Vorbei. Jetzt war es an Diana, seine Hand zu halten.

»Ich kann mich nicht erinnern. Weißt du, alles, was ich dir über mich erzählen kann, ist, dass ich letztes Jahr im Juli aufgewacht bin. Ich wusste nicht, wo oder wer ich war, ich bin aufgewacht in einer Klinik und dann bin ich nach drei Monaten gegangen. Alles, was ich wusste, war, dass ich nach Irland ziehen wollte, um ein neues Leben anzufangen. Und das habe ich getan. Nach und nach kommen Bruchstücke an Erinnerungen wieder. Aber ...« Wie sollte er das erklären? Sie musste ihn doch für verrückt halten! Herr Gott, selbst für ihn hörte sich das alles vollkommen absurd an. Von den Tabletten würde er ihr nichts sagen. Oder vielleicht doch?

»Du bist aufgewacht? Lagst du im Koma?«, fragte sie voller Neugier.

»Nein. Ja. So eine Art. Ich hatte einen Autounfall und habe dabei was am Hirn abbekommen. Das hat zumindest mein Arzt gesagt. Und ich bekam Medikamente gegen die Schmerzen, die ich seitdem ... Sie sagten, ich wäre fünf Jahre dort gewesen. Bevor ich in die Klinik gekommen bin, ist etwas passiert. Noch was anderes, etwas, das den Unfall ausgelöst hat und das mir keiner sagen will. Vielleicht weil es keine Worte dafür gibt.« Er dachte an die Geister. An das Blut. Keine Geister, wie ihm nun klar wurde. Seine Familie. »Vor zwei Tagen habe ich mich das erste Mal an meine Mutter erinnert«, flüsterte er leise, als könne er vielleicht zu viel verraten und am Ende erneut in der Klinik erwachen, nur um festzustellen, dass alles nur ein Traum war,

»Hast du schon einmal versucht, einen Traum genauso zu beschreiben, wie du ihn erlebt hast? Genau so schwierig ist das hier.« Er machte eine vielsagende Geste und seufzte.

»Diese Medikamente ... Nimmst du die noch?«

War er zu weit gegangen? Was wäre, wenn er ihr sagte, dass er ohne die Pillen kein normales Leben führen könnte und vermutlich wieder in eine Klinik eingewiesen werden würde? Paradox und ironisch, dass er wahrscheinlich zu seinem Arbeitgeber gebracht werden würde. Warum hatte er sich diesen Job ausgesucht? Weil er nichts anderes als den Klinikalltag kannte? Weil er diese Umgebung brauchte? Oder vielleicht hatte das Schicksal ihn dorthin geführt, um auf diese besondere Patientin zu treffen. Diese Frau mit den feuerroten Haaren, die ihm nicht aus dem Kopf ging. Und Diana. Die Frau, die ihm mit einem Augenaufschlag seine dunkelsten Geheimnisse entlocken konnte. Es würde beiden guttun, sich aufeinander einzulassen, doch Jack würde ihr nicht gerecht werden, das wusste er. Nicht, wenn eine andere Frau in seinem Geist spukte. Unabhängig davon, welche Art der Gefühle die Patientin in ihm auslöste. Das galt es noch herauszufinden. Denn Familie war sie wohl nicht. Warum sonst hatte sie damals auf dem Spielplatz nach seinem Namen gefragt?

»Jack?«, sie berührte vorsichtig seine Wange, »Alles in Ordnung?«

Diana hatte ihn etwas gefragt, doch Jack hatte sie nur angestarrt. Was ... Ach, die Tabletten. Ja ... Das konnte er ihr wirklich nicht ans Bein binden. Als seine Vorgesetzte würde er sie damit in eine unmögliche Lage bringen.

»Ja, es geht schon ... Manchmal nehme ich noch die Tabletten, ja.«

»Was sind das für welche?«

»Ich kann nicht ...«

»Okay«, sagte sie schnell. Zu schnell. »Okay. Ich versteh das. Wenn du bereit bist, mir mehr zu erzählen, höre ich dir gern zu. Ich werde dich nicht bedrängen. Alles, was ich noch wissen möchte, ist, wenn wir zusammenarbeiten, in Zukunft, muss ich etwas beachten? Kann ich dich bei der

Arbeit irgendwie unterstützen?«

»Du bist ziemlich süß, weißt du das?«

Er lehnte sich mit einem gespielt lässigem Grinsen zu ihr herüber, wollte die Atmosphäre auflockern. Mit jedem Atemzug kam er ihrem Gesicht näher, schaute ihr tief in die Augen. Doch er hatte die Anziehung, die zwischen ihnen knisterte, unterschätzt und sich damit ungebremst ins Chaos gestürzt.

Kapitel 7

Diana war hypnotisiert von seinem durchdringenden Blick, vergaß, was sie eigentlich sagen wollte. Sein Gesicht war ihrem so nah, seine Lippen nur wenige Zentimeter von ihren entfernt. Ein wohliges Kribbeln bildete sich tief in ihrem Innern, wanderte zwischen ihre Schenkel. Diana befeuchtete ihre Lippen, voller Angst und gleichzeitig in erregter Erwartung, was Jack wohl tun würde. Sie spürte seinen Atem auf ihrer Haut, fühlte seine Hand, die unerträglich langsam ihr Bein hinaufwanderte.

»Weißt du, wie schwer es ist, der Erlösung widerstehen zu müssen?«, knurrte er leise.

»Warum denn widerstehen?«, fragte Diana ein wenig außer Atem. Die Hitze stieg ihr zu Kopf. Jacks Wangen bildeten die kleinen Grübchen, die sie so mochte, als er lächelnd erwiderte: »Weil es dann kein Zurück mehr gäbe, so ist das mit der Sucht.«

Diana hielt die Luft an. War zurück in ihren Traum von letzter Nacht katapultiert und versuchte verzweifelt, das Gefühl der schieren Erregung abzuschütteln.

»Ich muss jetzt zur Arbeit, meine schöne Freundin«, hauchte Jack. Er nahm noch einen tiefen Atemzug dicht an ihrer Haut, kniff ihr leicht in den Oberschenkel und erlöste sie. Diana verstand, was er meinte, besonders nach dem, was er über sich erzählt hatte. Sie wusste durchaus einen Süchtigen zu erkennen, konnte aber dennoch nachfühlen, warum er es für richtig hielt, ihr besser nicht mehr zu sagen.

Genauso, wie es bei ihr der Fall war.

»Du kannst mein Auto haben. Ich werde noch einen Tag zu Hause bleiben. Morgen dann kannst du mich abholen, wenn du magst«, sagte Diana mit einem Lächeln, als sie ihre Sprache wiederfand. Er nickte dankend und gab ihr noch einen zärtlichen Kuss auf ihren Scheitel, bevor er seine Sachen packte und sie verließ.

In einem anderen Teil der belebten Stadt, in einer kleinen Gasse, verschloss der Besitzer des Blue-Post-Pub die Fenster und zog die Rollläden herunter, bis es ganz dunkel in seinem Laden war. Er hatte nicht geschlafen. Sein dicker Bauch drückte sich gegen das ausgefranste Holz der Theke, als er sich mit den Armen darauf abstützte und eine Kerze anzündete. Barron öffnete die Akte, die sie ihm gegeben hatten. Jedes Wort würde er sich einprägen. Es war ihm verboten worden, nochmal nach ihr zu suchen. Die Akte. Ein paar Seiten Papier. Ein Foto. Das war alles, was er von ihr hatte. Und je von ihr haben würde. Er konnte nur noch hoffen, dass der Mann auch seinen Teil der Abmachung einhielt und seiner Tochter die Freiheit schenkte. Ein paar Tropfen fielen auf das Papier. Barron schrak zurück, dachte kurz, das Dach wäre undicht. Doch dann merkte er, dass es Tränen waren. Hektisch versuchte er es mit seiner fleckigen, weißen Schürze abzutrocknen, in der Hoffnung, keine Informationen zu verlieren. Sein Kopf drehte sich. Er weinte unaufhörlich, hatte keine Kontrolle darüber.

Schließlich sank er kraftlos zu Boden. Die Akte dicht an seinen Körper gepresst, saß er auf dem klebrigen Boden seiner Bar. Wimmernd und schluchzend, um alles, was er verloren hatte, kämpfte er mit dem Gefühlschaos. Was hast du nur getan? Was hast du nur getan? Immer wieder schrie dieser Gedanke ihn an. In verschiedenen Stimmen, von laut bis leise, sogar in unterschiedlichen Sprachen. Gesichter von Gästen, von Menschen aus seiner Vergangenheit, ihr Gesicht, brüllten ihn an. Was hast du nur getan?

»Hey, Aiden. Wie geht's dir?«, säuselte Jack, als er gut ge-
launt den Gemeinschaftsraum betrat. Nachdem er Diana verlassen hatte, wurden seine Symptome wieder schlimmer.
Schnell hatte er die Dicodid aus seiner Wohnung geholt, welche
ihm sofort herrliche Linderung verschafften. In seinem Kopf
stellte sich wieder selige Ruhe ein, seine Glieder entspannten
sich und ihm wurde erst dann bewusst, wie schön dieser Morgen gewesen war, den er mit Diana verbracht hatte. Jack fühlte
sich wohl mit ihr, und wenn er ihren Worten und ihrer Körper-
sprache Glauben schenken mochte, sie sich auch mit ihm. Wir
beide könnten gute Freunde werden.

»Klasse. Meine Schulter sieht schon besser aus, nichts entzündet. Wie geht's dir? Und vor allem: Was macht Diana?« Jack
schenkte sich einen Kaffee ein und setzte sich zu seinem Kollegen.

»Diana geht es besser, soviel ich weiß. Das Fieber schien ge-
sunken zu sein heute Morgen.«

»Warst du etwa über Nacht bei ihr?«

»Ja, ich wollte sie ungern allein lassen. Etwa eifersüchtig?«,
scherzte Jack. Doch das schelmische Grinsen verging ihm sofort, als Aiden von seinem Stuhl aufsprang und sich ihm mit
raubtierhafter Geschwindigkeit näherte.

»Ich rate dir, wenn du weiterleben willst, behalte deine
Hände bei dir.«

Das wütende Funkeln in seinen tiefschwarzen Augen ging
Jack wie ein Schauder durch den ganzen Körper. Er hatte keine
Angst vor seinem Kollegen, aber Respekt. Sein Instinkt riet ihm,
diesen Mann besser nicht zu provozieren, doch ein anderer Teil
von ihm hätte Aiden gern weiter in Rage versetzt. Der Teil, der
nach einem Grund suchte, auszubrechen.

»Soll das eine Drohung sein?« Jack verengte seine Augen zu
Schlitzen und hielt seinem Blick stand.

»Nur, dass du es weißt. Ich bin nicht derjenige hier, der dir
gefährlich wird, mein Freund«, knurrte Aiden nach einem

kurzen Moment des stoischen Anstarrens und zog sich wieder auf seinen Platz zurück.

Die restlichen Kollegen des Spätdienstes betraten den kleinen Raum und versammelten sich um den großen Tisch herum. Aiden leitete die Übergabe. Nachdem sie alle wichtigen Patienten durchgegangen waren, sich alle Notizen gemacht hatten, ergriff Aiden noch einmal das Wort.

»Ich habe noch eine Aufgabe für euch. Woran erkennt man einen Süchtigen?«

Jack rutschte das Herz in die Hose. Verzweifelt ging er im Geiste alle Momente durch, die er mit Aiden verbracht hatte, ob er irgendetwas hätte merken können. Ansonsten wusste nur Diana ansatzweise, dass er ein Medikamentenproblem hatte. Hatte sie …? Jack verwarf den Gedanken schnell wieder, das konnte er sich einfach nicht vorstellen. Aidens Worte spukten in seinem Kopf herum, seine Drohung. Wusste er etwas? Jack begann zu schwitzen. Die Kameras. Hatte er nicht gut genug aufgepasst?

»Entzugserscheinungen? Unkontrollierte Euphorie, Bewusstlosigkeit und so weiter. Kommt drauf an, nach was. Warum fragst du das?«, meldete sich Brody gelangweilt zu Wort, der an der hinteren Ecke des Tisches saß und an seinen Fingernägeln kaute. Aiden sah Jack eine bedeutungsschwere Sekunde an, bevor er fortfuhr.

»Ich vermute, dass im oberen Stockwerk Medikamentenhandel betrieben wird. Abhigail berichtete, dass aus ihrer Apotheke einige BTMs verschwunden sind. Mr Collark soll besonders müde in letzter Zeit sein, Mr Publer klagt immer öfter über heftige Kopfschmerzen und Mrs Cartwright hat auffällige Gleichgewichtsprobleme. Mir kommt das alles ziemlich komisch vor. Deswegen habe ich alle Verdächtigen in die heutige Gesprächsrunde eingetragen.«

»Ich check die Bänder«, murmelte Brody, ohne von seinen Fingern abzusehen.

»Gut. Jack, da Diana heute frei hat …«

»Was? Die hat doch nie frei? Hat die ihre Tage oder was?«, unterbrach ihn ein Kollege mit starkem irischem Akzent, dessen Namen Jack nicht kannte.

»Vorsicht!«, presste Jack wütend hervor.

»Was willst du, Neuling? Lass dir erstmal Haare am Sack wachsen, bevor du hier …«

»Darius! Das reicht!«, polterte Aiden in die aufgewühlte Runde. Jack bemerkte die Ader in seinem dunklen Hals, die wild pulsierte. Aiden schien Diana wahrhaftig zu mögen. Darius sah die beiden wütend an, stand mit solchem Schwung auf, dass sein Stuhl umkippte und verließ den Raum.

»Wer hat jetzt seine Tage?«, murrte Jack leise in sich hinein, was ihm unterschwelliges Gelächter der restlichen Kollegen einbrachte. Sogar Brody schien belustigt.

»Hey, können wir uns bitte wieder konzentrieren? Jack, ich möchte dich bitten, die Therapierunde oben heute zu leiten. Du musst im Grunde nur mit denen reden.

Vielleicht findest du ja was heraus.«

»Okay, warum ich?« Weil er sich damit auskannte.

»Weil du noch keine Haare am Sack hast und ich das sage.«

Jack war noch misstrauisch Aiden gegenüber. Die Szene vorhin hatte ganz schön gesessen. Aber fürs Erste war er erleichtert, einen einfachen Tag mit relativ einfachen Patienten zu haben. Er konnte sich ein Lächeln nicht verkneifen. Bis ihm auffiel, dass sie etwas nicht besprochen hatten bei der Übergabe. Während die Berufsgenossen sich organisierten, um sich an die Arbeit zu machen, zog Jack Aiden noch einmal zur Seite.

»Hör mal, wegen vorhin«, setzte er an.

»Vergiss es.«

»Aiden, ich werde einen Teufel tun und Diana in irgendeiner Art verletzen. Das könnte ich gar nicht, okay?«, sagte Jack mit Nachdruck. Sie sahen sich einen quälend langen Moment tief in die Augen, bevor Aiden ihm zunickte und ihm damit seinen Zuspruch signalisierte.

»Ich habe allerdings ... Weißt du etwas von der Patientin?«

»Himmel, lässt dich das immer noch nicht in Ruhe?«

»Nein ...«

»Dann hast du aber ein ganz schönes Problem. Im Ernst, lass das bloß niemanden wissen«, Aiden musterte ihn mit einer Mischung aus Argwohn und Mitleid, bevor er im Flüsterton weitersprach, »Sie wurde ins tiefste Stockwerk verlegt. Du kommst da ohne eine spezielle Freigabe nicht hin und die haben nur wenige. Die Ärzte führen ihre ganz eigene Therapie mit ihr durch, auf die nicht einmal Diana mehr einen Einfluss hat.«

Angst überfiel Jack. Kalter Schweiß bildete sich auf seiner Stirn, sein Mund wurde staubtrocken. Er räusperte sich und wollte etwas sagen, doch Aiden hob die Hand.

»Sag nichts. ich weiß es nicht. Ich wünschte wirklich, ich könnte dir irgendwas anderes sagen, aber es ist besser für dich, du vergisst diese Frau ganz schnell. Sie ist weg.« Mit diesen Worten verließ Aiden ebenfalls den Gemeinschaftsraum und ließ ihn mit sich allein.

Schwindel überkam ihn und er musste sich auf dem Tisch abstützen. Jack hatte das Gefühl, er könne jetzt und hier seinen ganzen Mageninhalt erbrechen und sich einer alles verzehrenden Ohnmacht hingeben. Eine Panikattacke. Atmen, dachte er. Atmen. Verzweifelt versuchte er, seine Lungen kontrolliert mit Luft zu füllen, doch die Tatsache, dass dieses arme, unschuldige Mädchen in einem kalten Keller lag und allein und hilflos irgendwelchen Ärzten ausgeliefert war, erschlug Jacks Körper und Geist. Die Bilder flackerten wieder auf, das Blut. So viel Blut. Ein Name. Gwen. Hilflos. Ihre Stimme, dieser Hilfeschrei, der ihn in Mark und Bein erschütterte. Nein. Er musste sich etwas einfallen lassen, um zu ihr zu gelangen. Er durfte sie nicht im Stich lassen. Sein Überlebensinstinkt flüsterte ihm zu, dass es seine einzige Aufgabe, der Grund seiner Existenz wäre, diesem unsichtbaren Band zu folgen. Da würde er seine Erlösung finden. Jack musste sich beruhigen, das wusste er, sonst konnte er gar nichts ausrichten. Mit zitternden Händen nahm er seinen Rucksack und schluckte zwei Tabletten, zusammen mit einem großen Schluck erkalteten Kaffee. Die Symptome ließen bald nach und in seinem Kopf trat erneut angenehme Stille ein. Aber nicht in seinen Geist. Dort tobte ein Sturm.

Die Aufzugtüren öffneten sich im dritten Stock und gaben den Blick auf einen großen Saal frei. Sie schlossen sich hinter Jack wieder mit einem metallischen Klicken, welches signalisierte, dass der Fahrstuhl nur mit der Key-Card geöffnet werden konnte, die Jack von Aiden am ersten Tag bekommen hatte. Ihre Reichweite war auf die ihm genehmigten Areale begrenzt. Das bedeutete, auf die IST zum Beispiel könnte er damit nicht gelangen, geschweige denn, damit die Zellen dort aufschließen. Die Versuchung, es dennoch zu probieren, war groß. Obwohl Aiden zwar meinte, dass die Patientin nicht mehr dort wäre, wollte er es selbst sehen. Die Gummizelle öffnen, in die sie sie gesperrt hatten. Die junge Frau war einmal Teil seines Lebens gewesen und er musste herausfinden, inwiefern. Eins nach dem anderen.

Das kleine orangene Döschen klapperte in der großen Tasche seines mintgrünen Kasacks. Es gab ihm ein wenig mehr Sicherheit, es bei sich zu tragen, auch wenn es ein hohes Risiko darstellte, da er nun auf einer Station mit Patienten war, denen der Medikamentenmissbrauch nachgesagt wurde, und er sogar selbst herausfinden sollte, wer daran beteiligt war. Jedoch war es ein größeres Risiko für ihn, wegen der Entzugserscheinungen erwischt zu werden. Das war aber vorher schon klar gewesen. Allerdings war heute Morgen etwas anders geworden. Diana hatte es geschafft, ihn abzulenken. Für einen Moment hatte er sich fallen lassen können, die Schmerzen vergessen können. Es war regelrecht berauschend gewesen. Konzentrier dich!

Langsam schaute er sich um. Der Raum war aufgebaut wie eine Mensa, groß wie ein Ballsaal, gesäumt von einer langen, hohen Fensterfront. Viele Tische und Stühle waren kreuz und quer verteilt, zwischen denen Menschen herumwuselten. Viele Menschen. Sie trugen alle die gleichen weißen Stoffhosen und Hemden. Viele trugen Essenstabletts zu ihren Tischen, andere unterhielten sich miteinander. Wieder andere saßen nur da und starrten ins Leere. Das strahlende Weiß um ihn herum blendete Jack fast, so hell und aufdringlich war es. Rechts von ihm war die Essensausgabe. Die Patienten standen dort in einer langen Reihe mit ihren Tabletts in der Hand. Jack erkannte Gemüse und etwas Fleischähnliches. Gut, dass er keinen Appetit hatte, sonst wäre ihm dieser nun vergangen. Mit bedachten Schritten bewegte er sich zwischen den Tischen hindurch und entdeckte ganz am Ende des Saals in der weißen Wand ein Fenster, eine Durchreiche, hinter der eine Frau stand. Das war vermutlich Abhigail. Zumindest passte Aidens Beschreibung. Als Jack näherkam, erkannte sie ihn und winkte ihm aufgeregt zu.

»Hey, du musst Jackson sein«, rief sie mit einem breiten Grinsen. Abhigail trug einen dunkelblauen taillierten Kasack und hatte knallorangenes, lockiges Haar, das mit jeder Bewegung hin und her schwang. Es ähnelte dem einer Clownsperücke. Sie war wohl um die fünfzig, schätzte Jack. Obwohl ihre Ausstrahlung etwas sehr Junges an sich hatte, zeigten die tiefen Falten, die ihre Augen und besonders ihren Mund einrahmten, ihr wahres Alter. Der karmesinrote Lippenstift, der sich auf ihren schiefen, gelblichen Zähnen abgefärbt hatte, machte es nicht besser.

»Du kannst mich Abhi nennen. Freut mich, dich kennenzulernen. Ist immer schön, junges Gemüse hier zu sehen.« Ihre Stimme war rauchig und kratzig, aber irgendwie sympathisch. Er störte sich etwas an ihrem irischen Akzent, der ausgeprägter war als bei seiner Freundin Muriel zum Beispiel.

»Freut mich auch, nenn mich einfach Jack. Ich soll hier heute eine Gruppe leiten?«

»Ja, meine kleinen Langfinger. Da im Moment Essenszeit ist, habe ich sie in einen ruhigeren Raum gebracht. Dann kannst du dich mit ihnen unterhalten.«

Jack sah hinter ihr in den Raum hinein und erkannte links und rechts von Abhi weiße Apothekerschränke, in denen vermutlich die Medikamente gelagert waren. Das Teufelchen tanzte in seinem Geiste bei diesem Anblick. Schnell sah er Abhi wieder an, die ihn mit mütterlicher Herzlichkeit musterte.

»Bei dir ist also die Medikamentenausgabe«, stellte er fest, um irgendwas zu sagen.

»Jap, das ist meine Apotheke, gehört alles mir, nur mir, alles meins.« Sie gestikulierte wild, während sie immer schneller sprach und Jack allmählich das Gefühl bekam, dass nicht die Patienten die Tabletten stahlen. Ihr Wesen wurde immer aufgedrehter, als sie berichtete, dass sie schon seit dreißig Jahren hier arbeitete, den Wandel miterlebt hatte und überschlug sich beinahe mit ihren Worten, als sie begann, von den Patienten zu erzählen. Brody hatte doch etwas von unkontrollierter Euphorie gesagt, oder? Na gut. Wenn man so lange mit Verrückten arbeitet, geht das bestimmt nicht spurlos an einem vorbei.

»Hey, Abhi, ich möchte dich nicht unterbrechen …« Sie lachte hell auf.

»Oh, stimmt, du musst ja arbeiten. Richtig. Einfach hier rechts durch die Tür, ja? In dem Raum führt eine Tür auf die andere Seite, da kommst du durch den Flur mit den Bereitschaftszimmern und mit deiner Key-Card wieder ins Treppenhaus, falls dir das hilft«, erklärte sie augenzwinkernd.

Jack musste kichern, bei der Andeutung, dass er sich nicht noch einmal durch dieses Gewusel schlängeln müsste, besonders dann nicht, wenn die Essenszeit vorbei war und alle sich auf den Weg zur Medikamentenausgabe machten. So hatte er sie zumindest verstanden.

»Grüß mir meinen Aiden schön. Der große schwarze Mann soll mich hier oben bloß nicht vergessen.«

»Ich richte es ihm aus. Danke, Abhi.« Er mochte die Frau. Sie war zwar aufgedreht und ein wenig … affektiert, aber sie hatte eindeutig Charakter, und sie gab diesem großen, viel zu weißen Raum ein wenig Farbe. Die Frau leuchtete ja beinahe. Er folgte ihrer Beschreibung durch eine unscheinbare weiße Tür links von der Essensausgabe. Dahinter befand sich ein kleiner, fensterloser Raum ohne Möbel, bis auf einen Stuhlkreis, der in der Mitte platziert war. Die besagten Patienten saßen bereits dort und murmelten aufgeregt vor sich hin. Als Jack die Tür zufallen ließ und sie ihn erblickten, wurden sie ganz still. Er setzte sich auf einen der freien Plätze, zwischen die fünf Patienten, die angeblich Medikamente gestohlen haben sollten. Jack konnte sich das nicht so richtig vorstellen, aber es war ihm egal. Er wollte es nur hinter sich bringen. Aufmerksam ließ er den Blick durch die Runde wandern. Eine ältere, schlanke Frau meldete sich zu Wort. Ihre Haut hatte die Farbe von schwarzem Kaffee, ihre dunklen Augen waren groß und wachsam, wie die einer Eule.

»Schönen guten Tag, junger Mann«, sprach sie in einem ruhigen, beherrschten Tonfall.

Jack stellte sich unwillkürlich vor, dass diese Frau bestimmt mal Lehrerin gewesen war. Sie wirkte sehr gebildet und strahlte eine einschüchternde Selbstsicherheit aus. »Einen schönen guten Tag, die Herrschaften. Mein Name ist Jackson Burrow, ich soll Sie heute ein wenig unterhalten«, sagte er mit einem koketten Lächeln, das die Frau rechts von ihm anscheinend in Entzückung versetzte. Ihr silbriges Haar hing fein säuberlich gebürstet in einem langen Zopf über ihre Schulter. Ihre Haut hatte trotz ihres Alters eine gesunde milchig-weiße Farbe und auch die Falten hielten sich in Grenzen. Sie musste sich immer gut gepflegt haben, vielleicht war sie auch mal Sportlerin gewesen. Näher, als ihm lieb war, lehnte die Frau sich zu ihm herüber und sah ihn mit einem schelmischen Lächeln an.

»Sind Sie der Herr Doktor?«, fragte sie in einem höheren Tonfall, als er erwartet hatte.

»Nein, Jennifer. Das ist nicht der Doktor. Er ist doch noch ein Frischling, das sieht man doch«, meinte die dunkelhäutige Frau forsch.

»Oh«, säuselte die andere Dame, zog sich aber nicht zurück, sondern lächelte ihn nur mit leeren Augen an. Ihr Blick ging durch ihn hindurch, vielleicht in ihre Vergangenheit?

»Sie müssen entschuldigen. Unsere Jennifer ist, wie die meisten hier, nicht mehr ganz bei Trost!«, krächzte der Mann links von ihm. »Ich bin Mr Publer. Sprechen Sie mich nicht an, wenn es nicht unbedingt sein muss«, entgegnete der grauhaarige Mann entnervt und verschränkte die muskulösen Arme wie ein bockiges Kind. Er verzog das mit Schwielen und Narben durchzogene Gesicht. Jack fragte sich, ob er vielleicht sein früheres Leben in einem

Bergwerk oder als Soldat verbracht hatte. Die Eindrücke der grundverschiedenen Persönlichkeiten um ihn herum ließen seinen Kopf schwirren. Laut tönten Aidens Worte in seinem Kopf und erinnerten ihn daran, warum er hier war.

»Okay, stellen wir uns doch erst einmal alle vor«, sagte er freundlich in die Runde.

»Passen Sie auf, Junge, bevor das hier in so eine Art Selbsthilfegruppe ausufert. Ich bin Mrs Cartwright. Unsere Jennifer hier …«, die harsche, dunkle Frau gegenüber von ihm deutete auf die Dame, die sich genüsslich an Jacks Schulter schmiegen wollte, »… ist Jennifer Sutton. Sie dürfen nichts glauben, was sie sagt und vor allem, bleiben Sie ihr lieber fern. Die Frau hat die Libido einer Zwanzigjährigen.« Mrs Cartwright musterte ihn wissend und grinste.

Sein Stuhl knarzte, als er demonstrativ ein Stück nach hinten rückte. »Okay. Danke. Und Ihre Namen sind?«, fragte er die letzten beiden Gäste, zwei Herren, die während der Begrüßung ihre Köpfe verschwörerisch zusammengesteckt hatten. Sie sahen sich sehr ähnlich, von den lockigen grauen Haaren bis zu der Nase, die an eine Knoblauchknolle erinnerte. Sogar die kleinen braunen Altersflecken, mit denen ihre Gesichter gesprenkelt waren, schienen bei beiden die gleiche Anordnung zu haben. Der markanteste und fast der einzige Unterschied war die Hautfarbe. Denn der rechte Herr pigmentierte sich wie dunkles Karamell, während der andere eine leicht gelblichweiße Hülle besaß. Jack war fasziniert von dieser makabren Ähnlichkeit.

»Wir sind die Brüder Valentine. Sie können uns Lio und Simon nennen.«

Die klare, tiefe Stimme des linken Herrn, Simon Valentine, wenn Jack seine Geste richtig verstand, erfüllte mit einem starken amerikanischen Akzent den Raum. Sie erinnerte ihn an einen berühmten Sänger. Gesichter und Lieder blitzten hinter Jacks Augen auf, alles, was Muriel ihm gezeigt hatte, jede Musiksendung, die manchmal im Fernsehen lief, verzweifelt auf der Suche nach dem Namen, während der andere Teil seiner selbst versuchte, sich zu konzentrieren.

»Gut, auch für Sie. Es freut mich, Sie kennenzulernen.« Jack klatschte bedächtig in die Hände, um der anfänglichen Begrüßung ein Ende zu setzen und mit ganzer Aufmerksamkeit der Runde fortfahren zu können. Nur, wo sollte er anfangen?

»Ein Kollege teilte mir mit, manchen von Ihnen geht es im Moment nicht so gut?«

»Pff. Soll es uns etwa gutgehen?! Ich glaube, wenn es uns gutgehen würde, dann wären wir nicht hier!«, schimpfte Mr Publer aufgeregt.

»Tut mir leid, ich fange noch mal von vorne an.« Beschwichtigend hob Jack die Hände.

Wie machte man so etwas? Wie führte man ein Gespräch mit psychisch instabilen Menschen, die bereits jahrelang in diesen Gemäuern festsaßen? Bemüht, niemandem verbal auf die Füße zu treten, setzte Jack nochmal an.

»Okay. Vielleicht möchte mir ja jemand erzählen, warum er überhaupt hier ist?«

»Gewagte Frage, Bürschchen.« Mrs Cartwright rieb sich die Hände und verlagerte ihr Gewicht auf dem Stuhl, als würde sie sich zum Sprung bereit machen. »Damals sind ein paar Männer über mich hergefallen, als wäre ich ein Stück Schokolade, und als ich dann eine Zeit lang meine Sprache verlor, steckten sie mich hierher. Es waren schwere Zeiten, und draußen hätte ich keinesfalls überlebt, ich hatte keine Familie oder Freunde, also war ich letztendlich ganz froh, hier zu sein. Es war warm, es gab etwas zu essen. Solche Dinge lernt man erst richtig zu schätzen, wenn man mal richtig auf'm Zahnfleisch geht, Junge.«

Ihre Stimme war kräftig und voller Selbstbewusstsein. Sie hatte damit abgeschlossen, schien ihr Zuhause hier gefunden zu haben. Etwas in Jack wurde ein wenig ruhiger, als er ihren Worten lauschte. Jennifer Sutton neben ihm begann langsam in sich zusammenzusacken. Ihr Kopf sank zu ihrer Brust und sie summte vor sich hin. Jacks Blick glitt zu Mr Publer, in der Hoffnung, dass er sich vielleicht auch öffnen würde. Doch selten hatte er so viel Zorn und Frust in einem Menschen gesehen.

»Lassen Sie mich in Ruhe.«

Die Brüder Valentine eroberten gleichzeitig das Wort. Simon ließ jedoch Lio, seinem farbigen Ebenbild, den Vortritt. »Wir sind neuerdings so müde«, sagte er gedehnt, »Simon und ich schlafen nur noch und werden gar nicht mehr richtig wach.« Wie um seinen Worten Nachdruck zu verleihen, kämpfte er mit schweren, flatternden Lidern.

»Jung', wir sind nicht ohne Grund hier«, sagte Mr Publer plötzlich, in einem bedeutend ruhigeren Tonfall. »Es ist doch nicht normal, dass es gerade uns plötzlich so schlecht geht. Ich hab solch schlimme Kopfschmerzen und Carlos kommt gar nicht mehr aus dem Bett!«

»Moment, wer ist Carlos?«

»Mein Mann«, warf Mrs Cartwright ein und fuhr fort. »George hat recht. Irgendetwas stimmt hier nicht. Wir haben nicht geklaut. Wie sollen wir das denn machen, da sind doch viel zu viele Kameras, außerdem will keiner von uns wie Jennifer seine Zeit mit Dahinvegetieren verschwenden.« Ihre Augen glitzerten traurig.

Jack wunderte sich nicht darüber, dass sie offenbar darüber Bescheid wussten, warum sie an dieser Gruppe teilnehmen sollten. Ein kalter Schauer lief ihm über den Rücken, ein Gefühl des Zweifels ergriff ihn. Irgendetwas stimmte hier nicht.

»Wir sind alle letzte Woche sechzig geworden. Haben alle am selben Tag Geburtstag, dadurch sind wir zu einem kleinen Freundesgrüppchen verwachsen. Ich habe das Gefühl, irgendwem gefällt das nicht. Mein Mann, den ich hier vor acht Jahren kennen und lieben lernte, nachdem ich dachte, ich würde niemals meinen Seelenverwandten finden, ist nicht mehr mein Mann. Er liegt nur im Bett und schläft und weint und schreit. Er hört nicht einmal mehr mir zu.«

Jack schluckte schwer, als er Mrs Cartwright's zitternder Stimme zuhörte. Er fühlte ihre Angst.

»Er hat etwas gesehen«, ergänzte Mr Publer leise. »Kurz bevor er in dieses Delirium gefallen ist, hat er mir gesagt, er hat etwas gesehen«, seine Stimme war nur noch im Flüsterton, als würde er befürchten, belauscht zu werden.

Die Stimmung machte Jack nervös. »Okay, hören Sie. Ich glaube Ihnen«, flüsterte er ebenso leise. »Ich bin zwar noch neu hier, aber ich bin nicht dumm. Ich merke, wenn etwas anderes vorliegt, und das ist hier der Fall. Also, was kann ich für Sie tun?«

»Die Medikamententante mal unter die Lupe nehmen, ich glaube nämlich, seit unserem Geburtstag bekommen wir nicht mehr dieselben Tabletten. Deswegen geht es uns auch so«, stimmte Lio mit ein. Von Simon war lediglich ein tiefes, grunzendes Schnarchen zu hören.

»Abhi? Okay …« Er wusste nicht genug über die Frau mit den orangenen Haaren, um daraufhin etwas zu erwidern, also nahm er es erst mal so hin und speicherte im Hinterkopf ab, dem nachzugehen. Vielleicht war ja wirklich sie diejenige, die die Tabletten geklaut hatte, oder sie hatte einen Fehler in die Listen eingebaut. »Wir werden sehen. War denn schon mal ein Arzt bei Ihrem Mann, Mrs Cartwright?«

»Ha! Ein Arzt? Gibt es denn so etwas hier?«

»Aber sicher! War denn noch nie einer hier oben? Haben Sie es den Pflegern gemeldet, dass es Ihnen nicht gutgeht?« Jacks Gedanken überschlugen sich. Aiden wusste davon, also mussten sie es ja angesprochen haben.

»Natürlich, wenn sich jemand die Pulsadern aufschneidet, dann kommt einer und stellt den Tod fest, aber wenn sich einer 'ne Grippe einfängt oder so was, kommt der in eins der unteren Stockwerke und nicht mehr wieder. Wir haben es der Abhigail gesagt, dass wir uns komisch fühlen, aber absichtlich untertrieben, weil wir nicht aussortiert werden wollen!«, schimpfte Mr Publer.

Jack verstand nicht, was er da hörte. War es tatsächlich so, oder waren das mehr die Gedanken eines psychisch kranken Menschen? Fand hier im Ernst eine Art Auslese statt? Mrs Cartwright sah ruhig und bestimmt aus, als sie mit einem zustimmenden Nicken sagte, dass sie es nicht verkraften würde, wenn ihr Mann nach unten gebracht werden würde. Dort, wo angeblich auch Gwen hingebracht wurde.

»Okay. Moment. Nun bin ich da. Und ich sorge dafür, dass niemandem etwas geschieht«, sagte Jack mit einem beschwichtigenden Lächeln, das er sich nicht mal selbst abkaufte.

»Ach, Bürschchen, du bist noch neu, du weißt nicht, wie es hier läuft«, erwiderte Lio traurig.

Da hatte er recht. Jack wusste es tatsächlich nicht. Die Gerüchte hatten nicht übertrieben, diese Anstalt hatte etwas Gespenstisches. Sie war in keinster Weise mit dem Klinikum in

Leipzig zu vergleichen. Dort waren die Menschen freundlich, zuvorkommend. Auch dort gab es zwar, vor allem unter dem Pflegepersonal, mal jemanden, mit dem man sich in die Haare gekriegt hatte, aber um Himmels willen, jeder hatte mal einen schlechten Tag. Aber hier war er von Anfang an nur Verschwiegenheit und Frust begegnet. Von der Dame in der Kleiderkammer, die ihm am ersten Tag seine Arbeitskleidung ausgehändigt hatte und ihn keines Blickes gewürdigt hatte, bis hin zu seinen Kollegen in der Pflege, die ihn seit der ersten Sekunde ihren blanken Zorn spüren ließen. Als würde ihn die gesamte Atmosphäre schnell wieder loswerden wollen. Doch Jack hatte sich davon nicht beeindrucken lassen. Mittlerweile glaubte er, dass sein Instinkt oder das Schicksal, oder wie auch immer man es nennen mochte, ihn hierher geleitet hatte, allen Widrigkeiten zum Trotz, nur um Gwen zu finden. Seine Vergangenheit. Und Diana vielleicht als seine Zukunft? Bevor er es aufhalten konnte, machte sein Inneres einen kleinen Hüpfer bei dem Gedanken. Es flatterte in seinem Bauch, angenehme Aufregung machte sich breit, als Jack sich unwillkürlich vorstellte, wie gut Dianas Haut gerochen hatte.

»Hörst du uns zu, Bürschchen?!«, schnauzte Mr Publer.

»Es tut mir leid, ich bin abgeschweift. Fangen wir damit an, dass wir nun gemeinsam zu Ihrem Carlos gehen, und dann schaue ich ihn mir mal an, in Ordnung?«

Mrs Cartwright, an die die Worte gerichtet waren, sah ihn mit musterndem Blick an. Schließlich seufzte sie und erklärte sich einverstanden.

Kapitel 8

Jack hatte Abhigail Bescheid gegeben, dass er Mrs Cartwright und Mr Publer auf ihre Zimmer zurückbegleitete, weil sie sich nicht gut fühlten. Er wollte kein Aufsehen erregen. Abhi war einverstanden, ein Auge auf die Valentine-Brüder und Jennifer zu haben. Natürlich wusste Jack, das Lio eigentlich derjenige war, der alles im Auge behielt. Warum schenkte er den Patienten mehr Vertrauen als seinen Kollegen? Langsam schob er den Rollstuhl mit Mrs Cartwright vor sich her. Den hatte er ihr vorher noch aus einem der angrenzenden Lagerräume besorgt, da ihr etwas schwindelig zumute war. Mr Publer schimpfte leise vor sich hin, während er neben ihnen beiden herlief. Er bestand darauf mitzukommen, da auch er Carlos sehr ins Herz geschlossen hatte. 387. 388. 390.

»Wir sind da. Das ist unser Zimmer«, sagte Mrs Cartwright und erhob sich aus dem Gefährt. Jack spürte seine Nackenhärchen sich aufstellten. Hier war in der Tat etwas nicht in Ordnung. Zögernd legte er eine kribbelnde Hand auf die Türklinke zu dem Zimmer 391, während die beiden Herrschaften aufgeregt den Atem anhielten. Mrs Cartwright spürte wohl auch etwas Seltsames, denn in dem Moment, als Jack die Klinke herunterdrücken wollte, sog sie scharf die Luft ein und stürmte plötzlich an ihm vorbei. In den Raum. Und dann schrie sie, wie er noch nie eine Frau hatte schreien hören. Mr Publer war schneller als er, drängte sich ebenfalls an ihm vorbei und begann zu schluchzen. Jack betrat nun ebenfalls das Zimmer und konnte den Blick von dem Unheil nicht abwenden, obwohl alles in ihm rief: Lauf! Er verstand nicht, was in ihm vorging. Sein Herz war wie ausgedörrt, zog sich zusammen, wie eine Pflanze, die um Wasser flehte. Sein Magen drehte sich um, als ihm der Geruch in die Nase stieg. Der Körper, fast so dunkel wie der seiner Frau, nur irgendwie ... grauer, baumelte einen halben Meter über dem Boden. Anscheinend hatte er sich einen Strick aus einem zerrissenen Bettlaken gemacht. Langsam ging Jack näher heran, fühlte an dem kalten Handgelenk der Leiche den Puls, obwohl das nicht nötig gewesen wäre. Was sollte er denn jetzt tun? Gab es für so etwas ein Protokoll? Bestimmt. Diana hatte ihm doch etwas darüber gesagt. Nur was? Er sollte Aiden benachrichtigen. Und dann würde er eine rauchen gehen. Ja. Vielleicht auch zwei. Noch immer kämpfte er mit der Übelkeit und mit den Bildern, die bei dem Anblick des toten, blassen Gesichts, aus den tiefen seines Bewusstseins in sein Gedächtnis drangen. Er wusste, wie der Tod aussah. Die Geisterwesen, die ihn Nacht für Nacht verfolgten, waren genauso blass, so … verwest. Ein stechender Schmerz, wie mit einem Brenneisen, bohrte sich in seinen Kopf, und er taumelte ein paar Schritte zurück. Er konnte nicht anders, beugte sich in der Ecke des Zimmers vornüber und würgte. Nichts. Gut, dass er noch nichts gegessen hatte. Mrs Cartwright saß auf dem Bett, lehnte sich schluchzend in den Arm von Mr Publer. Jack schlurfte auf unbeholfenen Sohlen zu ihnen, kniete sich hin und legte eine Hand auf ihr Bein.

»Es tut mir so leid. Es tut mir so unendlich leid.«

»Warum hab ich das nicht kommen sehen? Ich kann das nicht ohne ihn …« Ihre tiefen Klagelaute fuhren ihm durch Mark und Bein. Wie sehr wünschte er, er könne ihr Leiden irgendwie auffangen. Doch er wusste, das ging nicht. Das konnte niemand. Niemals. Er selbst schaffte es nur mit Drogen, sein Leiden unter Kontrolle zu halten, und das auch nicht immer. Die Erinnerung traf ihn wie ein Schlag ins Gesicht. Sein Körper brannte, Tränen tropften unablässig in die Pfütze aus Blut. Seine Familie war gestorben. Das war dieses Ereignis, bevor er den Unfall gehabt hatte. Oder war das der Unfall? Die Erinnerung, die sich ihm offenbarte, bestand aus einem Gefühl, einer Gewissheit. Aus reinem, qualvollem Schmerz. Diesem Schmerz des Verlustes, als hätte einem jemand bei lebendigem Leibe das

Herz herausgerissen. Als wäre man nur noch die Hälfte oder ein Bruchteil von dem, was man einmal war. Als wäre man selbst gestorben, zusammen mit dem geliebten Menschen und hätte eine Hülle zurückgelassen, die nur noch überlebte. Solche Wunden konnte man nicht heilen. Und diesen Schmerz konnte niemand nehmen. Das war ihm passiert. Er wusste nicht, wie oder warum, aber eine seltsam beruhigende Gewissheit, dass es so war, dass er allein war, überkam ihn. Jack drückte Mrs Cartwrights Hand, mit all dem Verständnis, das er für sie empfand, versuchte zumindest die Trauer für einen Moment zu teilen. Sie sah ihn an und nickte, als hätte er es laut gesagt. Erst jetzt fiel Jack auf, dass auch er zu weinen begonnen hatte. Die salzigen Tränen tropften auf ihre verschlungenen Hände. Und zusammen atmeten sie tief ein und aus. Das gefühlt Einzige, über das sie noch Kontrolle hatten.

Nach einem kurzen Moment des Schweigens, brach Mr Publer es mit zitternder Stimme. »Ich denke, Sie müssen jetzt Ihrem Vorgesetzten Bescheid geben, richtig?«

Jack nickte und ließ kurz den Kopf hängen. »Ja«, flüsterte er. »Ja, das muss ich.«

»Und dann wird er weggebracht? Für immer?« Jack nickte noch einmal.

Nachdem sie beide ihre Zustimmung gegeben hatten, ging Jack herüber zu dem Nachttisch, auf dem ein Telefon stand. Dann wählte er die 9. Der Code für den Notfall. Die Pieper der Personen, die dafür zuständig waren, würden losgehen und sie würden kommen. Carlos mitnehmen. Für tot erklären. Sie würden ein Protokoll über Selbstmord schreiben. Und dann würden sie weiterarbeiten. Und es vergessen. Jack war nicht für diesen Beruf gemacht. Spätestens jetzt hätte er gefragt, ob er den Bereich wechseln dürfte.

Mr Publer stand plötzlich hinter ihm und drückte ihm ein schwarzes, ledergebundenes Buch in die Hand.

»Schnell, packen Sie es weg, bevor sie kommen. Er hat Tagebuch geschrieben. Vielleicht steht da drin, was er gesehen hat. Nur deshalb ist das hier passiert. Bitte, glauben Sie mir und zeigen Sie es niemanden. Bitte. Vertrauen Sie niemandem!« Mit flehendem Gesichtsausdruck und verweinten Augen faltete er die Hände zusammen, um seiner Bitte Nachdruck zu verleihen.

»Natürlich«, versicherte ihm Jack und steckte es unter seinen Kasack in den Hosenbund.

Dann trabten auch schon drei unbekannte Pfleger an, gefolgt von Aiden, der ebenfalls für einen Moment geschockt aussah, sich aber schnell wieder fing. »Es tut mir sehr leid, Mrs Cartwright«, sagte er zu der Witwe, die nun aufgestanden war und den Pflegern Platz zum Arbeiten ließ.

Noch immer kullerten ihr dicke Tränen über die Wangen. Mr Publer stand neben ihr, den Arm schützend um ihre Schultern gelegt.

»Jack, auf ein Wort.« Er bedeutete mit einer Handbewegung, dass sie das Zimmer verlassen müssen. Mit einem letzten Blick auf die Frau, die von nun an nicht mehr dieselbe sein würde, verließ er den Raum.

»Was ist passiert, warum seid ihr nicht in der Gruppe?«

Jack haderte mit sich, ob er Aiden erzählen könne, was die Patienten ihm anvertraut hatten, doch Mr Publers Worte hallten in seinem Kopf. Er entschied sich nach dem derzeitigen Stand, es erst mal für sich zu behalten. Diana. Diana würde er es erzählen können. Ganz sicher. Vertrauen Sie niemandem! Das Buch drückte sich kühl an seinen Bauch und bereitete ihm Unbehagen. Ein Schütteln erfasste seinen Körper.

»Den beiden ging es nicht gut. Ich dachte, es wäre besser, sie zu ihren Zimmern zu bringen, damit sie sich etwas ausruhen können …«

»Was wurde dir über das Denken gesagt?« Aidens Tonfall nahm wieder diese Bedrohlichkeit an.

»Ich …«

»Nächstes Mal informierst du mich sofort, wenn irgendetwas ist. Nicht Abhi, sondern mich. Du bist neu und ich habe die Verantwortung, ich muss dem Chef erklären, warum du zusammen mit zwei Patienten eine Leiche gefunden hast. Ich dachte, das wäre eine so einfache Aufgabe, da kannst du nichts falsch machen, aber anscheinend habe ich mich geirrt.«

»Stopp«, unterbrach Jack ihn. Allmählich wurde er wütend und nicht nur, weil er das Geschehene noch nicht einordnen konnte und die Emotionen mit ihm durchgingen, sondern weil er so nicht mehr mit sich reden lassen wollte.

»Ich bin kein Kind, Aiden. Mag sein, dass du die Verantwortung hast. Aber ich habe nichts getan, was in irgendeiner Art Schaden verursacht hat, für wen auch immer. Nur weil ich deinen Stolz gekränkt habe, indem ich auf eigene Faust gehandelt habe, musst du nicht in diesem Ton mit mir reden. Verdammt.«

»Sag das den beiden traumatisierten Patienten!«

»Sie hätten ihn so oder so gefunden!«

Die beiden Männer standen sich Auge in Auge gegenüber, duellierten sich nur mit ihren Blicken, wie zwei Alphahirsche, die gleich ihre Geweihe verhaken würden, bis einer zu Boden fiel. Auch wenn Aiden gut einen Kopf größer war, wich Jack keinen Zentimeter. Zu seiner Überraschung knickte Aiden als erster ein. Mit einem tiefen Seufzen drehte er sich um und ging davon.

»Ich sehe dich gleich in der Butze wegen dem Papierkram«, hörte Jack ihn noch rufen. Ein leichtes triumphierendes Kribbeln bildete sich in seinen Extremitäten. Er schüttelte es ab und sah noch einmal in das Patientenzimmer. Die Pfleger hatten Carlos von der Decke geholt und ihn auf das Bett gelegt, murmelten etwas davon, dass sie Dr. Carter rufen müssten, um den Tod festzustellen. Die blassblauen Flecken, die sich über das dunkle Gesicht zogen, verliehen dem toten Mann eine gespenstische Erscheinung, nicht als wäre er gestorben, sondern als wäre er ordentlich verprügelt worden. Jack ging ein paar

Schritte näher heran. Tatsächlich. Ein paar der Flecken um Mund und Augen waren viel zu klar, viel zu dick. Was ist, wenn ...? Jack kam nicht dazu, den Gedanken weiterzuführen, denn Darius stand plötzlich mit einem groß gewachsenen, blassen Mann hinter ihm. Er trug einen weißen Arztkittel, eine Arzttasche und hielt eine Akte in der Hand. Tiefe Falten zogen sich über seine sommersprossige Haut.

»Wir kümmern uns jetzt um alles hier, bring bitte die beiden in Mr Publers Zimmer«, wies Darius ihn stoisch an und verzog keine Miene dabei, als wäre die ganze Situation nicht ungewöhnlich.

Etwas später, nachdem er Mrs Cartwright in der Obhut von Mr Publer gelassen hatte, betrat er den Gemeinschaftsraum. Aiden wartete schon auf ihn. Vor ihm auf dem großen Eichentisch lagen Berge an Papieren. Unzählige Akten, lose Blätter, kleine Notizzettel.

»So, Jack. Nun wirst du mal ins Administrative eingeführt«, sagte er und massierte seine Schulter, die noch immer mit einem Verband umschlungen war. Der Mull drückte sich unter dem zu eng sitzenden Kasack am Hals hervor. Immerhin trug er keine Schlinge mehr. Der Gemütszustand der beiden Männer hatte sich beruhigt. Offensichtlich hatte das Machtspielchen von vorhin eine positive Wirkung auf ihre Beziehung gehabt, denn in den nächsten Stunden, die sie damit verbrachten, fehlende Daten einzutragen, Patientenakten zu aktualisieren und zu ordnen und natürlich den Sterbebericht zu schreiben, unterhielten sie sich immer wieder zwanglos über Gott und die Welt. Zwischendurch durfte Jack eine Raucherpause machen, denn eine richtige Pause würde er heute nicht mehr bekommen, hatte Aiden gesagt. Jack war es recht. Er wusste, dass er sich weit aus dem Fenster gelehnt hatte, als er ihm widersprochen hatte, also nahm er die ,Strafarbeit' hin. Das ledrige Buch, das sich mittlerweile durch seine Körpertemperatur erwärmt hatte, steckte noch immer in seinem Hosenbund, klebte an seiner Haut. Bisher hatte er weder die Gelegenheit gehabt, dort unbemerkt hineinzuschauen, noch es zu verstauen, zumal er es auch nicht für eine Sekunde unbeaufsichtigt lassen wollte. Also ließ er es in seiner Hose, wo er es die ganze Zeit spüren konnte.

Aiden ging mit ihm gerade einige Details zu den einzelnen Pflegegraden durch, als er sich entschuldigte, um auf die Toilette zu gehen. Endlich war Jack kurz allein in dem Raum. Auf diese Möglichkeit hatte er gewartet. Ohne zu zögern, öffnete er den Aktenschrank, denn zwischen all den Kurven, die sie heute durchgegangen waren, fehlte eine. Vermutlich würde er sie auch nicht finden, und doch musste er nachsehen. Sein Finger glitt über die aufgedruckten Zimmerzahlen, und die Namen dahinter. Gwen war, wenn es sie gab als ,Unbekannt' betitelt. Nichts. Die Akten, die Jack fand, enthielten nicht ihre Daten. Nach unten. Ins tiefste Stockwerk verlegt. Weggebracht. Die Worte spukten in seinen Gedanken. Nachdem er den Schrank wieder geschlossen hatte, glitt sein Blick zu dem Lageplan an der Wand, über der Spüle. Er befand sich im Erdgeschoss. Im ersten Stock war die IST. Dort hatte er keinen Zutritt allein. Nur in den höheren Geschossen. Doch auf dem Plan stand nirgends etwas von einem tieferen Stockwerk. Auch die Treppe und der Fahrstuhl führten nur bis ins Erdgeschoss. Wenn also tatsächlich eine Art Keller existierte, wie kam man dahin? Wo war der Zugang? Der Plan gab ihm darüber keinen Aufschluss. Vielleicht durch eins der Nebengebäude? Diana würde sicher mehr wissen.

»Suchst du was?«

Jack fuhr zusammen. Er hatte nicht bemerkt, dass Brody reingekommen war. Mit beschleunigtem Herzschlag setzte er sich wieder an den Tisch und schüttelte betont gelangweilt den Kopf. Sollte Jack ihn fragen? Wenn einer über die Klinik

Bescheid wusste, dann Brody. Aber trotz seiner Blasiertheit glitzerte etwas unbeschreiblich Kluges in seinen blauen Augen. Er würde Eins und Eins zusammenzählen und Jack wahrscheinlich nicht mehr unbeobachtet lassen. Wenn er es überhaupt jemals gewesen war. Eine plötzliche Paranoia ließ das verräterische Geräusch einer klappernden Pillendose in seinen Ohren erklingen. Wie automatisch verschwand Jacks Hand unter dem Tisch in der Tasche seines Kasaks, umklammerte das Döschen, als könne er so verhindern, dass jemand es entdeckte. Brody hatte sich auf seinen Platz von heute Morgen niedergelassen und studierte unbeeindruckt seinen Patientenplan. Gerade als Jack sich wieder etwas entspannen wollte, kam Aiden zurück in den Raum und räumte ohne ein Wort den Tisch für die Übergabe ab.

Als die Uhr 21.00 schlug, durfte sich Jack endlich umziehen. Er hätte gut darauf verzichten können, die Geschehnisse des Tages noch einmal aufzurollen und haarklein zu besprechen, aber er war nicht drum herumgekommen. Seine Augen taten weh, von den grellen Neonröhren im Gemeinschaftsraum und dem wenigen Schlaf, den er bekommen hatte. Er wollte nur noch raus. Weg von hier. Jack schlurfte, langsamer als ihm lieb war, zu der Umkleide und zog sich seine blaue, ausgefranste Jeans, eine der letzten, die noch sauber waren, und seinen schwarzen Kapuzenpulli an und machte sich mit Sack und Pack auf den Weg zur Hexe, Dianas kleinem roten Wagen. Das Buch unter seinem dicken Parka fest an die Brust gedrückt stieg er in den ausgekühlten Wagen, in dem es ein wenig nach einem Limone-Duftbäumchen roch, und schaltete sofort die Heizung ein. Tief durchatmen, sagte Jack sich und kramte sein Handy hervor. Erstmal würde er zu seiner Wohnung fahren, um das Buch zu verstauen, dann, wenn es ihr nicht zu spät war, würde er gern Diana besuchen. Zwischen all dem Gewitter in seinem Kopf, war sie das einzig Klare. Es war ihm zu viel. Er war ungelernt, hatte keine Erfahrung, die Informationen strömten auf ihn ein wie eiskaltes Wasser, und er versuchte verzweifelt, weiter zu atmen. Nicht nur diese Welt hier in der Anstalt, die Realität, sondern auch seine Vergangenheit erschöpfte ihn. Seine Familie war tot. Diese schmerzliche Gewissheit nagte noch immer an seinen Eingeweiden. Jack drückte die Kurzwahltaste. Dr. Siemann nahm nach dem ersten Klingeln ab.

»Sie sind tot«, fauchte Jack zur Begrüßung. Der Kloß in seinem Hals wurde größer. Er musste dringend seinen Emotionen Luft machen, sonst würde er implodieren.

»Jack, ich …« Er klang gar nicht überrascht. Warum klang sein Arzt, als hätte er auf den Anruf gewartet?

»Haben Sie es gewusst?« Jacks Stimme war nur noch ein heiseres Krächzen. Das konnte nicht wahr sein.

»Jack, beruhige dich bitte.«

»Sagen Sie es mir!«

»Ja.« Das Wort zerschnitt eine Leine in ihm, die ihn an diese Welt band. Doch so sehr er dem Bedürfnis erlag, zu weinen, zu schreien, er konnte nicht. In seinen Adern breitete sich Kälte aus, tief und ursprünglich. Sein einziger Vertrauter, der sich wie ein Vater verhalten hatte, hatte ihn belogen. Alles war eine Lüge gewesen.

»Es … gab diesen Unfall, Jack. Du hast als Einziger überlebt. Aber du hattest …«

»Warum haben Sie mich nach ihnen suchen lassen?! Warum haben Sie mir monatelang Hoffnung gemacht, haben mit mir zusammen Nachforschungen angestellt?« Plötzlich traf ihn eine Erkenntnis, mit einer Wucht, die ihm den Boden wegzog.

»Sie wussten, wer ich bin. In meiner Erinnerung hat Mama mich Jackson genannt. Das ist mein richtiger Name. Sie wussten alles und haben so getan, als gäben Sie mir eine neue Identität? Wissen Sie, wer meine Familie war? Kannten Sie ihre Namen? Wo wir wohnten?« Die Worte überschlugen sich, als Jack nichts mehr als unendliche Erschöpfung empfand. Er konnte nicht mehr. Seine inneren Dämonen erwachten unter dem Stress und triezten ihn mit seiner Sucht.

»An was kannst du dich erinnern? Nimmst du deine Medikamente?«

Immer diese verfluchten Gegenfragen. Wenn der Arzt jetzt hier gewesen wäre, wäre Jack ihm an die Gurgel gesprungen. Aber Jack legte einfach auf. Es war zu viel. Zu seiner Überraschung sehnte er sich nur noch mit jeder Faser nach Diana. Nach ihrem Geruch. Einatmen. Ausatmen.

Er schluckte gleich drei seiner Pillen und startete mit zitternden Händen den Wagen. Jack hatte sich an die Medikamente gewöhnt, die Neuroleptika, die Benzodiazepine, die Schlaftabletten, die Analgetika. Die Opiate. Mal abgesehen davon, dass sein Körper sich auf diese Substanzen dermaßen eingestellt hatte, dass er allein bei dem Gedanken, nicht an diese heranzukommen, Angstzustände bekam, beruhigten sie seinen Geist. Dr. Siemann hatte alles gewusst. Ihn belogen. Ihn hierherziehen lassen, weg von seinem Zuhause, weg von seiner Familie, seiner Vergangenheit. Warum nur? Jack sehnte sich nach dem Vergessen. Als er noch ein unbeschriebenes Blatt war. Wie gern würde er sich jetzt zuschütten, ins Delirium katapultieren und nie wieder aufwachen. Doch so leicht würde er das alles nicht vergessen können, nicht abschalten können. Das Einzige, was er nun tun konnte, war, in den Überlebensmodus zu schalten und auf seinen Instinkt zu hören. Der Instinkt, der ihn hierhergeführt hatte, der ihn hatte Gwen finden lassen, den letzten lebenden Teil seiner Vergangenheit. Und der ihm zubrüllte, dass er Diana zum Atmen brauchte, wollte.

Ein Klopfen an der Scheibe riss ihn brutal aus seinen Gedanken. Doch als er das Fenster hinunterkurbelte und den Kopf aus dem Fenster streckte, war niemand da. Ein leerer Parkplatz, bis auf ein paar vereinzelte Autos, die aber nicht mal in seiner Nähe standen, war es stockduster und menschenleer. Jack schmulte sogar auf den Boden, ob vielleicht ein Vogel gegen das Glas geknallt war, aber auch da nichts. Um die einziehende Kälte schnell wieder zu vertreiben, kurbelte er in Windeseile das Fenster wieder hoch. Manchmal klemmte es etwas, hatte Diana ihn gewarnt, aber er hatte Glück. Mit einem geschmeidigen Schmatzen vergrub sich die Scheibe wieder in dem Dichtungsgummi und schirmte ihn vor der unheimlichen Dunkelheit ab. Er hätte schwören können, dass es geklopft hatte.

»Jetzt geht es echt los bei mir«, brummte Jack in sich hinein, während er sich auf den Weg durch den düsteren Wald machte, hinein in die beleuchtete Stadt.

Es war ungefähr eine Fahrtzeit von einer Dreiviertelstunde, da aber die Straßen um diese Zeit weitestgehend leer waren, kam er gut voran und stand nach achtunddreißig Minuten in der Parkbucht vor seiner Haustür. Mitten in der Woche war auf den Straßen des Temple Bar Bezirks nachts nicht viel los. Jack stieg aus dem Wagen und genoss für einen Moment die Umgebung. Die leisen Schritte der wenigen Menschen, die noch unterwegs waren, die beleuchteten Fenster seines Altbau-Wohnblocks, die ihn anlachten. Er stellte sich vor, wie sein Nachbar, ein alleinerziehender Vater, der ihm beim Tragen der Couch geholfen hatte, seinen kleinen Sohn zu Bett gebracht hatte und nun mit einem Feierabendbierchen vor dem Fernseher saß. Dachte an die ältere Frau über ihm, die extra bei ihm klingelte, um ihn zu fragen, ob er Hilfe bräuchte beim Einzug. Oder die junge Punkerin, die im unteren Geschoss ihre erste eigene Wohnung bezogen hatte und trotz der vielen Piercings, den bunt gefärbten Haaren und dem aufdringlichen Klamottenstil eine recht schüchterne Person war, die, wie Jack vermutete, ein wenig für ihn schwärmte. Sie hatte oft Pizza bestellt, als er noch in der kleinen Bäckerei ‚Kellys Pizza' angestellt gewesen war, einmal zu oft hatte sie mit unsicherem Kichern den ‚Scherz' gemacht, sie könnten sich die Pizza ja teilen, so viel schaffe sie ja gar nicht. Jack fühlte sich zwar geschmeichelt, aber nicht angezogen, also lehnte er immer mit einem liebevollen Lächeln dankend ab. Und die kleine Familie, mit dem Baby, das gerade ein paar Monate alt war … Das Haus mit der roten Backsteinfassade, aus der hier und da ein paar Ziegel herausbrachen, den schimmernden Gaslaternen, die die mit Kopfsteinen gepflasterte Straße in eine geisterhafte Anmut tauchten, und den grünen Ranken, die sich an den Regenrinnen hochzogen, luden ihn schon bei der ersten Begegnung ein. Vor einem halben Jahr. Wie schnell die Zeit verging. Mit einem Klick verschloss er das Auto und drückte das Tagebuch von Carlos noch enger an seine Brust als zuvor. Seit dem seltsamen Klopfen an der Fensterscheibe, hatte er das Gefühl, verfolgt zu werden.

Doch Jack war so endlos müde. Das Hydrocodon drückte ihn in unsichtbare Kissen und nur mit Mühe hielt er noch die Augen auf. Immerhin keine Schmerzen. Der Hausflur roch wie immer nach Zitronenpolitur und Erde, als er langsam die Treppen hinaufstieg. Der kleine Schlüsselanhänger in Form eines Marienkäfers, den er von Muriel geschenkt bekommen hatte, klimperte, als er die Tür aufschloss, und mit einem erleichternden Aufatmen betrat er seine Wohnung. Jack wusste nicht genau, was er erwartet hatte, merkte erst jetzt, wie angespannt er gewesen war, als hätte sich irgendetwas verändern müssen oder hier auf ihn warten müssen. Schnell schüttelte er die beklemmenden Gefühle ab und ließ sich, ohne sich auszuziehen, auf die senfgelben Polster seiner Couch sinken. Sie war genau richtig, nicht zu weich, nicht zu hart, perfekt, um darauf zu schlafen, dachte er. Er hatte zwar auch ein sehr gemütliches Bett, aber in seinem Wohnzimmer fühlte er sich wohler, nicht so einsam. Zum ersten Mal seit Stunden legte Jack das schwarze Buch aus seinen Händen auf den Wohnzimmertisch. Wie ein Kreuzworträtsel in einer fremden Sprache starrte es ihn an und bettelte darum, gelöst zu werden.

»Vielleicht steht ja auch gar nichts Besonderes drin.« Und dennoch empfand er so etwas wie Ehrfurcht, als er den ledergebundenen Einband in die Hand nahm und begann, die vergilbten Seiten durchzublättern. Jack vermutete, dass die Patienten solche Dinge normalerweise gar nicht besitzen durften und fragte sich, wo Carlos es wohl herhatte. Die Antwort fand sich bereits auf der ersten Seite: Ich habe heute wieder einen meiner heimlichen Spaziergänge gemacht. Ich musste mir neues Schreibmaterial besorgen, mein Bleistift war schon so klein geworden, dass es mir beim Schreiben die Fingerkuppen aufrieb. Außerdem wollte ich meiner lieben Frau etwas Schokolade besorgen, zu unserem Jahrestag. Das hat sie sich gewünscht. Wenn irgendjemand dieses Buch finden würde, hätten wir echt ein Problem, aber wir sind ja gar nicht so blöd, wie die immer denken. Ich mein, jeder verschafft sich hier irgendwie seine kleinen Freuden, und für mich ist es nun mal das Schreiben und für meine Frau Schokolade. Als ich also auf dem Weg zu dem Lagerraum war, kam mir plötzlich eine Stimme entgegen und ich hab mich schnell in einer dunklen Nische versteckt. Und da in dieser Nische, die mir vorher noch nie aufgefallen war, war noch eine Tür, auf die ‚Lager‘ geschrieben stand. Und die war noch nicht mal abgeschlossen, also schaute ich natürlich sofort, ob ich darin neue Schätze entdecken konnte. Tatsächlich habe ich in diesem kleinen Raum dieses Buch gefunden, einen Kugelschreiber und mehrere Bleistifte. Leider keine Schokolade, aber ich habe pinke Hausschuhe in einer Kiste gefunden, das war noch viel besser als Schokolade. Ruth hat sich sehr gefreut und mir war es eine Freude, ihr diese Freude gemacht haben zu können. Wo wir doch kaum etwas haben, geschweige denn sind, haben wir uns. Mich lässt nur der Gedanke, meine bezaubernde Ruth morgens in meinen Armen zu halten, aufstehen. Und ich glaube, wenn ihr meine Schreiberei noch nicht auf die Nerven geht, geht es ihr auch so.

Jack stiegen die Tränen in die Augen. Es tat ihm so unendlich leid, er wollte gar nicht an die einsame Frau denken, die heute Abend vermutlich ihre Hausschuhe anstarrte und wünschte, sie könne die Zeit zurückdrehen. Morgen würde

Jack sich wieder nach ihr erkundigen. Auch wenn er ihr nur ein bisschen Leid nehmen konnte, auf welche Weise auch immer, er würde es tun. Vorerst legte er das Buch ab und ging ins Bad, um sich etwas frisch zu machen und seinen mobilen Medikamentenvorrat aufzufüllen. Denn noch immer schrie seine Seele nach Diana und wenn es ihr Recht war, würde er sich über eine weitere Nacht auf ihrer Couch sehr freuen. Diesmal würde er auf jeden Fall Reserve dabeihaben. Doch neigte sich sein Medikamentenvorrat dem Ende zu. Zu seinem Schreck stellte er fest, dass die Zolpidem und die Tavor bereits aufgebraucht waren. Seine Döschen mit den Dicodid waren auch bald leer. Aber er hatte noch eins mit Oxycodon. Dr. Siemann hatte ihm diese ganzen Medikamente mitgegeben und schickte ihm alle zwei Monate ein Päckchen mit Nachschub. Jack wusste, dass es so nicht weiter gehen konnte. In den Monaten in der Bibliothek hatte er einiges darüber gelesen und ihm war klar, dass er in eine Abhängigkeit gerutscht war, die nicht gesund war. Es war unverantwortlich von seinem Arzt, ihn diesen Suchtmitteln auszusetzen. Vielleicht gehörte das auch mit zu diesem Spiel. Vielleicht bin ich wirklich nur sein Experiment. Nachdem er seinen Rucksack fertig gepackt hatte, eine zweite Jeans, zwei T-Shirts und zwei Unterhosen für alle Fälle und eine noch verpackte Zahnbürste hinzugefügt, sich mit etwas Wasser sein müdes Gesicht erfrischt und schnell noch die Zähne geputzt hatte, ging er zurück in das Wohnzimmer. Ein weiteres Mal ließ er sich mit einem erschöpften Stöhnen auf die Couch fallen, noch immer in den dicken schwarzen Parka gehüllt und nahm erneut das Buch zur Hand. Die Seiten rauschten, gaben den Geruch von staubigem Pergament frei, als er eines der letzten Kapitel aufschlug: Ich will das nicht. So kann ich nicht enden. Meine Frau soll so nicht enden. Ich habe sie gehört. Sie haben getuschelt. Betäuben wollen sie uns. Wegbringen. Abschlachten, wie zu alt gewordenes Vieh. Das lass ich nicht mit mir machen. Und wenn ich … Kelllllle …

Über den Rest der Seite zog sich ein ausgiebiges Gekritzel, als hätte er während des Schreibens den Verstand verloren. Je weiter Jack blätterte, desto kürzer wurden die Einträge.

Verschleppen. Verstümmeln. Organe. Kreischende Menschen verfolgen mich in meinen Träumen. Wo ist meine Frau?

Auf der letzten Seite, die er geschrieben hatte, stand nur noch ein einziges Wort in Großbuchstaben: MÖRDER!!!

Jack erschrak vor den aufblitzenden Bildern, die mit den Worten einhergingen, und schleuderte das Buch von sich. Waren es nur paranoide Wahnvorstellungen eines kranken Verstandes oder hatte Carlos gewusst, was er da schrieb? Ein schauderhaftes Zucken durchfuhr Jacks Körper, er zwang sich durchzuatmen und fummelte wieder sein Handy aus seiner Jackentasche. Vorhin hatte er schon ihre Nummer wählen wollen, doch Dr. Siemann … Erleichtert atmete er auf, als ihre klare Stimme bereits nach dem ersten Klingeln an sein Ohr drang.

»Hey, du bist noch wach?«, fragte Jack mit zittriger Stimme.

»Hey, Jack, schön, dich zu hören. Ja, ich bin noch wach, ich habe den Tag über genug geschlafen.« Ihre Stimme klang sanft wie ein warmer Sommerwind, der ihm ums Gesicht streichelte.

»Was macht denn deine Grippe?«

»Ich glaube, ich hab nur ein bisschen Schlaf gebraucht. Mir geht es schon viel besser! Wie war denn dein Tag? Du klingst müde.«

»Darf ich vorbeikommen?«, fragte er ohne weitere Umschweife. Es freute ihn ungemein, dass es ihr besser ging, das war wirklich eine gute Neuigkeit, aber über sich wollte er jetzt nicht reden.

»Natürlich«, hauchte sie in den Hörer.

»Okay. Bin gleich da.« Ungeschickt stopfte er das Telefon zurück in die Tasche und verstaute das Buch, das er eben aus Schreck auf den dicken Dielenboden geschleudert hatte, in seiner Kommode, in der er all seine wenige Habe aufbewahrte.

Hier würde es erst einmal sicher sein. Dann machte er sich auf den Weg zu Diana.

Erneut beobachtete Callahan, wie der kleine Punkt sich durch Dublin bewegte. Zornig sah er zu, wie er sich schon wieder zu Dianas Adresse begab. Dr. Siemann hatte ihn angerufen und gewarnt, dass der Junge sich an etwas erinnern könne. Dass der Arzt allmählich die Kontrolle über ihn verlor. Das war indiskutabel. Callahan musste eingreifen.

Musste etwas tun, um die Ereignisse wieder zu seinen Gunsten laufen zu lassen. Schließlich hing ein ganzes Imperium davon ab. Es war noch nie leicht gewesen, sich derart unsichtbar und gleichzeitig sichtbar zu bewegen. Doch er hatte jahrelange Übung. Es war Zeit, mal wieder seinen Untergebenen zu zeigen, wer am längeren Hebel saß. Beginnen würde er bei seiner Liebsten.

Kapitel 9

Sein Körper fühlte sich noch immer wie taub an, leer und ausgedörrt. Die Informationen, die er heute erhalten hatte, lagen Jack schwer in seinem leeren Magen. Er fühlte sich wie der Wolf in dem Märchen Rotkäppchen, als der Jäger ihm den Bauch aufschnitt, um die gefressenen Opfer zu bergen und ihn danach, gefüllt mit schweren Steinen, in den See warf. Ihm stieg die Galle hoch, als er sich bemühte, konzentriert den kleinen Wagen in die schmale Parklücke vor Dianas Wohnblock zu fädeln. Der Tag war überstanden. Mühsam, aber er war geschafft. Jack drehte den Schlüssel im Zündschloss und das Geräusch des Motors erstarb, hinterließ eine drückende Stille, die viel zu laut in seinen Ohren dröhnte. Langsam begann es zu regnen. Die dicken Tropfen, die auf das Autodach prasselten, füllten die Stille mit erbarmungslosem, metallischem Trommeln. Mit zittrigen Fingern kramte er nach dem Tablettendöschen in seinem Rucksack. Jack wurde fündig zwischen seinen Klamotten und den anderen Pharmazeutika, behielt das runde, kühle Plastik aber noch in der Hand und legte den Kopf zurück. So konnte er nicht da hochgehen. Er musste sich beruhigen. Den Verstand klären. Was, wenn das, was er in dem Buch gelesen hatte, stimmte? Was, wenn Patienten aussortiert wurden, wenn sie zu alt wurden? In ein ominöses unteres Stockwerk. Das würde erklären, warum es keinen über sechzig gab. Jack hatte dieses Detail beim Durchgehen der Papiere bemerkt. Er erinnerte sich an das Wort, das Carlos nur mit Mühe geschrieben hatte, bevor er in die Kritzelei verfallen war. Kell … So wie Keller? Schlagartig stieg ihm erneut die Galle hoch. Gwen. Er schloss die Augen und sah ihr Gesicht. Ungefragt war sie in sein Hirn eingedrungen, in sein Herz, jede Faser seines Körpers suchte nach ihr. Einmal hatte er sie gesehen. Und sie berührt. Ihre zarten geschundenen Hände. Ihre blutunterlaufenen Nägel, die sich in seine Haut gruben. Die süßen Sommersprossen, die ihr blasses Antlitz zierten und diese strahlend grünen Augen, die sich mit ehrfürchtiger Schönheit in seine Seele gebrannt hatten. Warum fühlte er sich, als würde ohne sie nichts einen Sinn ergeben? Sie gehörte zu ihm, auf eine Weise, die er sich nicht erklären konnte. Bei dem Versuch, sich zu erinnern, spürte er ein leises Klopfen in seinem Unterbewusstsein. Als würde Gwen versuchen, ihn zu erreichen, über dieses Band in seinem Innern. Wenn seine ganze Familie bei dem Unfall gestorben war, warum er nicht? Was hatte ihn gerettet? Oder vielleicht war es doch Schicksal? Er hatte überlebt, um sie zu finden? Und aus dieser Anstalt zu retten? Je mehr er sich in seinen Gedanken verlor, desto müder wurde er. Seine Netzhäute brannten hinter den geschlossenen Lidern, flehten ihn förmlich an, ihnen Ruhe zu geben. Doch wie sollte er je wieder Ruhe finden … Jack verstaute die Pillen im Rucksack und griff stattdessen auf den Scotch zurück, den Diana in ihrem Handschuhfach deponiert hatte. Nach einer gefühlten Ewigkeit gab Jack sich einen Ruck, spürte, als er aus dem Wagen stieg, sofort den prasselnden Regen auf seiner gespannten Kopfhaut. Ihm war schwindelig, doch den Weg hoch zu Diana würde er schaffen. Zu dem Hauseingang des großen grauen Wohnblocks aus Beton, die paar Treppen hoch, und dann könnte er sich bei ihr sicher ausruhen. Ihre weiche, unschuldige Seele, die ihn in Wärme hüllen würde und ihm die ersehnte Pause geben würde, rief ihn zu sich. Der Anker, der ihn in der Realität hielt. Seine Zukunft?

Jacks Anruf hatte sie verwundert. Seine Stimme klang heiser und irgendwie traurig. Natürlich könne er herkommen, hatte sie gesagt. Wie könnte sie ihm das abschlagen, wo sie ihn doch, auch wenn sich ein kleiner Teil in ihr gegen diese Erkenntnis sträuben wollte, den ganzen Tag vermisst hatte. Diana war gerade dabei, einen Topf mit Wasser aufzusetzen, als der schrille Ton der Klingel ihre Wohnung flutete. Lieber Gott, ich habe Parfüm aufgelegt. Der Duft nach Jasmin hüllte sie wie in eine rosa Wolke, als sie den kleinen Knopf der Gegensprechanlage bediente, um die Tür für ihren Gast zu öffnen. Sie hörte seine Schritte, die im Treppenhaus hallten, ein wenig schlurfend und unregelmäßig. Vorsichtig lehnte sie sich ein wenig in den kühlen Hausflur hinein, einen nackten Fuß in die Tür gestemmt, damit diese nicht ins Schloss fiel.

»Hey«, sagte Jack mit einem leichten, müden Lächeln, als er um die Ecke kam und sich die letzte Treppe hinaufschleppte.

Erleichtert erwiderte sie sein Lächeln und ließ ihn herein. Im Lichtschein ihrer Deckenbeleuchtung erkannte sie, dass er nicht nüchtern war. Er schwankte, als er versuchte, sich unbeholfen aus seinem Parka zu pellen, und seine abgespannten Gesichtszüge schienen ihm immer wieder zu entgleiten. Diana half ihm mit der Jacke und nahm sein Gesicht vorsichtig in ihre Hände.

»Schau mich an«, flüsterte sie, als er versuchte, sich ihrer Berührung zu entziehen. Scham und Schmerz blitzten in seinen grauen Augen auf, als er nachgab und durch sie hindurchschaute.

»Was ist passiert?«

»Ich … kann nicht«, stammelte er leise. Seine Stimme brach bei dem Versuch, Worte zu finden. Diana verringerte den Abstand zwischen ihnen, ließ sein Gesicht nicht los. Die blonden Bartstoppeln, die seine bleiche Haut zierten, kitzelten ihre Handflächen. Ihr Blick fiel auf seinen Mund. Wie gern hätte sie auch die letzten Zentimeter zwischen seinen Lippen und ihren überwunden, doch sein momentaner Zustand … Zärtlich ließ sie ihre Finger über seine Wange gleiten und allmählich entspannte er sich. Seine Hände fanden ihre Hüfte und im nächsten Moment zogen sie ihren schlanken Körper dicht an seinen, in eine innige Umarmung. Den Kopf fest an seine Brust gepresst, konnte sie sich in diesem Augenblick nichts Schöneres vorstellen, als für immer in den starken Armen dieses Mannes geborgen zu sein.

Jasmin und Vanille, dachte er. Jack vergrub seine Nase in ihrem braunen Haar und ließ sich von diesem lieblichen Duft einhüllen. Wie er harmonierte mit der salzigen Meeresbrise, die ihr Körper verströmte. Er war nicht in der Lage, ihr zu erzählen, was er heute erlebt hatte, er konnte es ja selbst nicht mal einordnen. Seine Glieder fühlten sich wie gelähmt. Sein Körper war nur noch eine stumpfe Hülle, deren letzte Willenskraft und Vernunft verblasste. Immer weiter, je mehr er den Duft dieser betörenden Frau einsog, in sich aufnahm, wie lebenserhaltenden Sauerstoff.

»Diana ...«, raunte er, unfähig, mehr zu sagen.

Sie begann sich ein Stück zu lösen, sah ihn mit feuchten Augen an.

»Ich bin hier«, flüsterte sie mit unendlicher Sanftheit in ihrer klaren Stimme.

Damit war auch das letzte bisschen Vernunft verpufft und seine Lippen fanden ihre.

Diana dachte gern an die Zeit zurück, als sie noch glücklich war. In dem Moment, als Jack seine weichen Lippen auf ihre presste, zärtlich und doch mit Nachdruck, verlor sie die Kontrolle über ihre Empfindungen oder Erinnerungen. Die Vergangenheit und die Gegenwart schienen sich zu vermischen, als sie der intensive Geschmack nach Scotch und Pfefferminz überwältigte und sein Geruch, sein ganz eigener Körpergeruch nach frisch gemähtem Gras und Sommerregen, sie an einen friedlichen Ort katapultierte. Die Weide, auf der Beth und sie immer gern gespielt hatten.

Heuschrecken und Schmetterlingen waren sie hinterhergejagt, hatten versucht, das Zirpen der Zikaden nachzuahmen, hatten Purzelbäume geschlagen und am liebsten hatten sie getanzt. Besonders wenn es regnete, und die Luft gefüllt war mit feuchter Wärme und dem Duft der bunten Wiesenblumen. Diana stand mit Jack eng umschlungen dort auf dieser Weide, während die Wassertropfen leise auf sie herabrieselten. Ja, sie meinte sogar, eine milde, seichte Brise auf ihrer Haut zu spüren, während seine Lippen immer fordernder wurden. Sie wusste nicht, wie lang sie dort standen und ihre Leiber voller Leidenschaft aneinanderpressten, denn an diesem sonderbaren Ort schien keine Zeit zu existieren. Diana gab sich ihm hin. Er gab ein kehliges Knurren von sich, dessen Vibration sich direkt einen Weg in ihre Mitte bahnte. Seine Hände wanderten mit gieriger Präzision über ihren ausgehungerten Körper. Genauso hatte sie es sich vorgestellt, ihn das erste Mal zu schmecken. Ihr war kalt und heiß zu gleich, jeder Muskel reckte sich seinem Körper entgegen. Ekstase, so würde man es beschreiben, dachte sie, als sich plötzlich ein seltsames Geräusch mit dem Stöhnen und Keuchen vermischte, das ihren Kehlen entfuhr. Es wurde lauter, drang in ihre grüne Illusion und dann begann es sich in ein permanentes Vibrieren zu verwandeln. Diana löste sich ein wenig von ihm, legte ihm die Hände auf die Brust, um ihn zurückzuhalten, denn sein Körper drängte auf mehr. Und sie wollte es auch, doch nicht, wenn sein Handy nicht aufhören würde zu klingeln.

»Dein Telefon …«, schnaufte sie zwischen zwei zarten kurzen Küssen, die er ihr aufdrückte. Jack knurrte erneut aus tiefster Seele. Genervt trat er einen Schritt zurück und holte sein Telefon aus der Hosentasche.

»Was?«, bellte er in den Hörer. Diana nutzte den Moment, um einen klaren Kopf zu bekommen. Was geschieht hier nur?

Der Traum letzte Nacht und nun das? Sie hatte schon jahrelang nicht mehr über Männer in diesem Sinn nachgedacht, es war ihr nicht eingefallen. Außer dem einen, hatte sie seit damals keiner berührt. Sie schüttelte sich bei dem Gedanken, versuchte die Hitze, die in ihr loderte, unter Kontrolle zu bringen. Als sie Jack wieder ansah, blieb ihr Herz kurz stehen, denn es war sämtliche Farbe aus seinem Gesicht gewichen.

Die unbekannte Stimme am anderen Ende der Leitung fragte, ob sie etwas tun könne. Aber Jack verstand die Welt nicht mehr. Es zog ihm den Boden unter den Füßen weg. Die Frustration über den zeitlich sehr unpassenden Anruf wich einem schier endlos tiefen Fall ins Nichts. Was sollte er nun machen? Diana blickte ihn besorgt an und nahm ihm das Telefon aus der Hand, als er bereits eine ganze Weile nichts gesagt hatte und es beinahe hatte fallen lassen.

»Ja, hallo, hier ist eine Freundin, können Sie das bitte nochmal wiederholen?«

Jack nahm die Stimmen kaum noch war. Mit schlurfenden Schritten schleppte er sich ins Wohnzimmer, zu der schwarzen Couch und ließ sich erschöpft sinken. Das passende Ende für diesen furchtbaren Tag. Seine Wohnung.

Sie war nur noch ein Häufchen Asche.

‚Vermutlich ein Kabelbrand', hatte die Stimme gesagt. Es war nichts übriggeblieben. Seine ganzen Medikamente, ohne die er kaum einen Tag überstehen konnte, waren weg, bis auf die, die er zum Glück eingepackt hatte. Die Möbel, die er sich für seinen Neuanfang ausgesucht hatte. Die Bücher, die er von Muriel geschenkt bekommen hatte. Weg. Hoffentlich ging es seinen Nachbarn gut. Der Polizist klang zwar ruhig, aber besorgt. Jack hatte viele Sirenen im Hintergrund gehört. Sollte er hinfahren? Nachsehen, ob man etwas retten könne? Ob es den anderen Menschen gut ging? Sein Sichtfeld begann zu ver-schwimmen, seine Gedanken überschlugen sich. Er wusste nicht, wie er sich verhalten sollte, hatte keine Kraft mehr, um darüber nachzudenken. So müde. Der Alkohol ließ ihn lallend nach Dianas Namen rufen, ohne zu wissen, was er von ihr wollte. Sofort war sie da, legte das Telefon auf den Tisch und setzte sich neben ihn.

»Alles wird gut. Er sagte, wir können morgen in der Zentrale vorbeischauen und dann erklärt er uns alles noch einmal in Ruhe.«

»Ich sollte jetzt hin. Da sind ein Kind und ein Baby …«

»Den meisten aus dem Haus geht es gut, sagte er. Wir sollen uns erst mal keine Sorgen machen. Wir würden denen jetzt nur im Weg stehen.«

Sie nahm seine Hand in ihre und begann leicht mit den Dau-men die Handinnenfläche zu massieren. Das hatte etwas sehr Beruhigendes.

»Ich habe das oft bei Beth gemacht, wenn es ihr nicht gut ging«, erklärte sie leise, als er sie fragend ansah.

»Schön …«, murmelte er in sich hinein, während sein Kör-per immer weiter abbaute. Die Müdigkeit machte seine Kno-chen schwer wie Blei, keinen Zentimeter würde er sich heute noch bewegen können. Also schloss er die Augen und gab sich vollends dem Fall hin.

Diana legte eine der schweren Tagesdecken über seinen tief-schlafenden Körper und konnte sich trotz des schrecklichen Er-eignisses ein Lächeln nicht verkneifen. Sie zog ihm seine Schuhe aus, bettete ihn fürsorglich in die Couchkissen ein und stellte ihm sicherheitshalber einen Eimer hin. Man weiß ja nie. Mittlerweile brodelte das Wasser, das sie vor einer gefühlten Ewigkeit aufgesetzt hatte, wie wild und sie bereitete sich noch die Nudeln zu, die sie dann morgen mit zur Arbeit nehmen wollte. So gern sie auch schlafen gehen würde, wusste sie, dass sie nach dem vielen Schlaf den Tag über kein Auge zu bekommen würde. Also setzte sie sich mit einer Tasse Kräutertee auf den weichen Teppich vor die Couch und machte sich einen Film an. Nur so laut, dass sie es verstehen konnte, damit es Jack nicht störte. Der schien sich allerdings durch nichts mehr aufwecken zu lassen. Diana fragte sich, was er wohl intus hatte, oder ob es außer dem Scotch reine Erschöpfung war, die ihn in dem Ausmaß ausknockte. Verstohlen warf sie einen Blick Richtung Rucksack, den sie vorsorglich neben der Couch abgestellt hatte. Sie haderte, entschied sich aber, den Gedanken zu verwerfen. Sie wusste zwar, oder vermutete eher, nach seiner Geschichte, dass er ein Medikamentenproblem hatte, aber sie beschloss, dass er ihr selbst davon erzählen solle, wenn er so weit war. Bis dahin hatte sie eben ein Auge auf ihn. Noch immer hallte der Kuss in ihrem Inneren nach. Er weckte ein Verlangen, das sie so nie für möglich gehalten hatte.

»Was machst du nur mit mir?«, hauchte sie leise und streichelte Jacks Hand, die unter der Decke hervorlugte. Widerwillig löste Diana ihren Blick von seinem attraktiven Gesicht und widmete sich wieder dem Film. Während sie der sanften, rauchigen Stimme von Morgan Freeman lauschte, entspannte auch sie sich allmählich und driftete irgendwann in einen ebenso tiefen Schlaf.

Kapitel 10

»**K**affee?«, fragte Diana mit einem sanften Rütteln an Jacks Schulter. Stöhnend öffnete er die Lider.

»Guten Morgen«, säuselte sie und nahm neben ihm auf der Couch Platz, nachdem er sich ächzend aufgesetzt hatte. Die Wärme der Kaffeetasse in ihren Händen strömte durch ihren Körper, beruhigte ihre Nerven.

»Was war gestern?« Jack kniff die Augen zusammen und nahm dankend den Kaffee entgegen. Diana suchte noch nach einer Antwort, obwohl die einzig plausible Erklärung nur von ihm kommen konnte. Schließlich wusste sie nicht, wie es in ihm aussah. Das wusste sie auch gestern nicht, als sie sich erst voller Leidenschaft küssten und er dann den Anruf bekam, dass seine Wohnung abgebrannt war. Diana hatte den Polizisten darum gebeten, ihr noch einmal genau zu erzählen, was passiert war. Er hatte gesagt, sobald das Feuer, welches sich im gesamten Haus ausgebreitet hatte, gelöscht sei und die Feuerwehr die Einsturzgefahr einschätzen könne, könnten sich erst die Brandermittler ans Werk machen. Der ersten Einschätzung nach handelte es sich wohl um einen Kabelbrand. Verletzte gab es nur eine. Eine ältere Frau hatte es wohl im Schlaf überrascht, wie er berichtete. Diana war sich nicht sicher, ob sie diese Information jetzt schon ansprechen sollte, sie wusste ja nicht, wie er in Bezug auf seine Nachbarn stand. Er schien sich gestern ziemliche Sorgen gemacht zu haben.

»Nach dem Anruf bist du auf die Couch gefallen, wir haben noch kurz geredet und dann bist du eingeschlafen. Du warst wohl ziemlich erschöpft.« Vorsichtig legte sie ihre Hand auf seine Schulter.

»Der Anruf …«, murmelte er. »Mein Kopf platzt …«

»Vielleicht hilft dir eine heiße Dusche. Und dann besprechen wir, wie es weiter geht. Ich mach ein ziemlich gutes Katerfrühstück«, erwiderte sie augenzwinkernd.

Jack legte den Kopf leicht schief und sah sie prüfend an. Als versuchte er sich an etwas zu erinnern. Dann bildete sich ein leichtes, verlegenes Schmunzeln auf seinen Lippen. Sie war entzückt von diesem Bild. Diese süßen Grübchen, die zerzausten Locken, die ihm verspielt in die Stirn hingen und diese großen, grauen Augen, die sie mit einer Mischung aus ‚Es tut mir leid, dass ich dich gestern so überfallen habe' und ‚Ich würde dich zu gern mit in die Dusche nehmen' ansahen. Bei dem Gedanken stieg ihr sofort die Hitze ins Gesicht, sie spürte förmlich, wie sie errötete und räusperte sich demonstrativ. Dennoch löste er den Blick nicht von ihr, im Gegenteil. Er stellte seinen Kaffee ab und intensivierte seinen Ausdruck, indem er sich lasziv zu ihr herüberbeugte, bis sie seinen heißen Atem an ihrem Ohr spürte. Jeder Muskel in ihrem Körper spannte sich, war versucht, die Kontrolle zu bewahren, ihre Schenkel erzitterten, bevor er genau die Worte sprach, die sie am wenigsten vermutet hatte.

»Ich fürchte, ich brauch einen Schlafplatz für eine Weile. Darf ich vorrübergehend hierbleiben?«

Ihr entfuhr ein Kichern, sie konnte nicht anders. Jack rückte wieder so weit ab, dass er ihr tief in die Augen sehen konnte.

»Naja, ich dachte eigentlich, das wäre schon klar, ich meine, wir haben gestern noch lang und breit darüber gesprochen, wie wir dir dein Zimmer einrichten und so weiter …« Sie wollte eigentlich nur einen kleinen Scherz machen, verlor sich aber in einem plötzlichen Redeschwall, konnte vor Nervosität gar nicht mehr aufhören, wie ein Teenager, der versuchte, das erste Mal einen Jungen einzuladen. Nun stieg ihr die Röte nicht aus Erregung, sondern aus Scham ins Gesicht. Gott, warum brachte er sie nur so aus dem Konzept? Ihr fiel auf, dass sie gar nicht mehr wusste, worum sich ihre Worte überhaupt drehten, als sie im nächsten Moment gezwungen war, innezuhalten. Seine Lippen berührten ihre mit einer Zärtlichkeit, die sie zerfließen ließ. Jack streichelte ihre Wange und verstärkte den Druck seines Mundes ein wenig.

Mit einem tiefen Seufzen zog er sich zurück. »Danke, Ms Kingsley. Ich geh dann mal duschen.«

Er warf ihr noch einen verführerischen Blick zu und ließ sie atemlos in ihrem Wohnzimmer zurück.

In dem Moment, als Diana das quietschende Geräusch des Duschhahnes hörte, vibrierte ihr Telefon in der Tasche ihrer Jogginghose.

»Kingsley?« Das Herz setzte einen Schlag aus, als sie die Stimme erkannte. Vor lauter Aufregung hatte sie vorher gar nicht aufs Display geschaut. Sofort bildete sich eine Gänsehaut auf ihrem Körper und ihr wurde übel.

»Diana, Darling. Geht es dir besser?«

»Ja, aber sicher. Ich komme heute wieder zur Arbeit, Callahan.« Sie war eine der wenigen, die ihn beim Vornamen nennen durfte. Dafür hatte sie die letzten Jahre aber auch einiges getan. Viel zu viel hatte sie mit sich machen lassen. Ekelerregende Dinge. Sie widerte sich selbst an, wenn sie daran dachte, musste sich das Gesicht ihrer Schwester aufrufen, um in ihrer Rolle zu bleiben. Keinen Verdacht erregen. Bald. Bald würde alles endlich ein Ende haben, das spürte sie. Seit der Ankunft von Jack hatte sich etwas verändert, in der gesamten Klinik. In ihr. Bald wäre sie frei.

»Das freut mich zu hören«, säuselte er mit tiefer, gedehnter Stimme.

»Ich würde dich nachher wirklich gern in mein Büro bitten.«

Diana unterdrückte den Brechreiz. Sie kannte die Bedeutung seines Tonfalls und versuchte gar nicht erst, die aufsteigenden Tränen aufzuhalten.

»Ich werde da sein, Sir«, sagte sie in dem kräftigen, selbstbewussten Ton, den sie ihm gegenüber so perfektioniert hatte.

»Dann sehen wir uns. Ach, heute ist der erste richtige Tag, an dem du unseren Mr Burrow an die Hand nimmst. Viel Glück. Erzähle ihm nichts von unserem Treffen, das ist unser kleines Geheimnis.«

Natürlich wusste sie das. Sie freute sich darauf, jeden Tag von morgens bis abends mit Jack zu verbringen, ihn besser kennenzulernen, es würde schön werden und das Aufstehen morgens erleichtern, nur würde es sie wahrscheinlich auffressen, ihm nicht alles anvertrauen zu können.

»Ich weiß, Sir. Sie können sich auf mich verlassen.« Callahan Doyle lachte dunkel und legte auf.

»Wir konnten leider nichts mehr aus Ihrer Wohnung retten. Die Brandermittler sind noch immer zugange. Sie müssen sich sehr vorsichtig bewegen und zusammen mit der Feuerwehr arbeiten, da eine hohe Einsturzgefahr besteht.« Bei jedem Wort zuckte der gebürstete Schnauzbart des Polizisten, der ihnen nun gegenübersaß und über den Brand berichtete. Er war um die fünfzig, die tiefen Geheimratsecken lugten unter einer schief sitzenden Polizeimütze hervor. Tiefe Sorgenfalten durchzogen sein alterndes, abgespanntes Gesicht.

Der Aluminiumstuhl, auf dem Jack saß, quietschte, als er sich nach vorne beugte, um die Arme auf dem Schreibtisch abzustützen. »Was ist mit den anderen Bewohnern?«, fragte er.

Officer O'Brien, so hatte der Kommissar sich Diana und ihm vorgestellt, legte die Stirn in Falten. «Die Dame, die über Ihnen gewohnt hat, hat es leider nicht geschafft. Sie hat die Nacht auf der Intensivstation verbracht und ist heute Morgen an den schweren Verletzungen gestorben.«

Jack lehnte sich wieder zurück in seinem Stuhl und seufzte tief. Er hatte die Frau gemocht. Er hatte sie zwar nur ein paar Mal gesehen, aber sie war so herzlich gewesen. Es hatte ihn auch nicht gestört, dass er ihre Sprache nicht gut verstand, sie hatte trotzdem gewusst, wie sie sich ausdrücken konnte, damit er es tat. Niemals hätte er ihr so etwas gewünscht. Scheiße.

»Kannten Sie sie gut? Es tut mir außerordentlich leid. Ich erzähle Ihnen das, müssen Sie wissen, weil es keine Angehörigen gibt, und als die Feuerwehr sie gestern aus ihrer Wohnung barg, hatte sie sofort nach Ihnen gefragt. Daher dachte ich, sollten Sie das wissen.«

Jack nickte anerkennend und kniff sich mit Zeigefinger und Daumen den Nasenrücken zusammen, die Stelle zwischen den Augenbrauen, massierte sie, bis der Schmerz ein wenig nachließ.

»Können wir denn jetzt noch irgendetwas tun?«, fragte Diana. Jack war heilfroh, dass sie mitgekommen war und jetzt das Wort ergriff, dankbar für die Stärke, die sie ausstrahlte.

»Erst einmal nicht. Sie müssten mir noch ihre Aussage unterzeichnen. Sobald wir mehr Informationen haben, könnte es sein, dass wir nochmals auf Sie zukommen werden. Haben Sie das soweit verstanden?«

Officer O'Brien sah Jack tief in die Augen. Er arbeitete bestimmt, von seinem Alter mal abgesehen, schon sehr lang bei der Garda. Solche Gespräche waren ihm nicht neu und er konnte mit einem geschulten Blick innigstes Mitgefühl aussprechen und gleichzeitig eine Lüge enttarnen. »Ich habe alles verstanden.«

»Gut. Ich druck Ihnen den vorläufigen Bericht für Ihre Versicherung aus.«

»Danke«, erwiderte Jack knapp und betete, das stickige Büro endlich verlassen zu können. Sein Kopf war noch immer am

Brummen, sein Körper dehydriert. Alkohol bekommt mir einfach nicht mehr. Für einen Moment schloss er die gereizten Augen. Ob, um dem grellen Licht der Neonröhren zu entfliehen oder dem prüfenden Blick des Officers, beides stach in sein Bewusstsein wie ein Florett.

»Danke. Wir würden uns dann jetzt auf den Weg machen. Wir müssen zur Arbeit.« Diana erhob sich und streckte dem Polizisten ihre Hand entgegen.

»Gut. Ms Kingsley. Mr Burrow.«

Jack stand auf und schüttelte ebenfalls zum Dank und zum Abschied die Hand von Officer O'Brien.

»Wenn ich noch irgendetwas für Sie tun kann, lassen Sie es mich wissen. Und nochmal mein Beileid für Ihren Verlust.«

Mit diesen letzten Worten verließen Diana und Jack den kleinen, heißen Raum, in dem sie nun anderthalb Stunden verbracht hatten. Ihre Schuhe quietschten auf dem weißen Linoleum-Boden, während sie Hand in Hand die Zentrale der Bezirks-Garda durchschritten. Jack graute es vor dem Papierkram, den er bald noch bearbeiten müsste, obwohl er eigentlich ganz andere Sorgen hatte. Heute Morgen hatten Diana und er kaum noch ein Wort gesprochen, weder beim Frühstück, noch während der Fahrt in die City. Es wurde Zeit, dass Jack die Karten offenlegte, das war ihm klar, nur wie sollte er anfangen? Die rote Hexe war durch die ungewöhnlich heiße Vormittagssonne gut aufgeheizt, beinahe genauso stickig wie das fensterlose Büro, aus dem sie gerade kamen. Wenigstens zitroniger, dachte Jack, als er auf der Beifahrerseite einstieg und sie sich gemeinsam auf den Weg zu der Klinik machten.

»Du bist so still«, unterbrach Diana das dröhnende Schweigen.

»Tut mir leid.« Sie sah ihn nur kurz an und versuchte in seinem Gesicht zu lesen, worauf er sich bezog, doch es war leer. Kein Anzeichen, woran er gerade dachte, war zu sehen. Kein Zucken. Keine Falte in der Stirn, nichts. Ihr war nicht entgangen, dass er sich heute Morgen nach dem Frühstück etwas eingeworfen hatte, zwang sich aber, nicht weiter nachzufragen. Ob das diese Regungslosigkeit, dieses Schweigen in ihm auslöste? Oder war es etwas tiefer Sitzendes, das ihn zu ersticken drohte? Unabsichtlich atmete sie hörbar auf, als er endlich die Sprache wiederfand. Als der emotionslose Gesichtsausdruck dem entschlossenen, tiefgründigen Jack wich, den sie kannte. Und lieben lernte. »Gestern ist etwas passiert, Diana. Hör einfach zu.« Sie nickte und er fuhr fort. »Kennst du Mrs Cartwright?« Erneut nickte sie.

»Ihr Mann. Carlos Simmons ist gestern verstorben. Selbstmord. Ich sollte die Gesprächsrunde leiten, um mögliche Medikamentendiebe zu enttarnen, da gab es wohl Verluste, sagte Aiden. Dann erzählten mir …«

Ein Schauder lief ihr über den Rücken, als sie versuchte zu verarbeiten, was er ihr gerade erzählte.

»Sie erzählten mir, dass es ihnen allen nicht besonders gut ginge, seit ihrem Geburtstag, aber nicht weil sie Medikamente missbrauchen, sondern neue bekamen, die sie nicht zu vertragen scheinen. Behalte bitte für dich, was ich dir erzähle. Das ist wichtig. Ich kann dir doch vertrauen, oder?«

»Aber natürlich!«, schoss sie wie aus der Pistole hervor.

»Gut. Sie sagten, sie befürchten, aussortiert zu werden. Und dann erzählte mir Mrs Cartwright von ihrem Mann, dem es sogar weitaus schlechter ging, der nur noch im Bett lag und kaum noch ansprechbar war. Sie hatten vorher niemandem davon erzählt, aus Angst, weggebracht zu werden.«

Diana schluckte schwer, ließ seine Worte nach und nach sacken.

»Ich versprach ihnen, niemandem etwas zu sagen und fragte, ob ich mir Carlos mal anschauen dürfte. Wir sind zu ihrem Zimmer gelaufen, zusammen mit Mr Publer, da er anscheinend auch eine gute Freundschaft zu dem Paar aufgebaut hat. Und dann fanden wir ihn. Er hat sich erhängt.«

Diana sah ihn wieder an, sein Blick war weit in die Ferne gerichtet, als würde es sich wie ein Film vor seinen Augen abspielen. Sie spürte, dass er noch nicht fertig war und beschloss, noch nichts dazu zu sagen. Kleine Steinchen schlugen gegen das Blech ihres Wagens, während sie das hügelige Waldgebiet, das sich rundherum um das Klinikum erstreckte, durchfuhren. Dianas üblicher Arbeitsweg. Mittlerweile kannte sie den Weg im Schlaf. Lediglich auf das Wild, das sich hier hin und wieder herumtrieb, musste sie ein besonderes Auge haben.

»Mr Publer hat mir ein Buch gegeben«, fuhr Jack fort und wurde leiser. Plötzlich sog er scharf die Luft ein. »Verdammt! Verdammt, Verdammt, Verdammt!«

Diana erschrak über den unerwarteten Ausbruch und hielt den Wagen an, bevor sie vor Schreck noch das Lenkrad rumriss. Jack trommelte sich wild mit den Handflächen gegen den Kopf, wirkte mit einmal so wutverzerrt, es sprühte wie Funken aus ihm heraus. Diana legte ihre Hände auf seinen Oberschenkel, versuchte seine Aufmerksamkeit zu bekommen: »Was ist los? Ganz ruhig, Jack!« Ruhig und bestimmt, wie damals, wenn Beth einen Wutanfall wie diesen hatte, redete sie auf ihn ein.

»Das verfluchte Buch!« Jack sah sie an. Er sah noch nie verzweifelter aus. »Ein Tagebuch. Von Carlos. Ich habe es an mich genommen. Darin stehen ziemlich verrückte Sachen, ich mein … standen. Ich hab es in meiner Wohnung gelassen.«

»Okay. Jack. Hör mir bitte zu. Ich werde dir jetzt etwas dazu sagen, okay?« Sie vergewisserte sich, dass sie seine volle Aufmerksamkeit hatte und fuhr fort.

»Carlos. Seine Frau Ruth Simmons ist vor einiger Zeit gestorben, an plötzlichem Herzversagen. Melinda Cartwright hat eine ausgeprägte schizophrene Persönlichkeitsstörung. Sie erfindet gern Geschichten und schafft es, sich so da hineinzusteigern, dass sie nicht nur ihre Rolle selbst anfängt zu glauben, sondern auch die anderen Patienten mitzieht. Mr Publer ist da nicht besser. Ich will nicht damit sagen, dass sie dir etwas vom Pferd erzählt haben, irgendwo steckt immer ein bisschen Wahrheit drin, aber du solltest die reale Version kennen. Mr Publer ist ein Langfinger. Und was für einer. Wir hatten ihn eine Zeit lang isolieren müssen, weil er ständig in die anderen Patientenzimmer geschlichen war und irgendetwas gestohlen hatte. Vermutlich hat er das Buch entwendet. Das war sicher nicht schwer, da Carlos, seit Ruth gestorben ist, ebenfalls am Sterben war. Ich wusste, wie es um ihn stand. Es überrascht mich, dass es Selbstmord gewesen sein soll, aber sein Tod ehrlich gesagt nicht.«

»Was ...? Aber ...« Jack stammelte unverständlich vor sich hin.

Diana verstand nicht, warum Aiden ihn mit so etwas beauftragte, wo er doch noch gar keine Erfahrungen gemacht hatte. Sie würde ihn definitiv heute zur Verantwortung ziehen. Pflegedienstleitung hin oder her. Das war unprofessionell.

»Ich verstehe nicht, Aiden hat nichts gesagt. Er hat mich mit Papierkram überhäuft und nichts gesagt.«

»Gegenüber den Patienten sind wir manchmal gezwungen, bei deren Vorstellungen mitzuspielen, um sie nicht zu verunsichern. Damit sie nichts Unüberlegtes tun. Es sind zwar unsere fitteren Patienten da oben, aber sie sind dennoch krank. Vergiss das nicht. Ich weiß nicht, warum Aiden das nicht aufgeklärt hat, ich werde nachher mit ihm darüber reden. Aber fürs Erste ... Möchtest du mir erzählen, was in dem Buch stand?«

Diana setzte den Wagen wieder in Bewegung. Jack war nicht für diese Arbeit gemacht. Einmal mehr wurde es ihm bei Dianas Erklärung so deutlich wie nie. Warum zum Teufel hatte er diesen Job angenommen? Was ist real, was nicht? Jack hatte das Gefühl, immer weiter, von Tag zu Tag, von Stunde zu Stunde, in einen Zustand der Begriffsstutzigkeit zu schlittern. Des Unvermögens, Informationen rational zu verarbeiten. Die Patientin. Das Buch. War das real? Oder genauso eine Lüge, wie seine Existenz?

»Ich habe nicht viel gelesen«, versuchte er zu schildern, »Er hat etwas über Ruth geschrieben, dass sie gern Schokolade mochte. Und zu ihrem Jahrestag wollte er ihr welche besorgen und hat sich herumgeschlichen, um die Vorratslager zu plündern. Er hat Hausschuhe gefunden. In Pink. Sie hat sich sehr gefreut, schrieb er. Auf den letzteren Seiten stand nicht viel. Etwas mit betäuben, wegbringen, verstümmeln und auf der letzten Seite stand nur groß das Wort ‚Mörder'.« Jack kniff die Augen zusammen, das rechte Lid begann zu zucken. Seine Kopfschmerzen drückten sich in seine Stirnhöhle, als würden sie sich einen Weg hinaus bahnen wollen. Diana bog gerade auf den großen Parkplatz der Anstalt und mit jedem Meter, dem sie dem Gebäude näherkamen, hämmerte es lauter in seinem Kopf.

»Sind das nur die Worte eines Verrückten, oder ist da auch etwas Wahres dran?«, fragte er Diana, die auf einmal ziemlich bleich geworden war. Sie wirkte wie erstarrt, als sie den Wagen mit einer autonomen Präzision parkte und den Motor abstellte. Vorsichtig legte er, wie sie vorhin, seine Hände auf ihren Oberschenkel und versuchte sie zu erreichen, wo auch immer sie sich gerade aufhielt. »Was ist los?«

»Das Buch ist verbrannt«, flüsterte sie leise, »Was stand da noch? Ich muss alles wissen.«

Kälte überfiel seinen Körper, als er die Angst in ihrer Stimme hörte. Jack versuchte sich zu erinnern, was er noch gelesen hatte.

»Abschlachten, wie zu alt gewordenes Vieh. Organe. Wo ist meine Frau. Er will so nicht enden. Und, ach ja … Ich weiß nicht recht, was das bedeutet …«

»Sprich weiter«, entgegnete sie energisch, voller Ungeduld.

»Kell… So fing es an und endete in einer sinnlosen Kritzelei.«

»Keller«, hauchte Diana atemlos. »Stand da noch mehr?«

»Leider weiß ich nicht mehr. Tut mir leid. Ich hätte gleich zu dir kommen sollen. Was ist denn?« Sorgen und Furcht durchzuckten seinen Körper. Diana wusste etwas. Mehr, als sie zugeben wollte. Wusste sie auch etwas über Gwen?

»Diana«, setzte er an, doch sie hob die Hand, um ihn zu unterbrechen.

»Hör zu. Heute Abend, wenn wir zu Hause sind, erzähle ich dir den Rest von Beth' Geschichte, okay? Hier ist es nicht sicher.«

»Okay. Ich muss dich aber noch eines fragen. Gibt es einen Keller? Ein Untergeschoss? Und wenn ja, wie kommt man dahin?«

»Ja. Gibt es. Und wir gar nicht. Heute Abend mehr.«

Jack nickte, nahm es so hin. Denn wenn er weiterfragen würde, würde er provozieren, dass sie sich zurückzog, distanzierte. Er kannte das nur allzu gut von sich selbst und versuchte daher, tief durchzuatmen und seine Fragen hintenanzustellen. Jack nahm Dianas Hand in seine und atmete noch einmal demonstrativ tief ein und aus, wollte sie animieren, mitzuatmen. Es zeigte Wirkung, denn nach ein paar Minuten waren sie beide schon wesentlich ruhiger. Es zeichnete sich sogar ein kleines Lächeln auf ihren Mundwinkeln ab. Sie schienen beide schwere Päckchen zu tragen, jeder auf seine eigene Weise, und auch, wenn er sich in seinem Innern immer weiter zu verlieren befürchtete, tankte er Kraft aus der Bewunderung für Dianas Selbstbeherrschung, versuchte sich ein Beispiel an ihr zu nehmen. Heute Morgen hatte sie etwas sehr Schönes gesagt: Solange man ein Ziel vor Augen hat und sei es noch so klein, hat man einen Grund, weiterzumachen, also setze ich mir diese Ziele. Jack beschloss, sich diesen Satz den Tag über immer wieder ins Gedächtnis zu rufen und es ihr gleichzutun. Kleine Ziele. Erstes Ziel, umziehen und an der Übergabe teilnehmen. Zweites Ziel, an Dianas Fersen heften und sie nicht aus seinen Augen lassen. Und drittes Ziel, mit ihr nach Hause fahren.

Mittlerweile verstand sie, warum Jack gestern so durcheinander war und auch, warum er eben diesen Wutausbruch hatte. Diana war noch immer fahrig, angesichts dessen, was Jack ihr über dieses Buch erzählt hatte. Genau das, was sie das ganze Zeit befürchtet hatte. Sie hatte zwar keine Beweise, aber sie war nah dran, sofern nicht so etwas wie ein unvorhergesehenes Feuer solch belastende Dokumente mir nichts, dir nichts auslöschte. Oder doch nicht so unvorhergesehen? War es vielleicht … Diana lief ein Schauer über den Rücken, hatte sofort das Gefühl, beobachtet zu werden. Zutrauen würde sie es ihm in jeder Hinsicht. Und sie musste nachher zu ihm. In sein Büro. Diana hatte beschlossen, die Maske aufzusetzen, der sie den letzten Schliff gegeben hatte. Undurchdringlich und siegessicher, denn so würde sie am schnellsten durch den Tag kommen. Und heute Abend würde sie Jack von Beth erzählen. Davon, wie sie hier eingeliefert wurde. Und von ihrem Tod. Vielleicht würde ihr das ein wenig Ruhe schenken, wenn sie ihn gänzlich einweihen würde. Auch wenn sie ihn damit in Gefahr brachte. Aber Jack steckte sowieso schon zu tief drin. Und was, wenn er wirklich das fehlende Puzzleteil war? Sie schaute ihn an, lächelte und atmete tief durch.

Kapitel 11

»So etwas Schwachsinniges hab ich ja noch nie gehört! Du solltest langsam mal deine Position hier hinterfragen! Ich habe so das Gefühl, dass dir das alles zu Kopf steigt!«

»Du bist es, der hier seine Position überdenken sollte. Glaubst du, nur, weil du den ganzen Tag vor den Bildschirmen hockst und dir alles mit ansiehst, hättest du mehr zu sagen?«

»Ich habe mehr zu sagen, Aiden! Nicht nur, weil ich vielälter bin als du, sondern auch, weil ich mit diesem ganzen Scheiß viel mehr Erfahrungen gemacht habe!«

»Das kannst du sonst wem erzählen, aber nicht mir, Brody!«

Diana und Jack standen regungslos vor der Butze und belauschten mehr oder weniger unbeabsichtigt den Streit zwischen Brody und Aiden. Jack hatte sich eine neue Garnitur mintgrüne Arbeitskleidung herausgesucht, würde aber, wie Diana ihm erklärt hatte, nach der Übergabe noch einmal zur Kleiderkammer müssen, um sich die neuen Klamotten zu holen. Denn von heute an würde er ausschließlich mit Diana zusammenarbeiten, im Schutz- und Wachdienst. Dafür hatte sie mit einem Anruf gesorgt. Am ersten Tag hatte sie bereits einiges darüber erzählt. Die Nachtschichten sollten am anstrengendsten sein, aber Jack war sowieso eine Nachteule, also freute er sich darauf. Nun bekam er auch Zugang zur Instabilen-Station. Er würde heute nachsehen. Entgegen aller Wahrscheinlichkeit hoffte er, dass Gwen vielleicht doch noch da war.

Allerdings standen sie bereits seit geschlagenen fünfzehn Minuten vor der Tür des Gemeinschaftsraums und konnten weder hineingehen, noch weghören. Doch Dianas amüsiertes Lächeln verblasste, als Brodys Stimme plötzlich bedrohlich leise wurde und sie nur noch mit Mühe verstehen konnten, was er sagte.

»Aiden, wie du eben schon so schön auf den Punkt gebracht hast: Ich sehe mir alles mit an. Alles. An deiner Stelle wäre ich vorsichtiger.«

In diesem Moment riss Diana die Tür auf.

»Was ist hier los?«, fragte sie unvermittelt und ging mit sicheren, schnellen Schritten zur Kaffeemaschine. Jack stand noch etwas unbeholfen in der Tür, perplex durch Dianas ruckartige Reaktion, tat es ihr dann aber gleich.

»Spielt ihr wieder Kampf der Titanen? Dann macht es bitte außerhalb eurer Arbeitszeit!« Einschüchternd war wohl das richtige Wort, um dieses intensive Machtspiel zu beschreiben, das sich vor seinen Augen abspielte. Jack hielt sich komplett zurück, kümmerte sich nur darum, sich Kaffee einzuschenken, in die Ecke zu stellen und ruhig zu sein. Ein paar andere Kollegen saßen bereits an dem Tisch, tief in ihre Getränke versunken, bemüht, sich unsichtbar zu machen.

»Oh, Ms Kingsley ist wieder im Haus. Hast du gehört, Aiden, jetzt müssen wir nachsitzen!« Brody zog eine Grimasse, die seinen Hohn unterstrich.

»Sind wir wieder im Kindergarten, ja?«, erwiderte Diana. Sie ließ sich nicht aus dem Konzept bringen. Ein Teil in Jack jubelte wie ein stolzer Fan, während ein anderer Teil, weiter unten zwischen seinen Beinen, das Bild dieser Frau ganz besonders anfeuerte. Unbemerkt schlug er die Beine übereinander, während er sich lässig an die Wand lehnte. Zum Glück waren die Anwesenden zu sehr mit sich selbst beschäftigt, als dass sie die Beule bemerken konnten. Und Jack konzentrierte sich grinsend auf die umwerfende Frau, die ihn heute Abend mit zu sich nehmen würde. Deren Lippen er erobert hatte.

»Es reicht!«, donnerte es plötzlich durch den Raum. Mr Doyle stand in der Tür. Die schweißfeuchte Stirn in zornige Falten gelegt. Jack entging nicht, dass Diana schlagartig steif wurde, und trat einen Schritt zu ihr, legte seine Hand unauffällig an ihren Rücken, um sie wissen zu lassen, dass er da war. Ihm war nicht klar, was genau zwischen den beiden vorging, aber es war etwas, das sie erzittern ließ, etwas, das ihr die Sprache verschlug. Als Mr Doyle nun Diana ansah, seinen schmierigen Blick von oben bis unten wandern ließ, durchflutete ihn rasender Zorn. Und der Drang, Diana an sich zu ziehen und nicht mehr loszulassen.

»Ms Kingsley, begleiten Sie mich in mein Büro. Sofort.«

»Sir, wir haben noch keine Übergabe gemacht«, schaltete Jack sich ein, ohne zu wissen, was er sonst sagen sollte.

»Glauben Sie, dass mich das interessiert? Sie sind Diana heute zugeteilt, also schreiben Sie fleißig mit und unterrichten Sie sie dann später. Manchmal denke ich, ich leite hier kein Unternehmen, sondern eine Vorschule.« Die nächsten Worte richtete er an Aiden und Brody. »Reißen

Sie sich zusammen, Verdammt!«

Jack verstärkte den Druck seiner Hand auf Dianas Rücken und für einen Moment dachte er, sie würde sich ein wenig entspannen, doch bereits im nächsten entzog sie sich vollkommen, als sie ohne ein weiteres Wort, ohne einen weiteren Blick den Raum verließ, um Mr Doyle in sein Büro zu folgen. Brody machte einen abschätzigen Kommentar über Diana und ihre Vorlieben, doch bevor Jack etwas erwidern konnte, schaltete sich Aiden ein. Der Tisch bebte, als er mit der Faust darauf trommelte und sie beide aufforderte, sich zu setzen. Jacks wütender Blick wollte sich nicht von Brody lösen, denn sein bissiger Spruch ging ihm nicht aus dem Kopf. Während der gesamten Übergabe, die begann, nachdem zehn Minuten später die restlichen Bereichsleiter und Pfleger eingetroffen waren, konnte er sich nicht konzentrieren. Musste nur an Diana denken, was sie wohl gerade tat. Ob es ihr gut ginge.

Callahan nahm auf seinem großen Chefsessel Platz. Er liebte diesen Stuhl, so ledrig und glatt, so perfekt. Keine einzige Macke befand sich in dem sorgsam gepflegten Rindleder. Sonst würde er den Stuhl auch gar nicht mehr haben wollen. Viola, die Empfangsdame, hatte die Aufgabe, das Material regelmäßig zu bürsten und zu kontrollieren. Von der Eleganz mal abgesehen, unterstützte die große, breite Lehne sein Machtgefühl, ließ ihn stattlicher erscheinen. Er wusste, dass er kein schöner Mann war und er hasste sich dafür. Genauso wie seine Ex, die ihn für einen anderen verließ, als er immer weiter zugenommen hatte. Er hatte nur ihren Namen angenommen, um nicht mehr an seinen wertlosen Vater erinnert zu werden. Außerdem brachte ihm der Name einiges an Geld ein. Doch Patricia … Verfluchtes Weib. Niemand wagt es mich, so zu demütigen. Sie hatte eine angemessene Strafe erhalten. Sie war nun genauso einsam und hässlich, wie sie ihn hinterlassen hatte. In ihrem Gesicht prangten abscheuliche Narben, und ein Auge fehlte ihr. Tja, mit Säure spielt man nicht, genauso wenig wie mit mir. Cal grinste bei dem Gedanken. Solch erfüllende Rache brachte alles wieder ins Gleichgewicht, in die nötige Ordnung. Der einzige Mensch, der davon wusste, außer seinem ersten Raben, der sowieso alles wusste, saß nun vor ihm. Diana war ihm in sein Büro gefolgt, wie er es befohlen hatte. Sie war schon immer ein gutes Mädchen, machte, was man ihr sagte, ohne zu meckern oder etwas zurückzuverlangen. Im Gegenteil, sie gab sogar weitaus mehr, als er damals erwartet hatte. Dabei war er mit ihrer Einstellung nur einverstanden gewesen, weil er sie dadurch im Auge behalten konnte, nach der unschönen Sache mit ihrer Schwester. Doch das schien sie alles gar nicht mehr zu tangieren. Sie hatte sich wohl damit abgefunden und suchte nun ihre Freuden. Gut, Cal war nicht auf den Kopf gefallen, dass sie sich Aufstiegschancen erhoffte, auch ohne sie einzufordern, war ihm klar, und die hatte sie auch zur Genüge verdient erhalten. Das hatte sich alles wirklich gut entwickelt. Es lief äußerst hervorragend. Und nun, da sie vor ihm saß und ihn mit ihren selbstbewussten, verführerischen Augen ansah, musste eben auch er ausnahmsweise seiner Schwäche nachgeben, konnte es nicht mehr unterdrücken, ihr nah zu sein, wo sie sich doch so willig feilbot. Callahan ging zu ihr hinüber, betrachtete ihr zartes Gesicht und ließ seinen Finger über ihr Kinn gleiten.

»Es ist schon ein Weilchen her, nicht wahr?« Ihre Mundwinkel zuckten bestätigend. »Willst du es?« Sie nickte.

»Steh auf«, wies er mit herrischem Tonfall an. Kontrolle, sein Lebenswerk bestand nur aus Kontrolle. Das war, was er beherrschte. Besser als kein zweiter. Weshalb er seinen misslungenen, dicken Körper von hinten an Dianas presste und seine wulstigen Hände gierig unter ihre Klamotten schob, um ihre weiche, perfekte Haut zu spüren. Ihre zarten Brüste. Er störte sich nicht daran, dass der Schweiß von seinem dünnen, ergrauten Haar tropfte und sein Herz schon bei dem Gedanken an solch vollkommene Schönheit zu rasen begann. Sie war einfach perfekt. Und er besaß die Kontrolle über sie.

Beim ersten Mal hatte sie versucht, sich zu wehren. Hatte ihn weggestoßen, sich beinahe erbrochen vor Ekel, doch seine Faust hinterließ daraufhin ein hässliches Veilchen in ihrem Gesicht. Sie war nicht stark genug und letztlich überwältigte ihre Angst ihr Selbst. Denn die hatte sie mit jeder Faser ihres Körpers. Also dachte sie an Beth, an ihre toten Augen, und ließ es über sich ergehen. Mit der Zeit schaffte sie es, ihren Gesichtsausdruck zu kontrollieren, da er sie schwer verletzte, wenn sie angeekelt oder wütend aussah. Also sagte es mittlerweile nichts mehr aus. Weder Zustimmung, noch Abneigung, nichts. Er interpretierte, was er wollte. Diana hatte sich nach ein paar Jahren damit abgefunden, in sein Büro zitiert zu werden. Heute hatte sich aus dem Ganzen ein Plan entwickelt, den sie eisern verfolgte. Für Beth. Ihr Körper war ihr nichts wert, sie gab ihn hin und kapselte ihre Seele ab, um diese am Leben zu halten. Sie spürte, wie seine Hände ihre Brüste kneteten, wie sie ihre Hose auszogen und ihren Oberkörper auf den großen schwarzen Schreibtisch aus Ebenholz drückten, doch sie empfand nichts mehr dabei. Damals hatte sie fürchterliche Schmerzen gehabt, weil er ignoriert hatte, dass sie gar nicht feucht wurde und sich einfach hineinrammte. Eines Tages benutzte er plötzlich ein Gleitmittel, was ihr zumindest diesen Schmerz ersparte. Auch heute fühlte sie das kühle feuchte Gel und Callahan, als er sein Glied an ihr rieb. Diana stützte ihren Kopf auf ihre gefalteten Hände und fixierte sich auf diesen einen Punkt. Der kleine Delfin. Eine daumengroße Figur aus Glas, die auf einem hölzernen Sockel thronte, neben dem Becher mit den Kugelschreibern darin. Während er sich immer wieder aufs Neue tief in ihren Körper drückte, schaute sie sich das Tier an und stellte sich vor, wie es wäre, ein Delfin zu sein.

Ich wäre frei. Schwimmen konnte ich schon immer gut, Wasser ist mein Element. Delfine sind sehr intelligent und trotz ihrer anmutigen, niedlichen Erscheinung gefräßige Raubtiere. Ich habe mal gelesen, dass sie manchmal an einem Kugelfisch knabbern, um sein Gift als berauschende Droge zu konsumieren. Das klingt ziemlich abgefahren. Und nach einem sehr schönen Leben. Du schwimmst tagein, tagaus in klarem, blauem Wasser, vielleicht mal durch ein Korallenriff, vielleicht mal mit einem Schnellboot um die Wette, hast deine Familie immer bei dir und zwischendurch, wenn ihr Langeweile habt, zieht ihr euch einen durch. Sie können sogar eine Gehirnhälfte abschalten, um zu schlafen! Das ist ein Leben. Ich hätte nichts dagegen, wenn mich jemand einfach ins Wasser werfen würde, dann hätte ich endlich Ruhe. Ich beneide dich, kleiner Glasdelfin. Niemand verbindet etwas Schlechtes mit dir, du lebst dein Leben und bist für alle so gut, wie du bist. Ohne dich zu verstellen. Verdammt. Aua. Ist es endlich vorbei?

Callahan hatte ihr einen lauten Schlag auf den Hintern gegeben, vermutlich würde ihre Po-Backe jetzt einen dicken Abdruck vorweisen. Immerhin war es vorbei. Er hatte sein Genital wieder eingepackt, nachdem er das benutzte Kondom achtlos auf den Boden geworfen hatte. Viola würde gleich hinter ihnen her putzen. Desinfizieren und Polieren. Sie hatte noch nie ein Wort zu Diana gesagt, wenn diese das Vorzimmer durchschritt, an ihrem Schreibtisch vorbei, in Cals Büro. Und es des Öfteren humpelnd wieder verließ. Wer wusste, was er Viola antat, um ihr Schweigen und ihre Loyalität zu sichern.

Diana zog ihre Hosen wieder an, rückte ihren BH und ihre Bluse zurecht und mit einem Räuspern setzte sie sich wieder auf den Besuchersessel. Ihr Blick blieb an den Kameras hängen, die in jeder Ecke der Raumdecke befestigt waren. Warum er es unbedingt immer in seinem Büro machen wollte, war ihr ein Rätsel. Zumal sie inständig hoffte, dass er vorher die Kameras abstellen ließ. Brodys Worte von vorhin gingen ihr durch den Kopf. Er sieht alles. Hoffentlich nicht. Sie wüsste nicht, wie sie noch Anweisungen geben sollte, geschweige denn aufrecht gehen könnte, wenn irgendjemand dieses Verhältnis in Erfahrung bringen würde. Jack. Er wartete bestimmt bereits bei der Kleiderkammer auf sie. Sie musste versuchen, es zu verbergen. Er war der letzte, der dieses Geheimnis erfahren sollte. Sie würde ihn nie wieder anschauen können, ohne vor Scham im Boden zu versinken. Er war der erste Mann, dem sie sich hingeben wollte. Mit voller Absicht. Nach dessen Berührungen sie sich sehnte. Doch was würde er nur denken? Würde er sie jemals wieder anfassen? Callahans Stimme riss sie aus ihren Gedanken und schlagartig spürte sie den Schmerz, der von ihrem Hintern in ihren Rücken strahlte. »Okay. Ich bin zufrieden.«

Sie machte Anstalten aufzustehen, doch er hielt sie noch einmal zurück.

»Diana, Darling. Dir geht es doch gut, oder nicht?«

Mit aller Kraft zwang sie sich ihn anzusehen und mit erhobenem Kinn zu sagen: »Ja, Sir. Mir geht es sehr gut. Danke.«

»Bleib bitte noch einen Moment. Ich möchte mich noch kurz mit dir unterhalten.«

Ungeduldig wippte Jack mit dem Fuß, während er am Eingang der Bibliothek auf Diana wartete, den Blick stoisch auf das Büro von Mr Doyle gerichtet. Er hatte sich bereits bei der Kleiderkammer neue Arbeitsklamotten besorgt und fühlte sich in der schwarzen Arbeitshose und dem Multifunktions-Blouson um einiges wohler. Darunter trug er ein weiches Polohemd und an seinen Füßen schwere, ebenfalls schwarze Stiefel. Jack bekam auch Ausrüstung wie eine Taschenlampe und ein Funkgerät, was er beides in den Taschen, die an seinem Gürtel befestigt waren, verstaute. Außerdem händigte man ihm eine neue Key-Card aus, mit der er durch zusätzliche Sicherheitstüren kommen würde. Die neue Montur, die gleiche, die Diana trug, bekam ihm wesentlich besser als der lockere Kasack. Es war wie für ihn gemacht und zum ersten Mal fühlte er sich nicht fehl am Platz. Da Jack, nachdem er sich umgezogen hatte, noch nichts von Diana gehört hatte, nutzte er die Gelegenheit, um auf der IST vorbeizuschauen. Doch wie erwartet war Gwen nicht mehr dort. Auf dem Weg zu Cals Büro machte er ein paar Umwege, um nach einem anderen Treppenhaus oder Fahrstuhl zu schauen. Aber auch diese Suche blieb erfolglos. Also konnte er nur warten. Nun seit bereits einer Stunde. Dann endlich öffnete sich die Tür und Diana trat mit traurigen Augen in den Flur. Leise schloss sie die Tür hinter sich, lehnte sich dagegen und atmete schwer auf. Ein erschrecktes Zucken durchfuhr ihren Körper, als sie Jack erblickte. Mit langsamen Schritten bewegte er sich auf sie zu, doch sie wich seinem Blick aus und lief mit einem leisen »Komm mit« an ihm vorbei. Jack folgte ihr ohne ein Wort, doch als sie den zweiten Eingang der Bibliothek weiter unten im Flur passierten, packte er ihren Arm und zog sie hinein. Diana spannte sich an und versuchte sich aus seinem Griff zu winden, doch er hielt sie nur noch fester, achtete darauf, ihr nicht weh zu tun und zog sie zwischen zwei der hinteren, staubigeren Bücherregale in der dunklen Bibliothek. Dort, wo keine Kamera war. Das hatte er gleich am ersten Tag herausgefunden. Dann nahm er sie fest in den Arm. Noch immer sträubte sie sich mit aller Kraft gegen den Druck seines Körpers, protestierte, doch er würde sie nicht loslassen. Nicht, bis sie ihm sagte, was los war. Sie brauchte das. Ganz sicher. Die Minuten verstrichen und allmählich wurde sie ruhiger. Dann brach es aus ihr heraus. Diana erwiderte die Umarmung und begann zu weinen, ihr Leib bebte, zitterte wie Espenlaub, bevor ihre Beine nachgaben und sie sich schluchzend auf den Boden sinken ließ. Jack folgte ihr, ließ sie nicht los, während er sich an die Bücher lehnte, murmelte ihr beruhigende Worte zu und streichelte sanft ihr haselnussbraunes Haar. Gefühlt eine Ewigkeit saßen sie dort, eng umschlungen saßen sie in einem kleinen Lichtschein, der durch ein Fenster hereinbrach und den Staub um sie herum funkeln ließ. Erst als ihr Wimmern etwas nachließ, wagte er es, zu fragen.

»Was ist passiert, Diana?«

»Ich schäme mich so«, krächzte sie mit heiserer Stimme.

»Wofür?«

Ihre tränenfeuchten Augen glitzerten ihn bedeutungsschwer an, als würde er längst wissen, worum es ging. Und das tat er.

»Oh, Diana«, flüsterte Jack und schloss sie wieder in seine Arme. Er spürte ihren Schmerz, als wäre es sein eigener, es schnürte ihm die Kehle zu.

Je mehr Tränen sie vergoss, desto mehr schwand ihre Kraft. Ihr Körper fühlte sich wund und verbraucht an, ausgebrannt. Dabei wollte sie doch nicht, dass Jack es erfuhr. Ein Teil von ihr hasste ihn dafür, dass er sie zwang, ihre Emotionen preiszugeben, ihr Innerstes, doch ein anderer Teil hatte noch nie so starke Dankbarkeit empfunden wie in diesem Moment. Frei. Sie musste es jetzt nicht mehr tun, würde es nicht mehr schaffen. Dianas Kopf lehnte an Jacks Brust und lauschte seinem Herzschlag. Ihr fiel auf, dass er uniformiert war. Die schwarze Arbeitskleidung stand ihm sehr gut, brachte seine Männlichkeit zum Vorschein. Vielleicht gab ihm das ja den Mut, so offensiv auf sie einzugehen. Sie schniefte und nahm dankend das Taschentuch an, das Jack ihr reichte. Durch die Tränen brannte ihre Nase, als hätte sie Wasser eingeatmet. Es roch nach Meerwasser. Sie dachte an den Delfin, der sie so oft begleitet hatte und sah Jack an. Der schwache Lichtschein ließ sein markantes Gesicht erstrahlen und seine silbrigen Augen glänzen. Noch nie hatte sie so einen schönen Mann gesehen, dachte sie, als sie sich vorbeugte, um ihm einen sanften Kuss auf die Lippen gab. Eine Woge der Erleichterung durchfuhr sie, als er ihn knurrend erwiderte.

»Du schmeckst sehr gut, weißt du das? Etwas salzig, aber köstlich«, flüsterte er mit einem schelmischen Lächeln, nachdem sie sich voneinander gelöst hatten. Diana musste lachen.

»Du auch«, antwortete sie ihm und lehnte sich wieder an seine warme Brust.

»Reden wir darüber?«, fragte Jack nach einer Weile.

»Heute Abend«, versprach sie.

»Okay. Wollen wir noch eine Weile hier sitzen bleiben?«, erkundigte er sich leise.

»Ich muss einiges an Arbeit nachholen. Mir fehlen immerhin anderthalb Tage, so viel Papierkram, Telefonate, Bestellungen …« Das störrische Arbeitstier versuchte sich einen Weg aus dem Unmut zu bahnen, doch das Gefühlschaos aus Wut,

Trauer, Ekel und besonders Jacks Wärme, die sie einhüllte, lähmte ihren Körper. Er merkte wohl, dass sie keine Anstalten machte, aufzustehen oder sich auch nur einen Zentimeter zu lösen, denn er zog sie noch enger an sich.

»Sobald du bereit bist.«

»Danke«, hauchte sie dicht an seiner Brust in die Stille.

Man unterschätzte Brody leicht. Er sah nicht aus wie jemand, der solch enorme Macht besaß. Vielleicht sogar die größte in dem gesamten Klinikum. Er mochte nicht der attraktivste Mann sein, mit seinen zwei Metern, seiner blassen Haut, seinen geplatzten Äderchen in den Augen, doch das juckte ihn keineswegs. Ja, er hatte einige Verschwiegenheitserklärungen unterzeichnet, aber was bedeuteten diese schon. Wissen. Darum ging es hier in dieser Hierarchie, aufgebaut auf Lügen, Grausamkeit und Narzissmus. Er hatte diese Position angeboten bekommen, weil sie dachten, sie könnten ihm vertrauen. Sie dachten, er würde so denken wie sie. Doch sie hatten sich geirrt. Sein Chef nannte ihn seinen Ersten, denn niemand kannte den skrupellosen Klinikleiter besser. Doch Brody wartete nur den passenden Moment ab. Und der würde kommen, da war er sich sicher. Er sah alles in diesen Gemäuern, und es brauchte ein enormes Maß an Selbstbeherrschung, den

Schein zu wahren. Er war nicht der, für den sie ihn alle hielten. Sein Moment würde kommen. Und bis dahin saß er weiter in seinem Refugium aus Bildschirmen und nahm bereitwillig die Zerstörung seiner Netzhäute ebenso wie die seines Verstandes hin.

Der Barbesitzer verzog sich in sein Büro. Er brauchte eine Pause. Auch wenn nicht viele Gäste da waren, hauptsächlich Stammgäste, musste er kurz durchatmen. Sein Hilfskellner, den er gerade anlernte, würde das Geschäft schon für einen Moment am Laufen halten. Barron saß nun also in dem kleinen, stickigen Raum mit den hohen Bücherregalen, die seinen selbstgebastelten Schreibtisch säumten, und den kleinen Mäusen, die sich hin und wieder quiekend blicken ließen. Sie waren ihm egal, solange sie nichts kaputt machten, legte er ihnen auch hin und wieder ein Stück Käse oder ein paar Nüsse hin. Ein kleines Fenster war in die dicke Backsteinaußenwand eingelassen, direkt unter der Decke, an das er nur herankam, wenn er sich auf den Klappstuhl stellte, auf dem er gerade saß. Da dieser aber jedes Mal laut unter seinem Gewicht knarzte, hatte er beschlossen, die Luke einfach einen Spalt offen zu lassen. Sein Büro war zu der stillen Gasse gelegen, die sich hinter der ‚Blue Post' erstreckte und lediglich als Lager für seine leeren Getränkekästen diente. Außerdem standen dort die breiten Mülltonnen, die leider nur selten geleert wurden. Die Gasse war dunkel, selbst bei Tag lag sie im Schatten, daher drangen manchmal seltsame Geräusche an Barrons Ohr. Ein Mann, der einer Frau seinen Willen aufzwängen wollte. Ein Dealer, der seinen Stoff vertickte, und allerhand mehr gruseliges Zeugs. Und nicht ein einziges Mal hatte Barron den Mut gehabt, hinauszugehen und die unheimlichen Gestalten zu verscheuchen oder zurechtzuweisen. Er war durch und durch ein Feigling. Barron schämte sich dafür, als er daran dachte, wie wenig er doch wert war. Natürlich, seine Stammgäste mochten ihn, aber nur, weil er sie mit Alkohol versorgte, weil sie in seinem Pub rauchen durften und weil er ihnen ein Ohr schenkte, wenn sie es brauchten. Doch war es das wert? Die Familie zu verlassen, als sie ihn am dringendsten benötigte? Zum tausendsten Mal schlug er ihre Akte auf. Ließ seine Finger über ihr Bild gleiten. Diana, es tut mir so leid, dass du so einen Feigling zum Vater hast. Erneut

kamen ihm die Tränen, als er sich von dem Gefühl der Hilflosigkeit überwältigen ließ.

Kapitel 12

»Ich habe dir ja erzählt, dass ich unter anderem auch die Personalabteilung leite und da liege ich am meisten mit meiner Arbeit im Rückstand, daher zeige ich dir jetzt mein Büro und dann
machen wir uns an die Arbeit, einverstanden?«

Jack nickte zufrieden. Ihre Augen waren noch immer etwas
glasig, doch das Lächeln, das sie Jack schenkte, wirkte wahrlich
erleichtert. Sie waren noch eine Weile in der Bibliothek geblieben, bis sie anfing, sich aufzuraffen. Mittlerweile war der frühe
Abend angebrochen und über den Funkspruch hatte er zwei
Notfälle mitbekommen, die sich in den oberen Geschossen er-
eignet hatten. Diana hatte Männer namens Derek und Louis per
Funk angewiesen, sich darum zu kümmern. Sie entschuldigte
sich bei Jack, weil er eigentlich dabei sein sollte, um zu lernen,
doch er spürte die unausgesprochenen Worte dahinter. Lass
mich nicht allein. Also folgte er ihr in den ersten Stock zu ihrem
Büro. Es tat ihm gut, sich um sie zu kümmern, für sie da sein
zu können, es lenkte ihn von seinem eigenen kräftezehrenden
Inneren ab. Außerdem schätzte er es als schmeichelndes Privi-
leg ein, dass sie ihm vertraute und wollte es erwidern. Heute
Abend, wenn sie sich ihm anvertraute, würde er es ihr gleich-
tun und von seiner Abhängigkeit erzählen. Die letzten Dicodid
klapperten in dem kleinen Döschen, welches er sorgsam in einer der vielen Taschen seiner neuen Arbeitsjacke verstaut hatte.
Sie riefen ihm zu, dass es wieder so weit wäre. Doch im Moment wollte er lieber die Kopf- und Muskelschmerzen in Kauf
nehmen, wollte eher die Stimme ertragen, die ihn beschimpfte,
als sich zuzudröhnen. Jack richtete seine ganze Konzentration
auf Diana. Nur so wurde das Teufelchen etwas leiser. Ihr Büro
war geschmackvoll eingerichtet. Vor einer großen Fensterfront,

durch die das Abendrot schimmerte und den Raum in sanfte Orange-Rot-Töne tauchte, stand ein breiter Schreibtisch aus Kirschholz. Gesäumt war dieser von großen Yuccapalmen, wie die in Dianas Wohnung, nur sehr viel lebendiger. Die grünen Blätter glitzerten in dem Licht der untergehenden Sonne und als Diana sich auf den schmalen Schreibtischstuhl vor das Fenster setzte, vervollständigte sie ein magisches Bild voll strahlender Eleganz. Sie bemerkte seinen Blick und zauberte ein verlegenes Lächeln auf ihr Gesicht. Jack zwang sich wegzusehen, verdrängte das Bedürfnis, zu ihr zu laufen und ihre weichen, vollen Lippen zu erobern. Rechts in dem Raum stand eine schwarze Ledergarnitur, bestehend aus einem flachen Sofa und zwei Sesseln, auf einem dicken, weißen Flokati-Teppich. Die linke Wand des Raumes bestand aus einem einzigen riesigen Bücherregal mit unzähligen Büchern. Unwillkürlich dachte er an die Trinitiy-Bibliothek und Muriel. Wie es ihr wohl gehen mochte?

»Setzt du dich zu mir?«, fragte Diana zuckersüß und deutete auf den Drehstuhl, der vor ihm am Schreibtisch stand. Jack nickte und ließ sich nieder.

»Dann legen wir mal los. Was zuerst?«, fragte er motiviert.

Diana schaltete die Schreibtischlampe und den Computer ein und legte den Kopf ein wenig schief, als sie ihn ansah. »Möchtest du eine rauchen?«

Ein Stein fiel ihm vom Herzen, denn seine letzte war heute Morgen gewesen, bevor sie in die City zur Polizei gefahren waren. Jack wollte nicht fragen, zumindest ergab sich bisher noch kein passender Zeitpunkt, doch wo sie es nun ansprach, spürte er schlagartig die Schmach. Sie öffnete die linke Schreibtischschublade und zog einen großen, roten Aschenbecher hervor, der bereits einige Zigarettenstummel enthielt. Interessanterweise nicht nur Zigaretten, sondern auch zwei abgebrannte Joints. »Du weißt noch nicht alles von mir, Mr Burrow«, erklärte sie.

»Ms Kingsley, Sie sind immer wieder für eine Überraschung gut.«

»Der Tisch hat noch mehr zu bieten«, versprach sie. Damit meinte sie nicht nur den Scotch im unteren Fach, sondern auch die samtige, glatte Oberfläche des Holzes. In Jacks Augen funkelten Verständnis und Erregung. Er zog aus seiner Jackentasche seine Zigarettenpackung und bot ihr eine an, mit dem charmanten, koketten Lächeln, das sie so an ihm liebte.

Chesterfields rauchte sie auch hin und wieder, wenn sie sich in ihr Büro, das sie sich hart erarbeitet hatte, verzog und die Unsichtbarkeit genoss. Denn in diesem Raum war keine einzige Kamera. Nicht nur, dass sie die Ausstattung selbst gewählt hatte, sie filzte auch regelmäßig das Büro, besonders die Bücher, ob sich nicht doch jemand für ihr Privatleben interessierte. Denn das war eine Voraussetzung, die sie stellte. In diesem Büro, in dem sie sich bereits Tag und Nacht abgeschuftet hatte, um die Klinik mit am Laufen zu halten, war sie für sich allein. Bisher schien das auch jeder zu verstehen. Nicht einmal Aiden hatte es je gewagt, auch nur anzuklopfen. Ihr Funkgerät stand jederzeit auf laut, falls etwas war oder sie gebraucht wurde, aber von diesem Raum hielten sie sich fern. Diana steckte sich die Zigarette an und zog ein paar Mal hintereinander fest daran. Der Rauch füllte ihre Lungen und sie hatte den Druck schon beinahe vermisst, der Druck, der ihr das Gefühl gab, noch am Leben zu sein.

»Also, wollen wir anfangen?« Langsam ließ sie mit leicht geöffnetem Mund den dicken Qualm über ihre Lippen wandern, genoss Jacks wollüstigen Blick, während er selbst unerbittlich an seinem Glimmstängel zog, bis dieser nur noch aus Asche bestand. Wo er wohl gerade mit seinen Gedanken war? Diana zog einen dicken Ordner von dem Tischflügel heran und holte die Dienstpläne hervor.

»Bist du bereit?«, fragte sie noch einmal und holte Jack zurück in die Realität.

»Natürlich, entschuldige bitte.«

»Unser Chef bat mich, eine Bedarfsanalyse zu machen. Hast du davon schon mal etwas gehört?«

»Nein, das sagt mir ehrlich gesagt nichts.«

»Okay, also einfach gesagt, müssen wir einen Soll-/Ist-Plan aufstellen. Was braucht die Klinik, um einwandfrei zu laufen und was haben wir davon.«

»Okay, also Materialien, Gelder?«

»Genau, aber auch besonders Personal. Denn das fehlt uns an jedem Ende. Letzten Monat sind wieder drei Kündigungen eingegangen. Die Pflege und auch die Versorgungsdienstleister, wie die Küche, die Wäscherei und so weiter arbeiten auf Hochtouren, um den Betrieb am Laufen zu halten, doch jeder ist irgendwann am Limit. Also ermitteln wir nun, was wir tun können, um neues Personal zu gewinnen, oder was wir für Materialien anschaffen können, um die Arbeit angenehmer gestalten zu können.«

»Das versteh ich. Wie machen wir das?«, fragte Jack mit hochgezogenen Augenbrauen. Diana war entzückt von seinem aufmerksamen Blick, wie ein Schuljunge, der gerade lernte, wie groß die Welt wirklich war. Mit einem zärtlichen, dankbaren Lächeln drückte sie die Zigarette aus und erklärte ihm, dass er zuerst anhand der Stundennachweise die Arbeiter mit den meisten Überstunden und den meisten Minusstunden heraussuchen sollte, so dass sie die Extreme angleichen könnten. Er machte sich sofort voller Eifer ans Werk.

Draußen brach die Nacht herein und sie vergaßen die Zeit, während sie die Papiere durchforsteten, Aufstellungen schrieben und sich locker unterhielten. Als Abendessen teilten sie sich die Nudeln, die Diana am Vorabend gekocht hatte. Einmal brachte Jack sie so zum Lachen, dass sie sich fürchterlich an dem Rauch verschluckte, den sie gerade inhaliert hatte, und fast mit ihrem Stuhl umkippte. Stunde um Stunde saßen sie dort in ihrem stilvoll eingerichteten Büro und blendeten alles um sich herum aus.

Die Wanduhr mit dem kleinen Vogel auf dem Ziffernblatt schlug Eins. Jack erschrak, als er langsam die Augen öffnete und ihm klar wurde, dass sie beide eingenickt waren. Vorsichtig rüttelte er an Dianas Schulter, die den Kopf in ihren Armen vergraben hatte.

»Hey. Wir sollten nach Hause fahren.«

Schlagartig schoss ihr geröteter Kopf hoch, ein schmaler Speichelfaden zog sich über ihr Kinn. Jack kicherte amüsiert über ihr verschlafenes Erscheinungsbild.

»Ich pack eben zusammen, dann machen wir uns auf den Weg«, sagte sie mit heiserer Stimme. Gemeinsam räumten sie den Schreibtisch auf, schalteten die Elektronik aus und verließen ihr Büro in Richtung Umkleidekabine. Als sie still an der Butze vorbeigingen, hörte Jack eine ihm äußerst bekannte Stimme und fragte sich, was er noch so spät hier tat.

»Geh schon mal vor, ich komm gleich«, raunte er Diana zu und strich im Weggehen sanft über ihren Arm. Aiden unterhielt sich mit jemandem, aber er konnte nur ihn ausmachen, vermutlich telefonierte er. Leise schlich er sich an die geöffnete Tür heran und lauschte.

»Ja. Blutgruppe B negativ. Rothaarig … Grün. Nein. Tut mir leid, Sir. Das Herz ist bereits reserviert.«

Die Worte drangen an Jacks Ohr, ohne dass er es schaffte, sie gänzlich zu erfassen.

»Für einen Embryo bleibt ihr nicht genug Zeit, wir können Ihnen … Ok. Hornhaut, Niere, Leber. Abgemacht.« Dianas Augen brannten noch immer und ihr Nacken fühlte sich an wie an ein Brett getackert. Sie hätten nicht einschlafen dürfen. Es war viel zu spät. Die Straßen würden zwar leer sein, aber sie war so müde und fürchtete, dass es Jack ähnlich ging. Wo steckte der nur? Er wollte doch gleich nachkommen. Ungeduldig stand sie beim Mitarbeitereingang und wartete auf ihn. Da stimmte doch irgendetwas nicht. Sie wollte gerade schauen gehen, als sie seinen schlurfenden Gang hörte und er zwei Sekunden später auftauchte.

»Ist alles in Ordnung?«, fragte sie, den Blick prüfend auf sein blasses Gesicht gerichtet.

Ohne ein Wort, noch immer in seine Uniform gekleidet, ging er an ihr vorbei, durch die Tür in die Nacht hinaus. Seine matten Augen schauten in die Ferne, auch als sie sich vor ihn stellte und wild mit der Hand vor seinem Gesicht wedelte, schaute er nur starr durch sie hindurch.

»Was ist los? Du machst mir Angst!«, schrie sie ihn an. Wie in Zeitlupe öffneten sich seine Lippen, doch es kam kein Ton heraus. Sie legte ihre Hände auf seine Brust, fühlte etwas Hartes in seiner Brusttasche und zog ein kleines Pillendöschen hervor. Dicodid. Die gab es hier nicht frei verkäuflich, auch in der Krankenhausapotheke hatten sie so etwas nicht.

»Hast du die genommen?« Zwei kleine ovale Tabletten waren noch in dem orangenen Gefäß. Wie viele hatte er geschluckt? Und hatte er noch mehr davon? Verdammt. Jetzt krallte sie sich in den Saum seiner Jacke und schüttelte ihn.

»Sag etwas, verdammt nochmal!« Tränen schossen ihr in die Augen, vor Angst, vor Wut auf das, was ihn so verstört hatte. Endlich sah er sie an, die Augen noch immer weit aufgerissen, die Lippen weiter wortlos bewegend, schloss er seine Hand um ihre; die fest das Medikament umschloss. Diana versuchte zu verstehen, was er ihr sagen wollte, verzweifelte beinahe an dem Versuch, bis ihr klar wurde, dass er vielleicht gerade genau das brauchte. Das, was sie umklammerte. Sie öffnete den Plastikdeckel und schüttete den Inhalt in seine Handfläche. Für einen Moment standen sie regungslos dort in der Einlieferungsschneise und sahen sich schweigend an. Dann beschloss Diana, nicht länger zu warten, sie umschloss sein kaltes Gesicht und küsste ihn, ließ all ihre Zuneigung in den Kuss fließen, all die Wärme, die sie zu geben hatte. Und tatsächlich taute er ein wenig auf. Kaum merklich erwiderte er den Kuss und atmete hörbar auf. Erneut schaute sie ihn prüfend an, ob sich etwas verändert hatte.

»Was passiert hier in diesem Gebäude, Diana?«, flüsterte er.

»Was meinst du? Was ist denn los? Lass uns bitte nach Hause fahren«, flehte sie ihn an, fuhr ihm mit beiden Händen durch sein Haar, hielt seinen Kopf, als könne sie so seine Gedanken lesen.

»Ich habe etwas gehört. Carlos hat auch etwas gehört. Und jetzt ist er tot. Und das Gehörte verbrannt. Nach Hause. Ich habe kein Zuhause. Gwen hat kein Zuhause. Sie ist im Keller.«

»Was redest du denn da? Wer ist Gwen?«

»Ich gehe nur mit dir mit, wenn du mir wirklich alles erzählst, was du weißt.«

Diana erkannte ihn gar nicht mehr wieder. Der lustige, einfühlsame Mann, der sie heute begleitet hatte, war nirgends zu entdecken, nur eine kalte, leere Hülle. Jack führte seine Hand zum Mund und schluckte die beiden Tabletten, dann setzte er sich ohne ein weiteres Wort wieder in Bewegung. Richtung Auto. Immerhin. Vielleicht würde ihm eine gute Mütze Schlaf guttun, dachte Diana. Morgen ginge es ihm vielleicht schon besser und dann würden sie noch einmal in Ruhe über alles reden. Gwen. Die Patientin vielleicht? Die, die neulich eingeliefert wurde, in der Isolationszelle. Die, die Diana viel zu stark an ihre Schwester erinnerte, als sie hier in dieses Höllenloch eingewiesen wurde. Sie hatten keine Personalien der Frau, aber irgendwo hatte Diana diesen Namen schon mal aufgeschnappt. Spukte sie Jack etwa im Kopf herum? Die ganze Zeit schon? Diana verdrängte den aufsteigenden Frust, wischte sich die Tränen ab und folgte seinem schleppenden Gang zur Hexe. Wollte nichts sehnlicher, als ihn schnell nach Hause ins Bett zu bringen, damit er sich hoffentlich bald erholte. Und ihr sagen konnte, was in ihm vorging. Ihr war klar, dass er Probleme hatte, und vielleicht stellte sich eines Tages heraus, dass sie zu groß waren, aber sie wollte es in Kauf nehmen. Sie wollte ihn, mit Haut und Haaren. Mal abgesehen davon, dass sie in ihrem Leben nichts anderes getan hatte, als sich um kranke Seelen zu kümmern, brachte sie ja auch ihre eigenen Päckchen mit.

Ein Schlag ins Gesicht. Oder ein Sturz von einer Klippe in eiskaltes Wasser. Ihm war sofort klar, von wem Aiden sprach, doch was hatte das zu bedeuten? Die einsetzenden Entzugserscheinungen, die ihn allmählich überfielen, als sie Dianas Büro verlassen hatten, nahmen schlagartig an Intensivität zu, als er diese merkwürdigen Worte hörte. Niere. Embryo. Eine Abrissbirne aus Schmerz pendelte in seinem leeren Kopf, hämmerte gegen die Stirn, gegen die Schläfen, hinterließ nichts als brennenden Schmerz. In diesem Moment wollte er es fühlen. Er wollte die Bilder sehen, die ihm erschienen, wenn er sich der quälenden Erkenntnis hingab. Die blutüberströmten Körper, ein … Auto. Er wollte seine Mutter sehen. Sie sollte ihm sagen, was er zu tun hatte, wo er sich hinbewegen sollte. Er war doch noch viel zu jung. Noch nicht bereit, ohne sie zu sein. Jack hatte das Gefühl, er wollte weinen, doch kein einziger Tropfen bildete sich in seinen überreizten Augen. ‚Mörder! Du bist verabscheuungswürdig', brüllte sein Gedankenteufel. ‚Du amüsierst dich, während sie leidet. Du lässt zu, dass dem armen Mädchen grausame Dinge angetan werden.' Übelkeit mischte sich unter seine Empfindungen und, getrieben von der einzigen Emotion, die sich wie ein Lauffeuer durch seinen Körper schwelte, setzte er langsam einen Fuß vor den anderen. Angst. Um die Frau, die er nicht kannte. Um sich und seine sterbende Seele. Um Diana, die wie ein Rettungsseil auf ihn wartete und die er daran mit in die Tiefe zog. ‚Du hast sie im Stich gelassen! Wie den Rest deiner Familie.' Ja. Das hatte er. So konnte er nicht weitermachen. Dianas Satz von gestern Morgen schoss ihm durch den Kopf. Kleine Ziele. Okay. Weg von hier. Jack nahm seine flehende Freundin kaum war. Sah nur Blut vor seinem inneren Auge. Die leeren Gesichter seiner Familie. Und Gwen, die zwischen ihnen lag, in dem dicken Blut. Ihr nackter Körper war voller Narben, teilweise noch offene Schnitte. Ihr Gesicht war ebenfalls leer. War sie auch bei dem Unfall dabei gewesen? Um Himmels Willen. Ich muss weiter machen. Ich muss das verhindern. Wenn ich meine Familie schon nicht vor dem Tod bewahren konnte, dann muss ich es schaffen, Gwen zu retten. Sie braucht mich. Geh weiter. Immer weiter. Nimm die Pillen in deiner Hand und komm klar, damit du ihr helfen kannst. Immer weitergehen. Und wenn es sein eigenes Leben kosten würde, dann war das vermutlich sein Schicksal.

Nach einer langen, zehrenden Fahrt durch die Dunkelheit, bei der sich Dianas Augen entsetzlich anstrengen mussten, um klar zu sehen, waren sie endlich vor ihrer Wohnung angekommen. Die heiße Luft zwischen ihnen triefte vor Sorgen, unausgesprochenen Fragen und quälendem Schweigen. Jacks Hände hatten zu zittern begonnen, nachdem sie ins Auto gestiegen waren. Vielleicht durch Beklemmungen. Diana atmete erleichtert aus, als die Tabletten nach einer

Weile ihre Wirkung entfalteten und er seine Augen schloss.

Nun, da sie angekommen waren, streichelte sie über seinen Handrücken, um ihn zu wecken. Als hätte man ihn in einen Zustand der Zeitlupe versetzt, schaute er sie langsam an, ein wenig verständnislos, und begann auszusteigen. Sie tat es ihm gleich und gemeinsam traten sie die letzten Meter in ihre Wohnung an. Diana hielt seine Hand. Sie hatte das Gefühl, wenn sie das nicht täte, würde er ihr entgleiten, wie ein Ertrinkender auf hoher See, der sich längst damit abgefunden hatte, zu sterben und das Kämpfen aufgegeben hatte. Der Gedanke jagte ihr ein unbeschreibliches Gefühl von lähmender Angst ein. Deshalb befahl sich Diana, ihn nicht loszulassen, bis er den Kampf wieder aufnahm, bis er wieder genug Kraft hatte, um selbst zu schwimmen. Okay. Gleich sind wir da. Wenige Stufen noch. Geschafft. Sie betraten ihre kleine Wohnung, die bei weitem nicht so ausgefallen eingerichtet war wie ihr Büro. Gut, sie verbrachte aber auch mehr Zeit in ihrem Büro als hier. Viele Nächte bereits, schlafend auf der Couch, meistens noch ein paar Dokumente in der Hand. Dieses Leben war hoffentlich bald vorbei. Je mehr Zeit sie mit Jack verbrachte, desto mehr fühlte es sich an, als hätte sich ihre Geschichte komplett umgeschrieben. Als wäre ein Abspann angelaufen, der nach und nach ein Ende fand. Hoffentlich ein Happy End.

Kapitel 13

»Ich setzte mal Wasser auf und mache uns einen Tee. Was hältst du davon?«, erkundigte sich Diana vorsichtig, nachdem sie sich beide ausgezogen hatten.

»Okay.«

Das erste Wort nach einer gefühlten Ewigkeit ließ sie unwillkürlich aufatmen. Ihr war gar nicht klar, wie flach sie die ganze Zeit geatmet hatte, bis sie nun ihre Lungen wieder kräftig zu füllen begann. Seufzend lief sie in die Küche und Jack schlenderte an ihr vorbei ins Wohnzimmer.

Koch doch endlich. Sie versuchte mit Anstarren und reiner Gedankenkraft das Wasser schneller zum Kochen zu bringen, damit sie sich auch endlich setzen konnte, um ihren verdienten Feierabend anzugehen. Ungeduldig tippte sie mit ihrem Zeigefinger auf die Arbeitsplatte und gab es schlussendlich mit einem genervten Stöhnen auf. Sie schaltete die Herdplatte aus und holte aus dem Hängeschrank links von ihr zwei Weingläser und rechts die dazugehörige Flasche Wein hervor. Damit ließ sie sich ebenfalls auf der Couch sinken, neben Jack, der noch immer sehr blass aussah.

»Wollen wir reden?«, begann sie vorsichtig, während sie den roten Traubensaft einschenkte.

Seine Gesichtszüge entspannten sich ein wenig, als er tief Luft holte und sie ansah, schon weitaus mehr er selbst als vorhin.

»Ich muss dir etwas sagen, Diana. So wie du mir. Die Frage ist, ob wir uns mittlerweile so weit vertrauen, um uns alles erzählen zu können, auch wenn wir uns nicht sicher sind, was der andere wohl davon halten mag.«

Diana nickte und nahm einen großen Schluck. Bitter und süß, lieblich und trocken, würzig und zart. Die verschiedenen Aromen tanzten Tango mit ihren Geschmacksnerven und verbündeten sich im Abgang zu einer weichen, erdigen Komposition. Jack hielt sein Glas fest umklammert, das Rot des Weines spiegelte sich in seinen grauen Augen wider, ließ sie wie ein glühendes Brenneisen schimmern.

»Dann fang ich an«, begann Diana und suchte nach den richtigen Worten. Zu ihrer Erleichterung nahm Jack ihre Hand und drückte sie einmal kurz. Sie zog aus der Berührung die Kraft, bei der Erinnerung nicht die Fassung zu verlieren.

»Stewart rief damals die Polizei. Als sie ankamen, war er schon längst weg. Ich wusste nicht, was ich tun sollte, hab versucht, Beth unter der Spüle hervorzuholen. Ich konnte nicht an meine Mutter denken, die mit gespaltener Stirn auf dem Küchenboden verblutet war. Die Polizisten nahmen Beth mit und brachten sie in die Caprice. Monatelang durfte ich sie nicht besuchen. Eines Tages dann bekam ich den Anruf, dass ich endlich zu ihr könne. Nachdem ich jeden Tag dort angerufen hatte und die Leute zur Sau gemacht hatte, waren sie es vermutlich einfach leid. Als ich den Termin wahrnahm und das kleine Sprechzimmer betrat, das heute …« Sie schluckte schwer. »… mein Büro ist, habe ich den Schreck meines Lebens bekommen. Ich dachte, sie wäre dorthin gebracht worden, um Hilfe zu erhalten. Hilfe, die ich ihr vielleicht nicht geben konnte. Das hatte ich mir damals eingeredet. Aber stattdessen haben sie aus ihr etwas gemacht, dass ich nicht mehr wieder erkannt habe. Ihre einst strahlend blauen Augen waren stumpf und leer gewesen. Ihr Gesicht und ihr ganzer Körper waren voller Wunden, Verbände, Kratzer und Einstiche. Sie saß in den weißen Patientenklamotten auf einem Holzstuhl. Die Szenerie erinnerte mich ein wenig an eine Gefängnisbesuchszelle. Die große Fensterwand war damals noch nicht da. Ich wollte, dass dieser Raum in Licht getaucht wird, als ich ihn übernahm. Doyle veranlasste auf meinen Wunsch hin sogar einen Durchbruch in das Nebenzimmer, um ihn zu vergrößern. Damals war es dort so stickig und es roch nach Erbrochenem und Blut … Ich ging zu ihr und versuchte, den Zugang zu ihr zu finden. Wie früher. Doch meine liebe, kleine Schwester, so unschuldig und hilflos, war nur noch ein Schatten ihrer selbst. Ein Wachmann kam nach einer Weile und drängte mich, ich solle zum Ende kommen und ich schrie ihn an. Er verließ den Raum nicht. So konnte ich sie doch nicht zurücklassen, dachte ich. Ich war doch die Einzige, die sie je verstanden hatte, also sang ich ihr als letzten Versuch ein Lied vor, das Mama uns damals zum Einschlafen vorgesungen hatte, und tatsächlich schaute sie mich an. Das hatte sie nur ganz selten gemacht, auch bevor das Ganze passiert war, hatte sie meinen Blick nur in ganz besonderen Momenten erwidert. Mein Herz ging auf und ich schloss sie in eine feste Umarmung. Und dann ging alles viel zu schnell. Ich weiß nicht, was sie hinter mir gesehen hatte, als sie über meine Schulter blickte, aber plötzlich bekam sie einen ihrer Anfälle. Sie begann zu schreien und zu weinen und um sich zu schlagen, aber ich beschloss, sie weiter ganz festzuhalten. Und dann hörte ich einen Knall und fiel mit ihr zu Boden. Der Wachmann hatte seine Waffe gezogen und auch, wenn ich mir bis heute nicht sicher bin, ob, wie er behauptet hatte, sich der Schuss nur gelöst hatte, oder er mit voller Absicht gefeuert hatte, ging die Kugel erst durch mich, durch mein Schulterblatt und dann durch Beth, direkt durch ihr Herz. Wir lagen am Boden und ich spürte den Schmerz meines zertrümmerten Knochens nicht. Ich spürte nur den entsetzlichen Schmerz, Beth nicht beschützt haben zu können, sie vor meinen Augen sterben zu sehen. Noch immer sehe ich in meinen Träumen, wie das Licht in ihren Augen langsam erlosch und sie eine grausame Leere annahmen … Dann wurde es schwarz und ich wachte im Krankenhaus auf. An dem Tag schwor ich mir, nie wieder so zu lieben und die Klinik samt Callahan Doyle dem Erdboden gleichzumachen. Dafür, was sie mit ihr getan hatten, wie sie sie verunstaltet hatten. Mein kleines Mädchen.«

Dianas Stimme war ein gebrochenes Zittern. Noch nie hatte sie die Geschichte jemandem erzählt.

»Ich fing dort an, um mich in ihr System zu schleichen, um es von innen heraus niederbrennen zu können. Um Beweise zu sammeln, für die fürchterlichen Untaten, die dort mit den Menschen noch immer geschehen. Verstehst du, es geht mir nicht nur um Rache, sondern auch um Gerechtigkeit. Ich bin in den letzten Jahren den Gerüchten nachgegangen. Hab versucht etwas Belastendes zu finden. Doch Callahan weiß sich gut zu schützen. Ich habe zwar in jeder Abteilung meine Augen und Ohren, aber er auch. Und er hat den entscheidenden Vorteil der Macht. Nach all den Jahren, in denen ich mich so angestrengt habe, um mehr Autorisierungen zu erhalten, um auch etwas von der Macht zu bekommen, die ihn so unantastbar scheinen lässt, kann ich lediglich Steuerhinterziehung und Versicherungsbetrug nachweisen. Aber über so etwas lacht Cal nur. Sein Einfluss reicht viel weiter, als du dir vorstellen kannst. Bisher konnte ich mich noch niemandem anvertrauen. Schon gar nicht im juristischen Sinne. Damals, als das mit Beth geschah, habe ich es versucht, aber das Verfahren wurde nicht mal eröffnet.«

Jack drückte wieder ihre Hand, kurz und zärtlich. Ließ all sein Mitgefühl, sein Verständnis in diese Geste fließen. Er dachte an ihre erste Begegnung zurück und niemals hätte er sich vorstellen können, nach so kurzer Zeit, ja, nach vier Tagen, schon so tiefe Gefühle für jemanden zu hegen. Jack verstand sie besser, als sie es wusste, als sie es vielleicht je wissen würde. Er hatte seinen eigenen Schmerz selbst noch lange nicht verkraftet, verarbeitet, und er empfand ehrliche Dankbarkeit und Respekt für ihr Vertrauen zu ihm. Sie hatte es noch nie jemandem erzählt, er war der Erste. Jack trug nun mit ihr diese schwere Last.

»Warum hat er dich eingestellt? Ich kann den Kerl zwar nicht leiden, aber dumm scheint er mir nicht zu sein.«

»Nein, das ist er nicht. Sonst wäre er nicht so weit gekommen. Blasiert und eingebildet und vollkommen verrückt, aber nicht dumm. Ich habe ihn immer wieder genervt. Immer wieder. Ich wollte es. Und ich denke, irgendwann verstand er, dass ich, wenn ich vertraglich an ihn gebunden wäre, an die Verschwiegenheitserklärungen, die wir alle unterzeichnet haben, mich in seinem Blickfeld befinde, besser unter Kontrolle gehalten werden kann. Er band mich von Tag zu Tag enger an sich.« Diana wischte sich mit ihrer freien Hand ihre Wange trocken und atmete tief aus.

»Jack, es … « Sie trank einen großen Schluck von ihrem Wein, bevor sie weitersprach: »… das ist das, was ihn leitet, antreibt. Kontrolle. Über alles und jeden. Also hat er es zugelassen. Und ich hab getan, was er von mir wollte, um meine Anstellung nicht zu gefährden, um diese Möglichkeit, meine Schwester zu rächen, nicht zu gefährden. Ich habe immer an Beth gedacht …«

Jack wusste, was sie meinte. Immer dann, wenn sie in seinem Büro war, so wie heute. Der Gedanke an das Leben, das sie verloren hatte, die Liebe, ließ sie weitermachen, verlieh ihr den nötigen Atem. Auch das verstand er auf einer namenlosen, weiten Ebene.

»Der Wachmann, der geschossen hatte … Arbeitet er noch dort?«

»Nein, Cal hat ihn auf meine Bitte hin entlassen. Ich werde niemals sein Gesicht vergessen. Dieses Tattoo, dieses Grinsen …« Diana schüttelte es bei der Erinnerung.

»Seitdem sind Schusswaffen verboten. Wir als Wachpersonal, wir dürfen uns zwar verteidigen, aber nur mit Betäubungsmitteln und manchmal mit Pfefferspray.«

Jack nahm diese beiläufige Information so hin, schluckte, versuchte ihre Worte in ein Gesamtbild zu fassen.

»Und du weißt nicht, was und wo sich da genau abspielt?«

»Nein. Nur Hörensagen. Ich weiß, dass es noch tiefere Stockwerke gibt, aber ich habe bisher keinen Zugang finden können. Es ist zum Verrücktwerden. Denn wenn wir da nicht runterkommen, haben wir rein gar nichts in der Hand! Ich war auch schon kurz davor, in Cals Büro nach Hinweisen zu suchen, doch das wäre eine Verzweiflungstat, denn

da kommst du unbemerkt nicht rein.« Er bekam nur ein »Okay« heraus.

Sie hatte ‚Wir' gesagt. Ihm gefiel das Gefühl, mit von der Partie sein zu dürfen. Diana sah ihn erwartungsvoll an. Nun war wohl er dran. Mit seiner Geschichte. Mit der Wahrheit. Seine Zellen begannen zu graben, suchten nach allem, was noch Substanz in seinem Kopf hatte. Die Wärme des Alkohols durchzog seinen Körper. Schon bei ihrer ersten Begegnung sah er, dass unter dieser zarten, betörenden Haut eine Frau mit tiefem Schmerz und vielen Geheimnissen lag. Und bereits am ersten Tag war er versucht, diese zu ergründen, und nun hatte sie sich ihm geöffnet, hatte mit sehnsuchtsgequälter Stimme gesagt, sie wollte nie wieder so lieben. Aber trotzdem spürte er ihre Zuneigung zu ihm. Hatte er einen Fehler gemacht? Hätte er sich fernhalten sollen, wie Aiden es ihm empfohlen hatte? Aiden. Verdammt. Die Gedanken wirbelten wild durcheinander. Irgendwo musste er anfangen.

»Okay …«, flüsterte er noch einmal und stellte sein mittlerweile leeres Glas auf den Wohnzimmertisch.

»… Ich hab dir erzählt, dass ich mich an nicht viel erinnern kann aus meiner Vergangenheit, auch nicht aus meiner Kindheit, an nichts, was vor den fünf Jahren war. Ich sehe aber manchmal Bilder, Gestalten. Wie Halluzinationen oder Träume.« Jack seufzte, zwang sich die Worte auszusprechen, auch wenn sie wie Rasierklingen scharfe Schnitte in seinem Inneren hinterließen.

»… Wo soll ich anfangen … Meine Familie ist tot. Das habe ich in den letzten Tagen herausgefunden, nachdem ich die ganze Zeit darüber belogen wurde. Dr. Siemann, mein Arzt, hat mir die Tabletten verschrieben und sogar was gedreht, um mir einen kleinen Vorrat für meinen Neuanfang zu beschaffen. Meinen Neuanfang hier in Irland. Wie gesagt, ich bin aufgewacht und es war, als gäbe es für mich keinen passenderen Ort. Das Land der Verrückten …« Diana schmunzelte.

»Ich habe mit ihm ausgemacht, dass ich hier meine Erinnerung suchen möchte, meine Familie und dafür soll ich ihn jeden Tag anrufen und regelmäßig die Medikamente nehmen. Wegen der Kopfverletzung. Dicodid hauptsächlich, aber auch Zolpidem, Tavor und … Pethidin. Ich habe allerdings nur noch Oxy … Ich weiß, was dieses Zeug mir antut, und ich habe ja auch versucht, auf sie zu verzichten, aber ich schaff es einfach nicht. Ich bin nicht stark genug. Jedes Mal, wenn die Wirkung langsam nachlässt, spüre ich Schmerzen. Im ganzen Körper. Ich kann teilweise kaum noch atmen. Es ist, als ob … ein Teil von mir, der tief unter all dem begraben liegt, der zu der Vergangenheit gehört, an die ich mich nicht erinnern kann, mich zu sich holen will. Es ist wie ein Sog in ein anderes Bewusstsein und auch, wenn ich mir klar mache, dass, wenn ich das zuließe, vielleicht auch meine Erinnerungen wiederkehren würden, schaffe ich es nicht, mich dem hinzugeben, diesen Schmerzen. Als würde man mich entzweireißen. Also nehme ich wieder was. Dann geht's besser.« Jack holte tief Luft. Er sah Diana tief in die Augen und ergriff ihre Hände. »Wenn ich mit dir zusammen bin, Diana … Dann fühl ich mich so viel wohler.«

Erwartungsvoll blickte sie ihn an, ihre blauen Augen glitzerten feucht. Er mochte sich nicht vorstellen, was sie bei seinen Worten empfand.

»Ich weiß, das, was ich dir jetzt erzähle, klingt paradox und einfach komplett irre. Bitte versuch mich zu verstehen. Ich bin selbst sehr verwirrt über die letzten Geschehnisse. Seit ich hier in Dublin bin, passieren mehr seltsame Dinge, als mein geschundener Verstand verarbeiten kann.« Sanft drückte sie seine Hand, so wie er es bei ihr tat, um Trost zu spenden. Ihre vollen Lippen kräuselten sich zu einem zarten Lächeln.

»Ich kenne dich erst seit wenigen Tagen. Aber ich habe das Gefühl, als wären es bereits Jahre. Du schenkst mir Ruhe, die Kraft weiterzumachen und eine Wärme, die ich so noch nie gefühlt habe. Zumindest, soweit ich weiß.« Jack senkte den Blick.

»Und wer ist Gwen? Ist das diese Patientin? Ich habe gehört …«

Ein kalter Schauer schüttelte Jacks Körper. Erstaunt sah er Diana an. Ihre Augen schauten traurig und entwaffnend verständnisvoll.

»Gwen …«

»Ich weiß, Jack. Es ist kompliziert. Du hast Empfindungen für diese Frau, die du nicht verstehst. Oder?«, flüsterte sie.

Eine Woge der Erleichterung flutete seinen Kopf. »Sie hat in mir etwas ausgelöst. All die Erinnerungen, die in den letzten Tagen auf mich eingeschlagen sind wie ein Meteoritenschauer, gingen von dem ersten Moment aus, in dem ich sie sah. Als wäre sie es gewesen, die mich hat aufwachen lassen in der Klinik, die mich hierher nach Irland hat kommen lassen, in diese Anstalt. Als wäre sie meine Aufgabe. Und der Grund, warum ich noch lebe und meine Familie nicht. Es ist verrückt und irrational, ich weiß, aber ich habe ihr in die Augen geschaut und zum ersten Mal war alles ganz klar. Vorgestern Morgen habe ich mich plötzlich an ihren Namen erinnert. Anscheinend kenn ich sie von früher.«

»Weißt du, in welcher Verbindung du zu ihr standest?«

»Nein. Aber ich glaube, sie gehört nicht zu meiner Familie. Ja, ich empfinde etwas für diese Frau, denn es macht mich schier wahnsinnig, nicht zu wissen, was mit ihr ist, wie es ihr geht. Ich drehe durch, bei dem Gedanken, ihr könnte jemand weh tun und ich weiß nicht, wieso. Wie vorhin. Ich habe ein

Telefonat mitbekommen, bei dem sehr gruselige Dinge gesagt wurden und es hat mich schier zerrissen. Die ganze Zeit will ich mir sagen, dass ich keine Angst zu haben brauche, dass ihr im St. Caprice geholfen wird, aber das Einzige, was ich fühle, ist Angst. Und nach

deiner Geschichte ...«

»Vielleicht war sie deine Jugendliebe?« Jack schüttelte den Kopf.

»Nein, das glaub ich nicht. Aber ich muss herausfinden, wer sie ist. Aber, Diana, ohne dich schaffe ich es nicht. Vielleicht bin ich ihre Rettung, aber du bist meine.« Jack nahm ihr Gesicht in seine Hände und legte seine Stirn an ihre.

»Und deswegen wollte und konnte ich mich nicht von dir fernhalten, so, wie Aiden es mir befohlen hat. Weil an dir nichts kompliziert ist. Weil ich bei dir nicht versuchen muss, irgendwas zu verstehen, du siehst mich, wie ich bin, und das fühlt sich so verdammt gut an, Diana. Zugegeben, habe ich mir dennoch eingeredet, dass das keine gute Idee wäre, um deinetwillen. Das Letzte, was ich will, ist, dich zu verletzen und dich mit meinem Ballast zu beladen.«

»Was hat sich geändert?«

»Du vertraust mir. Du warst ehrlich zu mir, hast deinen Schmerz mit mir geteilt und es ist mir eine Ehre, für dich da sein zu dürfen. Du bist eine atemberaubende Frau, Diana. Und ich dachte, ich sollte dir das gleiche Vertrauen entgegenbringen, auch wenn ich mir ein wenig wünsche, es nicht getan zu haben.«

Diana umarmte ihn kurz, aber fest, und schaute ihn dann durchdringend an.

»Jetzt hörst du mir mal zu. Ja, ich vertraue dir, obwohl ich dich gerade erst kennengelernt habe, teile ich meine Wohnung, meine dunkelsten Geheimnisse, die ich noch nie jemandem anvertraut habe, und auch mein Herz mit dir. Und das ist etwa nicht irrational? Oder kompliziert? Es gibt so einiges auf der

Welt, was wir nicht verstehen, aber für das es sich lohnt, Verständnis zu erfahren. Also sollten wir nicht so streng mit uns sein und es nehmen, wie es kommt. Wir haben schon einiges erlebt in unseren jungen Jahren und ich glaube, dass du dich nicht erinnern kannst, rührt daher, dass dein Verstand dich vor etwas schützen will. Vermutlich vor der Wahrheit. Weil du sie vielleicht nicht verkraften würdest. Zumindest nicht allein. Du bist aber nicht mehr allein. Wir haben ineinander endlich einen Menschen gefunden, bei dem wir wir selbst sein können, bei dem wir frei atmen können, oder nicht? Und mir ist es ebenso eine Ehre, deine Last mittragen zu dürfen.« Jack senkte den Kopf und lehnte ihn an Dianas Schulter. Sie fuhr mit ihren Fingern durch seine Haare, kraulte seinen müden Kopf. Diese Frau hat der Himmel gesandt.

»Lass uns einfach füreinander da sein, Jack. Lass uns die Menschen füreinander sein, die wir brauchen. Ganz egal, wie lang oder wie gut wir uns kennen. Ich werde dir helfen, herauszufinden, was es mit deinen Gefühlen für die Patientin auf sich hat und wo sie ist und wie es ihr geht. Und ebenso werde ich dir helfen, einen Entzug zu machen, sobald du dazu bereit bist.«

Diana wusste aus ihrem Beruf, wie schwer so etwas für den Betroffenen sein konnte. Wie qualvoll und langwierig. Doch sie würde es mit ihm durchstehen, wenn er es wollte.

»Genau so werde ich dich, bis du bereit bist, in allem unterstützen und mich nur so weit einmischen, wie du mich lässt. Und andersherum bitte ich dich, weiter ein Freund für mich zu sein und mich nicht dafür zu verurteilen, wie ich meinen Zielen näherzukommen versuche.«

»Ich würde dich nie …«, setzte er an und erwiderte ihren tiefen Blick.

Sie hob die Hand. »Ich weiß.« Natürlich würde er das nie, genau deswegen war sie dabei, sich in ihn zu verlieben. Wegen dieser Bedingungslosigkeit, dieser Herzlichkeit in seinen grauen Augen. Diana konnte sich nicht mehr vorstellen, wie es ohne ihn wäre. Vermutlich würde sie nur wieder in ihrem Büro übernachten und sich mit Whiskey in den Schlaf trinken müssen, während sie in Arbeit versank. Sie war dankbar, dass Jack in ihr Leben getreten war.

»Ich werde dich auch unterstützen. In allem. Wenn du Doyle zur Rechenschaft ziehen willst, wenn du die Klinik vernichten willst, dann bin ich dabei, egal was. Du hast mich.«

»Danke.«

Sein Blick wurde intensiver.

»Ich danke. Dass du …« Erneut unterbrach sie ihn, diesmal legte sie ihre Hand an seine Wange, strich langsam über die blonden Stoppeln an seinem Kinn. Vielleicht dachte der Wein nun für sie, aber als sie seine silbrig glänzenden Augen voller Kummer und voller Tiefe in sich hineinblicken ließ, überkam sie der Wunsch, endlich mal die Kontrolle zu verlieren.

»Genug geredet, Jack. Lass uns einfach nur füreinander da sein«, grinste sie verführerisch. Kurzerhand fanden ihre Lippen seine.

Der leicht salzige Film, der sich auf ihren Lippen durch die Tränen gebildet hatte, erinnerte ihn an das Meer. Dianas Mund schmiegte sich sanft und weich an seinen, wie warmes reinigendes Wasser, forderte aber dennoch mit aufbrandender Leidenschaft nach mehr. Jack zog sie fester in seine Arme, streichelte über ihren zitternden Körper. Ein tiefes Knurren bahnte sich seine Kehle hoch, als er die straffen Rundungen ihrer Brüste mit seinem Daumen nachzeichnete. Jack spürte die zarte Knospe, die sich vor lauter Verlangen durch den dünnen Stoff ihres T-Shirts drückte. Er brachte alles an Selbstbeherrschung auf, sie nicht sofort hier und jetzt zu nehmen. Er brauchte es, den Moment auszukosten, sich bewusst zu werden, was hier passierte. In gegenseitigem Einverständnis hatten sie dieses Erlebnis begonnen, eine Grenze überschritten, deren Tor hinter ihnen für immer zugeschlagen war. Sie hatten sich einander offenbart, voll und ganz. Kein Geheimnis lag mehr zwischen ihnen und dennoch wollten sie sich mehr denn je. Sie öffnete ihre Lippen und ließ seine Zunge eindringen, gierig tanzten sie, vermischten ihren Speichel mit ihrer unbändigen Lust. Kleine Schweißperlen bildeten sich auf Jacks Stirn, als Dianas Hitze sein Blut zum Kochen brachte und mit einer fließenden Bewegung entledigte er sich seines Shirts. Im nächsten Moment tat Diana es ihm gleich. Ihre Fingernägel gruben sich in seine Schulterblätter und sie presste ihre Brüste, die nun nur noch von etwas schwarzer Spitze bedeckt waren, an seinen nackten Oberkörper, so fest, als könne sie seinen Herzschlag mit ihrem vereinen.

»Diana …«, hauchte er, außer Atem, überwältigt von den explodierenden Gefühlen in seinem Innern. »… willst du hier auf dem Sofa bleiben?«

Als Antwort setzte sie sich schwungvoll rittlings auf seinen Schoß und eroberte erneut voller Dringlichkeit seinen Mund. Verzaubert von solch bedingungsloser Hingabe, war auch der letzte Zweifel in der pulsierenden Genusswelle, die seinen Körper bis in die Zehenspitzen durchflutete, ertrunken. Ihre Hüften kreisten über seinem steifen Glied, ließen ihn noch weiter anschwellen, bis seine Hose sich so eng anfühlte, dass es beinahe schmerzte. Jacks Hand glitt unter ihren rechten Oberschenkel, die andere umfasste ihren Rücken, und mit einem tiefen Atemzug stand er von dem Sofa auf, Diana weiter fest an seinen Oberkörper gedrückt. Er schmunzelte dicht an ihren Lippen, über das zarte ,Ieks', das ihr bei der ruckartigen Bewegung entfuhr.

»Ich brauche aber mehr Platz«, raunte er an der weichen, geröteten Haut ihres Halses, während er sie zu ihrem Schlafzimmer trug. Noch nie hatte er so etwas getan und doch wusste er genau, was er zu tun hatte.

Geborgen. Das war das richtige Wort. Sie fühlte sich sicher in seinen starken Armen, so lebendig, wie sie sich noch nie gefühlt hatte. Seine Hände, die sie mit Leichtigkeit hielten, während seine Lippen ihre Haut mit zarten Küssen benetzte. Das Gefühl von Glückseligkeit hatte Besitz von ihr ergriffen, ließ alles andere ohne Bedeutung in einem fernen Schatten zurück. Es interessierte sie nicht, ob er sie liebte oder welche Dämonen ihn jagten, ebenso wenig wie ihre eigenen Geister, die sie verfolgten. Es war nicht wichtig, solange sein warmer Atem ihr Ohr streifte, sein Herz so voller Kraft schlug, dass es wie ein Echo seines Verlangens in ihrem Körper vibrierte, solange er sie in seine Wärme einhüllte. Sie waren im Schlafzimmer angekommen und er hatte ihren zitternden Leib voller Sanftheit auf der Matratze ihres Bettes abgelegt, ohne sich kaum einen Zentimeter von ihr zu lösen. Diana spürte, wie vorsichtig er ihre Brust berührte. Sie hob leicht seinen Kopf an, legte ihre Hand an seine Wange und schaute ihm tief in die Augen. Die Lust, die zwischen ihren Schenkeln pulsierte, ihr den Atem raubte und Hitze bis in die Ohren schießen ließ, drängte ihren Körper. Sie wollte ihn, mehr von ihm. Alles. Demonstrativ beugte sie ihren Oberkörper seinem entgegen, machte ein Hohlkreuz, um ihm Zugang zu gewähren. Jack verstand ihre Geste und öffnete kurzerhand den Verschluss ihres BHs. Mit hungrigem Blick streifte er ihr das Stück Stoff ab und begutachtete ihren Busen. Noch nie hatte sie sich jemandem gegenüber entblößt, sie fand ihre Brüste selbst immer ein wenig asymmetrisch und zu klein, zumindest nicht fähig, solch eine Begierde auszulösen, die sie gerade in Jacks Augen vernehmen konnte. Das Glühen seiner stahlgrauen Augen brannte sich tief unter ihre Haut, kribbelte wie kleine Ameisen in ihrem Blut. Ein tiefes Stöhnen entfuhr ihr, als er begann, ihre Brustwarzen, die sich ihm voller Erwartung entgegenstreckten, zu liebkosen. Jack ließ seine Zunge um die eine kreisen, die andere umspielte er mit seinen Fingern. Diana stöhnte erneut, das Feuer in ihr loderte heißer. Druck bildete sich um ihre Klitoris, ließ sie pochend wachsen, bis sich ein leicht ziehender, aber wohliger Schmerz in ihrem Unterleib entfachte. Sie konnte sich nicht vorstellen, noch erregter zu sein, vielleicht lag es daran, dass sie noch nie Sex hatte, richtigen Sex. Alles in ihr wollte schreien, wollte Jack anflehen, sie zu erlösen, doch sie brachte keine Worte heraus. Ihr Mund war trocken, ihre Kehle war nur fähig, ihre Lust in die heiße Luft um sie herum zu stöhnen. Doch im nächsten Moment schon spürte sie wieder seine Lippen auf ihren, gierig danach, sie zu schmecken. Unterdessen ließ er seine Finger ihren Bauch hinabwandern, umkreiste ihren Bauchnabel und fuhr weiter zu dem Reißverschluss ihrer Hose, den er mit einer präzisen Bewegung öffnete. Dann zog er sich zurück und sah sie mit einem schelmischen, hungrigen Grinsen an. Langsam verstand Diana und zog sich die enge Jeans aus, versuchte lasziv zu wirken, doch ihr angespannter Körper versagte bei dem zweiten Bein kläglich und sie ließ sich erschöpft auf die Matratze zurücksinken. Jack lachte herzlich und half ihr, auch das andere Hosenbein abzustreifen, bevor er sich ebenfalls seiner letzten Kleider samt Boxershorts entledigte. Für einen atemberaubend langen Moment sahen sie sich an, von Kopf bis Fuß nahm sie seinen glatten, muskulösen Körper in sich auf. Blonde Locken zeichneten seine Brust nach, kringelten sich verspielt um sein erigiertes Glied, welches sich ihr nun in ganzer Pracht präsentierte. Allein der Anblick des großen Mannes vor ihr, der sich eindeutig Zeit lassen wollte, die Nacht auskosten wollte in jeder Facette, die weichen Lippen, die ihre nun erneut umschmeichelten, als er sich zielbewusst über ihr auf das Bett gleiten ließ, brachten sie fast zu ihrem ersehnten Orgasmus. Ihr war der lüsterne Blick, mit dem er ihren Körper betrachtete, nicht entgangen, ebenso wenig wie das kehlige Knurren, das in ihrer feuchten Mitte widerhallte, sie zum Schwingen brachte, wie die Saite einer Harfe, bereit für ihn.

Ihre samtweiche Haut, die sich wie Butter über ihren schmalen, weißen Körper zog, schimmerte in dem matten Lichtschein, der aus dem Flur in das kleine Schlafzimmer brach. Sie zitterte unter jeder seiner Berührungen, sog scharf die Luft ein, als er vorsichtig ihre Narbe über ihrer rechten Brust küsste. Ihn selbst überfiel eine Gänsehaut, während er ihre zarte Schulter liebkoste und sich unwillkürlich vorstellen musste, wie viel Leid in ihrem Körper schlummerte. Er wollte sie halten, wollte heute Nacht eins mit ihr sein, sich in wilder Ekstase mit ihr vereinen. Sein Schwanz pochte vor Lust, sich in ihrer heißen Mitte zu versenken, doch noch nicht. Noch wollte er es auskosten, genießen, wie sie sich unter seinen Fingern und seinem Mund aufbäumte. Es verlieh ihm ein erschreckend schönes Gefühl der Macht, das ihn zusammenzucken ließ. Es war überhaupt das erste Mal, dass er solche Empfindungen hatte, denn die Kontrolle über sich oder sein Leben hatte er schon vor langer Zeit aufgegeben, hatte sie in die betäubenden Wirkungen der Pillen gelegt, hatte aus Instinkt einfach weitergemacht, ohne wirklich zu wissen, was er tat. Doch gerade in diesem Moment wusste er es genau. Ihm war mehr als bewusst, wie samtig sich die kleine Mulde unter ihrem Bauchnabel an seinen Lippen anfühlte, welch erwartungsvolle Hitze ihr Körper ausstrahlte, besonders, als er sich dem Stück Baumwolle näherte, das seinen Mund nun nur noch von ihrer Spalte trennte. Langsam und genüsslich ließ er seinen Finger darüber gleiten, sah die Nässe, die sich durch den Stoff abzeichnete und konnte dem Bedürfnis nicht widerstehen, sie zu schmecken. Jack zog ihr den Slip aus und streichelte das weiche Dreieck ihrer Scham. Für einen Moment verkrampfte sie sich, doch als er sie ansah, konnte er in ihren Augen nichts anderes als atemberaubendes Vertrauen sehen.

Für einen kurzen Moment schossen ihr unweigerlich Zweifel im Kopf herum, als sie nun doch so unbedeckt da lag. Doch als sie sich traute, ihren Blick auf das Geschehen zwischen ihren Schenkeln zu werfen, sah sie, wie gierig, wie hingebungsvoll er sie betrachtete und alle Zweifel lösten sich sofort in Luft auf. Sie wollte ihn nur noch spüren, konnte die Erlösung des Kribbelns kaum noch abwarten. Wie ein ewiger Trommelwirbel, von dem man weiß, er würde in einem riesigen Feuerwerk enden. Diana legte zur Bestätigung ihre Hand auf seinen Hinterkopf, vergrub ihre Finger in seinem blonden Schopf, krallte sich fest, als er begann seine Zunge um ihre Klitoris gleiten zu lassen. Sie konnte einen Finger vernehmen, der ihren Eingang streichelte und leicht eindrang. Unerbittlich bewegte seine heiße Zunge sich gekonnt über ihre erogenste Zone, trieb sie dem Höhepunkt immer näher. Das Stöhnen, das sie seinerseits zwischen ihren eigenen aufbäumenden Lustschreien vernahm, gab ihr den Rest. Gerade als er noch einen Finger dazu nahm, überrollte sie die erste Welle voll aufbrandender, alles verschlingender Lust. Ihre Zehen kräuselten sich, ihre Muskeln waren in einem Zustand zwischen schmerzhafter Anspannung und grenzenloser Entspannung. Dianas Kopf dröhnte ein wenig, kein Schmerz, es war das Blut, das in ihren Ohren rauschte. Dann baute sich in ihrem Inneren erneut Druck auf und sie kam nicht umhin, laut loszulachen. Solch ekstatische Freude hatte sie noch nie empfunden, hatte nicht einmal geahnt, dass solche Emotionen existieren oder sie zu solchen fähig war. Jack kam zu ihr hoch und sah ihr mit einem zufriedenen Lächeln tief in die Augen. Ihre Erregung glänzte auf seinen vollen Lippen und schmeckte leicht salzig-süß, als er sie tief und innig küsste, leicht an ihrer Unterlippe saugte und verspielt vorsichtig an ihrem Kinn knabberte. Behutsam streichelte er ihr das Haar aus dem Gesicht und hauchte in ihr Ohr ein herzzerreißend sanftes: Danke. Noch bevor sie etwas erwidern konnte, stöhnten sie beide gleichzeitig laut auf, als er mit einer schnellen Bewegung vollständig in sie eindrang.

Seine Stöße wurden schneller, die Muskeln in seiner Hüfte zum Bersten angespannt, um kontrolliert, aber intensiv immer wieder aufs Neue in ihr zu versinken. Die nasse Hitze ihres Schoßes, die ihn willig empfing und fest umklammerte, brachte ihn bis an seine Grenzen. Der Druck, der in seinem ganzen Becken pulsierte und darum flehte, entladen zu werden, bahnte sich allmählich seinen Weg. Noch nicht, dachte er. Jack hielt abrupt inne, küsste Diana, die leise gegen den plötzlichen Stopp protestierte, aber kaum das wohlige Lächeln auf ihrem wunderschönen Gesicht verbergen konnte.

»Was ist los?«, fragte sie heiser. Er atmete tief durch, kämpfte gegen die Angst an, die sich ihm aufdrang, zwang sich aber, ein Lächeln aufzusetzen.

»Ich will diesen Moment am liebsten niemals enden lassen«, flüsterte er atemlos.

Sie meinte, seine grauen Augen glitzern zu sehen. Wie funkelnde Achate schimmerten sie über ihrer Seele, ließen sein Selbst eins mit ihrem Innerem werden. Diana küsste seine Nasenspitze, kurz und leicht, während seine Finger sich hauchzart über ihre Wange bewegten, die Konturen ihres Halses nachzeichneten. Sie ergab sich diesem Mann, diesem erotischen Traum, konnte und wollte es nicht aufhalten. Diana wollte diesen Moment auch niemals enden lassen.

Jack genoss ihr betörendes und unwiderstehlich charmantes Lächeln, die zarten Linien ihrer hohen Wangenknochen, die ihre großen, enzianblauen Augen zur Geltung brachten und lauschte den unausgesprochenen Worten darin. Also stieß er erneut kräftig zu, nur einmal als Frage. Das scharfe Zischen an seinem Ohr, als sie sich ihm entgegen bäumte, war ihm Antwort genug, also zog er ihren Körper in eine tiefe heiße Umarmung, spürte ihre Fingernägel in seinem Rücken und stieß seinen pulsierenden Penis voller Leidenschaft immer schneller fordernd in sie hinein.

Sie schlang ihre Beine um sein Becken, öffnete sich voll und ganz für die Vereinigung, nahm ihn tief in sich auf. Die Muskeln in ihrem Innern zogen sich zusammen, klammerten sich an sein Glied, mit ihren Händen hielt sie sich an seinem Rücken so fest sie konnte, als würde es sie davon abhalten können, wegzuschwimmen, zu zerfließen, während sich der nächste Orgasmus aufbaute.

Der Druck stieg, und als er fühlte, wie er Diana antrieb, immer weiter, bis sie sich zuckend in seinen Körper krallte, laut aufschrie und seine Hüfte mit ihren Beinen in ihren Schoß presste, konnte auch er es nicht mehr halten.

Keine Gedanken, keine Erinnerungen oder Erwartungen. In ihren Köpfen war nichts als Befreiung. Endlose Entspannung, so heiß ersehnt, überwältigender, als sie es sich je hatten erträumen können. Der Moment, in dem Jack seine Lust in sie ergoss und Diana ihn aufbäumend, voll ekstatischer Begeisterung, ganz in sich aufnahm, jeden Tropfen seiner Erregung aufsaugte, selbst von einem alles erschütternden Orgasmus ergriffen. Das war der Moment der Entscheidung, der sengende Moment des Feuerwerks, das alle Brücken abbrannte, das die Geschichte der vereinten Schicksale in einem flammenden Inferno untergehen ließ. Doch wie ein Phönix würden sie nun aus der Asche neu entstehen können.

»Du bist so warm«, flüsterte sie dicht an seiner Brust. Sie lagen nach dem Akt noch eine lange Zeit eng verschlungen auf der schweißfeuchten Matratze, eingehüllt in wohlige Wärme und den schweren, betörenden Duft nach Sex.

»Und du riechst so unfassbar gut …«, knurrte er, die Nase in ihr braunes Haar vergraben.

»Du auch«, kicherte Diana leise.

»Wir können das ziemlich gut, nicht wahr?«

»Allerdings.« Sie grinste Jack an, das erste Mal nach Jahren zufrieden.

»Wie geht es weiter?« Es war mehr als eine Frage. Die ganze Last der Zukunft schwang in den Worten mit.

»Lass uns jetzt nicht darüber reden.« Sie konnte jetzt nicht. Im Moment war alles ganz weit weg, vielleicht war es ignorant oder auch selbstsüchtig, sich vor den Problemen, die dort draußen auf sie warteten, verstecken zu wollen, vor den Menschen, die sie brauchten. Doch was war, wenn sie letztendlich gar nichts ausrichten konnten, niemandem helfen konnten, geschweige denn irgendwas verändern. Was war, wenn sie diesen Moment, den sie verschlungen, zu einer einzigen genesenden Seele verschmolzen, in ihrem Bett lagen, nicht genießen würden, ihn verstreichen lassen würden? Wenn es ihr letztes Geschenk des Schicksals war? Also zwang Diana sich, die Gedanken zu verdrängen und lächelte.

»Du hast recht. Wir sollten etwas schlafen.«, flüsterte Jack leise.

Kapitel 14

»Wir müssen für eine Weile untertauchen.«

»Was sollen wir denn den Kindern sagen?«

»Dass wir eine Weile Urlaub machen.«

»Mitten in der Schulzeit?«

»Ja! Schatz, es geht nicht anders.«

»Können wir nicht die Polizei verständigen, John?«

»Du weißt genau, warum das nicht geht.«

»Ich bin verzweifelt! Ich habe Angst, dass sie etwas merken. Was sagst du im Krankenhaus?«

»Dass wir … unsere Flitterwochen nachholen?«

»Ich finde das gar nicht witzig!«

»Ich auch nicht. Schatz, wir arbeiten doch bereits an einer Lösung. Nur geht das nicht, wenn du nicht einmal mehr einkaufen gehen kannst, ohne das Gefühl, verfolgt zu werden.«

Jack wachte auf. Der Traum war seltsam. Er hatte nichts gesehen, alles war schwarz. Nur die Stimmen waren durch das Dunkel seines Unterbewusstseins geschwebt. Eine Unterhaltung. Zwischen seinen Eltern? Seine Mutter hatte er erkannt, dann war John wohl sein Vater. Verfolgt? Von wem? Auch jetzt noch war es stockfinster um ihn herum. Aber er wusste, dass er wach war. Dianas Kopf ruhte auf seiner Brust. In wenigen Stunden würden sie wieder aufstehen müssen, also beschloss er, den merkwürdigen Traum beiseitezuschieben und sich in die wohlige Wärme Dianas zu schmiegen.

Diana öffnete die schweren Lider und stellte mit Erleichterung fest, dass Jack noch schlief. Sie wagte es kaum zu atmen, als sie vorsichtig mit ihrem Finger über seine glatte, harte Brust fuhr. Sein heißer Atem kitzelte ihre Haut, als sie ganz langsam den Kopf von seiner muskulösen Schulter hob, um ihn anzusehen. Sein markantes Kinn und seine hohen Wangenknochen, auf denen die blonden Bartstoppeln mit seiner hellen Haut spielten. Sie entdeckte eine kleine, weiße Narbe, die sich unter seinem rechten Ohr entlang zog und fragte sich, was es damit wohl auf sich hatte. Jack seufzte und Diana fuhr zusammen. Was tat sie da nur? Sie starrte ihn an wie ein verliebter Teenager. Vorsichtig, mit kontrollierten Bewegungen setzte sie sich auf und schwang die Beine über die Bettkante. Ein leises Stöhnen entfuhr ihr, als ihr Bilder der vergangenen Nacht vor ihrem inneren Auge aufblitzten. Lächelnd vergrub sie ihr Gesicht in den Händen, spürte die angenehme Röte in ihren Wangen, die Wärme, die sich aus ihrem Unterleib in ihrem ganzen Körper ausbreitete. Während sie an seinen Kopf zwischen ihren Schenkeln dachte, das Gewicht seines starken Körpers auf ihr. Unwillkürlich überkam sie das Bedürfnis, sich zu berühren, so wie Jack es getan hatte. So fordernd und gleichzeitig so sanft, so …

»So schlimm?«, fragte er hinter ihr und Diana zuckte vor Schreck aus ihren Gedanken.

Sie sah ihn an, ein schiefes, müdes Lächeln leuchtete auf seinem Gesicht. Aus einem Instinkt heraus, zog sie sich ihre Bettdecke über die Schultern und schüttelte den Kopf. Diana wollte nicht so unsicher wirken, doch irgendetwas raubte ihr die Macht über ihren Willen. Bemüht um ein zwangloses Schmunzeln fragte sie, ob er gut geschlafen hatte. Jack legte den Kopf schief.

»Tatsächlich ziemlich gut. Und du?«

»Ja.«

Jack schaute direkt in sie hinein, sein silberner Blick erkannte jeden Zentimeter ihrer Angst, erkannte ihre Gedanken. Duschen. Raus aus dieser Situation, denn ihr war nicht klar, wie sie damit umgehen sollte. Sie hatte die Kontrolle abgegeben, hatte sich ihren Gefühlen und ihrer Impulsivität hingegeben.

Und dem Wein. Und jetzt war sie auf den nüchternen Boden der Tatsachen zurückgekehrt. Sie verliebte sich gerade in einen Mann, der vielleicht einer verlorenen Jugendliebe nachhing? Süchtig war und unter Amnesie litt? Diana hatte zwar gesagt, es wäre in Ordnung, aber war es das? Konnte sie es aushalten? Doch genau deshalb hatte er doch gezögert, er wollte sie nicht verletzen. Und sie hatte ihm versichert, es wäre in Ordnung. Nur Sex. Nur ein wenig der Wärme austauschen, die sie beide so dringend nötig hatten. Als Freunde. Also war es in Ordnung, sagte Diana sich jetzt. Und schaute ihn etwas entschlossener an. Gerade als sie aufstehen wollte und ansetzte, um ihm zu sagen, sie würde nun in die Dusche gehen und dann Kaffee machen, machte er einen Satz vorwärts und zog sie zurück aufs Bett. Ein leiser erschreckter Laut entfuhr ihr, und sie musste über die plötzliche Regung lachen. Jack beugte sich genüsslich über sie und legte seine Hand an ihre Wange, als er ihr tief in die Augen blickte.

»Diana«, raunte er leise. Heiser von der Lust, die seine Augen ermattete. Sein kehliges Knurren vibrierte in ihren Knochen, ließ sie erschaudern.

»Oh, Diana«, flüsterte er erneut und vergrub sein Gesicht in ihrer Halsbeuge. Sie fuhr mit ihrer Hand durch seine seidigen blonden Locken.

»Was hältst du davon, wenn wir jetzt duschen und dann mach ich uns Kaffee.« Die Worte waren heraus, bevor sie nachdachte. Wir. Erstaunen zeichnete sich auf seinen schönen Zügen ab, als er sie wieder ansah und lächelte. Ein ehrlich erfreutes Lächeln, stellte sie fest. Jack nickte kaum merklich und streifte ihre Lippen mit seinen. Kurz und sanft. Ein Kuss, der ihr Zuversicht gab. Ein Kuss, der ihr wie ein Schmetterling kribbelnd durch ihren Körper flog und eine Spur aus Freude und Wohligkeit hinterließ. Und Vertrauen. Sie vertraute Jack. Hatte ihm ihr Innerstes auf einem Präsentierteller offenbart, nicht nur ihren Körper, sondern ihre Ängste, ihre Vergangenheit und …

Beth. Und sie hatte in seinen Augen keine Verurteilung gesehen, keine Abscheu. Nicht einmal Mitleid. Sondern pures Verständnis. Und so etwas wie Bewunderung. Das war der Moment, in dem Jack sich in ihrem Herz festgesetzt hatte, wurde ihr jetzt klar. Und sie wollte sich nicht dagegen wehren. Wollte nicht mehr allein sein. Allein kämpfen. Diana entschied, sich voll und ganz darauf einzulassen, auf ihn und ihre Ziele. Er schien diese Entschlossenheit in ihrem Blick zu bemerken, denn erneut nickte er und gab ihren Körper frei. Sie straffte die Schultern, stieg aus dem Bett und ging unverhüllt Richtung Badezimmer.

Heute Nacht hatte sie ihm wieder seine Schmerzen genommen. Ein paar selige Stunden voll Ruhe, Wärme, Frieden. Er hatte eine Klarheit empfunden, die er so noch nicht gekannt hatte. Oder vielleicht hatte er sie mal gekannt und es vergessen. Er spürte jetzt, dass mit diesem Traum, dieser Unterhaltung, die er noch nicht richtig einordnen konnte, Erinnerungen wiedergekehrt waren. Es waren keine spezifischen. Keine besonderen Ereignisse oder Menschen, die ihm wieder in den Sinn kamen. Sondern Emotionen. Ein Körpergefühl von Zuhause, von Freude. Auch wenn in ihm ein kleiner Teil, der Teil, dem alles zu viel war, durchgehend geschrien hatte die letzten Stunden, wachte er ohne Kopfschmerzen auf. Als hätte Diana für diese Zeit eine Decke über seine Qualen gelegt. Und wie sie geschmeckt hatte. So süß. Ihr schmeichelnder Duft ließ ihn die Augen aufschlagen und er sah ihren nackten Rücken. Er entdeckte die wulstige Narbe auf ihrem Schulterblatt und schluckte. Was sie alles hatte erleiden müssen. Und dennoch fand sie den Mut, die Kraft, weiterzumachen. Jack bewunderte diese Stärke, wollte sich ein Beispiel daran nehmen, als sich plötzlich ein Gedanke einschlich und ihn stach wie eine

Hornisse. Sie hatten sich alles übereinander erzählt. Zumindest das, was er wusste, hatte er preisgegeben. Seine Sucht. Und Gwen. Diana sagte, es sei Okay für sie. Sie hatte ihn nicht für verrückt erklärt. Auch in ihren klaren enzianfarbenen Augen hatte er nur Zuneigung und Mitgefühl gesehen. Er vertraute ihr. Sie würden füreinander da sein. Das hatten sie abgemacht. Jack schmunzelte, doch es verblasste, als sein Blut langsam zu summen begann. Die kleine Stecknadel in seinem Kopf, die ihm eine Nacht der Ruhe gegönnt hatte, warf langsam ihre Decke ab, gewann an Schärfe. Nein. Noch nicht. Er wollte noch nicht zurück. Jack flehte seine Sucht an, wie einen alten Freund, er möge sich noch ein bisschen gedulden. Er solle ihm noch nicht diese Freude rauben. Jack hörte seine Stimme kaum, als er Diana ansprach, die ihr Gesicht in den Händen vergraben hatte. Es gab etwas, dass ihn noch einen Moment länger in dieser selig-süßen Ruhe halten könnte, erkannte er. Diese starke, kluge Frau. Sie würde ihn von dem kranken Mann, der er war, ablenken. Also zog er sie kurzerhand zurück aufs Bett. Er wollte sie anschauen, wollte sich in ihren Bann ziehen lassen. Ihre samtige Haut unter seinen Fingern jagte ihm einen Schauer der Erregung durch seinen müden Körper. Dianas sanfte Stimme schmeichelte um sein Gesicht, als sie fragte, ob er mit ihr duschen wolle, und nichts würde er lieber tun.

Die Wärme des Wassers erfüllte ihre Glieder, lockerte, vertrieb die Anspannung, die sich unwillkürlich einstellte, als Jack sie nun mit großen Augen ansah. Er musterte sie von Kopf bis Fuß und in seinen grauen Augen brannte Verlangen. Noch hatte er sich nicht zu ihr in die Dusche gesellt, als würde er von einer unsichtbaren Wand an Ort und Stelle gehalten. Dort auf ihrem flauschigen Badezimmerteppich, nackt, angestrahlt von der Sonne, die langsam ihre ersten Strahlen durch das Fenster warf.

»Möchtest du nicht reinkommen?«, fragte sie vorsichtig.

Jack schüttelte die Gedanken ab, die ihn beschäftigt hatten und löste sich aus seiner Starre. Ohne sie aus seinem glühenden Blick zu lassen, stieg er zu ihr in den aufsteigenden Wasserdampf. Ein leises Stöhnen bahnte sich ihre Kehle hinauf, sie schmolz unter der Hitze seiner Präsenz. Die Wogen der Lust, die sie geritten hatten, letzte Nacht, fluteten ihre Erinnerung und ließen sie erschaudern. Diana konnte nicht widerstehen, musste ihn berühren. Sie beobachtete, wie die einzelnen Tropfen funkelnd über seine Bauchmuskeln perlten, fuhr die Spur, die sie zogen, mit dem Finger nach, bis hinunter zu seiner Hüfte. Jack sog scharf die Luft ein und zischte etwas, doch das Blut rauschte ihr zu laut in den Ohren.

Er war fokussiert auf Diana, auf seine Begierde, als sie ihm ihren schönen, vollkommenen Körper präsentierte. Denn der Schmerz ließ sich aushalten, solange er sich nicht ihren Avancen entzog. Mit Mühe hielt er sich zurück, als sie ihn berührte, wollte sie nicht verschrecken, ihr die Kontrolle überlassen. Diana bestimmte das Tempo, auch wenn es ihn beinahe zerriss. So zart glitt ihr Finger über seine Lenden. Jack konnte das primitive Knurren nicht unterdrücken, als sie über sein fast schmerzhaft angeschwollenes Glied streichelte und leise stöhnte. Er warf seufzend den Kopf zurück, als sie es fest umpackte und im nächsten Moment ihre Nägel leicht über die Spitze strichen. Gott, diese Frau vernebelte all seine Sinne. Besser als jeder Rausch. Ein Lächeln umspielte ihre sinnlichen Lippen, als er ihr Gesicht in seine Hände nahm und sie küsste. Sie öffnete den Mund, ließ seine Zunge ein. Mehr Aufforderung brauchte er nicht. Er packte sie unter den Oberschenkeln und drückte sie gegen die Duschwand. Eng umschlungen standen sie da, sein pochender Schwanz rutschte zwischen ihre Beine in ihre seidige Mitte. Jack schaute sie wieder an. Wollte was sagen, doch er fand keine Worte. Etwas in ihm regte sich. Etwas anderes, Tieferes. Das von Lust verschleierte Blau ihrer Augen erinnerte ihn an einen klaren Weiher, der in frühen Morgennebel getaucht war. Als er ihre Lippen mit seinen berührte, hätte er schwören können, den frischen Geruch von Morgentau und Bergluft in der Nase zu haben. Ein Bild blitzte plötzlich vor seinem inneren Auge auf. Eine weite Lichtung in einem Tal, umringt von schneebedeckten Gipfeln. Hüfthohes Gras, durchzogen von knallrotem Mohn, violetten Glockenblumen und gelben Trollblumen. Jack durchschritt die wilde Wiese, spürte das Rascheln der Gräser, die seine nackten Beine streiften. Vor ihm lag ein stiller, glasklarer See. Er sah die bunten Steine auf dem Grund des Wassers, als er einen langen Steg entlang schritt. Am Ufer rechts von ihm stand eine Hütte, aus dem Schornstein quoll Rauch. Und dort auf der Terrasse ans Geländer gelehnt, in einem wunderschönen Sommerkleid, stand eine blonde Frau. Sie blickte ihn mit solch warmen, liebevollen Augen an, dass ihn eine vertraute Wärme durchzog. Doch als sie seinen Namen rief, wurde ihm plötzlich schwindelig. Das Bild verschwamm. Seine Mutter verschwand und bevor Jack etwas sagen konnte, hörte er wieder seinen Namen, aber nun aus einem anderen Mund. Eine andere Stimme. Diana.

Der Schreck saß noch in ihren Gliedern, als sie ein wenig später auf dem Sofa saßen und ihre Kaffeetassen umklammerten. Außer vielen gemurmelten, abwesenden Entschuldigungen hatte Jack noch kein Wort gesprochen. Er war in der Dusche plötzlich in sich zusammengesackt, sie konnte sich gerade noch festhalten, um nicht auszurutschen, als er sie abrupt losgelassen hatte. Diana hatte ihn angeschrien und geschüttelt, aber er war auf die Knie gefallen und komplett in sich versunken. Noch immer saß er mit aufgerissenen, leeren Augen in ein Handtuch gehüllt vor ihr und hielt sich an seinem Kaffee fest, wie an einem Rettungsanker. Waren das Entzugserscheinungen? Trotz jahrelanger Berufserfahrung fühlte Diana sich hilflos, wie eine blutige Anfängerin. War es vielleicht doch ein Fehler, diese Sache mit ihm anzufangen? Hielt ER es vielleicht nicht aus? Doch dann setzte er zum Sprechen an und die Faust, die sich um ihr rasendes Herz geschlungen hatte, lockerte sich etwas. »Es tut mir leid,« sagte er noch einmal leise mit belegter Stimme, aber klarer jetzt.

»Was war das?«

»Eine Erinnerung, glaube ich. Es war … Ich hatte gar keine Kontrolle darüber. Es tut mir wirklich leid.«, sagte er gequält.

»Ist in Ordnung«, versicherte Diana ihm leise. Selbst hatte sie sich ihren Bademantel übergezogen, nachdem sie ihn auf die Couch verfrachtet hatte, an dem sie nun herumzupfte.

»Was kann ich tun, um dir zu helfen?«

In einer geschmeidigen Bewegung stellte er seine Tasse auf den Wohnzimmertisch und beugte sich zu ihr.

»Alles, was du tust, hilft mir, Diana. Bitte, hab keine Angst. Ich brauch nur …« Seine Stirn legte sich in Falten, als ihm die Worte im Halse stecken blieben. Er senkte beschämt den Blick. Sie wusste, was er brauchte. Und sie sah die Verzweiflung, den inneren Kampf, den er mit sich ausfocht. Jack wollte sich wehren, wollte nicht in dieser Abhängigkeit gefangen sein. Aber man hatte ihm dies angetan. Er konnte nichts dafür. Sie hatten sich beide gefunden, als ihre Leben vor dem gleichen Scheidepunkt standen. Und Diana betrachtete es als Zeichen des Schicksals oder des was auch immer, dass sie einander so guttaten. Außerdem war sie überzeugt, wenn er bereit war, die Sucht hinter sich zu lassen, einen Entzug zu machen, dann würde er es auch durchziehen, und sie würde mit all ihrer Kraft hinter ihm stehen und ihn unterstützen. Und wenn sie ihn jetzt drängte, würde sie dann vielleicht sein Vertrauen einbüßen? Das konnte sie nicht riskieren, wollte es nicht. Also sprach vermutlich auch der Egoismus aus ihr, als sie aufstand und aus ihrem Badezimmerschrank ein kleines Pillendöschen holte. Jack schaute sie mit großen Augen an. Unglaube und Dankbarkeit stand in dem silbernen See.

»Wir müssen das vorher besprechen. Ich unterstütze dich, das habe ich dir versprochen. Und dazu stehe ich auch«, sagte Diana mit klarer Stimme, die Tabletten fest umklammert. »Ich muss wissen, wie es in dir aussieht. In deinem Kopf, deinem Körper. Welche Entzugserscheinungen auftreten können. Worauf ich mich einstellen muss. Das ist wichtig, besonders für unsere Zusammenarbeit«, fügte sie etwas sanfter hinzu. Jack zog den Plaid über seine Schultern und atmete tief ein. Erleichtert und doch gequält.

Wie sollte er es erklären? Es ist wichtig, natürlich. Doch das Hämmern in seinem Kopf nahm zu, vor allem, da die Erlösung nur eine Armlänge von ihm entfernt war.

»Also gut. Es sind vorwiegend Kopfschmerzen. Wie bei einer Migräne. Es hämmert in meinen Ohren, manchmal wird es so laut, dass ich meine eigene Stimme nicht mehr hören kann. Mit dem Kopfschmerz kommen dann der Schwindel und die Übelkeit. Panikattacken, Schweißausbrüche, Stimmungsschwankungen. Halluzinationen.«

Diana seufzte. »Wann wirfst du dir immer etwas nach?«, fragte sie.

»Sobald meine Gedankenstimme anfängt, lauter zu werden, den Ton zu ändern. Wenn es nicht mehr meine Stimme ist, die dort spricht, sondern die der Sucht. Es ist, als würde mich diese Stimme locken, und wenn ich nicht reagiere, wird sie fordernder, manchmal schreit sie mich förmlich an. Dann zeigt sie mir mit körperlichen Schmerzen, was passiert, wenn ich nicht auf sie höre. Und wenn ich das auch versuche auszusitzen, was ich schon sehr oft getan habe. Dann ... Dann kommen die Bilder. Blut. Jede Menge Blut. Und Menschen, von denen ich glaube, dass es meine Familie war. Und irgendwann stellt sich das Fieber ein, die Halluzinationen. Bis zur Bewusstlosigkeit.«

»Oh. Also das volle Programm.« Diana sagte es ohne Bestürztheit, es sprach die reine, sachliche Berufserfahrung aus ihr.

Jack nickte. ‚Nimm es ihr weg!'

»Jetzt zum Beispiel ...« Er wollte ganz und gar ehrlich mit ihr sein. Sonst würde es nicht funktionieren, da hatte sie recht. Erwartungsvoll schaute sie ihn an, blieb ruhig.

»Jetzt will diese Stimme, dass ich dir die Tabletten aus der Hand reiße.«

»Okay. Wie anstrengend ist es, dem zu widerstehen?«

‚Jetzt! Du kleines wertloses Stück ...'

»Ich«, unterbrach er es laut. »Ich weiß nicht. Mal mehr, mal weniger«, fügte er leiser hinzu. Diana gab ihm den Behälter und Jack musste alles an Willenskraft aufbringen, um ihn langsam, bedächtig zu nehmen, zu öffnen und zwei der Tabletten mit dem erkalteten Kaffee herunterzuspülen. Diana beobachtete jede Bewegung, als müsste er sich einer Prüfung unterziehen. Das Medikament konnte seine Wirkung noch nicht richtig entfalten, und doch spürte er Erleichterung. Sein Kopf entspannte sich. Angenehme Stille breitete sich wieder aus.

»Das ist zwar nur Tilidin, doch auch das hat es in sich. Sei vorsichtig, bitte. Es ist immerhin nicht so stark, wie die

Oxy, die du noch hast.«

»Meine Toleranzschwelle ist leider recht hoch. Aber natürlich passe ich auf. Als ich die Klinik verlassen hatte und das erste Mal ohne Aufsicht war, als ich anfangen musste, das alles allein zu bewältigen, habe ich nach und nach herausgefunden, wie ich am besten funktioniere.« Denn mehr war es nicht gewesen. Er hatte funktioniert. Hatte sich seinen Grundbedürfnissen gestellt und das war es auch schon. Sein neues Leben begonnen hatte er erst, als Diana auf der Bildfläche aufgetaucht war. Und Gwen. Sie war sein Ziel, seine Aufgabe. Und Diana war die Kraft, die ihn das Ziel erreichen lassen würde. Wie süß sie geschmeckt hatte … Ihre Haut so samtig weich …

»Vielleicht solltest du dir etwas anziehen.« Eine leichte Röte war in ihre Wangen gestiegen. Da wurde ihm klar, dass er noch immer nur mit einem Handtuch bekleidet dort auf dem Sofa saß, wo gestern alles richtig losgegangen war. Und weder das Handtuch noch die Decke über seinen Schultern konnten verbergen, wie sein Körper auf Diana reagierte. Sie lächelte leicht, zauberhaft und wissend. Dann wurde es zu einem breiten Grinsen. Und einen Herzschlag später lachte sie aus vollem Halse. Jack stimmte mit ein, ließ all seine Anspannung fallen und zog Diana in seine Arme. Wie eine Meeresbrise drang diese liebliche und kraftvolle Melodie durch seinen Körper. Sie lachten, wie am vorherigen Morgen, bis ihnen die Tränen in die Augen stiegen und man am Ende nicht mehr hören konnte, ob die pure Verzweiflung ihren Geist in Besitz genommen hatte oder das reine Glück. Die Last ihrer Vergangenheit, die absurden Qualen, die sie durchlitten hatten und es noch immer taten und dieser atemberaubende Befreiungsschlag der letzten Nacht, brachten sie beinahe dazu, dem Wahnsinn anheimzufallen. So schien es zumindest. Allmählich beruhigten sie sich wieder und in der folgenden Ruhe schwangen Seligkeit und Wohlbefinden mit.

»Ich hab noch nie mit jemandem so gelacht wie mit dir, Jack.«

Eine Weile lang saßen sie noch dort, eng umschlungen auf dem Sofa, völlig außer Atem, aber Jacks Lungen fühlten sich frei. Dennoch sehnte er sich langsam nach einer Zigarette. Außerdem rückte der Dienstbeginn immer näher, also wurde es höchste Zeit, sich fertig zu machen, ob sie wollten oder nicht. Jack schob Diana ein wenig von sich und sah sie an.

»Wir müssen bald los«, hauchte er und gab ihr einen zarten Kuss auf die Stirn. Sie nickte nur und stand dann mit einem tiefen Seufzen auf.

Diana hatte ihnen beiden noch einen Kaffee für unterwegs gemacht, ein paar Brote geschmiert und dann brachte ihre Hexe sie zu der verhassten Arbeit. Sie waren noch einmal durchgegangen, wie sie sich auf dem Gelände verhalten würden. Nichts durfte daraufhin deuten, dass sie etwas miteinander hatten, und wenn es Jack nicht gut ginge, sollte er sofort zu ihr kommen. Sie hatten einen Code ausgemacht. Wenn Jack sagen würde, er wolle eine rauchen gehen, würde sie mitkommen und ein Auge auf ihn haben. Denn meistens, so erzählte er, rauchte er besonders dann, wenn sein Kopf wieder Probleme machte. Sie konnte dieses Bedürfnis irgendwie verstehen. Nicht umsonst griff sie auch gelegentlich zum Tabak. Und ganz besonders zum Alkohol. Sie wollte gar nicht daran denken, wie ihre Leber wohl aussehen musste. Aber Jacks sah vermutlich auch nicht besser aus. Ein Schmunzeln bildete sich auf ihren Lippen, trotz dieser grotesken Gedanken.

»Was denkst du?«, fragte Jack, der neben ihr an seinem Kaffee nippte.

»Ach, ich hab nur noch mal drüber nachgedacht, wie wir Fortschritte in unseren Plänen erzielen können«, flunkerte sie halb.

»Schieß los«, grinste er süffisant, als wüsste er, dass sie log und legte eine Hand auf ihr Knie. Diese Berührung allein ließ ihren Mund trocken werden.

»Ich …« Sie fand keine Worte und Jacks Grinsen wurde breiter.

»DU lenkst mich ab«, lachte sie gespielt vorwurfsvoll und nickte in Richtung seiner Hand, die langsam ihren Oberschenkel emporwanderte.

»Jack, ich fahre.« Doch sie konnte das leise Stöhnen nicht aufhalten. Triumphierend zog er seine Hand zurück und Diana kämpfte gegen den Drang der Enttäuschung an. Denn nun bog sie auf den Parkplatz der Klinik und von jetzt an waren sie nur noch Kollegen. Plötzlich fiel ihr etwas ein. Gestern hatte Jack etwas gesagt, das sie viel zu schnell beiseitegeschoben hatte.

»Du hattest gestern von einem Telefonat erzählt?«

Jacks Miene versteinerte. »Aiden. In der Butze. Er hat von Gwen gesprochen und von ihren Organen und einer Befruchtung.«

Diana sagte nichts. Kein Wunder, dass Jack so verstört gewesen war. Das deckte sich mit den Gerüchten und auch mit den Tagebucheinträgen. Aber das auf diese Weise bestätigt zu bekommen ... Und dann auch noch von Aiden? Was hatte er mit der ganzen Sache zu tun? Er war für sie zwar ein Verbündeter geworden in den letzten Jahren, aber auch er hatte sich nie ihr Vertrauen verdient. Offensichtlich zu Recht. Sie glaubte Jack zwar, aber dennoch widerstrebte es ihr, voreilige Schlüsse zu ziehen.

»Was hältst du davon, wenn wir heute Abend etwas trinken gehen? Ich könnte Aiden fragen, ob er uns begleitet. Schließlich war er auch derjenige, der behauptet hatte, Gwen wäre in ein tieferes Stockwerk gebracht worden«, fragte Jack.

Das war eine gute Idee. Dann könnte sie ihren Kollegen aushorchen. Was er wohl wusste? Machte er tatsächlich gemeinsame Sache mit Cal? Diana stimmte zu und gemeinsam liefen sie zum Mitarbeitereingang. Jack rauchte noch eine und ließ Diana kurz ziehen. Der Rauch füllte ihre Lunge und wie immer hatte sie das trügerische Gefühl, hinterher besser atmen zu können als vorher.

Schmerz. Ihr Kopf schmerzte von dem grellen Licht. Wo war sie? Sie war nicht mehr in der Gummizelle. Ihr Blick schärfte sich etwas. Da waren Stimmen. Sie sprachen miteinander, über sie. Etwas klirrte zu ihrer Rechten, aber sie konnte sich nicht bewegen. Ein Gewicht drückte ihre Gelenke, ihren ganzen Körper auf den harten Untergrund. Ein Tisch? Kälte kroch ihre Beine hinauf, breitete sich über ihrem nackten Körper aus. Die Geräusche erinnerten sie daran, wie eine ihrer Pflegemütter den Besteckkasten des Geschirrspülers eingeräumt und ausgeräumt hatte. Wie gern wäre sie jetzt dort! Alles war besser als das hier. Ein Geruch stieg ihr in die Nase. Blut und etwas Verbranntes? Wie ein geschmortes Kabel. Als sie mal bei einer anderen Familie in einem engen, fensterlosen Raum eingesperrt war, hatte sie den Feueralarm ausgelöst, indem sie ihr Bettlaken um die Nachttischlampe gewickelt hatte, bis es Feuer fing. Genauso roch es nun auch. Wieder dieses Klirren. Sie wollte am liebsten schreien. Jack. Wo bist du nur? Wann kommst du mich holen? Ich warte auf dich. Ich brauch dich. Bitte. Hilf mir. Sie zog und zog an dem Band zwischen ihnen. Sie spürte, dass er in der Nähe war. Was also hielt ihn auf? Oder wer? Wusste er denn nicht, wo sie war? Oder schlimmer noch … Konnte er sie nicht spüren? Wollte er sie vielleicht gar nicht finden? Er hatte sie vergessen. Warum hatte sie sich überhaupt Hoffnungen gemacht? Er kannte sie doch gar nicht. Vielleicht war das, was sie in seinen Augen gesehen hatte, diese Zuneigung, das Versprechen, nur Einbildung gewesen. Dummes Mädchen. Sie war ihm hierher gefolgt und nun nackt auf einem Tisch festgebunden, umzingelt von Menschen in weißen Kitteln, die sich plötzlich über sie beugten. Sie trugen blaue Masken und Hauben und einer drückte etwas Eiskaltes in ihren Bauch. Klein und scharf. Panik kochte in ihr hoch. Sie zerrte und riss an den Gewichten auf ihren Gelenken, ihrem Kopf. Doch da stülpte ihr jemand etwas über den Mund und ein süßliches Gas bahnte sich einen Weg in ihren Organismus. Das Letzte, was sie spürte, bevor sie das Bewusstsein verlor, war der brennende Schmerz des Schnitts durch ihre Haut. Jack. Wo bist du nur?

Die Übergabe startete ohne Diana. Sie sagte Jack, dass sie im Büro noch Papierkram zu erledigen habe und sie würden sich später treffen. Vielleicht auf eine Zigarette. Das war ihr Code. Vielleicht würde er ihn aber gar nicht benötigen, denn die angenehme Stille in seinem Kopf hielt länger als zuvor. Der Lachanfall am Morgen hatte vermutlich eine Endorphinflut verursacht, die noch eine Weile vorhielt. Warum nicht? Umso besser. Doch er konnte nicht sagen, was es war, aber irgendetwas war anders. Diese Stecknadel in seinem Kopf. Sie war da, er spürte ihre Präsenz, aber irgendwie … anders. Es waren fast alle Mitarbeiter in der Butze zur Übergabe erschienen, nur Aiden fehlte noch.

Brody lümmelte in seinem Stuhl und knibbelte mal wieder an seinen Fingernägeln. Jack starrte auf den schwarzen Togo-Becher, den Diana ihm heute Morgen gegeben hatte. Ein Spruch war in den schwarzen Kork eingestanzt: Der Weg ist da, wo die Angst ist. Der Satz löste etwas in ihm aus, so einfach, und gleichzeitig sprach er einen Urinstinkt direkt an. Plötzlich spürte er einen starken Zug. In seiner Brust, als wäre sein Herz an ein Tau gefesselt und jemand versuche es ihm herauszuziehen. Jack kippte nach vorn, hielt die Hand fest gegen seine Rippen gepresst. Die Luft presste sich aus seinen Lungen, als ihm jemand mit voller Wucht auf den Rücken schlug. Hustend und keuchend setzte er sich auf, das Band hatte sich wohl losgerissen, oder lockergelassen, denn der Zugschmerz war verschwunden. Brody, der nun neben ihm stand, schaute ihn unverwandt an.

»Hast dich wohl verschluckt«, zischte er und sein Bick schweifte durch den Raum, prüfte, ob jemand etwas von dem Vorfall mitbekommen hatte. Sichtlich erleichtert, schlurfte er wieder zu seinem Stuhl und widmete sich wieder seinen Nägeln. Doch bevor Jack sich über dieses merkwürdige Verhalten oder diesen Anfall wundern konnte, ging die Tür auf und sämtliche Härchen stellten sich ihm auf, als Mr Doyle hereinkam. Aus dem Augenwinkel sah Jack, wie Brody sich ebenfalls versteifte.

»So, liebe Herrschaften, guten Morgen. Wir können anfangen.«

»Womit, Sir?«, fragte ein rothaariger Kollege zögerlich, dessen Namen er noch nicht kannte.

»Ja, womit? Was machen Sie denn alle hier? Übergabe oder nicht«, schnaubte Mr Doyle verächtlich.

»Sir, bei allem Respekt, Sie haben nur bisher noch nie daran teilgenommen. Verzeihen Sie mir meine Verwunderung.« Der Mann zog sich in seinen Stuhl zurück und studierte die Holzmaserungen des Tisches.

»Aiden ist noch nicht da«, warf ein anderer ein.

»Mr Collins hat ein paar Tage Urlaub genommen. Wollen Sie nun weitere Arbeitszeit verschwenden, oder fangen Sie endlich an?«

Mr Doyle setzte sich auf Aidens Platz und verschränkte die dicken Arme vor seiner Brust. Die Nähte seines Jacketts spannten an den Schultern und Jack meinte, den Stuhl ächzen zu hören. Wenn er sich vorstellte, dass dieser Mann Diana angefasst hatte … Wut stieg in ihm auf und Ekel. Wie gern würde er ihm das selbstgefällige Grinsen aus dem Gesicht schlagen. Doch sie musste sich nie wieder dazu herablassen, dafür würde er sorgen. Er wollte ihr die Angst nehmen, die Schmerzen ihrer Vergangenheit, aber alles, was er tun konnte, war da zu sein. Mr Doyle und Jack musterten einander, während Kane die neuesten Entwicklungen herunterrasselte. Trotz der Anwesenheit des Chefs gab er sich nicht besonders Mühe, aber das schien diesen auch nicht zu interessieren. Jack interessierte ihn mehr. Aus zusammengekniffenen, grünen Augen starrte er ihn an und Jack erwiderte seinen Blick, versuchte Unschuld und Unwissenheit auszustrahlen, freundliche Naivität, denn Doyle durfte nicht erfahren, wie viel Jack wusste. Und auf keinen Fall durfte er Kenntnisse über seine Beziehung zu Diana erlangen. Es wurde still. Kein anderer war mehr in dem Raum anwesend, keine Geräusche, bis auf das Tosen seines Blutes in den Ohren. Weit entfernt nahm Jack ein Rascheln war, wie von Papier. Die Zeit verlangsamte sich. Mr Doyles Augen hafteten mit einer Intensität auf Jacks Gesicht, die ihm eine Gänsehaut bescherte. Es war, als würden nur noch sie beide existieren, in einem bitteren Kampf um die Macht, und derjenige, der zuerst die Waffe zog, würde gewinnen. Jack biss sich auf die Zunge, um ihm nicht all die Gemeinheiten entgegenzuschleudern, die ihm im Halse steckten. Es kostete ihn alles an Selbstbeherrschung, die er aufbringen konnte, eine starre, kleingeistige Miene beizubehalten. In Mr Doyles Kiefer zuckte ein Muskel. Jack schauderte es vor Hass.

‚Gwen. Frag ihn nach Gwen. Was, wenn er ihr etwas antut. Sie auch mit seinen wulstigen Fingern betatscht.' Jack brauchte einen Moment, um zu registrieren, dass dies die Stimme des kleinen Teufels in ihm war. Nicht jetzt! Er wurde nervös, versuchte sich aber weiterhin nichts anmerken zu lassen, würde dieses Duell für sich entscheiden. ‚Er weiß alles. Diana wird leiden. Du bist erbärmlich. Und so unwissend.' Jack wollte brüllen, um Ruhe flehen. Doch dann setzte der Kopfschmerz ein und es zog ihm fast den Boden unter den Füßen weg. Wenn er seine Hände nicht in den Kaffeebecher gekrallt hätte, hätte er das Zittern nicht verbergen können, geschweige denn verhindern können, in die Jackentasche zu greifen, wo die Tabletten verstaut waren. Jacks Augen begannen zu brennen und ihm war, als würde er mit jedem Glockenschlag in seinem Kopf den

Tränen näherkommen. Diana. Er dachte an ihre schönen Augen, an die friedvollen Stunden mit ihr, doch er verwarf die Gedanken schnell wieder, da er die irrationale Angst bekam, Mr Doyle könnte etwas davon in ihm sehen. Als würde sich vielleicht ihr Abbild in seinen Augen spiegeln. Die Mundwinkel seines Chefs begannen sich leicht nach unten zu ziehen. Jack würde gewinnen. Noch ein bisschen. ‚Er wird wütend', sang die Stimme fröhlich in seinem Kopf und erneut hämmerte es von innen gegen seine Schädeldecke, als würde sein Alter Ego ausbrechen wollen.

Im nächsten Moment riss Mr Doyle den Kopf herum und sah den Kollegen an, der die ganze Zeit unbeirrt vorgetragen hatte. »Patientin 913 ist fort. Entlassen«, hörte Jack Doyle sagen. 913. Das war Gwen.

»Oh, ok, Sir, das wusste ich noch nicht. Wo ist sie hin?«

»Offensichtlich. In einer anderen Einrichtung. Wir haben keine Kapazitäten. Hat Mr Collins euch das noch nicht mitgeteilt?«

Kane nickte. »Ich dachte nur …«

»Arbeitet hier eigentlich auch irgendjemand?!«, polterte Doyle.

Jack konnte noch immer den Blick nicht abwenden. Weg. Nein. Konnte das sein? Die sonst so lockere Atmosphäre in der Butze war zum Zerreißen angespannt. Besonders Brodys Präsenz summte eindrucksvoll. Jack spürte, dass er ihn beobachte. Vermutlich hatte er die ganze Situation eben mitbekommen und auch, dass Jack gerade nur einen Wimpernschlag davon entfernt war, zusammenzubrechen. Denn eins musste man Brody lassen, ihm entging wirklich nichts.

»Wo ist Ms Kingsley?« Mr Doyles tiefe Stimme schnitt durch den Raum, ritzte sich in die Haut. Er wollte, dass Jack sprach, wollte die Unsicherheit und den Schmerz hören, doch Jack gab ihm diese Genugtuung nicht. Mit einigermaßen fester Stimme ertönten Worte aus seinem Mund. Die Worte, die er gedacht hatte, sich zurechtgelegt hatte. Doch er hörte sie nicht. Sie war beschäftigt, wollte er sagen. Er würde sie später aufklären. Doch den entsetzten Gesichtern seiner Kollegen nach zu urteilen, hatte er wohl etwas hinzugefügt wie ‚Sie Mistkerl'.

Kapitel 15

Diana kam zum vereinbarten Treffpunkt, zur Schleuse. Jack hatte über Funk ihren Code benutzt. Und seine Stimme hatte fürchterlich gezittert. Was war bloß passiert? Als sie die Tür zu der Einfahrt aufstieß, sie Jack, mit dem Kopf in die Hände gestützt, auf der Bank sitzen sah, hätte sie vor Erleichterung fast aufgeseufzt. Ihn diese kurze Zeit nicht gesehen zu haben, hatte sie mehr belastet, als ihr lieb war. Was für ein liebeskrankes Mädchen sie doch war, so seicht und verletzlich. Diana schob den Gedanken beiseite, setzte sich zu Jack auf die Bank und legte ihm eine Hand auf den Rücken.

»Was ist passiert?«, fragte sie mit gedämpfter Stimme.

Das Auge der Kamera brannte auf ihrem Gesicht.

»Ich habe die Nerven verloren.«

»Okay. Und jetzt nochmal im Klartext?« Ihr schwante nichts Gutes. Diana streichelte sanft über seinen Rücken, versuchte, ihn mit dieser Berührung zu wärmen. Er entspannte sich etwas und nahm den Kopf von den Händen. Zitternd zündete Jack sich eine Zigarette an, bevor er sie eindrücklich anschaute.

»Es ist schön, dich zu sehen«, sagte er mit einem traurigen Lächeln.

Diana erwiderte es. Das Glitzern in seinen Augen ließ ihren Bauch kribbeln.

»Ich habe Mr Doyle einen Mistkerl genannt.«

Ach du … Diana sog so scharf die Luft ein, dass sie sich verschluckte und Jack ihr auf den Rücken klopfen musste, bevor er ihr eine Zigarette anbot.

»Du übst einen schlechten Einfluss auf mich aus«, kommentierte sie scherzhaft, bezogen auf das Rauchen. Jack zuckte nur entschuldigend mit den Schultern. Erwartungsvoll bedeutete sie ihm, fortzufahren.

»Er tauchte bei der Übergabe auf und hat uns mitgeteilt, dass Aiden nicht da ist, und dann haben wir uns so etwas wie einen Blickduell-High-Noon-Kampf geliefert. Vermutlich hat er mich wegen dir auf dem Kieker.« Jack seufzte tief. »Ich wollte ihn nicht gewinnen lassen, verdammt. Und ich hätte es fast geschafft und dann ging es wieder los.«

Seine Entzugserscheinungen. Sie konnte sich vorstellen, wie schwierig es für Jack gewesen sein musste, dem standzuhalten. Cal war in jeder Hinsicht sehr dominant.

»Er hat über Gwen gesprochen, dass sie weggebracht wurde, und als er mich dann nach dir fragte, hab ich nicht mehr gehört, was ich sage.« Sie verdaute die Informationen.

Gwen, weggebracht? In eine andere Klinik? Das wäre zu schön, um wahr zu sein. Wahrscheinlicher war, dass sie in den Keller gebracht wurde, wie Aiden es Jack erzählt hatte. Der Keller, dessen Zugang sie nicht kannte. Es hatte sie schon einige schlaflose Nächte in den letzten Jahren gekostet. Sie war durch die Klinik gestreift, durch jede Abteilung.

Hatte sich verkauft. Und nichts gefunden. Nichts erreicht.

»Warum wegen mir?«, fragte sie nur.

»Weil wir uns so gut verstehen. Und weil er dich jetzt nicht mehr isolieren kann. Du bist nicht mehr allein und …« Sie legte einen Finger auf seine vollen Lippen. Nur zu gern hätte sie ihn an sich gezogen und geküsst. Wegen ihr hatte sich noch nie jemand so ins Zeug gelegt. Es zerriss ihr das Herz. Sie müsste sich nie mehr erniedrigen lassen, nie mehr müsste sie Callahans Hände spüren.

»Es tut mir leid. Ich hab alles gefährdet, weil ich mich nicht im Griff hatte.«

»Ist okay.« Sie räusperte sich und kämpfte gegen den

Kloß in ihrem Hals an. »Was hat er gesagt?«

»Brody hat mich gerettet. Mehr oder weniger. Er hat angefangen zu lachen und es ihm als Scherz verkauft. Ich denke nicht, dass Doyle ihm geglaubt hat, aber er hat der Situation deutlich die Schärfe genommen. Jetzt schulde ich ihm was.«

»Brody?«, fragte Diana ungläubig. Das hätte sie von ihm nicht erwartet. Doch da erinnerte sie sich an eine Situation, die noch gar nicht allzu lang her war. Sie saß an derselben Stelle wie jetzt, kurz nachdem sie bei Cal im Büro gewesen war, und Brody setzte sich zu ihr. Er saß einfach nur da, ohne etwas zu sagen. Es war aber auch nicht angespannt zwischen ihnen. Sie hatte sich gefragt, ob er vielleicht etwas wusste, und fast wäre ihr etwas in der Art rausgerutscht, aber dann war er aufgestanden mit den Worten, er wäre nicht ihr Feind und war gegangen. Sie hatte keine Bedeutung interpretiert, war ihm einfach nur dankbar für diesen kurzen Moment, in dem er sich nicht wie ein Arsch verhalten hatte. Brody war verantwortlich für die Überwachungssysteme auf dem Gelände. Vertraut hatte sie ihm noch nie wirklich, er hatte sich auch nie darum bemüht.

Aber vielleicht stieß er ja nur jeden aus Selbstschutz von sich. So, wie sie es getan hatte. Bis Jack kam. Sie dachte an den Streit zwischen Aiden und Brody. Und an das, was Jack von Aiden gehört hatte, doch was steckte dahinter? Wem konnten sie vertrauen?

»Wo bist du mit deinen Gedanken?«, warf Jack ein.

Diana schüttelte den Kopf, schüttelte die Gefühle ab, die in ihr aufstiegen. Sie durften sich nicht angreifbar machen.

»Schon gut. Wie geht es dir jetzt?«

»Ich habe … naja, du weißt schon. Besser. Weißt du etwas über Gwen? Über ihre Verlegung?« fragte er kaum hörbar.

»Ich versuche, es herauszufinden, okay?« Sie ertrug den Hoffnungsschimmer in seinem Blick kaum.

»Danke.«

»Wo ist Aiden?« Sie wollte von dem Thema ablenken.

»Doyle sagte nur, er hätte sich Urlaub genommen ein paar Tage.«

»Okay … Seltsam. Also verschieben wir unseren Kneipenbesuch wohl. Würdest du mir heute noch einmal mit dem Papierkram zur Hand gehen? Und morgen beginnen wir dann mit einer ausführlichen Führung durch das ganze Gebäude, okay?«

Jacks Miene hellte sich ein wenig auf. Das Leuchten verriet ihr, dass sie recht gehabt hatte mit ihrer Vermutung, dass ihm heute ein ruhiger, zurückgezogener Tag wohl lieber war. Er beugte sich dicht zu ihr herüber. Sein Atem kitzelte in ihrem Ohr und ihre Nackenhaare stellten sich auf, als er leise flüsterte, wie gern er sie jetzt küssen würde.

Das Licht der untergehenden Sonne flutete das Büro in Orangerot-Tönen. So mochte er es. Wie seine Grapefruit am Morgen. Callahan Doyle saß an seinem großen Schreibtisch, bedachte die Stelle, wo Dianas Gesicht schon so oft gelegen hatte, mit einem Lächeln. Doch das Lächeln verging ihm, als ihm die Befürchtung wieder in den Sinn kam, er hätte sie zum letzten Mal besessen. Es war ein Fehler, sie und diesen dummen Jungen zusammenzubringen. Nein. Kein Fehler. Ich mache keine Fehler. Bestimmt hatte er sich etwas sehr Schlaues dabei gedacht, doch nun hatte sich die Situation verändert. Er wurde lästig. Und aufsässig. All die Arbeit und das Geld, das er in den Jungen investiert hatte, damit er unter Kontrolle gehalten wurde, wurde nichtig. Mit Drogen hatte man ihn jahrelang gefügig gemacht. Und da musste Cal ansetzen. Schließlich hatte er noch Pläne für den Jungen. Alles zu seiner Zeit. Callahan würde sein Versprechen an die Menschheit einhalten. Ein Zug nach dem anderen. An jedem Finger hatte er eine Schachfigur und es galt, sie richtig zu setzen, um unsichtbar zu bleiben. Und dennoch das Spiel voranzutreiben. Stillstand wäre tödlich. Immerhin hatte er schon mal das Mädchen. Auch für sie interessierte sich Jackson. Gut, wundern tat es Cal nicht, schließlich war es nur eine Frage der Zeit gewesen. Bei der Verbindung. Es steckte ja auch eine gewisse Absicht dahinter. Trotzdem. Als ob ihm eine Frau nicht genügte. Unersättlich und dumm. Vorlaut. So ein Verhalten konnte Cal nicht dulden in seinem Gewerbe. Aber nun gut. Er würde dennoch seinen Zweck erfüllen. Wenn Aiden Collins wieder da war, würde alles seinen Lauf nehmen und bald würde wieder Ruhe einkehren. Vielleicht sollte er seinen Mitarbeiten mehr Geld zahlen, ein bisschen. Denn er war ein guter Klinikleiter. Ein perfekter sogar. Nur öfter frei könnte er ihnen nicht geben. Dann wären sie zu weit weg. Er brauchte sie hier. Alle. Tag für Tag. Nur so konnte er maximale Kontrolle gewährleisten. Schließlich konnten seine Raben auch nicht überall sein. Seine liebste Diana war die Einzige, der er mehr Freiraum geben würde. Eben gerade, weil sie ihn nicht einforderte. Deshalb vertraute er ihr. Sie wollte bei ihm sein, sie mochte es, ihn in sich zu spüren. Und er liebte es, diese vollkommenen Rundungen zu streicheln. Bei dieser Vorstellung regte sich etwas in ihm. Und an ihm. Es erzürnte Cal, diese einzige Form des Kontrollverlustes erleiden zu müssen. Raus. Er musste raus. Das Tier in ihm musste raus. Seine schöne Freundin würde ihm sicher zur Hand gehen wollen. Vielleicht sollte er sie mal wieder auf sein Anwesen einladen? Und wenn dieser Jack es wagen würde, ihm einen Strich durch die Rechnung zu machen, weil er meinte, einen Anspruch auf sie zu haben, dann würde er Callahan Doyle kennen lernen.

Barron hatte den Pub gerade geschlossen und wollte nun eine Runde um den Block spazieren, um den Kopf frei zu kriegen. Mittlerweile war es um die Mittagszeit schon recht warm, weshalb er den Mantel zu Hause gelassen hatte. Sein Zuhause:

seine Bar, in dessen oberes Stockwerk ein kleines Zimmer und ein noch viel kleineres Bad gezimmert wurde. Dort schlief er auf seinem quietschenden Futon. Die meiste Zeit verbrachte er hinter der Theke, bediente und unterhielt seine Stammgäste und ließ das Leben an sich vorbeiziehen. Die Faust des Schicksals hatte sein Herz im festen Griff gepackt und würde vielleicht erst loslassen, wenn er seine Taten wiedergutmachen könnte. Er hasste sich zutiefst dafür, seine Familie im Stich gelassen zu haben, für das hier. Er war jung und unbeholfen und nicht bereit gewesen, Vater zu sein. Doch jetzt war er es. Schon lange war er es. Barron seufzte wehmütig, senkte den Blick auf die trockenen Pflastersteine unter seinen Füßen und verdrückte sich eine Träne. Plötzlich ging ein schneller Ruck durch seinen Körper und er spürte einen scharfen Schmerz in der Schulter. Je mehr er sich gegen die starken Hände wehrte, die ihn gepackt hielten, desto schlimmer tat es weh. Jemand zog ihn in eine Seitengasse, die dunkel und schmutzig war und nach Abfall stank.

»Halt ja deine Schnauze, alter Mann« zischte die Stimme. Oh nein, bestimmt einer von Doyles Söldnern, lautlos, tödlich und unersättlich. Aber er hatte sich an die Abmachung gehalten. Hatte nicht weiter nachgeforscht oder Kontakt aufgenommen. Eine behandschuhte Hand presste sich auf seinen Mund, die andere hielt seine Arme auf dem Rücken verdreht.

«Ich wollte dich nur nochmal daran erinnern, was es kostet, dich nicht daran zu halten.«

Barron schüttelte wild den Kopf, unterließ dies aber abrupt, als ihm klar wurde, dass der stechende Schmerz in seiner Schulter nicht von den verdrehten Armen herrührte, sondern von einem kleinen, feinen, messerartigen Gegenstand, der darin steckte. Barron wollte schreien, flehen, er hatte doch gar nichts getan. Doch im nächsten Moment schon, waren der Mann und das Messer wieder verschwunden und Barron kippte nach vorn, fiel auf die Knie. Er hielt sich die Schulter, während er sich übergab. Er hatte doch nichts gemacht. Aber er hatte daran gedacht. Er hatte die letzten Tage an nichts anderes gedacht als an Diana. Dass er sie finden wollte, dass er sie um Verzeihung bitten wollte. Und ihr die Wahrheit sagen. Er war schon sein ganzes Leben lang feige gewesen und nun war es doch endlich Zeit, etwas zu unternehmen. Oder nicht? Es waren nur Gedanken. Konnte das Böse nun sogar Gedanken lesen? Andererseits … Was hatte er eigentlich noch zu verlieren?

»Hey, mein Schatz. Wie gehts dir?« Aiden stellte die Vase mit den Chrysanthenen auf den Nachtschrank zu den anderen Geschenken und setzte sich an das Krankenbett. Als einzige Antwort piepsten die Geräte um ihn herum. Der Herzmonitor, der im Rhythmus ihres Pulses ausschlug. Das EEG, das anzeigte, dass ihre Hirnfunktion noch intakt war. Und die Beatmung, die mit leisem Rauschen Luft in ihre

Lungen pumpte. Rachel war eine Kämpferin. Das hatte Aiden schon am Tag ihrer ersten Begegnung vor acht Jahren gemerkt, als sie sich mit einem zwei Köpfe größeren Neonazi stritt und ihm an die Gurgel gesprungen wäre, wenn Aiden nicht dazwischen gegangen wäre. Vom ersten Augenblick, als er in ihre braunen Augen geschaut hatte, war es um ihn geschehen. Hoffnungslose, bedingungslose Liebe. Und nun? Vor drei Jahren, an einem ganz normalen Morgen, an dem sie gerade gefrühstückt hatten, hatte sie plötzlich einen Herzanfall bekommen. Seitdem war alles anders. Er war anders. Aiden nahm die zarten dunklen Finger seiner Frau in die Hände, massierte sanft die kalten Glieder.

»Nicht mehr lang, dann bekommst du endlich ein neues Herz, meine Liebe. Halt noch ein bisschen durch.« Tränen rannen über seine Wangen. Die Ärzte sagten, ihre restlichen

Organe würden allmählich versagen. Die Nieren arbeiteten schon nicht mehr richtig. Sie machten Aiden keine Hoffnung mehr, drängten ihn, die Maschinen abzustellen, doch nein. Er war kurz davor, einen Weg zu finden, seiner Gefährtin das Leben zu retten. Einen Weg, sie wieder lachen zu hören. Sie wieder in den Arm nehmen zu können. Er würde es schaffen. Und wenn er dafür seine Seele verkaufen musste.

Sein Telefon piepste, gerade als er das Krankenhaus verlassen hatte. Er hasste dieses Geräusch. Es erinnerte ihn jedes Mal aufs Neue an seinen Verrat.

»Collins.«

»Sind Sie fertig?« Doyles herrischer Tonfall hallte durch den Hörer.

»Natürlich, Sir. Es ist alles erledigt. Der Kunde war sehr angetan und will darüber nachdenken. Ich werde noch bei meiner Familie vorbeischauen, wenn es recht ist. Und morgen habe ich den nächsten Termin.«

»Ich möchte, dass Sie mit unterschriebenen Verträgen zurückkehren! Und nicht nur mit leeren Worten.«

Aiden schluckte schwer. »Ich gebe mein Bestes. Versprochen. Wissen Sie denn schon, wann es soweit sein wird?«

»Es wird alles in die Wege geleitet, sobald Sie mit positiven, verbindlichen Nachrichten zurückkehren. Und wagen Sie es nicht, vorher einen Fuß in meine Klinik zu setzen! Dann bekommen Sie gar nichts.«

Die Leitung brach ab. Das Gespräch war beendet. Aiden hatte das Gefühl, sich übergeben zu müssen.

Die letzten Tage waren wie im Flug vergangen. Diana hatte Jack auf ihre Rundgänge durch die Klinik mitgenommen, ihm jeden kleinen Winkel gezeigt. Von der Wäscherei bis zu den Dachböden, wo sie sich einmal in absoluter Dunkelheit geliebt hatten. Danach waren sie über und über mit Staub bedeckt gewesen und sie mussten sich erst säubern, bevor sie weiterarbeiten konnten. Das war das einzige Mal gewesen, dass sie sich ihrer Lust hingaben. Zumindest während sie auf Arbeit waren, denn sobald sie zu Hause angekommen waren, fielen sie übereinander her und ließen sämtliches angestautes Verlangen in ihre Körper fließen.

Jeden Abend tauschten sie Zärtlichkeiten und genossen inbrünstig die Wärme des anderen, bevor sie eng aneinandergeschmiegt einschliefen. An den Morgen frühstückten sie gemeinsam und fuhren zur Arbeit, erledigten Papierkram, machten Kontrollbesuche in den einzelnen Abteilungen und manchmal wurden sie zu einem Notfall gerufen, wenn zum Beispiel ein Patient auf einen anderen losgegangen war, oder sich etwas antun wollte. Darüber mussten sie dann Protokolle verfassen. Diana versuchte auch, regelmäßig ihre Fühler Richtung Gwen auszustrecken, doch sie erreichte leider nichts. Überall wurde ihnen das Gleiche gesagt, sie wurde verlegt. Aber niemand wusste, wohin. Jack hatte umliegende Krankenhäuser und andere psychiatrische Einrichtungen angerufen und befragt. Gemeinsam versuchten sie einen Zugang zu den ominösen unteren Geschossen zu finden. Einmal schlich Diana sich in den Überwachungsraum, während Jack Brody ablenkte, doch auch diese Aktion brachte nur ein Ergebnis, mit dem sie leider nicht viel anfangen konnten: Abhigail vergriff sich tatsächlich gelegentlich an den Medikamentenvorräten. Diana nahm sich vor, die BTM-Listen mal genauer unter die Lupe zu nehmen, doch das half alles nicht bei der Suche nach Gwen. Es saß wie ein dicker Stachel in Jacks Genick, und in manchen Momenten hatte er das Gefühl, er könne sie spüren. Wie an jenem Tag vor der Übergabe, als plötzlich etwas an seinem Inneren riss. Dieses Gefühl sagte ihm, dass es Gwen war, die ihn brauchte, ihn rief. Dann wurde ihm immer ganz schlecht und der kleine Teufel in seinem

Kopf wurde lauter, beschimpfte ihn als Versager. Das war er schließlich auch. Nutzlos. Er konnte nichts tun, um ihr zu helfen. Und das Einzige, das ihn ablenken konnte, war Dianas Gesellschaft. Sie war seine beste Freundin geworden, mit der er sich nicht nur leidenschaftlich vergnügte, sondern die Tiefen seines Bewusstseins erforschte. Flashbacks, wie den in der Dusche den einen Morgen, hatte er aber nicht mehr. Auch die Nächte waren einigermaßen ruhig geblieben.

Doch heute war etwas anders. Jack und Diana fuhren nach Feierabend schweigend zur Wohnung, aber nicht so entspannt wie sonst. Sie hielten unterwegs noch bei einem Supermarkt und kauften sich etwas zum Abendessen und eine Flasche Wein. Diana hatte vor zwei Stunden einen Anruf erhalten, seitdem war sie in sich gekehrt, nicht sie selbst. Jack hatte versucht sie aufzuheitern, aus ihr herauszubekommen, was los war, doch Diana hatte ihn nur traurig angelächelt und gesagt, es wäre alles in Ordnung. Jack musste es vorerst hinnehmen und so schwiegen sie sich weitgehend an. Es war keine bedrückende Stille, auch wenn die unausgesprochenen Gedanken zwischen ihnen in der Luft lagen. Sie kamen bei Diana zu Hause an und Jack kochte ihnen Risotto, nach einem Rezept von Muriel, während sie sich auf der Couch mit ihrem Glas Wein zusammenkauerte. Nach einer Weile kribbelte es Jack unter den Fingern. Während der Reis kochte, leistete er ihr Gesellschaft.

»Möchtest du mir wirklich nicht sagen, was los ist? Ich dachte eigentlich, wir wären ehrlich zueinander?«, fragte Jack vorsichtig und streichelte sanft über ihren Rücken.

Ihre Augen blickten weit in die Ferne, als wäre sie gar nicht anwesend. Nach einer gefühlten Ewigkeit zuckte sie zusammen und blinzelte ein paar Mal, bevor sie ihn ansah. »Callahan hat mich angerufen. Er sagte, ich soll heute Abend zu ihm kommen, weil er ein Geschenk für mich hat. Etwas für mich sehr Bedeutendes. Mehr wollte er nicht sagen.«

»Nein.«

»Jack … Ich …«

»Nein, du gehst nicht zu ihm. Warum kann er es dir nicht bei der Arbeit geben?« Das konnte er nicht zulassen. Er musste sie beschützen.

»Cal …«

»Mr Doyle«, unterbrach er sie. Jack hasste es, wenn sie ihn beim Vornamen nannte. Hasste dieses Persönliche. Er wusste, dass er seinem Ton die Schärfe nehmen musste, doch die Vorstellung, Doyle würde ihr zu nahekommen, machte ihn rasend.

»Hör mal. Ich kenne Cal … Mr Doyle schon seit Jahren und auch wenn ich ihn zutiefst verabscheue, weiß ich, wie er tickt. Und ich darf nicht riskieren, dass er sein Vertrauen in mich verliert. Wir haben doch ein Ziel. Oder etwa nicht?«, fragte sie leise, prüfend.

Gab er ihr gerade vielleicht das Gefühl, er würde sie nicht mehr unterstützen? Gott, wie sollte er nur …

»Jack«, fuhr sie ruhig fort, rutschte nah ihn heran. »Wenn ich verhindern kann, dass er … dann werde ich das tun. Aber ich muss gehen, muss tun, was er von mir erwartet. Sonst trennt er uns, erzählt mir nichts mehr und vor allem andern darf ich den Zugang nicht verlieren. Das hat mich Jahre gekostet. Und noch mehr. Es geht doch auch nicht nur um mich, vergiss das nicht. Es geht um all die Patienten, denen Leid zugefügt wird. Es geht um Gwen.«

Er sah den Kummer in ihren Augen. Sollte er sie gehen lassen? Hatte er das Recht, sie aufzuhalten? Vielleicht sah sie seine Zweifel, als sie die wunderschönen, blauen Augen wieder auf ihn richtete, denn sie zog ihn an sich und küsste ihn, tief und innig. Ein Kuss, der sein Blut in Wallung brachte, sein Herz schneller schlagen ließ. Schwer atmend löste er sich von ihr.

»Das versteh ich ja, aber es muss einen anderen Weg geben ihnen zu helfen, ohne dich dabei in Gefahr zu bringen.«

»Es gibt gar keinen Weg, wenn er mir meine Privilegien in der Klinik entzieht.«

»Wie soll ich dich gehen lassen?«

»Indem du die Augen schließt. Und wenn du sie wieder öffnest, bin ich schon wieder da. Unversehrt«, flüsterte sie nah an seinen Lippen. Zur Antwort seufzte er gequält.

»Du weißt gar nicht, was das für ein unglaublich tolles Gefühl ist, dass sich jemand so um mich sorgt und mich beschützen will. Und ich weiß das sehr zu schätzen. Ehrlich. Durch dich habe ich wieder Stärke und Mut gewonnen. Und Hoffnung. Bitte vertrau mir, okay?«

»Ich vertraue dir, Diana. Aber ihm nicht. Und ich kann hier nicht rumsitzen und warten, während du … da … Es tut mir leid, aber ich flehe dich an: Wenn ich dir irgendetwas bedeute, dann geh nicht.«

Sie atmete zischend aus und ließ sich zurück in die Polster sinken. Mit hochgezogenen Augenbrauen betrachtete sie ihr Weinglas.

»Dann lass mich wenigstens noch ein, zwei Flaschen Wein holen. Anders übersteh ich diese Nacht nicht.«

Unweigerlich gingen Jack einige Ideen im Kopf herum, um sie abzulenken. Um ihr zu helfen, die Nacht zu überstehen. Er gab ihr einen vielsagenden Kuss, in dem all seine Dankbarkeit und Leidenschaft mitschwang, bevor er sich wieder ihrem Abendessen widmete.

Diana war das Herz in die Hose gerutscht, als sie am Telefon Cals Stimme gehört hatte. Die letzten Tage waren so ruhig verlaufen. Sie hätte sich daran gewöhnen können, nicht mehr jeden Tag mit Bauchschmerzen zur Arbeit zu gehen. Wieso nur hatte sie sich in Sicherheit gewiegt. Es war doch klar, dass so etwas passieren würde. Sie hatte sich gehen lassen, war unvorsichtig geworden, hatte sich für einen winzigen Augenblick zu wohl gefühlt und nun musste sie die Konsequenzen tragen. Allein. Diana zitterte am ganzen Leib, als sie vor dem großen Herrenhaus stand, halb so groß wie die Klinik, aber gewaltiger und noch bedrückender. Es war zehn Minuten mit dem Auto von der Anstalt entfernt, an der Küste gelegen, im Barockstil gebaut und besaß eine große Auffahrt. Callahan Doyle hatte nur eine kleine Gruppe Bediensteter, die hier den ganzen Tag arbeiteten, um dieses mächtige Gebilde sauber zu halten. Diana war erst zweimal hier gewesen. Aber als Einzige von der Arbeit. Beide Male hatte er sie zum Essen eingeladen und sie dann in sein Schlafzimmer, das ebenso prunkvoll gestaltet war, geführt. Ihr wurde schlecht, als sie daran dachte. Keiner sollte sie mehr anfassen außer Jack. Und er hätte es auch nicht zugelassen. Gott, womit hatte sie ihn verdient … und genau deshalb hatte sie ihn belogen. Scham und Angst durchzuckten ihren Körper. Würde er böse sein? Würde er sie noch mit diesem liebevollen Ausdruck betrachten? Sie kannte Callahan nun schon viele Jahre. Und sie hasste ihn, verabscheute ihn bis ins Mark. Doch sie wusste, wie er tickte, war mit seinen Eigenarten vertraut. Er hatte sie angerufen und ihr gesagt, er hätte ein Geschenk. Also blieb ihr nichts anderes übrig, als dem nachzukommen, was er von ihr erwartete. Um ihr hart erarbeitetes Vertrauensverhältnis nicht zu zerstören. Und wegen Jack. Cal hatte ihn sowieso schon ins Visier genommen. Wenn er nun den Verdacht hätte, sie würde ihn für Jack versetzen … auch wenn sie es noch so gern getan hätte. Callahan war ein schlimmer Mann, gefährlich. Diana konnte einfach nichts riskieren, noch nicht. Noch ein bisschen kriechen und dann würden wir frei sein, sagte sie sich. Das Vibrieren ihres Telefons ließ sie zusammenfahren. Sie wollte schon den Anrufer wegdrücken, doch die Nummer kannte sie nicht.

»Ja? Kingsley?«, meldete sie sich neugierig.

»Officer O'Brien am Apparat. Verzeihen Sie die späte Störung.«

Ein seltsames Gefühl breitete sich in ihrer Magengegend aus.

»Ist okay. Was kann ich für Sie tun?«

»Ich komme gleich zur Sache. Und zwar hab ich Mr Burrow nicht erreicht und dachte, Sie könnten mir vielleicht ein paar Fragen beantworten.«

»Schießen Sie los.«

»Ist Mr Burrow Raucher?«

Diana nickte. Das konnte er ja aber natürlich nicht sehen. »Äh ja. Ist er.«

»Raucht er auch mal in der Wohnung?«

»Ich weiß nicht genau, wieso?« Bei ihr bisher noch nicht.

»Die Brandermittler haben die Stelle entdeckt, an der der Brand entstanden war. Ich kann Ihnen die Bilder zeigen, wenn Sie beide nochmal vorbeikommen? Es sieht so aus, als hätte Mr Burrow eine Zigarette nicht richtig ausgemacht. Und ein Luftzug, vielleicht, als er die Wohnung verließ, oder durch das Fenster mit dem verzogenen Rahmen, hat den glühenden Filter auf den Flokatiteppich geweht.

Dort begann der Brand.«

Diana schluckte, taumelte ein paar Schritte zurück.

»Wenn es so wäre, dann würde das bedeuten, dass es sich um Eigenverschulden handelt. Wahrscheinlich zahlt die Versicherung so etwas nicht. Mal abgesehen von den Bewohnern, die knapp dem Tod entkommen und nun ohne

Unterkunft sind, und von der verstorbenen Frau.« »Ich verstehe«, hauchte Diana.

Sie dachte an den Abend, als es ihm so schlecht ging. Als er zu ihr gekommen war, betrunken, verstört durch Mr Simmons Selbstmord. Konnte das sein?

»Ich rede mit ihm. Bitte unternehmen Sie nichts, Officer. Ich kann mir nicht vorstellen, dass es so gewesen war.«

»Ms Kingsley … Ich möchte Ihnen keine zu großen Hoffnungen machen, dass das Ganze gut für Mr Burrow ausgeht. Der Hausbesitzer muss ebenfalls über die Ermittlungsfortschritte informiert werden und …« Der Mann musste nicht weitersprechen, musste ihr nicht erklären, was das bedeutete. Anzeige. Vielleicht ein Gerichtsverfahren. Nein. Sie hatten sich doch gerade erst gefunden. Man durfte ihr Jack nicht wieder wegnehmen! Er hatte Probleme, ja, aber zusammen könnten sie das in den Griff kriegen. Zusammen. Diana brachte kein Wort raus. Was sollte sie denn Jack sagen, das verkraftete er doch niemals! Und dann noch ihre Lüge …

»Ms Kingsley. Alles in Ordnung?«

Die Stimme des Officers wirkte besorgt. Ihr war nicht aufgefallen, wie sehr sie zitterte, erst als sie tief Luft holte und dachte, ihr würde das Herz gleich aus der Brust springen.

»Gibt es noch irgendwas, was ich wissen sollte?«, fragte der Mann, der offenbar ihren Zustand durch das Telefon wahrnehmen konnte. Noch immer brachte sie kein Wort über ihre Lippen. Voller Angst, etwas Falsches, etwas Belastendes zu sagen. Zumal das hier definitiv nicht der richtige Ort war, um solche Themen zu besprechen.

»Kann es sein, dass Sie gerade nicht frei reden können? Oder bedrückt Sie etwas?«

Diana schluckte gegen den Kloß in ihrem Hals an. Nach einer weiteren geschlagenen Minute des Schweigens stieß O'Brien einen tiefen Seufzer aus.

»Ms Kingsley, ich gebe Ihnen meine E-Mail-Adresse. Wenn Sie irgendwelche Informationen haben oder mal jemanden zum Reden brauchen, melden Sie sich, in Ordnung?«

So viele Dinge schwirrten ihr durch den Kopf. So vieles, was sie gern ausgesprochen hätte. Doch sie flüsterte nur ein leises »Okay.«

Die junge Frau erinnerte ihn an seine Partnerin, mit der er neun Jahre zusammengearbeitet hatte. Eine erschöpfte Seele mit vielen Geheimnissen. Das hatte er bei dem Gespräch neulich schon gemerkt. Nach außen hin machte sie einen taffen Eindruck und jedes ungeschulte Auge würde auf die Fassade hereinfallen, doch Sanders O'Brien nicht. Ihm machte man nichts vor. Er war zu gut, zu lange schon in seinem Job. Dieses leise, kaum wahrnehmbare Zittern in der Stimme der Frau hatte ihn hellhörig werden lassen. Weshalb er auch sie angerufen hatte und nicht den jungen Mann. Sanders wollte zuerst ihre Reaktion überprüfen. Denn irgendein elementares Detail wurde ihm hier verschwiegen. Von beiden. Und bei dem Telefonat eben konnte er ihre Aufgebrachtheit fast schon greifen. War sie in Schwierigkeiten? Sie klang ängstlich. Zumindest ihre Atmung wies darauf hin. Nur wovor? Vor Mr Burrow? Nein. Das hätte er bei dem ersten Treffen schon gemerkt. Nur, was war hier los? Ein vertrautes Gefühl nagte an ihm.

Ein Gefühl, welches ihm sagte, dass hier etwas vorging, das weitaus größer war als ein simpler Fall von Brandstiftung oder Fahrlässigkeit. Noch einmal sah Sanders sich die Bilder an. Die Beweisfotos, die ihm die Brandermittler hatten zukommen lassen, lagen mitsamt den restlichen Papieren, den Aussagen, den Protokollen, ausgebreitet auf seinem Schreibtisch. Kelly hatte sich immer über seine Form der Ordnung lustig gemacht. Doch so konnte er am besten das große Ganze überblicken. Auch ihren Tod, ein brutaler Überfall, hatte er über seinen ganzen Tisch verteilt. Sich in den Details verloren. Obwohl der Fall schon längst klar gewesen war.

»Hängst du immer noch an dem Jungen, Sanders? Lass es gut sein, er zahlt ein bisschen und lernt, dass man mit 'ner Kippe im Mund nicht einschläft, was solls?«, fragte George, sein neuer Partner, der gerade dabei war, Feierabend zu machen.

»Da ist noch etwas anderes. Vertrau mir. Mein Bauchgefühl lag noch nie falsch.«

Seufzend stellte der schlaksige Mann für Sanders eine Tasse Kaffee auf eine kleine freie Stelle Schreibtisch, bevor er ihn kopfschüttelnd verließ.

»Gute Nacht«, hörte er noch.

Was übersehe ich? Ms Kingsley sowie auch Mr Burrow arbeiteten im St. Caprice. Der unheilvolle Schandfleck ihrer schönen Stadt. Wenn auch außerhalb, dennoch sagte man sich nur grauenhafte Dinge über diesen Ort. Des Öfteren schon wurde Sanders gefragt, ob er einem Vermisstenfall oder Ähnlichem nachgehen könne, der mit der Anstalt zu tun hatte. Doch meistens wurde es ihm sofort wieder aus der Hand genommen. Von der oberen Etage. Ob Ms Kingsleys Angst etwas mit ihrem Arbeitsplatz zu tun hatte? Was übersehe ich? Er musste die beiden noch einmal hierher einladen. Vielleicht eher auf neutraleres Terrain. Und dem Hausbesitzer würde er erstmal noch nichts sagen. Genauso wenig wie seinen Vorgesetzten. Sanders war noch nie der Typ gewesen, der sich an strikte Protokolle und Regeln gehalten hatte. Wenn er dadurch diesem kneifenden Gefühl in seinem Magen entgegenwirken konnte. Was übersehe ich?

Gedankenverloren kickte Diana ein Steinchen nach dem anderen in das angrenzende Dickicht. Sollte sie wirklich da reingehen? Oder sich einfach wieder umdrehen, zu Jack nach Hause fahren und ihm von dem Gespräch erzählen? Oder zu Jack nach Hause fahren, ein Glas Wein trinken, etwas essen und schlafen? Ihr schwirrte der Kopf. Einmal mehr setzte sie an, ins Auto zu steigen und unterließ es dann doch. Wenn sie Jack helfen wollte, diesen Prozess abzuwenden, musste sie den wahren Schuldigen ausfindig machen. Oder besser gesagt, überhaupt irgendeinen finden. Und wenn einer schuldig war, dann Cal. Da war sie sich sicher. Außerdem hatte nach diesem Telefonat etwas in ihrem Kopf zu rattern begonnen. Ein Plan. Ein Plan, der vielleicht endlich die Lösung brachte. Für Jack. Für sie. Für ihrer beider Freiheit. Nach einem tiefen Atemzug vertrieb sie das Zittern, setzte ihre undurchdringlichste Maske auf und klingelte an der großen, verzierten Eichenholztür. Ein Dienstmädchen machte ihr auf und nahm ihren Mantel entgegen, bevor Diana durch die üppige Eingangshalle in den Salon schritt. Der Weg hatte sich eingebrannt. Der Geruch von Silberpolitur und Wachs durchströmte ihre Nase. Leider half dies nicht gegen die Übelkeit, im Gegenteil. Freundlich nickend zeigte die Frau, die ihr die Tür geöffnet hatte, dass Cal bereits auf sie wartete.

»Diana, Liebes.« Seine raue Stimme bereitete ihr eine Gänsehaut. Konzentration. Vielleicht schaffen wir es, schnell wieder zu gehen, ohne, dass er uns anfasst, wisperte eine Stimme in ihrem Kopf angsterfüllt. Callahans rundlicher, großer Körper war in einen mitternachtsblauen Anzug gekleidet, die wenigen, silbernen Haare hatte er mit viel Gel zurückgekämmt. Seine hohe Stirn runzelte sich, als er ihr bedeutete, sich zu ihm vor den prasselnden Kamin auf der Chaiselongue niederzulassen. Diana straffte die Schultern, vergrub Jack in der hintersten Ecke ihres Verstands, bevor sie seiner Aufforderung folgte. Sofort als ihr Hinterteil das Polster berührte, lehnte er sich zu ihr und schlang seine Finger um ihre Taille. Nein, Nein, Nein. Er küsste sie, sein markanter Geruch von Leder und Ammoniak hüllte sie ein, trieb ihr fast die Tränen in die Augen. Seine Zunge versuchte sich einen Weg in ihren Mund zu bahnen und nachdem seine Schwielen ihren nackten Rücken erreicht hatten, ließ sie ihn vor Schreck ein. Sie blendete seinen Geschmack aus, weigerte sich ihn anzufassen, sonst hätte sie sich vermutlich wirklich noch übergeben. Doch plötzlich schob Cal sie mit einem

Grunzen von sich, musterte sie eindringlich mit zu Schlitzen verengten, smaragdgrünen Augen.

»Alles in Ordnung?«, fragte er skeptisch, wie eine Schlange, die ihre Beute einkreiste. Hastig nickte Diana, sie musste sich unbedingt konzentrieren, so schrecklich dies hier auch war. Ihr Körper hatte ihr noch nie viel bedeutet, bis Jack kam. Durch ihn durfte sie so viel Freude erfahren, sie fühlte sich gesehen. Und sie hatte sein Vertrauen missbraucht. Warum habe ich das nur gemacht? Noch nie war es ihr so schwergefallen, ihre Fassade aufrechtzuerhalten. Doch sie hatte auch seit damals nicht mehr so viel zu verlieren gehabt. Gegen den Kloß in ihrem Hals ankämpfend, zwang sie sich zu einem Lächeln und säuselte: »Bist du mein Geschenk?«

Cal schien es ihr abzukaufen, denn er zog seine Mundwinkel ebenso in die Höhe.

»Verzeih mir den Überfall, meine Liebste. Da habe ich mich schon seit Tagen drauf gefreut. Aber nein. Ich habe noch etwas für dich. Möchtest du einen Drink?«

Ja! Oh, bitte, ja! Sie musste diesen ekelerregenden, schleimigen Geschmack nach Zigarre und Gin rauskriegen.

»Gern. Scotch.«

Er schenkte ihr nickend ein Glas aus einer der Glaskaraffen, die neben der Sitzgarnitur auf einem kleinen Tisch stand, ein und reichte es ihr. Es brauchte einiges an Selbstbeherrschung, um den Inhalt nicht sofort hinunterzukippen, ihr Inneres mit dem Alkohol zu desinfizieren. Zumindest betäubte die bernsteinfarbene Flüssigkeit ihre Sinne ein wenig. Aber nach dem zweiten Glas, da sie das erste doch ein wenig zu schnell geleert hatte, wurde ihr schwindelig. Stopp, bleib bei dir!, mahnte die Stimme in ihrem Kopf.

»Dann kommen wir nun zu deinem Geschenk.« Cal zog aus seiner Jackettasche einen Briefumschlag und überreichte ihn ihr. Mit großen Augen nahm sie ihn und verschluckte sich beinahe, als sie las, wer der Verfasser des Briefes war. Stewart

Markis. Sie konnte das Zittern nicht mehr unterdrücken. Cal nahm ihr das Glas aus der Hand und legte eine Hand auf ihren Rücken. Diana zwang sich. locker zu bleiben, tief durchzuatmen und den Brief zu öffnen.

»Was ist das?«, hauchte sie. Säure stieg in ihre Kehle.

»Ich habe dir zuliebe vor einer Weile die Verfolgung deines Stiefvaters aufgenommen. Und vor kurzem erreichte mich die Nachricht, dass er sich wohl leider umgebracht hat. Und dir diesen Abschiedsbrief hinterlassen hat.«

»Du hast … was?« Mit jedem Wort aus seinem Mund fiel es ihr schwerer, eine klare Sicht zu behalten.

»Meine Liebste, ich wollte dir einen Gefallen tun«, flüsterte er dicht an ihrem Ohr und strich ihr eine Haarsträhne aus dem Gesicht.

Diana sprang auf. Weg von ihm. Sie hielt es nicht aus.

»Diana, Schatz, was ist los?« Er schenkte ihr ein weiteres Glas Scotch ein. Doch Diana wich weiter vor ihm zurück, drehte sich zu dem Feuer um, ließ sich von der Wärme durchströmen. Atmen. Das Papier in ihrer Hand summte. Kalter Schweiß bildete sich auf ihrer Stirn. Ein seltsames Kribbeln breitete sich in ihren Beinen aus, sie drohten nachzugeben. Diana spürte Callahans Präsenz in ihrem Rücken, fühlte seine Finger auf ihrer Hüfte, wie sie sich langsam nach vorn zu ihren Brüsten bewegten. Eingekesselt zwischen seinem massiven Körper und dem Feuer vor ihr hatte sie die Wahl zwischen Pest und Cholera. Sie stützte sich auf den Kaminsims, ihre Beine wurden immer schwerer. Da plötzlich fuhr ihr der Schreck der Erkenntnis in die Glieder, wie der Stich eines Skorpions.

»Was war in dem Scotch?«, flüsterte sie über ihre Schulter schwer atmend. Ihre Brust wurde enger.

»Nur etwas zur Beruhigung«, raunte er mit tiefer Stimme in ihrem Nacken. Sein heißer Atem perlte wie Schweiß über ihre Haut. Ein Stöhnen entfuhr ihr und vor lauter Entsetzen stieß sie sich von dem Sims ab und taumelte zur Seite. Wollte einfach nur noch weg. Doch ihre Beine gaben unter ihr nach und sie fiel bäuchlings auf den Teppich.

Callahan war sofort da und drehte sie zur Seite. Diana konnte sich kaum noch bewegen, eine Steifheit hatte ihre Gelenke erfasst und nackte Todesangst packte sie. Ein Schrei bildete sich in ihrer Kehle, doch es kamen nur wenige leise Worte heraus.

»Was hast du mit mir gemacht?«

»Ich wollte dich nur ein wenig entspannen. Schließlich warst du in letzter Zeit so … anders.« Ihre Sicht verschwamm, anscheinend wurde sie hochgehoben und irgendwo hingetragen, sie fühlte nur die Luftveränderung. Panik. Lass mich los, doch wie in einem Traum versagte ihre Stimme und kurz darauf schwamm sie unbeholfen in die Bewusstlosigkeit.

Jack wälzte sich hin und her auf dem Sofa. Ein Alptraum nach dem anderen rüttelte ihn wach. Jedes Mal, wenn er aufwachte, dachte er, in einer Blutlache zu liegen und schrie sich die Seele aus dem Leib. Schrie auch nach Diana, die immer noch nicht zurückgekehrt war, wie er erneut schmerzlich feststellte. Die Sorge hielt sein Innerstes fest gepackt. Hatte sie ihn angelogen? Oder war ihr etwas zugestoßen? Die Uhr am Herd zeigte 3.12 Uhr an. Er hatte es nicht geschafft, ins Bett zu gehen, auch gegessen hatte er noch nichts. Denn eigentlich wollte er auf Diana warten, doch die Zeit verging so langsam. Die Angst dröhnte in seinem Kopf, bis er sich den restlichen Inhalt des Pillendöschens einverleibte. Das half ihm zwar in diesen unruhigen Schlaf und dämpfte seine Kopfschmerzen bis aufs Erträgliche, aber die Angst nahm es ihm nicht. Das Gefühl, als wäre ihr etwas Schreckliches passiert. Sollte er nachschauen? Aber wo? Sollte er die Polizei anrufen? Diana nochmal anrufen? Die ersten Male hatte es noch geklingelt und dann war nur noch die

Mailbox rangegangen. Verzweifelt stützte er den Kopf in die Hände und schrie seinen Frust heraus. Er wollte sie doch beschützen. Jack hätte nicht zulassen sollen, dass sie ging. Weil er Diana bedingungslos vertraut hatte, konnte er ihr nun nicht helfen. Wie einfältig er doch gewesen war. Gerade als er zum x-ten Mal sein Handy in die Hand nahm, blinkte das Nachrichtensymbol auf. Von Diana. Endlich. ‚Ruf mich nicht mehr an', stand dort auf dem Display. Was sollte er damit anfangen? Das war doch nicht ihr Ernst? Hatte Mr Doyle seine Finger im Spiel? Ihm wurde schlecht, als er begriff. Natürlich. War sie wirklich bei ihm? Er konnte doch nicht einfach zu seinem Chef nach Hause fahren, oder doch? Aber ohne Auto? Fragen über Fragen fluteten seinen Verstand und auf einmal blitzte es fürchterlich hell. Im nächsten Moment befand er sich nicht mehr in Dianas Wohnung, sondern in einem Auto, umringt von vertrauten und gleichzeitig fremden Gesichtern. Die vier jungen Männer lachten und grölten laut zu der Musik im Autoradio. Jack konnte nicht erkennen, wohin sie fuhren, denn sobald er versuchte, aus dem Fenster zu schauen, verschwamm seine Sicht. Die Erinnerung waberte, als wäre er in einer Seifenblase gefangen. Sie sangen ein Geburtstagslied für Jack. Der, der links neben ihm saß, schlug ihm freundschaftlich auf den Rücken und fragte ihn etwas, das Jack nicht verstand. Dann hielten sie irgendwo und er sollte aussteigen. Oder wollte? Alle Bewegungen waren schemenhaft, wie unter Wasser, zogen schwere Schlieren hinter sich her, als er aus dem Auto stieg, und dann war es plötzlich verschwunden. Die Straße, auf der er stand, war feucht glänzend vom Regen, vor ihm ein Haus, groß, aus rotem Klinker, im Vorgarten stand ein riesiger Baum. Jedes Fenster war hell erleuchtet. Jack blinzelte und dann war auch das Haus verschwunden und er hielt sich keuchend die Brust, als er wieder auf dem schwarzen Sofa in Dianas Wohnung saß. Wut stieg in seinen Bauch. Wut auf Diana, dass sie ihn belogen hatte. Wut auf sich selbst, weil er sie nicht davon abgehalten hatte, zu gehen und weil er es nicht schaffte, das Unheil von den Menschen, die er liebte, abzuhalten.

»Diana. Wach auf«, säuselte eine rauchige Stimme neben ihrem Ohr. Ihr Blick schärfte sich allmählich und sie erkannte das verzerrte Grinsen von Callahan Doyle. Sie fühlte sich, als würde ihr ein Elefant auf der Brust sitzen, schaffte es gerade so, die verkrusteten Augen zu bewegen.

»Wie schön, endlich bist du wieder wach. Du hättest nicht so viel trinken sollen.« Der Scotch. Er hatte ihr irgendwas verabreicht. Rohypnol? Sie kannte die Wirkung nur aus Lehrbüchern und von Erzählungen, aber die Symptomatik würde passen. Die Schwere, das Dröhnen in ihrem Kopf. Konnte sie sich erinnern? Denk nach! Langsam klärte sich ihr Blick immer weiter, doch jede Bewegung fühlte sich an, wie durch Treibsand zu waten. Unsichtbare Kräfte verlangsamten ihre Umgebung in Zeitlupengeschwindigkeit. Je mehr sie sich anstrengte, desto schwerer fiel ihr das Atmen.

»Wo willst du denn hin?« Seine Hand strich über ihr Gesicht, verharrte an ihrem Mund. Wie gern hätte sie mit voller Kraft zugebissen. Doch sie konnte noch nicht einmal den Kopf drehen. Langsam. ZU langsam. Nach und nach fand sie ihr Körpergefühl wieder und fühlte einen kalten Luftzug auf ihrer Haut. Ihrer nackten Haut. Endlich, nach einer gefühlten Ewigkeit, gelang es ihr, sich zu bewegen, angestrengt hob sie den Kopf, sondierte die Situation, ihre

Umgebung. Tatsächlich war sie vollkommen nackt. Und sie lag auf seinem Bett. Heißer Schmerz breitete sich in ihrem Unterleib aus. Und an ihren Armen und ihrer Hüfte waren tennisballgroße Einblutungen. Cal, der in seinen Morgenmantel gekleidet war, folgte ihrem Blick und achselzuckend erklärte er, dass sie ja leider nicht so gut mitgemacht hatte, wie er gewollt hatte. Oh Gott. Sie musste hier weg. Das war ein großer Fehler gewesen. Wie spät war es? Hat

Jack sie … Oh nein. Jack … Was hatte sie nur getan …»Bitte, ich muss jetzt gehen«, flüsterte sie heiser.

»Wohin? Du kannst heute frei haben, dann musst du nirgendwo hin.«

Nein, nein, nein! Konnte sie ihm von Jack erzählen?

»Ach, und dieser Jack wird dich auch nicht mehr belästigen. Ich habe ihm eine Nachricht gesendet, dass er aufhören solle, dich anzurufen. Ständig hat dein Handy geklingelt.«

Er hatte sie angerufen, bestimmt machte er sich Sorgen. Ob er wusste, dass die Nachricht nicht von ihr stammte? Hilfe. Was sollte sie nur tun? Konzentration. Was wusste sie über Cal? Er war vollkommen krank. Machtgierig, perfektionistisch und er hasste alles und jeden, der nicht seinen Idealen entsprach. In seiner blinden Welt war Diana seine Geliebte, die ihn anhimmelte. Sicher würde er … Sie nahm alle Kraft zusammen und spielte ihre vollkommenste Rolle.

»Cal, mein Liebster. Ich bin dir so dankbar, aber ich muss dringend auf die Toilette, darf ich?« Diana klimperte mit den Augen und strich ihm über seine vernarbten Lippen. Nach einem prüfenden Blick, ließ er sie sich anziehen und gehen. Jede Bewegung, jeder Schritt schmerzte so fürchterlich in ihren Gliedern, ihrem Leib, ihrem Kopf. Sie biss sich auf die Zunge, um beim Urinieren nicht laut aufzuschreien. Aber sie hatte ein paar Sekunden zum Nachdenken. Vielleicht könnte sie einen Notfall vorschieben. Oder irgendwie an ihr Handy gelangen. Dianas Blick fiel in den Spiegel. Sie sah fürchterlich aus. Sie hatte ein Veilchen, Schürfwunden unter ihrem Ohr und an ihrem Hals eine rote Bisswunde. Was hatte er ihr nur angetan? Für einen Moment war sie froh, sich an nichts erinnern zu können. Mit gestrafften Schultern verließ sie das Badezimmer wieder. Sie konnte keine Sekunde länger hierbleiben. Um welchen Preis auch immer.

»Es tut mir sehr leid, ich muss jetzt ganz schnell gehen. Ein Notfall!«, sagte sie nur und zwang ihren Körper in Windeseile aus dem Schlafzimmer, die Treppe herunter und zur Haustür. Sie hörte Cal hinter sich herstolpern und ihr zornig nachrufen, doch da war sie schon draußen. Die Tränen verhinderten eine klare Sicht, doch sie musste weiter. Zu langsam. Einfach weiter. Zu ihrem Auto. Und zu Jack. Ihr Auto, Moment ... Oh nein. Der Autoschlüssel steckte noch in ihrem Mantel. Egal, lauf weiter, runter zur Küste und dann mit dem Bus in die Innenstadt! Ihre Gliedmaßen brüllten, ihr Innerstes brannte lichterloh, doch sie lief und lief, durch den Wald, Richtung Meer. Am Horizont dämmerte bereits der Morgen. Jetzt hoffte sie nur noch, Cal würde nicht einen seiner Raben schicken, um sie einzufangen. Zu langsam.

Sie war ihm tatsächlich davongelaufen. Ihr Zustand war noch mehr im Argen, als er angenommen hatte. Daran war dieser Bengel schuld. Gut, das konnte er so haben. Heute würde er sie ziehen lassen, Callahan war nach den letzten Stunden voller Spaß sowieso ganz ausgelaugt. Sie hatte sich kaum bewegt, die ganze Arbeit hatte er machen müssen. Aber naja, für einen perfekten Gentlemen wie ihn musste das selbstverständlich sein. Doch wenn er es sich recht überlegte ... Keiner, vor allem nicht seine Diana, durfte ihn so stehenlassen. Das machte ja fast den Eindruck, als hätte es ihr keine Freude gemacht. Callahan zog ihren Slip aus der Tasche des Morgenmantels und atmete tief ihren Duft ein, bevor er sein Telefon zückte.

Jack tigerte auf und ab. Wenn sie in der nächsten Stunde nicht auftauchte, würde er zur Polizei gehen. Auf jeden Fall konnte er so nicht zur Arbeit gehen. Nach der Nachricht hatte er kein Auge mehr zugemacht. Stundenlang war er die Straße auf- und abgelaufen, um zu schauen, ob sie da irgendwo lag, aus purer Verzweiflung hatte er sogar in der Klinik angerufen und gefragt, ob Diana da aufgetaucht wäre. Wie erwartet verneinte man und die einzige Option, die er sich vorstellen konnte, war, dass Doyle etwas damit zu tun hatte. Als Rache für Jacks Aufmüpfigkeit. Oder weil es ihm einfach Spaß machte. Er hatte seine machtbesessenen Krallen mit Hilfe von Angst in ihren Verstand gegraben. Jack stand vor dem Badezimmerspiegel und betrachtete seine blutunterlaufenen Augen, als es plötzlich an die Tür hämmerte. Laut und ungestüm. Sein Herz setzte einen Schlag aus. Sofort stürmte er zur Tür, riss sie auf und wäre vor Schreck fast zurückgewichen. Diana kauerte auf dem Boden des Hausflurs, das Gesicht in die Knie gestützt. Sie zitterte am ganzen Körper, ihre Haare waren verfilzt und ihre Hose und ihr Pullover waren voller Erde und Gestrüpp.

»Was zum …?« Jack umfasste ihren bibbernden Körper und hob sie sanft auf seine Arme, um sie ins Bett zu tragen. Wie an dem Tag, als sie das Fieber überkam. Diana wimmerte leise und seufzte. Bevor er sie in das Bett legte, stellte er sie auf die wackeligen Beine, er wollte ihr die schmutzigen Sachen ausziehen, doch sie konnte sich kaum allein halten. Jack sah, dass sie kurz vor dem Ausbruch stand und zog sie in seine Arme. Laut schluchzend kamen die Tränen und ihr bebender Körper presste sich an seinen, während sie weinte und weinte. Schlimmer als an dem Tag in der Bibliothek, schlimmer als jenes Mal, da sie von Beth und ihrer Mutter erzählt hatte, er konnte den Schmerz in der salzigen Flut förmlich greifen. Ihre Finger waren in den Stoff seines Pullis gekrallt. Eine Weile standen sie so da, dann, als sie sich etwas beruhigt hatte, unternahm Jack einen neuen Versuch, sie auszuziehen. Erst das feuchte, verschlammte Hemd, dann ganz behutsam die Jeanshose, die an einigen Stellen zerrissen war. Sie war nackt darunter, keine

Unterwäsche. Ihre Haut an den Oberschenkeln und an der Hüfte war aufgeschrammt, ihr Oberkörper von dunklen Flecken übersät. Jack entdeckte sogar Bissspuren an ihren Brüsten und ihrem Hals. Er wusste gar nicht, wie er sie berühren sollte, konnte kaum seine eigenen Tränen zurückhalten. Unbändiger Zorn brodelte in ihm. Ein Bad. Ja. Vorsichtig bettete er ihren zerschundenen Leib zwischen die weichen Laken, in denen sie mittlerweile so viele wunderschöne Stunden verbracht hatten. Ihre Augen waren geschlossen, doch er spürte, dass sie bei Bewusstsein war. Dianas rechtes Auge war geschwollen und auf ihrer Wange zeichnete sich ein kreisrunder, roter Fleck ab. Ihre zitternde Lippe war aufgeplatzt. Zum Teufel … wie wütend er war! Wollte denjenigen fassen und ihm seinen Stiefel ins Gesicht drücken, wollte ihm unaussprechliche Dinge antun … Seine Sucht summte in den Adern, verlangte nach Befriedigung, Beruhigung, doch Jack hatte nun Wichtigeres zu tun.

»Ich lasse dir ein Bad ein, okay? Ich bin gleich zurück«, flüsterte er leise. Als Antwort flackerten ihre Lider leicht.

Solche Schmerzen. Jeder Zentimeter ihres Körpers schrie um Gnade. Lass mich einfach hier liegen. Für immer. Selbst die Augen zu öffnen, war zu schwer. Jack. Ich bin bei dir, ich hab es geschafft. Dein Geruch, so schön. Voll Ruhe und Kraft. Nein. Er hob sie hoch. Nein. Nicht schon wieder irgendwo hingetragen werden, lass mich liegen. Was passiert jetzt? Ich rieche etwas, das ich nicht einordnen kann. Oh, ich höre Wasser. Der … Ah!

Diana schrie wie am Spieß, das heiße Wasser mit dem Lavendelduft brannte in ihren Wunden. Zentimeter für Zentimeter ließ er sie in die Badewanne gleiten. Jack sagte etwas, doch sie spürte nur den zerreißenden Schmerz. Zwischen ihren Beinen. An ihrer Hüfte, ihren Brüsten. Dann lag sie ganz im Wasser, Jack hinter ihr. Der heiße Dampf umschleierte ihr wundes

Gesicht und allmählich setzte die Entspannung ein. Diana ließ ihren brummenden Kopf auf Jacks starker Brust ruhen und lauschte seiner Atmung, seinem Herzen. Dann sank sie in einen erschöpften, traumlosen Schlaf.

»Sir, die Ärzte geben Rachel nur noch wenige Wochen. Ich bitte Sie, fangen Sie an!«, flehte Aiden mit Tränen in den Augen.

»Sie kommen, entgegen Ihrer Anweisung, ohne die gewünschten Ergebnisse von Ihrer Dienstreise zurück und sind dann auch noch so dreist, mir Befehle zu erteilen?! Ich habe Sie wirklich für klüger gehalten, Mr Collins.« Er wirkte gelassener, als Aiden es erwartet hatte. War das alles nur ein Spiel für seinen Boss? Sein Arm wurde schwer, seufzend ließ Aiden das Telefon sinken, noch immer schmerzte die Wunde in der Schulter. Nach einem tiefen Atemzug presste er den Hörer wieder gegen sein Ohr.

»Das war kein Befehl, Sir. Ich bettle, ich geh vor Ihnen auf die Knie. Bitte, helfen Sie meiner Frau.« Aidens Stimme bebte. Angst konnte Menschen zu furchtbaren Dingen treiben. Aiden war beinahe zu allem bereit, um die Person, die er liebte, zu retten. Ohne sie hätte sein Leben keinen Sinn mehr.

»Ich werde ihr helfen«, sagte Doyle nach einer gefühlten Ewigkeit. »Aber nur, wenn Sie mir helfen. Ich gebe Ihnen noch eine Chance.«

»Bitte, ich tue alles.« Er meinte es so. Verzweiflung und endlose Hilflosigkeit hüllten ihn ein, wie ein Sarg.

»Gut. Ich denke, die St. Caprice bekommt in Kürze einen neuen Patienten. Ich möchte, dass Sie alles vorbereiten.«

Kapitel 16

»Bist du wach?« Jacks Stimme ertönte an ihrem Ohr. Wie wohlig sie sich um ihr Gemüt legte. So weich schmeichelte sie ihrer Seele. Nie wieder wollte sie etwas anderes hören. Ihre Mundwinkel zuckten zu einem zaghaften Lächeln.

»Sprich weiter …« Hatte sie das gesagt? Vermutlich. Ihre Stimme klang so fremd, so weit weg. Diana hörte Jack leise lachen, schmiegte sich in seinen Klang. Vorsichtig fühlte sie in ihre Umgebung hinein, es war alles so weich, so lieblich duftend und keine Schmerzen. Möge dieser Traum doch endlos weitergehen, wünschte sie sich. Doch etwas verleitete sie, die Augen langsam zu öffnen. Der Anblick des vertrauten Gesichtes vor ihr, ließ sie vor Erleichterung aufatmen. Sorgenfalten hatten sich um seine grauen Augen gegraben und sein Bartschatten ließ vermuten, dass mehr als ein Tag vergangen war. Diana streckte ihre Hand nach seinem Gesicht aus, wollte ihm die Traurigkeit nehmen.

»Was ist denn los?«

Jack schluchzte auf, ob vor Erleichterung oder Schock, konnte sie nicht ganz erkennen. Er nahm ihre ausgestreckte Hand und küsste die Innenfläche. Erleichterung.

»Alles ist gut«, wisperte sie mit heiserer Stimme.

»Ich habe mir große Sorgen um dich gemacht.« Sie konnte keinen Vorwurf darin erkennen, nur Kummer. Sie streichelte seine Wange und legte den Kopf schief.

»Was ist denn nur passiert?«, fragte Jack seufzend. Die Erinnerung war verschwommen, aber vorhanden. Grausame Bilder, verzehrt von Schmerz und Angst, ließen sie erzittern. Die Erkenntnis traf sie wie ein Schlag.

»Es tut mir so leid«, flüsterte sie mir brechender Stimme.

»Sch. Alles okay. Dir wird nie wieder jemand etwas zu Leide tun.«

»Ich hab einen schrecklichen Fehler gemacht.« Jack blickte sie erwartungsvoll an. Er würde nicht darauf beharren, die Wahrheit zu hören, würde ihr nicht diese Scham bereiten. Nur wenn sie es wollte. Und sie wollte. Sie schuldete ihm eine Erklärung. Also erzählte sie ihm von ihrem Besuch bei Callahan, erklärte ihre Beweggründe, obwohl er die eigentlich schon kannte. Erzählte, wie er sie unter Drogen gesetzt hatte, von dem Aufwachen und der Flucht und dann von dem schrecklichen in Schwarz gekleideten Mann, der sie durch den Wald verfolgt hatte, kurz vor der Küste abgefangen hatte und … Ihr Unterleib reagierte mit einem brennenden Kribbeln auf diese Erinnerung. Jack hörte ihr aufmerksam zu, verzog keine Miene, doch in seinen silbernen Augen loderte es. Er schluckte hörbar.

»Brauchst du etwas?«, flüsterte er.

Sie wusste, was er meinte. Cal hatte immer ein Kondom benutzt, immer. Anders mochte er es nicht, hatte er mal gesagt. Und der Rabe … Vorsichtig, um nicht die Fassung zu verlieren, versuchte sie zu erklären, dass er nicht sein Geschlecht benutzt hatte. Unbändiger Zorn flackerte in Jacks Blick, dann atmete er zischend aus und vergrub sein Gesicht an ihrer Brust.

»Es tut mir so unendlich leid. Ich hätte dich beschützen müssen.«

»Du kannst nichts dafür. Ich hätte dich nicht anlügen dürfen.«

Jack sah sie wieder an und küsste sie behutsam. Sie wollte es sagen. Die drei Worte. Wollte ihm ihre Gefühle gestehen, doch sie schaffte es nicht.

»Du bist dran«, sagte sie stattdessen. »Was ist passiert?«

Er hatte ihren schlafenden Körper nach dem Baden ins Bett gelegt und ihr den weichsten Pyjama angezogen, den er finden konnte, nachdem er ihre Wunden versorgt hatte. Seine letzten Tabletten, die Oxy, hatte er Diana eingeflößt. Seitdem stieg der Druck in seinem Kopf unaufhörlich. Er kämpfte mit Übelkeit und Schwindel. Dianas Spiegelschrank im Badezimmer hatte leider auch nichts mehr hergegeben, außer einer halben Flasche Novalgin und ein paar Ibuprofen. Doch bei seiner Toleranz war das so gut wie eine Brausetablette. Zwei Tage hatte Diana geschlafen. Jack hatte im St. Caprice angerufen. Dort sagte man ihm, wenn er keine Krankschreibung vorlegte, würde ihn die sofortige Kündigung erwarten, aber das kümmerte ihn kein bisschen. Keinen Fuß setzte er mehr freiwillig in diesen Laden, sonst würde er vermutlich wirklich jemanden umbringen. Zwei Tage hatte er nun gewartet, bis sie ein Zeichen von sich gab, hatte kaum geschlafen. Sobald ihm die Augen zugefallen waren, sah er Blut. Leichen. Das rote Backsteinhaus. Dann hämmerte es wieder in seinem Kopf und er konnte sich mit Alkohol und Zigaretten einigermaßen über Wasser halten. Die Energy-Getränkedose auf dem Sims des Badfensters, aus der er einen Aschenbecher improvisiert hatte, war bis zum obersten Rand gefüllt.

»Hast du gegessen?«, fragte Diana besorgt. Jack nickte. Gestern hatte er etwas beim Türken bestellt, doch kaum etwas davon herunterbekommen. Die meiste Zeit verbrachte er damit, bei Diana im Bett zu liegen und über sie zu wachen. Es war eine Erfüllung, ihr endlich wieder in die Augen sehen zu können.

»Aber du musst unbedingt etwas essen! Ich kann dir irgendwas Magenschonendes machen.«

»Ich hab ehrlich gesagt gar keinen Appetit. Aber einen großen Durst.«

Jack brachte ihr sofort ein Glas Wasser, das sie in wenigen Schlucken leer trank.

»Ein Teil von mir hätte gern den Brief gelesen.« Noch immer sang ihre Stimme vor Erschöpfung und Scham. Nun musste er etwas ansprechen, das ihn seit Tagen schon beschäftigte. Es starrte ihn von ihrem Nachttisch aus an, bis er es irgendwann nicht mehr ausgehalten hatte und es in der Schublade verschwinden ließ, die er nun öffnete.

»Diana … der steckte in deiner Hosentasche. Ich habe eine Maschine Wäsche gewaschen und da hab ich ihn gefunden. Möchtest du ihn haben?«

Jack zog das gefaltete Papier aus dem Fach und reichte es ihr.

»In meiner Tasche? Wie ist das möglich?«

Auch wenn die Frage nicht direkt an ihn gerichtet war, zuckte er die Schultern zur Antwort.

»Der Brief ist von Stewart. Ein Abschiedsbrief. Er hat sich umgebracht und das sind seine letzten Worte an mich.« Nachdenklich ließ sie das Papier durch ihre Finger gleiten, als könne sie den Inhalt ertasten. Jack mochte sich nicht ausmalen, was gerade in ihr vorging.

Seufzend öffnete sie es und schluckte schwer.

»Es war eine Finte«, hauchte sie. »Ich bin eiskalt drauf reingefallen.« Diana drehte den Zettel zu Jack und er sah, was sie meinte. Dort stand nichts. Kein einziges Wort. Ein leeres Blatt Papier. Das war alles. »Er hat mich reingelegt. Nach all den Jahren schafft er es noch immer, mich derart an der Nase rumzuführen.«

Jack wusste nicht, was er darauf erwidern sollte. Einmal mehr hatte Doyle bewiesen, dass man ihn nicht unterschätzen sollte. Doch zu seinem Erstaunen lächelte Diana. Auf Jacks fragenden Blick, antwortete sie nur mit einem Schulterzucken.

»Ich bin zu müde, um mich über meine eigene Torheit aufzuregen.«, sagte sie schließlich leise.

»Okay. Willst du nicht vielleicht doch etwas essen?«, fragte er sanft, unsicher, wie er sonst reagieren sollte.

Diana nickte.

»Was hältst du von Omelett à la …«

Ein Geräusch unterbrach ihn, fuhr ihnen durch Mark und Bein. Diana erstarrte vor Angst. Es hämmerte an der Tür.

»Alles gut. Dir passiert nichts!«, versicherte er ihr und ging gemächlich zu der Tür. Es hämmerte weiter. Ein Ruf erklang.

»Diana!«

Jack fuhr zusammen. War das …?

Aiden stürmte die Wohnung, sobald Jack die Klinke heruntergedrückt hatte. Als hätte er sich mit seinem ganzen massigen Körper gegen den Eingang gepresst. Jack war aus dem Weg gesprungen, um nicht erschlagen zu werden, doch jetzt stand er seinem Kollegen direkt gegenüber, als dieser geradewegs in Dianas Schlafzimmer stürmen wollte. Aiden war gut einen Kopf größer als Jack, aber nicht breiter gebaut. Anders als Brody. Gegen den hätte er in einem Zweikampf keine Chance gehabt. Doch man sollte niemals den Zorn eines Süchtigen auf Entzug unterschätzen. »Geh mir aus dem Weg, du Ratte!« »Niemals«, fauchte Jack.

»Du hast vom ersten Tag an nur Unruhen gemacht! Du kleiner Schmarotzer, verpiss dich jetzt aus dem Weg, damit ich zu meiner Freundin kann.«

Ein Stich der Eifersucht durchfuhr Jack, doch er wich nicht mal einen Schritt. Selbst dem folgenden kraftvollen Schlag gegen die Brust hielt er stand.

»Ein toller Freund bist du! Diana …«

»Jack!« Dianas mahnende Stimme erklang hinter ihm. Sofort fanden die Duellanten ihre Besinnung wieder, lösten sich aus ihrer Kampfposition. Mit langsamen Schritten wich Jack widerwillig zurück und ließ Aiden ins Schlafzimmer eintreten, aber sie ließen einander nicht aus den Augen. Als der dunkelhäutige Mann Diana erblickte, ihr wundes Gesicht, machte er Anstalten, sich erneut auf Jack zu stürzen, doch sie hielt ihn ab.

»Was ist denn nur passiert?«, fragte er stattdessen bestürzt.

Diana, nun etwas lockerer, erklärte ihm in sanftem Ton, dass sie überfallen wurde. Sie sagte nichts von Doyle, oder davon, dass es einer seiner Männer gewesen war, auch nichts von der Vergewaltigung. Sie bedeutete Jack mit einem Blick, ebenfalls nichts verlauten zu lassen.

»Das ist ja schrecklich, wie geht es dir jetzt? Was ist mit der Polizei?«

Die Polizei. Das Telefonat kam ihr wieder in den Sinn. Oh Gott, sie musste unbedingt mit Jack darüber sprechen. Nervosität kribbelte unter ihrer Haut.

»Du weißt genau, dass ich nichts mit der Polizei zu tun haben will und es geht mir schon besser. Jack hat mich gefunden und mir geholfen. Bitte mach dir keine Sorgen, alles in Ordnung.«

»Nichts ist in Ordnung! Du …«

Diana hob die Hand, um ihn zum Schweigen zu bringen. Sie ahnte, wie es um Jacks Verfassung stand, denn die Tilidin, die sie ihm gegeben hatte, müssten langsam aufgebracht sein, und auf keinen Fall durfte Aiden etwas davon mitbekommen. Irgendwie mussten sie ihn loswerden. Mittlerweile war ihr Verstand wieder klar und ihre Schmerzen waren überraschend aushaltbar. Auch wenn ein Teil von ihr noch immer hätte heulen können, wegen der Gewalt, die ihr angetan worden war. Und wegen ihres Verrats gegenüber Jack. Und wegen der Zeitverschwendung. All das, weil sie auf einen Trick reingefallen war. Cal wollte ihr mit dieser leeren Seite etwas mitteilen. Nämlich, dass sie rein gar nichts gegen ihn in der Hand hatte. Doch sie war nun an einem Punkt angelangt, an dem sie keinerlei Kraft mehr besaß, sich mit Selbstvorwürfen aufzuhalten. Sie spürte eine neue Stärke in sich, die sie zum Lächeln brachte. Der Plan, der in ihrem Kopf entstanden war und die damit einhergehende Gewissheit, dass bald alles ein Ende finden würde, gab ihr eine tiefsitzende Entschlossenheit. Und Jack. Seine bedingungslose Fürsorge wärmte dieses kraftvolle Gefühl wie ein Brutkasten.

Ihr Bett knarrte etwas, als Aiden sich daran lehnte und ihr tief in die Augen schaute. Sie kannte diesen Blick, sie hatten ihn manchmal benutzt, um zu lästern, wenn Callahan in der Nähe war. Sie schüttelte kaum merklich den Kopf, wollte ihm klar machen, dass Jack alles andere als eine Gefahr für sie war. Er war ihre ersehnte Rettung. Mit einem Seufzen gab Aiden nach und drehte sich zu Jack, der ihn noch immer taxierte. Jack traute ihm nicht, aus berechtigten Gründen. Diana konnte seine Zweifel verstehen. Obwohl sie Aiden nun schon jahrelang kannte, hatten sie nie über die Arbeit hinaus angebandelt. Sie konnte selbst nicht wirklich sagen, was sie davon abhielt. Vielleicht war es der Schatten, der manchmal über sein Gesicht huschte und seine schokoladenbraunen Augen noch dunkler erscheinen ließ. Aber gerade in diesem Moment war er der freundliche, aufmerksame Kollege und Freund, als er Jack die Hand reichte und sie sich damit auf einen Waffenstillstand einigten.

»Ich bin dafür, dass Aiden uns dreien jetzt was zum Trinken besorgt.« Mit einem Seufzen ließ sie sich zurück in die Kissen fallen. Kurz die Augen ausruhen. Einen Moment. Sie hörte noch, wie Aiden die Wohnung verließ und atmete ein paar Mal tief ein und aus. Sie brauchte eine Pause. Als sie nach einer Weile die Augen wieder öffnete und sich aufsetzte, weil sie Jacks warmen Körper neben sich spürte, kehrte langsam der Schmerz zurück.

»Tut es sehr weh?« Jack legte vorsichtig den Arm um sie und küsste ihre Stirn.

Anscheinend hatte sie, ohne es zu merken, eine Grimasse gezogen. Mit einem leichten Lächeln versuchte sie ihn zu beruhigen, doch er schaute geradewegs in ihr Inneres. Diana konnte ihm nichts vormachen. Sie schmiegte ihren Körper noch näher an seinen, hüllte sich in seinen vertrauten Duft. Sommergewitter und frisches Gras. Sie konnte fast den fernen Donner hören, spürte beinahe die sanfte Brise, die ihr Gesicht kühlte.

»Aiden kommt gleich wieder. Wir sollten aufstehen.«

»Ja … warum nochmal hast du ihn hierher eingeladen?«, fragte er.

»Zum Ersten könnte er wissen, wie wir in den Keller kommen. Und zum Zweiten können wir, glaub ich, alle was trinken. Ich auf jeden Fall.«

»Diana, du brauchst Ruhe und ...«

»Deine Tabletten sind alle, hab ich recht?«

Jack nickte. Ein Zittern durchlief seinen Körper. Angst. »Hey. Wir kriegen das hin.«

»Wie denn? Ich komm nicht mehr in die Klinik, du erst recht nicht und meinen Therapeuten kann ich vergessen.

Das würde auch viel zu lang dauern.«

»Was meinst du mit ‚ich erst recht nicht'?«

»Willst du etwa wieder dahin?«

»Jack, ich muss ...«

Sanft schob er sie von sich und sah sie an. Er konnte sie nicht wieder dahin lassen. Nicht, wenn er sie nicht begleiten konnte.

»Ich habe einen Fehler gemacht und dafür bezahlt. Das passiert mir nicht nochmal. Ich finde es so schön, dass du mich beschützen möchtest, aber wir müssen vorankommen. Denk an Gwen!«

»Glaub mir, ich tue kaum etwas anderes. Ich denke NUR an Gwen und dich. Ich will nichts anderes als euch beide in

Sicherheit wissen!«

Diana rieb sich ihr Auge. »Ich weiß.«

»Nochmal lasse ich dich nicht gehen!« Sein Tonfall ließ keinen Widerspruch zu. Und Diana wollte auch gar nicht mehr widersprechen. Er hatte ja recht.

»Hör zu. Wir versuchen aus Aiden die nötigen Informationen rauszukriegen und dann sehen wir weiter, in Ordnung?«

Diana küsste ihn zur Antwort innig. Ihre aufgeplatzte Lippe pochte bei der Berührung.

»Jack, ich muss dich noch etwas fragen. Hat Officer O'Brien dich erreicht?«

Bei Erwähnung dieses Namens, dieses Vorfalls, wurde er noch blasser, als er eh schon war.

»Nein.«

»Er hat mich angerufen. Bevor … Also ich habe mit ihm gesprochen, weil er dich nicht erreicht hat. Jack, beantworte mir bitte eine Frage. Ganz ehrlich, okay?« Jack konnte nur nicken.

»Am Abend des Feuers, bevor du die Wohnung verlassen hast, hast du da eine Zigarette geraucht?«

Entsetzen. Angst. Worauf wollte sie hinaus? Eigentlich wusste er es schon. Doch so angestrengt er nachdachte … Nein. Hatte er nicht.

»Nein.«

»Bist du ganz sicher? Du warst ziemlich durcheinander, hast …«

»Nein«, sagte er nochmal mit fester, klarer Stimme. Wie ein Lauffeuer breitete sich Erleichterung auf ihrem erschöpften Gesicht aus, ihr Körper erschlaffte vor Glück. Kurzerhand schlang sie ihre Arme um seinen Hals. »Danke. Ich glaube dir«, flüsterte sie atemlos.

Jack wollte Diana fragen, was sie mit dem Kommissar besprochen hatte, wollte wissen, wie es weiterging. Doch das könnten sie alles später besprechen. Ihm war nicht mehr nach Reden, wollte sie nur noch spüren. Daher nahm er ihr Gesicht in die Hände und küsste sie so leidenschaftlich und vorsichtig, wie er konnte. Ließ all die unausgesprochenen Worte in diesen Kuss fließen. Ihre Atmung stockte und eine leichte Röte ließ ihr wunderschönes Gesicht erstrahlen. Vermutlich wären sie noch etwas weiter gegangen, hätten mit aller Sorgfalt Zärtlichkeiten ausgetauscht, einander genossen und gewärmt, wenn es nicht geklingelt hätte. Es riss sie aus diesem intimen Moment wie ein Eimer kaltes Wasser. Diana flüsterte Jack noch ein zaghaftes Danke zu, bevor er zur Tür ging, um Aiden hineinzulassen.

»Wir treffen uns im Wohnzimmer«, rief sie ihm noch hinterher.

Zwei Stunden später hatten sie bereits anderthalb Flaschen Whiskey leer getrunken und die Stimmung war locker und ungezwungen. Sie lachten, sinnierten und tranken munter weiter. Diana hatte mittlerweile etwas gegessen, damit der Alkohol ihr nicht die Besinnung raubte. Aiden erzählte, dass er seine Familie besucht hatte und morgen sein letzter freier Tag wäre. Jack hielt sich weitestgehend zurück, beobachtete seinen Kollegen genau und konzentrierte sich darauf, seine inneren Dämonen zu ertränken, sie ja nicht aufzuwecken. Diana hatte ihm gesagt, sie wolle morgen zum Gynäkologen, um sich untersuchen zu lassen, von dem würde sie sich etwas verschreiben lassen und dann mit ihm teilen. Jack kam sich so erbärmlich vor. Einer zutiefst körperlich und seelisch verletzten Frau Medikamente abspenstig zu machen. Das ging viel zu weit. So dankbar er ihr auch war, fasste er den Entschluss, sobald wie möglich einen Entzug zu machen, zusammen mit Diana. Sie würde ihm da durchhelfen. Aiden klopfte ihm auf die Schulter und brüllte sein Lachen durch die Wohnung. Selbst Diana stieg mit ein, ihre melodische, samtene Stimme war ein solch helles und weiches Pendant zu dem tiefen Bass.

»Sag mal, wie geht's denn eigentlich Ms Cartwright und Mr Publer?«, versuchte Jack irgendwann ihr Gespräch in eine ernsthaftere Richtung zu lenken.

»Soviel ich weiß, sind die beiden schon wieder in ihrem eigenen Trott und denken gar nicht mehr an die Geschichte.«

»Das war aber auch überraschend, dass Mr. Simmons sich umgebracht hat, findest du nicht, Aiden? Er hatte doch gar nicht mehr die Kraft dazu«, schaltete sich Diana geschickt ein. Jack nippte an seinem Glas und tat so beiläufig er konnte. Zog sich aus der Unterhaltung zurück.

»Er hatte wohl einen Energieschub, angeblich hatte er sich auch vorher noch mit einem anderen Patienten angelegt«, sinnierte Aiden, kippte seinen Drink in einem Schluck runter und füllte sich nach.

Jack sah Diana an, dass das Blödsinn war, dass es nur eine Ausrede war und nicht mal eine gute.

»Komisch, davon habe ich gar nichts mitbekommen.«

»Tja, du warst ja auch krank, meine Liebe ...« konterte Aiden mit einem leicht argwöhnischen Unterton.

»Stimmt. Weißt du eigentlich zufällig, wo ...«

»Ich hätte eine Idee«, unterbrach er Diana forsch. »Wieso ziehen wir nicht ein bisschen um die Häuser?«

»Du fragst allen Ernstes, wieso?« , schaltete sich Jack wieder ein und blickte ihn ungläubig an, als hätte er Dianas

Zustand komplett vergessen. Ihr ging es zwar besser, aber ...

»Gute Idee«, fuhr sie zwischen seine Gedanken. Mit einem Kopfnicken signalisierte sie Jack, ihr zu vertrauen. Na gut. Sie durften Aiden nicht zu sehr bedrängen, wollten keinen Verdacht erregen, aber geheuer war ihm das nicht. Ameisen krochen unter seiner Haut und Fliegen schwirrten in seinem Verstand. Wann hatte er zuletzt etwas genommen? Er wusste es nicht, konnte sich nicht daran erinnern. Und jetzt wollten sie in die Öffentlichkeit. Für Gwen und Diana würde er durchhalten. Sie gaben ihm Kraft. Er würde durchhalten.

»Sehr gut, wie wäre es mit dem Pub, von dem du mal erzählt hast, Jackiboy?«, fragte Aiden mit schwerer Zunge.

Sie fuhren mit dem Taxi zur Blue Post. Diana hatte den Laden noch nie gesehen und doch kam er ihr bekannt vor. Jeder Schritt schmerzte noch, daher waren sie nicht gelaufen, obwohl es bei ihr um die Ecke war. Sie bewegte sich langsam und bedächtig, aber der Alkohol wirkte, betäubte ihr Inneres auf eine angenehme Art. Ein leichter Schwindel hatte sich in ihrem Kopf ausgebreitet, manchmal zog ihr Sichtfeld Schlieren, als wäre ihre Umgebung mit Wasserfarben gemalt. Aber anders als in Cals Anwesen fühlte es sich gut an. Denn Jack war bei ihr. Dianas Seele sang fröhlich zu der folkloristischen Musik, die aus dem Pub drang. »Hier hat also alles angefangen?«, fragte Diana zuckersüß.

Jack wirkte etwas in sich gekehrt, als sie vor dem Betreten noch eine rauchten. Aiden blickte empört, als sie sich ebenfalls eine ansteckte, doch sie beantwortete es nur mit einem Schulterzucken. Bei dem, was ihr alles widerfahren war, durfte sie ruhig mal etwas über die Stränge schlagen. Außerdem war das Gefühl der Trunkenheit irgendwie nicht komplett, wenn sie nicht rauchte. Diana wollte Jack aufheitern, also nahm sie seine Hand und tanzte ein wenig mit ihm auf der Stelle, so viel, wie es ihr Körper zuließ. Zugegeben, sah es vielleicht etwas albern aus, aber es machte ungeheuren Spaß. Jack ließ sich darauf ein, drehte sie vorsichtig und sie konnte ihm sogar ein kleines Lächeln entlocken, das nur für sie bestimmt war. Aiden betrachtete die Aufführung mit einem Stirnrunzeln, machte aber keine Anstalten, etwas dazu zu sagen. Auch nicht, als sie die Arme um Jacks Hals schlang und ihm einen kurzen Kuss auf die Wange gab. Überraschung und etwas Belustigung stand in seinen silbernen Augen, die in dem Licht der bunten NeonBeleuchtung hinter ihr strahlten, und ein bisschen erinnerten sie die verschiedenen Farbfacetten an die Polarlichter. Jack erwiderte ihren intensiven Blick und um ein Haar hätte sie ihn hier und jetzt geküsst. Nicht auf die Wange. Richtig. Diana las Bestätigung in seinem Gesicht, als ginge es ihm genauso.

»Wollen wir jetzt reingehen?«, fragte Aiden, scheinbar genervt, gerade das dritte Rad am Wagen zu sein. Hüstelnd traten die beiden auseinander und setzten sich in Bewegung.

Barrons Herz setzte ein Schlag aus, als mehrere Gestalten seine Bar betraten. Zwei Herren. Einer sehr groß, dunkelhäutig, die schwarzen Locken fielen ihm in sein kantiges Gesicht. Der andere das komplette Gegenteil, blond, mindestens einen Kopf kleiner und blass wie Alabaster in dem schummrigen Licht seines Pubs. Doch seine Aufmerksam-

keit fiel auf die Frau in ihrer Mitte. Sie sah aus, als wäre sie in eine Schlägerei geraten, haselnussbraune Haare und sie hatte … seine Augen. Das kräftige Enzian, das sich durch seine ganze Blutlinie zog. Seine Tochter. Diana. Sie war hier. Oh nein, wie konnte das sein? Doch, Moment, den blonden Burschen kannte er doch. Das war der Junge, dem er damals von der St. Caprice erzählt hatte. War es Barrons Schuld? Hatte er sie alle zum Tode verurteilt? Aber wie hätte er das ahnen können? Er musste hier raus. Seine Tochter, nach der er sich so lang gesehnt hatte, der er so viel sagen wollte, um eine zweite Chance anflehen wollte, saß nun da vorn an einem seiner Tische. Sein Hilfskellner hatte die Bestellung aufgenommen und machte ihnen gerade drei Guinness. Der nächste Moment würde entscheiden, wie es für sie alle weiterging. Konnte er noch ein letztes Mal egoistisch sein? Seine Finger krallten sich in seine befleckte Schürze, er versuchte verzweifelt, seinen Blick loszureißen. Doch dann warf sie den Kopf zurück und lachte aus vollem Herzen, und es war um ihn geschehen. Die Melodie ihrer Freude sang in seinem Kopf das klare Lied der Erkenntnis. Er musste sie einfach kennenlernen, auch wenn es seinen Tod bedeutete, das war es ihm wert. Barron konnte sie warnen, so dass ihnen vielleicht nichts geschah. Er dachte nicht mehr, schnappte sich die drei Krüge und bahnte sich einen Weg zwischen den Studenten hindurch. Eine Träne verschleierte seinen Blick, als er plötzlich vor ihr stand. Den Kopf gesenkt, stellte Barron den dreien das Bier hin. Gerade, als ihn der Mut wieder verließ, hörte er die Stimme des Burschen.

»Barron. Kennst du mich noch?«

Er zuckte zusammen und zögerte, als er sah, wie Diana sich beim Klang seines Namens versteifte. Jede Freude war aus ihrem erblassten Gesicht verschwunden. Mit großen Augen starrte sie ihn an und erkannte an seiner schuldbewussten Miene, dass sie recht hatte mit ihrem Gedanken. Der blonde Mann, Jackson war sein Name, erinnerte sich Barron, rutschte kaum merklich näher an sie heran. Was sollte er nur sagen? Ohne zu blinzeln fixierten Vater und Tochter einander mit Blicken, unfähig, Worte zu finden. Der Tag, an dem alles anfing, kam ihm in den Sinn. Der Anruf, dass die Mutter seiner Kinder einen Unfall gehabt hatte. Das seine jüngste Tochter in die Psychiatrie eingewiesen worden war. Tausend Gedanken waren in seinen Kopf geschossen. Wochenlang wälzte er sich voller Verzweiflung in seiner Hilflosigkeit, dann war er erstmals auf diesen Berg gefahren, ohne seine genauen Absichten zu kennen. Er hatte einfach da sein wollen. Der Geruch des Waldes erfüllte wieder seine Nase. Holzig und frisch. Eine ganze Weile saß er in seinem kleinen, schäbigen Lieferwagen, der keine TÜV-Prüfung mehr bestehen würde, und lauschte bei heruntergelassenem Fenster den Geräuschen des Abends. Dann sah er sie. Ihre müden, von Trauer getrübten Augen, den gehetzten Ausdruck in ihrem schmalen Gesicht. Diana lief in die Psychiatrie und Barron hatte erneut nicht den Mut aufbringen können, sie anzusprechen. Er war wieder gefahren, doch er kam jede Woche zurück. Immer wieder hatte er auf dem gleichen Platz gestanden und beobachtet, wie seine Tochter das Gebäude betrat. Denn nach ein paar Anrufen hatte er zu seinem Erschrecken erfahren, dass sie dort zu arbeiten begonnen hatte, nachdem Beth … Jedes Mal, wenn Barron sie gesehen hatte, hatte sie erschöpfter ausgesehen. Eines Tages hatte er begonnen, tiefgreifendere Nachforschungen zu machen und von seltsamen, blutigen Geschäften erfahren. Doch als er Callahan Doyle persönlich zur Rede stellen wollte, hatte ihn der Rabe abgegriffen. Blutend und mit gebrochenen Knochen hatte Barron sich ins Krankenhaus geschleppt und versucht, die Polizei einzuschalten. Stattdessen war ein Gesandter von Doyle gekommen, um mit ihm den Deal auszuhandeln, der ihn bis zum heutigen Tag an Stillschweigen band. Diana würde entlassen werden, wenn er Jackson Burrow überzeugen würde, sich in der Klinik zu bewerben. Die Musik tönte lauter, als eine neue Gruppe junger Studenten den Pub betrat und katapultierte Barron wieder in die Gegenwart. Diese verflixte Freibier-Aktion.

»Also, was ist hier los?«, schaltete sich der farbige Mann ein. Jack hatte Diana eine Hand auf den Rücken gelegt und beobachtete die Situation. Ihr Auge, unter dem ein dickes Veilchen prangte, zuckte etwas, dann atmete sie tief aus.

»Hallo, Barron«, sagte sie über die Musik hinweg. Die Stimme kalt und emotionslos. Keine Spur der losgelösten Frau, die sie eben noch gewesen war. Es war ein Fehler gewesen. Barron nickte.

»Es gibt so vieles, das ich dir sagen möchte, dass ich nicht weiß, wo ich anfangen soll«, gestand er.

»Hast dir ja auch einen schlechten Zeitpunkt ausgesucht. Hättest nicht warten sollen, bis ich dir in die Arme laufe.« Zornig wandte sie den Blick ab.

»Diana. Bitte. Es tut mir so leid. Ich würde dir so gern alles erklären!«

Mit einem schmerzerfüllten Zischen sprang sie auf, sofort war der junge Mann dicht neben ihr. Barron wich aber keinen Zentimeter zurück, als sie mit einer wutverzerrten Grimasse den Mund öffnete, um ihm all die Vorwürfe an den Kopf zu knallen, die ihr einfielen. Doch sie schien es sich zu überlegen, stieß einen weiteren tiefen Seufzer aus und setzte sich ohne ein weiteres Wort wieder. Jackson blieb stehen, schaute ihn nur fragend an, aber im Gegensatz zu seinem Kumpel, schaute er ihn ganz ohne Verachtung an. Nur reines Verständnis lag in seinen grauen Augen. Fast wollte Barron sich bei ihm bedanken. Warnen. Er wollte sie warnen. Der Schaden war nun sowieso schon angerichtet, dann konnte er wenigstens versuchen, Diana zu erklären, was er wusste. Über die St. Caprice. Und Callahan Doyle. Barron setzte schon zum Sprechen an, aber Diana hob die Hand, widmete sich ganz und gar ihrem Bier. Dann konnte er vielleicht Jackson aufklären, er wirkte nicht ganz so abweisend ihm gegenüber.

»Darf ich dich kurz sprechen?«, raunte er ihm zu, so leise, dass er über der Musik und den lauten Rufen der Feiernden gerade noch zu verstehen war. Der Junge beugte sich zu Diana hinunter und flüsterte ihr etwas ins Ohr, dann gab er ihr einen Kuss auf den Scheitel und folgte Barron zur Hintertür, weg von dem Lärm.

Es rauschte in Jacks Ohren. Nicht nur die ganzen jungen Menschen, die sich hier zum Start der Semesterferien besaufen wollten, auch die Stimme in seinem Kopf hatte seit einer Weile einen stetigen Gesang zum Takt der Musik angestimmt, bestehend aus Beleidigungen und Hasstiraden. Jack hatte auch hier in der Gasse, in der es gespenstisch still war, das Gefühl, er müsse gegen sein Inneres anbrüllen. Vor allem hier, ohne Diana als Anker. Barron war ihr Vater, soweit war er mitgekommen, hatte es der Situation entnommen. Barron war der Mann, der sie damals verlassen hatte und damit das unheilige Schicksal der Familie heraufbeschworen hatte. Und obwohl Jack Dianas Schmerz spüren konnte, ihren Zorn, hatte er Mitleid mit dem dicklichen Kerl. Etwas sagte ihm, dass es eine blinde Fügung war, die die Ereignisse so hatte kommen lassen. Diana hatte noch Familie, anders als er. Und das würde Jack ihr sagen, sobald sie offen dafür war. Jetzt standen die beiden Männer in der schwach beleuchteten Gasse hinter dem Pub, in der die leeren Getränkekisten zur Abholung lagerten. Weiter vorn Richtung Straße standen große Müllcontainer. Tiefe Schatten zogen einen breiten Fluss aus Schwärze zwischen ihrer Position unter der flackernden Gaslampe und der Zivilisation jenseits der Gasse. Ein Schauer jagte über Jacks Rücken, hinterließ eine Gänsehaut. Doch andererseits könnte diese auch von dem langsam einsetzenden Schüttelfrost ausgelöst worden sein, denn sein Zustand verschlechterte sich von Minute zu Minute. Sein Kopf hämmerte bestialisch, als hätte der kleine Teufel den Vorschlaghammer hervorgeholt.

»Du hast also deinen Weg gemacht«, begann der erschöpfte Barmann leise. Jack nickte.

»Es tut mir so leid, was ich Diana angetan habe! Ich wusste es doch einfach nicht besser.«

»Ich glaub, einfach ist das nicht.« Jacks Stimme klang weit entfernt, rau. Die Wirkung des Alkohols verblasste allmählich neben der immer größer werdenden Sehnsucht nach etwas Härterem. Irgendwas, das ihn endlich schlafen ließ.

»Schon klar. Ich will nur … Egal, das spielt keine Rolle. Ich wollte mit dir reden. Ist sie frei? Hat Doyle sein Versprechen gehalten?«

Jacks Augen wurden groß.

»Was?« Unbeholfen wankte Jack von einem Fuß auf den anderen, kalter Schweiß bildete sich auf seiner Stirn.

Barron legte die Stirn in Falten und krallte seine Hände in die schuppige Halbglatze.

»Er meinte, wenn ich tue, was er sagt, dann würde er Diana aus seinem Dienst entlassen. Ich konnte nicht mitansehen, wie sie sich für diesen Mann krumm machte.« Jack schüttelte nur benommen den Kopf.

Gerade als Barron fortfahren wollte, hörten sie Schritte in der Gasse und Barron schubste Jack in Sekundenschnelle hinter ein paar leere Bierfässer.

»So, so. Du hast deine Tochter also kennengelernt. Und du willst mit ihnen über Doyle reden«, säuselte eine klare, männliche Stimme aus dem Schwarz der Schatten heraus. Jack wusste, dass sich der Unbekannte seiner Anwesenheit hinter den Fässern bewusst war, deshalb trat er ins Licht. Im selben Moment wie der komplett in Schwarz gekleidete Mann. Ein Tuch verhüllte sein Gesicht, doch Jack war sich sicher, dass es einer der sogenannten Raben von Mr Doyle war. Söldner, die sich im Namen ihres Bosses die Hände beschmutzten. Barron trat dem Mann mit einem Ausdruck entgegen, der nichts mehr von dem unsicheren, schuldigen Mann hatte, der eben noch seine Tochter nach Jahren wiedergesehen hatte. Jetzt stand dort in dieser leeren Gasse ein Mann, ein Vater, der seine Tochter beschützen würde und sonst nichts mehr zu verlieren hatte. Doch dann ging alles zu schnell. Barron griff den Raben an und als Jack nur einen Lidschlag später zum Sprung ansetzte, um ihm zu helfen, lag Barron bereits rücklinks auf dem kalten Pflaster. Ein roter Fleck breitete sich mittig auf seinem hellen Hemd aus. Jack erstarrte vor Schreck über die Schnelligkeit und die Präzision, aber als er wieder in das Gesicht des Angreifers blickte, wandelte sich seine Erstarrung zu einer alles verzehrenden, wilden Wut. Barron hatte das Gesichtstuch heruntergerissen und vor ihm stand nun ein Mann mit drei verkrusteten, tiefen Kratzern im Gesicht. Und einem breiten Grinsen.

»Die Schlampe hat sich ganz schön gewehrt, aber letztendlich …« Mehr konnte er nicht mehr sagen.

Ihr Vater. Ihr Vater! Nach fast zwanzig Jahren meinte er sich zu erkennen zu geben, und zwar nur, weil sie zufällig in seiner Absteige einen trinken gegangen war. Wie erbärmlich.

»Das war er also?«, fragte Aiden. Diana rechnete Jack hoch an, dass er so gefasst geblieben war. Er hatte ihr liebevoll ins Ohr geflüstert, dass er sich mal für sie anhören würde, was Barron zu sagen hatte und wie sexy sie doch wütend war. Sie hatte sich das Lächeln verkneifen müssen, denn sie wollte ihrem Verhalten nicht die Schärfe nehmen, obwohl sie eigentlich

… gar nicht so wütend war. Diana war klar, dass sie es hätte sein müssen, und vielleicht würde es noch eine Gelegenheit geben, bei der sie ihm das sagen konnte. Wollte sie das überhaupt? Schon oft hatte Diana daran gedacht, wie es wäre, ihren Vater zu treffen. Hatte sich ausgemalt, was sie sagen würde. Doch in ihrer Vorstellung war sie nicht angetrunken und verletzt, und sie beide trafen sich auf ruhigem neutralem Terrain. Tja, es kommt, wie es kommt.

»Ja. Das war mein Feigling von Vater«, antwortete sie Aiden, bevor sie den gesamten Inhalt ihres Kruges in wenigen Zügen hinunterkippte. Sie war doch selbst feige, schoss ihr durch den Kopf. Ich lasse Jack meine Kämpfe austragen. Das wollte sie nicht auf sich sitzen lassen und stand auf, um den beiden Männern zu folgen. Aiden erhob sich ebenfalls schnell, wollte sie stützen, aber sie stieß sanft seine Hand weg.

»Ich schaff das«, sagte sie nur mit fester Stimme.

Sie erreichten die Hintertür des Pubs, die vermutlich in so eine Lagergasse führte. Diana wurde unruhig, denn trotz der Musik hinter ihnen drangen seltsame Geräusche an ihre Ohren, dumpfe Schläge. Aiden bemerkte es ebenfalls und versetzte seinen Körper in Kampfposition. Nie hätte Diana gedacht, nach dem Vorfall mit ihrer Mutter noch einmal so erschreckt zu werden. Doch als Aiden die schwere Tür ruckartig öffnete und sie die Szene in dieser düsteren Gasse erfasste, hätte sie auf der Stelle erbrechen können. Hier und jetzt, auf die Pflastersteine.

Aiden sprang vor zu Barron, der in einer sich immer weiter ausbreitenden Blutlache lag und drückte seine großen Hände auf die Wunde, während er Jack aus vollem Halse anbrüllte, er solle aufhören. Denn dieses Geräusch kam von ihm. Wie eine Faust, die auf Matsch schlug. Denn nichts anderes war es. Diana bewegte ihre zitternden Beine zu ihm. Er saß blutbesudelt rittlings auf einem Mann, nach der Kleidung zu urteilen vermutlich einer von Cals Raben. Immer wieder flog seine Faust und landete mit einem nassen Klatschen in dem Gesicht.

Zumindest war es das mal gewesen. Eine blutige Masse, mit Knochensplittern und Hirnmasse durchzogen, klaffte auf dem Pflaster. Diana konnte es nicht aufhalten. Sie konnte sich gerade noch umdrehen, als sie ihren Mageninhalt erbrach. Schwindel überkam sie und für einen Moment rasten Bilder an ihrem inneren Auge vorbei. Jack, der sie in der Bibliothek im Arm hielt, Jack, der sie zum Lachen brachte, bis sie Bauchschmerzen hatte. Der aufkeimende Ekel und der Schreck kämpften mit den Erinnerungen. Jack, der sie voller Verständnis anblickte, ohne Verurteilung, der sie umsorgte, als es ihr nicht gut ging. Allmählich ließ Besinnung neue Kraft durch ihre Adern strömen, als sie sich tief durchatmend, neben ihn setzte und ihn ansprach, so sanft sie konnte.

‚Töte ihn! Er hat es nicht verdient zu leben. Solch Qualen hat er Diana bereitet, zerstöre ihn!' Unaufhörlich schrie die Stimme ihn an, ein weit entfernter Schmerz pochte in seiner Hand. Rot. Alles war rot. Blut. ‚Mach weiter! Du verachtenswerter Abschaum.'

Eine andere Art von Rausch hatte ihn befallen. Blanker Zorn. Wilde, ekstatische Raserei. Von irgendwo an diesem dunklen Ort drängte eine weitere Stimme an sein Ohr, ihr lieblicher Klang eine Liebkosung auf seiner geschundenen Seele. ‚Mach weiter. Töte sie alle. Schlitz sie auf!' Ein scharfes Brennen schabte in seine Kehle, als würde er schreien. Ein kleines Licht erhellte die rote Dunkelheit um ihn herum. Blut. Leere Augen. Seine Mutter. Sein Vater. Seine kleine Schwester. Und sein bester Freund. Sie waren alle tot.

»Jack!,« seine Mutter schrie ihn an! Nein. Sie konnte nicht schreien. Sie war tot. War das ein Traum? Gwen hockte sich vor ihn, schaute ihn durch einen roten Schleier an.

»Komm zu mir«, sagte sie. »Ich brauch dich und du brauchst mich. Ich bin hier. Hier. Immer bei dir.«

Plötzlich spürte er eine kalte Hand in seinem Nacken, er wollte sich wehren, doch die Kühle beruhigte etwas in ihm. Schwächte diesen Zorn. Die Hand führte ihn weg von dem Massaker, von den toten Körpern seiner Familie, weg von

Gwen, zu der melodischen Stimme, die seinen Namen rief. Immer näher kam er dem Licht, das Rot wich einem Gesicht, das er gut kannte. Diana. Wie durch ein unsichtbares Lasso gefangen, zog ihn etwas wie durch einen Sog, zurück in die Realität. Augenblicklich war er wieder in der Gasse. Der Schmerz in seiner rechten Hand traf ihn wie ein Schlag in die Magengrube. Diana saß vor ihm, hielt sein Gesicht in den Händen und sprach mit ihm. Angst und Sorge glänzten in dem Blau ihrer Augen.

»Komm zu dir. Ich bin es. Diana. Alles ist gut.«

»Ich habe einen Krankenwagen gerufen!«, hörte er jemanden von rechts sagen.

»Nein! Kein Krankenhaus«, entgegnete Diana panisch.

»Schau dir das Chaos an, was denkst du, was wir machen?!«

Diana. Er war bei ihr. ‚Lass los. Lass einfach los‘, rief Gwen aus den Schatten seines Unterbewusstseins. Okay, antwortete Jack nur und fiel in einen tiefen Schlaf. Endlich.

Diana seufzte auf vor Erleichterung, als seine Lider zu flattern begannen. »Jack? Bist du wach?«

Er antwortete ihr mir einem leisen Brummen. Die Neonröhren, die das Krankenzimmer mit weißem Licht erhellten, flackerten leicht und summten. Diana dehnte ihren Nacken und rieb sich die brennenden Augen. Sie war die ganze Nacht hier gewesen, hatte sich mit den Pflegern angelegt, die sie zum Gehen bewegen wollten, weil die Besuchszeit lange überschritten war. Sie hatten vor einer Weile den Sicherheitsdienst gerufen, der sie hinausbegleiten sollte, doch dann begann sie plötzlich zu bluten. Ein starker Schmerz in ihrem Unterleib hatte sie in die Knie gezwungen und starke Hände hatten sie aufgefangen. Ihr wurde Blut abgenommen und eigentlich wollte man ein Ultraschall bei ihr machen, aber das lehnte sie ab. Der Zugang in ihrer Armbeuge, durch den eine Ringerlösung, gemischt mit einem leichten Schmerzmittel, lief, war genug. Mehr wollte sie nicht an sich heranlassen. Nicht, bevor Jack wach war. Vielleicht hatte sie wirklich eine innere Verletzung von der Vergewaltigung davongetragen, aber sie weigerte sich, darüber nachzudenken. Ihre ganze Aufmerksamkeit galt Jack, dessen zertrümmerte Hand in einen dicken Gipsverband verpackt war. Wie schrecklich dieser leere, kalte Ausdruck in seinen Augen gewesen war, seine Zähne gefletscht, wie ein Tier. Diese blutige Masse. Sofort wurde ihr wieder übel. Jack stöhnte auf, langsam öffneten sich seine Augen. Gott sei Dank. So grauenerregend der Anblick gewesen war, hatte sie keine Sekunde an ihren Gefühlen für ihn gezweifelt. Sie war verliebt. Hoffnungslos und unerbittlich.

»Es war …« Jack versuchte zu sprechen. Diana hielt einen Becher mit Wasser an seine Lippen. Ein entspannterer Ausdruck trat in sein Gesicht. Er war gereinigt worden, lediglich der rote Schimmer in seinem blonden Haar erinnerte an das viele Blut, mit dem er vor Stunden noch bespritzt war.

»Es war der Mann, der dich angegriffen hat. Es tut mir leid, so leid«, krächzte Jack mit heiserer Stimme. Das hatte Diana bereits vermutet.

»Barron?«, fragte er mit zusammengekniffenen Augen. Sie drückte seine Hand.

»Ich weiß nicht, wie es ihm geht.« Ob ihr Vater noch am Leben war. Sie hatte sich auf Jack konzentriert, während Aiden kopfschüttelnd seine Wunde versorgt hatte. Mehr wusste sie nicht. Ihre Augen wurden schwer. Warum passierte das alles nur?

»Es tut mir so leid, ich wollte ihm helfen, ich … «

»Sch, sch, ist gut. Ich weiß, Jack. Schau mich an.«

Er tat es, öffnete zitternd die Augen. Sie sah Reue und eine gewisse Klarheit in seinem gequälten Blick. Jack bekam Medikamente, gegen die Schmerzen in der Hand und zur Beruhigung, das war vermutlich seine Rettung.

»Es ist alles gut! Ich bin hier«, hauchte sie und gab ihm einen sanften Kuss.

»Diana …«, flüsterte er. »Wie schön.«

»Jack, ich li…« Die Tür des Zimmers ging auf und unterbrach sie. Schnell zog sie sich ein wenig zurück, ließ aber ihre Hand auf seinem Arm ruhen.

»Ms Kingsley, ich müsste unter vier Augen mit Ihnen sprechen«, sagte die Ärztin gepresst. Die Dringlichkeit in der Stimme ließ Diana aufhorchen. Sie drückte Jacks Arm und versprach ihm, gleich wiederzukommen, bevor sie den Raum mit der Doktorin verließ. Sie liefen durch einen langen weißen Flur und bogen dann in ein Besprechungszimmer ab. Der Infusionsständer quietschte unerträglich. Die ältere Frau setzte sich, ihr blondes Haar war in einem dicken Pferdeschwanz zusammengebunden, was sie sehr streng wirken ließ. Gefasst, mit den tiefen Sorgenfalten und dem vielsagenden Blick, dachte Diana an das Sinnbild von Unbeugsamkeit. Die Ärztin bedeutete ihr, sich ebenfalls zu setzen, aber sie war zu unruhig. Ihre Finger krallten sich in den Ständer, der sie aufrechthielt.

»Ms Kingsley. Ihre Blutwerte sind eingetroffen. Anhand des hohen Beta-HCG-Wertes ist die Wahrscheinlichkeit hoch, dass eine Schwangerschaft vorliegt. Wir müssen Sie dringend untersuchen, in erster Linie wegen der Blutungen.«

Jetzt setzte Diana sich doch. Ihre Beine gaben einfach nach. Schwanger?

»Aber wie? …« Über ihr brach der Himmel zusammen. Es kam nur Jack in Frage. Aber sie hatte doch die Pille genommen.

»Manchmal können Magen-Darm-Erkrankungen oder manche Antibiotika die Wirkung der Pille aufheben, könnte das der Fall gewesen sein? Und Kondome können reißen.«

Ihre Grippe. Sie hatte erbrochen. Mehrfach. Hatte etwa …?

»Aber da lagen mehrere Tage zwischen. Zwischen dem Erbrechen und dem Sex.«

»Das spielt keine Rolle. Wenn die Pille einmal ausgesetzt wird, besteht ein Risiko für den jeweiligen Zyklus.«

Sie hatte getrunken, geraucht, wurde verprügelt und vergewaltigt. Das konnte nicht wahr sein. Hatte sie deswegen geblutet? Hatte sie das Baby verloren?

»Oh mein Gott, ich …« Diana brachte nur noch Schluchzen hervor, sie konnte nicht mehr. Das war zu viel. Alles drehte sich und in ihr stieg die Galle auf. Die Stimme der Ärztin wurde ganz dumpf, als sie fragte, ob sie nun die Untersuchung durchführen dürfe. Ja, ihr blieb wohl nichts anderes übrig. Oh Gott. Sie hatte das Leben ihres Kindes auf dem Gewissen. Ihres und Jacks. Sie hätten vielleicht ein Kind gehabt. Was er wohl sagen würde? Diana bekam nur am Rande mit, wie die Ärztin sie in einen Untersuchungsraum führte, ihr beim Ausziehen half und sie auf den Stuhl setzte. Sie führte den Ultraschallkopf über ihren Unterleib, das kalte Gel verschaffte Diana eine Gänsehaut.

»Um eine bestehende Schwangerschaft sicher festzustellen, ist es noch zu früh. Anhand Ihrer Blutwerte schätze ich ungefähr zwei Wochen. Kann das hinkommen?«

Diana nickte benommen. Die Ärztin fuhr den Stuhl hoch, um die andere Untersuchung vorzunehmen. Das Spekulum war noch kälter und brannte auf der verletzten Schleimhaut.

»Ms Kingsley. Sie sind …«

»Ich weiß, sehen Sie bitte darüber hinweg.« Die blauen Flecken, die Kratzer.

»Zumindest können wir eine … größere Verletzung ausschließen und ich kann Ihnen versichern, dass Ihr Uterus optimale Voraussetzungen bietet.« Aha.

»Wir müssen das beobachten, werden regelmäßig Ihre Werte checken und dann wird hoffentlich alles klappen. Wenn Sie das wollen.« Vermutlich war das als Frage gemeint, doch Diana wusste gar nichts mehr. Sie schwieg. Etwas behutsamer fragte die Ärztin noch einmal. Diana nickte langsam.

»Wann war Ihre letzte Periode?«

»Ich weiß nicht, Dr. …Entschuldigung, wie war Ihr Name?«

»Dr. Sariba. Alles wird gut, Ms Kingsley. Ich gebe Ihnen meine Karte mit. Sie können mich jederzeit anrufen. Wenn ich nicht rangehe, ruf ich Sie zurück, sobald ich kann. Arbeiten wir zusammen? Für das Baby? Und Sie können auch wegen der anderen Sache mit mir reden. Wir können zusammen die Polizei einschalten. Ich helfe Ihnen. Okay?« Diana nickte nur.

»Hat Ihr Freund das getan?«, fragte Dr. Sariba vorsichtig.

Sie schüttelte den Kopf.

»Ms Kingsley. Wenn Sie sich entschließen, die Tat anzuzeigen, können wir die Beweise jetzt sicherstellen.«

Von ihren Wunden. Ihrem Innern. Abstriche. DNA. Sie wusste, wie das lief. Aber das kam gar nicht in Frage. Diana wusste nicht genau, warum, aber sie ertrug den Gedanken an diese Prozedur keine Sekunde. Also zog sie sich kopfschüttelnd wieder an, noch immer benommen von der Flut an Informationen. Schwanger. Und der drogensüchtige Vater ihres Babys lag im Krankenhaus, weil er einen Mann erschlagen hatte. Das war doch alles ein schlechter Witz. Sie wollte einfach aus diesem Albtraum aufwachen. Mit schlurfenden Schritten machte sie sich auf den Weg zurück in Jacks Zimmer. Sie wollte bei ihm sein. Seine Stimme hören. Der Infusionsständer verhakte sich dauernd und nach den nächsten Schritten ging es ihr so auf die Nerven, dass sie sich aus einem der Pflegewagen einen Stopfen heraussuchte und sich abstöpselte. Nun befreiter, lief sie schneller, denn ein seltsames Gefühl breitete sich in ihrer Magengegend aus. Irgendetwas stimmte nicht. Jetzt rannte sie, kam in Jacks Zimmer an, doch es war leer. Nein. Sie schrie nach den Schwestern, nach irgendjemandem. Doch anstelle jemandes vom Personal des St. James trat ein Arzt ins Zimmer, den sie gut kannte. Dr. Carter.

»Er wurde verlegt.«

»Was?«

»Mr Burrow ist in seinem Zustand nicht tragbar für diese Einrichtung, daher, und um den Umstand einer Mordanklage abzuwenden, wurde er ins St. Caprice verlegt. Wir haben ihn als psychisch instabil eingestuft und da er eine Gefahr für sich selbst und andere darstellt, ist es nur ratsam, ihn unter Gewahrsam zu halten.«

Diana verstand die Welt nicht mehr. Zwei vom Sicherheitsdienst tauchten im Türrahmen auf, flankierten den schmierig grinsenden Mann, kein richtiger Arzt, wie sie wusste. Er unterstand Callahan. Das war auf seinem Mist gewachsen. Diana konnte verstehen, welche Wut Jack dazu getrieben hatte, diesen Raben zu töten, denn diese empfand sie nun ebenfalls. Wenn ihr Körper nicht vollends den Geist aufgegeben hätte und zusammengesunken wäre, hätte sie dem langen Mann mit dem Pferdegebiss die Augen ausgekratzt. Security hin oder her. Plötzlich verschwammen die Ereignisse. Beth, Jack. Sie wurden ihr beide weggenommen. Unrechtmäßig. Man hatte sie beide eingesperrt. Ihre Umgebung wechselte zwischen dem Krankenhaus und der kleinen Wohnung an der Küste. Ihre Mutter hatte sie ausgesucht, weil sie das Meer so liebte. Weil es sie an Cuxhaven erinnert hatte. Von ihrem Wohnzimmer aus konnten sie direkt auf den weiten Ozean blicken. Die wenigen Quadratmeter, die sie zum Wohnen hatten, wirkten dadurch so groß wie ein ganzes Haus. Gott, wie sehr sie ihre Mutter vermisste. Und Beth. Ihr unschuldiges, zartes Gesicht, so rein. Diana hatte sie nicht beschützen können. Auch Jack hatte sie nicht beschützen können. Auch er wurde ihr weggenommen. Ihre Schwester. Der Vater ihres Kindes. Doch heute war etwas anders. Diana war erwachsen. Sie hatte jahrelang gearbeitet, war gekrochen, hatte unaussprechliche Dinge getan, für diesen Moment. Um sich nicht mehr beugen zu müssen. Um den Verantwortlichen ihre gerechte Strafe zuzuführen. Und um diesen unheiligen Ort dem Erdboden gleich zu machen. Sie würde endlich zurückschlagen. Dianas Tränen versiegten. Keine Trauer, keine Schwäche floss mehr durch ihr Inneres. Nur noch Kraft. Und Zorn. Und Hoffnung ... Auf eine Zukunft mit dem Mann, den sie liebte und dem Kind, das ihr Herz schneller schlagen ließ.

Das letzte Kapitel

Tag 1

Jack wachte in einem kleinen weißen Raum auf. Er erkannte ihn als eine der Weichzellen, die Diana ihm einmal gezeigt hatte. Solch eine, in die er Gwen am ersten Tag gesperrt hatte. Zum Isolieren. Krisenintervention. Komplett mit Gummipolstern ausgekleidet, in der Decke waren zwei helle Strahler eingelassen und in der Tür, die man kaum vom Rest der Wände unterscheiden konnte, war eine Luke dicht am Boden, durch die das Essen gereicht wurde. Angst erfasste ihn, als er seine Hand betrachtete, die in einen massigen Verband gewickelt war. Wenn die Wirkung des Mittels gänzlich nachließ, mit dem man ihn betäubt hatte, würden die Schmerzen ihn vermutlich mit voller Wucht treffen. Ob man ihm hier Schmerzmittel geben würde? Jack fürchtete, nicht ... Er trug die weiße Patientenkluft aus Leinen, aber er war kein gewöhnlicher Patient. Sie hatten ihn eingesperrt. Doch er musste einen kühlen Kopf bewahren, durfte sich nicht unterkriegen lassen. Er suchte etwas in seinem Inneren, an das er sich klammern konnte. Diana würde ihn sicher herausholen. Hoffentlich geschah ihr nichts. Er konnte hier nichts ausrichten, musste warten. Verdammt. So hilflos musste Gwen sich auch gefühlt haben. Sie hatten ihn wirklich eingesperrt. Jack hatte einen Menschen ermordet, mit seinen Händen. Und Diana war nicht von seiner Seite gewichen. Sie hatte keine Angst gezeigt. Dies musste er nun erwidern. Was auch immer sie hier mit ihm vorhatten, er würde keine Angst haben, für Diana, seine Freundin. Und für Gwen, die ihren Lebensfaden von der ersten Sekunde an untrennbar mit seinem verwoben hatte und unerbittlich daran zog. Jack spürte sie, ihre Präsenz, ganz dicht bei ihm. Sie war nie verlegt worden, das wusste er jetzt. Innerlich schickte er ein Versprechen über die Verbindung und hoffte inständig, sie würde es hören, wo auch immer sie war, und sich genauso daran klammern wie er.

Diana wachte im Krankenhaus auf. Man hatte sie zur Beobachtung dabehalten. Eine Nacht. Mehr nicht. Sie würden sie schon kennenlernen, wenn jemand versuchen wollte, Diana von Jack fernzuhalten. In dem Moment, als sie die Augen aufschlug, erfasste sie in Sekundenschnelle, wo sie war, was passiert war und sprang aus dem Bett, um sich umzuziehen. Das Krankenhaushemd, das ihr für die Nacht gegeben wurde, ließ sie achtlos auf dem Boden liegen. Diana hatte darauf bestanden, in Jacks Zimmer zu übernachten, in dem Kleiderschrank hing noch sein schwarzer Parker, den sie sich nun anzog. Sie schmiegte sich in seinen Geruch. Zu ihrem Glück steckte sein Portemonnaie und der Wohnungsschlüssel, den sie ihm gegeben hatte, noch in der Innentasche. Denn ihr eigener Schlüssel, zusammen mit ihrer Hexe, in der ihre Handtasche lag, waren noch bei Cal. Irgendwie musste sie darankommen, doch als Erstes musste sie nach Hause, heiß duschen, etwas essen und sich vorbereiten. Diana verließ das Krankenhaus, ohne jemanden anzusehen, geschweige denn ein Wort zu sprechen. Sie hatte eine unsichtbare Mauer um sich herumgezogen, eine Festung, mit der sie sich und ihr ungeborenes Kind schützen würde. Später wollte sie Aiden nach Barron fragen, ihrem Vater, der vielleicht dort irgendwo in dem Gebäude hinter ihr lag. Sie schaffte es nicht, ihn zu besuchen … War nicht bereit, sich ihm zu stellen. Nicht jetzt. Sie würde Aiden nur fragen, ob er überhaupt noch lebte, mehr wollte sie nicht wissen. Diana warf keinen Blick zurück, rief sich ein Taxi und fuhr nach Hause.

Tag 3

Er war nähergekommen. Sie spürte ihn näher als je zuvor. Etwas war mit ihm passiert, es ging ihm nicht gut. Aber er rief nach ihr. Er hatte sie nicht vergessen, hatte sie gesucht, wie sie es gehofft hatte. Bald würden sie endlich zusammen sein. Die Vorfreude wärmte ihr Inneres. Linderte ein wenig die Schmerzen in ihrem Leib. Nur noch ein kleines bisschen Geduld. Wenn da nicht ... Nein. Da waren sie wieder, die weißen Kittel. Sie klebten etwas auf ihre Augen, sodass sie nicht mehr blinzeln konnte. Das grelle Licht brannte, ihre Netzhäute brannten. Oh nein. Nicht wieder die Maske. Nein. Sie tat, was sie immer tat, wenn die weißen Kittel auftauchten und an ihr herumschnitten. Sie tauchte tief in ihr Inneres, kapselte sich von ihrem Körper ab und griff das Band wie eine Rettungsleine. Ihr Geist schwamm dem Tau hinterher, zu ihm. Dann umarmte sie seine Seele, auch wenn sie sie meist nur kurz zu greifen kriegte. Sie stimmte ein Lied an, dessen Töne ihn hoffentlich erreichten. Ein Lied, das ihn stärken sollte, ihn wissen lassen sollte, dass er nicht allein war. Und sie hoffentlich endlich zueinander führte.

Die Stimme begann wieder, ihr vertrautes Lied von Tod und Schmerz zu singen. ,Du bist ein Mörder, du bist Abschaum, nicht besser als die, die du hasst.' Jack versuchte sie zu ignorieren, die Zeit zu verschlafen, doch er wurde immer wieder geweckt. Hauptsächlich durch seine Hand, die in der dicken Bandage brannte. Manchmal wollte er sich den Stoff einfach abreißen, aber dann würde nichts mehr die gebrochenen Knochen stabilisieren, und von irreparablen Schäden mal abgesehen würden die Schmerzen ihn umhauen. Manchmal spürte er ein Ziehen in seinem Inneren und voller Freude klammerte er sich daran. Gwen, sie lebte. Sie war irgendwo in der Nähe, er konnte es fühlen. Er konnte sie … hören. Diese Luke in der Tür quietschte zweimal am Tag, wenn jemand sie aufschob und eine Bettpfanne, eine dicke Scheibe Brot und einen Pappbecher mit Wasser auf den Boden stellte. Jack war bewusst, dass er das Wasser eigentlich rationieren müsste, aber das Behältnis weichte nach einer Weile auf, daher ließ er es sich jedes Mal sofort auf seiner pelzigen Zunge zergehen. Das Brot war trocken, aber essbar. Die Bettpfanne wurde beim nächsten Quietschen ausgetauscht. Auch, wenn die weißen Wände, das grelle Licht, das niemals ausgeschaltet wurde und sein Alter Ego versuchten, ihn um den Verstand zu bringen, hielt er sich soweit gut. Mit dem Fingernagel drückte er Markierungen in den Gummi, die ihm helfen sollten, sein Zeitgefühl nicht zu verlieren. Jack fragte sich, wie es Diana wohl gehen mochte. Sie fehlte ihm so sehr. Ihr Duft, ihre Stimme … Hoffentlich war sie wenigstens Sicherheit.

Aiden streifte unruhig durch die Flure. Er hatte doch getan, was von ihm verlangt wurde. Und noch immer hielt Doyle ihn hin, meinte, dass seine Pläne noch nicht so schnell voranschritten, wie er es wünschte, weshalb Aiden sich noch gedulden sollte. Geduld. Als Rachel das erste Mal ins Krankenhaus gebracht wurde, war seine Welt zusammengebrochen. Solch eine Angst hatte er noch nie gefühlt. Das war vor drei Jahren. Seitdem war jeder Tag für ihn ein Drahtseilakt. Weitermachen, obwohl seine Nerven zum Zerreißen gespannt waren. Mit jedem Anruf der Ärzte, dass sich wieder etwas verschlechtert hatte, mit jedem Besuch bei ihr, bei dem er ihre kalten Hände hielt, wurde der Sturm in ihm wilder. Es war eine Frage der Zeit, bis er ausbrach und alles verwüstete, das wusste er. Geduld …

Sie vermisste ihn schrecklich. Jede Sekunde hätte sie zusammenbrechen können, sich wie ein kleines Mädchen zusammenrollen und weinen können, wenn sie diesen Teil in sich zugelassen hätte. Doch die Verantwortung für die Leben derer, die sie liebte, trieb sie vorwärts. Jack. Und ihr Kind. Sie spürte, dass es da war. Übermorgen sollte sie zur erneuten Blutabnahme, doch auch ohne die Werte, ohne den Ultraschall in ein paar Wochen … Wenn sie in sich hinein fühlte, war es, als könnte sie ihn hören. Ihren Sohn. Diana hatte ihre Arbeit im St. Caprice wieder aufgenommen, als wäre nichts gewesen, mit dem Unterschied, dass sie ihr Engagement auf ihr Maximalpotential steigerte. Gestern war sie Aiden begegnet. Barron lebte. Er hatte ihr mehr erzählen wollen, aber das reichte ihr. Vor allem hatte sie in seinem Blick das unausgesprochene Wort erkannt, welches sie am allerwenigsten hören wollte: Noch. Diana verdrängte es, hatte nicht die Kraft, sich damit zu beschäftigen. Sie saß gerade in ihrem Büro, als ihr Funkgerät zu piepsen begann. Aiden meldete sich auf ihrem Privatkanal. Sie antwortete mit einem kurzen: »Höre.«

»Doyle will dich sehen. Morgen um 11.00 Uhr.« Seine Stimme klang zögerlich und ihr Herz zog sich bei dem Namen zusammen. Bisher hatte sie es vermeiden können, ihm zu begegnen, obwohl er noch immer ihr Auto samt Handtasche hatte. Die letzten Tage war sie mit dem Bus gefahren, was unheimlich zeitaufwendig gewesen war. Ihr blieb jedoch nichts anderes übrig. Und wenn die Chance bestand, Cal über den Weg zu laufen, hatte sie immer etwas anderes zu tun gefunden, doch nun … Sie musste sich ihm stellen. Durfte sich nicht ihren Zorn anmerken lassen und vor allem musste sie eine Erklärung für ihr Benehmen an jenem Abend finden. Gott, wie sehr sie ihn hasste. Du fehlst mir so, Jack. Ich hoffe, es geht dir gut. Ich verspreche, ich tue alles, um dich rauszuholen.

Sein Boss hatte tatsächlich mal wieder bewiesen, welch kranken Verstand ihn doch leitete. Brody beobachtete den Jungen, wie er sich wand und vor Schmerzen schrie. Niemand hatte so etwas verdient. Und der Junge schon gar nicht, schließlich war er doch nur ein Spielzeug, das durch reine perverse Bosheit benutzt wurde, wie es den Oberen in den Sinn kam. Brody empfand Mitleid für den Jungen. Doch andererseits spielte es ihm auch in die Karten, dass sich die Ereignisse so entwickelten. Diana suchte nach einem Weg, ihm zu helfen, das wusste Brody. Vielleicht würde er es schaffen, ihr unbemerkt einen kleinen Schubs in die richtige Richtung zu geben.

Tag 5

Jacks Hand wurde immer schlimmer. Selbst, wenn er nur einen Finger ein Stück weit anhob, konnte er das Knirschen hören, wenn die kaputten Knochen aufeinander rieben. Die in mittlerweile leicht vergilbten Bandagen eingewickelte Hand ruhte auf seinem Bauch. Heute Morgen wurde ihm frische weiße Klinikkleidung durch die Luke gereicht, zusammen mit der frischen Bettpfanne und … zwei kleinen Pillen. Jack hätte fast einen Hechtsprung gemacht, obwohl er nicht wusste, was es war. Er schluckte sie sofort ohne Wasser, doch jetzt, ein paar Stunden später, bereute er seine Entscheidung. ‚Sie wollen dich vergiften. Wie kannst du nur so naiv sein?', flüsterte die Stimme in seinem Kopf. Schüttelfrost und Gliederschmerzen hatten in wenigen Minuten die Kontrolle über seinen Körper übernommen. Unfähig sich zu bewegen, lag er auf dem Boden. Sein Herz überschlug sich beinahe, in dem Versuch, gegen das plötzliche Fieber anzukämpfen. Er würde sterben. Jetzt und hier. Sie hatten ihm den Todesstoß versetzt. Die Luft, die er einatmete, rasselte wie heißer Wüstensand in seiner Lunge. Schweiß überströmte ihn, überall. Sein weißes Leinenhemd klebte nass an seiner wunden Haut, genauso wie seine Hose. Doch …, nein. Der Geruch, der die stickige Luft durchdrang, sagte ihm zu seinem Bedauern, dass er sich eingenässt hatte. Nicht mal darüber hatte er mehr die Kontrolle. ‚Erbärmlich. Ekelhaft. Jetzt stirb endlich'. Die Lethargie, die ihn lähmte, die seinen Kopf in einen Vakuumbehälter verwandelte, erreichte ihren Höhepunkt und wich bald einer erlösenden Bewusstlosigkeit.

Callahan hatte sie in sein Büro zitiert. Wie schon so oft. Doch an keinem der vorherigen Male lief sie so selbstsicher, mit kerzengeradem Rücken, das Kinn gereckt, zum Büro und öffnete die Tür so schwungvoll, als wäre sie der Boss in diesem Laden. Ohne anzuklopfen, ohne auch nur eine Sekunde zu zögern, geschweige denn, sich von Viola aufhalten zu lassen. Denn Diana musste sich nicht mehr bücken, keine Maske tragen, sie würde all ihre Karten ausspielen. Cal saß wie ein gestriegelter Gaul in seinem Chefsessel, die Arme hinter dem Kopf verschränkt, selbstgerecht und hochmütig. Er hatte Jack gegen sie in der Hand, das war ihr klar. Doch sie hatte seine Klinik.

»Diana, Liebes, schön dich zu sehen. Heute so … erregt?« Er wollte sie provozieren.

»Nur im Stress, Sir.« Sie benutzte absichtlich nicht seinen Vornamen, um ihm klarzumachen, dass ihre Affäre beendet war.

»So förmlich … Na gut. Ms Kingsley. Ich habe noch etwas von Ihnen.« Er zog die rechte Schublade seines riesigen Schreibtisches heraus, der ihr so manchen Albtraum verschafft hatte und holte ihre Handtasche hervor.

»Vermutlich erwarten Sie eine Gegenleistung, bevor Sie mir mein Eigentum aushändigen?«

Callahan ließ die Handtasche an seinem Zeigefinger baumeln. Vermutlich versuchte er ihr den schrecklichen Abend ins Gedächtnis zu rufen, sie mit den Schmerzen zu bedrängen, doch es prallte an ihrer unsichtbaren Mauer ab. Ein Muskel in seinem Kiefer zuckte. Sie hatte ihn mit ihrer stählernen Miene getroffen, auch wenn er es niemals zugeben würde.

»Mir würde so einiges einfallen«, säuselte er, ohne den Blick von ihr abzuwenden.

»Bei allem Respekt, Sir. Ich muss zurück an die Arbeit, würden Sie bitte auf den Punkt kommen?«

Jetzt stand er auf, die Belustigung war gänzlich aus seinem Gesicht verschwunden. Langsam schritt er um den Tisch herum und kam auf sie zu. Ganz ruhig. Lass dich nicht verunsichern.

»So mutig heute? Was ist passiert?« Callahan Doyle schlich um sie herum, kreiste seine Beute ein.

»Vermisst du dein kleines Schoßhündchen?«, flüsterte er dicht neben ihrem Ohr. Sein heißer Atem strich ihr herausfordernd über den Nacken.

»Mir fehlt eine Arbeitskraft. Also muss ich nun weiter machen«, antwortete sie mit raubtierhafter Ruhe.

»Ich liebe es, wenn du einen Pferdeschwanz trägst«, raunte er und, bevor sie ihren Fehler verstand, hatte er ihr langes braunes Haar um seine Hand geschlungen und packte es dicht am Schopf. Diana bäumte sich gegen den festen Griff, der sie auf die Knie zwingen wollte, doch Callahan war zu stark. Stöhnend vor Schmerz sank sie zu Boden.

»Man beißt nicht die Hand, die einen füttert.« Er bückte sich zu ihr herunter und umfasste ihr Kinn. Sie antwortete mit einem Knurren.

»Wenn du schon einmal da unten so ergeben vor mir kniest, wie wäre es mit deiner Fütterung?«

Am liebsten hätte sie ihm ins Gesicht gespuckt.

»Wenn du es versuchst, dann beiße ich erst recht«, sagte Diana, betont gelassen. Sie spürte den Zorn unter ihrer Haut, wie Ameisen verbiss er sich in ihren Zellen. Sie kämpfte dagegen an, durfte sich nicht erniedrigen lassen und erst recht nicht aus der Haut fahren, auch wenn es noch so brannte. Denk an Jack, euren Sohn, alles wird gut. Sie sah in seinen grünen Augen das Feuer lodern. Es wurmte ihn, dass er mit seinen Provokationen nichts erreichte. Zeit, zurückzuschlagen.

»Vielleicht sollte dir langsam klar werden, wer hier wen füttert, Cal.«

Erstaunen blitzte in seinen Augen auf, bevor sie sich zu Schlitzen verengten und er sie schließlich aus seinem Griff entließ. Mit Mühe hielt sie sich auf den Füßen und schwankte nicht, bei dem plötzlichen Ruck. Diana richtete sich auf und klopfte sich unsichtbare Staubkörner von ihrer Arbeitsjacke.

»Dieser Bengel hat dich komplett verdorben.«

»Sir, ich möchte Sie nun bitten, mich wieder meiner Arbeit widmen zu dürfen.«

»Du hast gleich keine mehr, wenn du dich nicht anständig benimmst.«

»Ich benehme mich so, wie es sich in rein professioneller Art und Weise als rechte Hand eines Klinikleiters gehört.«

Allmählich fiel auch der Groschen bei ihm. Sie sah ihm an, dass seine Fassade leicht bröckelte, nur für eine Sekunde. Doch das Gefühl der Genugtuung hielt sie aufrecht. »Du glaubst, du hättest mir etwas entgegenzusetzen, ja?« »Das glaub ich nicht, das weiß ich. Wer hält den Laden hier am Laufen? Wer hat den Überblick über die Mitarbeiter, die Sicherheit und die Finanzen?« Diesmal war Diana es, die langsam auf Callahan zu stolzierte, das Kinn hoch erhoben. Gestern wurde ihr eine Akte unter der Tür ihres Büros durchgeschoben. Der Inhalt hatte sie beinahe von den Füßen gerissen. Irgendjemand hatte sich in den Computer des Klinikleiters gehackt und anhand von E-Mails eine lange Liste erstellt. Mit den Namen sämtlicher Kunden. Sie wusste zwar noch nicht, worin genau die Geschäfte bestanden, aber anhand der E-Mails und ihren derzeitigen Kenntnissen lag die Vermutung nahe, dass es sich um eine Art Organhandel handelte. Diese Trumpfkarte gab ihr ein unbeschreibliches Gefühl der Macht, doch ausspielen würde sie sie noch nicht.

»Was denkst du, wer hier jahrelang Protokolle über die Zustände, über die Steuerhinterziehung und, und, und angelegt hat? Und du brauchst gar nicht erst zu versuchen, deine Köter auf mich zu hetzen, denn wenn mir etwas passiert, ist deine Klinik am Ende.« Callahans Kopf nahm eine rötliche Farbe an und Diana hätte schwören können, dass sein Atem stockte. Er fing sich schnell wieder, in seiner Stimme blieb jedoch der abgrundtiefe Hass kleben, wie an einem Fliegenfänger.

»Gut gespielt, Ms Kingsley. Wirklich gut. Nehmen Sie ihr Eigentum und verschwinden Sie mir aus den Augen.«

»Mit Vergnügen, Sir.«

Sie hatte es geschafft. Er würde zum Gegenschlag ausholen. Ganz bald. Aber sie würde nur darauf warten.

Tag 9

»**D**er stinkt! Schafft ihn weg! Nach unten mit ihm!«

»Wir haben Anweisungen.«

Stimmen drangen an sein Ohr. Zwei Männer.

»Scheiß auf eure Anweisungen. Nach unten mit ihm! Sofort.«

Jack hörte, wie der eine Mann, dessen Stimme ihm seltsam bekannt vorkam, einen anderen wegschickte. Dann hörte er eine Tür, die krachend ins Schloss fiel.

»Jetzt hör mir mal zu, du Stück Scheiße, du erteilst mir keine Anweisungen. Du behandelst ihn jetzt, damit er nicht abkratzt. Und dann wird er seinen Lebensabend unten verbringen. Wenn du dich widersetzt, sperr ich DICH in die gleiche Zelle mit dem Kinderficker, den du so gernhast.«

»Verdammt. Ich hasse meinen Job. Seit wann kümmerst du dich überhaupt um so etwas, Brody?«

»Mir egal, was du denkst. Fang an und sag Bescheid, wenn du fertig bist.«

Brody? Was hatte das zu bedeuten? Jack verstand langsam, dass er verlegt wurde. Und behandelt. Was auch immer damit gemeint war. Er konnte seinen Körper nicht spüren, auch nicht sehen, nur hören. Er lebte noch. Würde Diana wissen, wo er war? Oder würden sie eine Lüge erfinden, wie bei Gwen?

»Gott, bist du widerlich.«

Jack hörte, wie etwas raschelte. Wie eine Mülltüte.

»Alles weg. Jetzt duschen wir dich erstmal«, murmelte der Mann genervt vor sich hin. Seine Stimme klang rau und tief, vielleicht vom jahrelangen Rauchen. Jack hätte auch gern eine geraucht, oh, und wie gern. Dann hörte er den Wasserstrahl.

»Jetzt sieh sich einer das an. Hey, Tony, guck dir das an!«, rief er beinahe belustigt, wie ein kleiner Junge, der seine Schwester mit einer Spinne erschrecken will.

»Bäh, ist das eklig. Die ist so groß wie 'ne Grapefruit. Was willst du da machen?«, fragte Tony.

»Mal schauen. 'N bisschen schnippeln vielleicht.«

»James, die muss ab. Der kann doch damit nicht mal mehr seinen Schwanz zum Pissen festhalten.«

Seine Hand abschneiden. Oh nein. Er musste sie aufhalten. Nur wie? Er konnte sich nicht bewegen. War nicht mal in der Lage, die Augen zu öffnen. Tony, James, die Namen hatte er hier noch nicht gehört. Doch, James war doch derjenige, der Aidens Schulter genäht hatte. Oder nicht?

»Nee … der soll sowieso in den Keller. Das ist Zeitverschwendung.«

»Und was willst du dann machen?«

»Hm … Lass mich überlegen. Ich werf' mal 'nen Blick rein.«

Etwas klirrte, wie Besteck.

Jack hörte James würgen.

»Mist, hier, guck. So 'ne krasse Entzündung habe ich noch nie gesehen, da kannst'e den Eiter rausquetschen. Tja, dann muss die wohl wirklich ab, sonst schafft der keine Stunde mehr, bevor sein Motor verklebt«, fuhr James fort.

Muriel rieb sich eine Träne von der gepuderten Wange. »Der arme Junge«, schluchzte sie.

»Ich weiß. Es ist schrecklich. Aber ich werde alles tun, was ich kann.« Diana nahm die alte Dame in den Arm. Sie war genau so, wie Jack sie beschrieben hatte. Klassische Eleganz. Diana musste ihren Kreis der Verbündeten unbedingt erweitern, musste ihr Netzwerk stärken. Daher war sie heute nach der Arbeit direkt in die Bibliothek gefahren, um Muriel kurz vor Feierabend abzufangen. Sie hatte alles an Dokumenten zusammengefasst, das in irgendeiner Art belastend für Callahan sein könnte, samt der Kundenliste. Ihr Plan war es, Kopien bei einer sicheren Quelle zu deponieren, damit, falls ihr etwas zustoßen würde, nichts verloren ging. Denn die Gefahr wuchs, je näher sie Cal kam.

»Natürlich helfe ich dir«, sagte Muriel und nippte an ihrem Tee, den sie sich zur Beruhigung gemacht hatte. »Ich wusste, dass dort Unheil geschieht, aber in diesem Ausmaß? Das hätte ich mir nie erträumen können. Meine Schwester … Sie ist dort gestorben, ob ihr auch so etwas widerfahren war?« Muriels Stimme zitterte. Diana half ihr dabei, sich neuen Tee einzuschenken, da die Frau viel zu fahrig war, um die Kanne ruhig zu halten. Ein bisschen tat es Diana leid, dass sie ihr diese Last der Wahrheit aufbürdete.

»Ich kann gut nachvollziehen, wie du dich fühlst. Meine Schwester ist dort auch gestorben.« Sie schluckte gegen den Kloß in ihrem Hals an, als sie daran erinnert wurde, wie viele Menschen unter den Machenschaften dieser Verbrecher litten.

»Das tut mir leid, mein Kind. Und die Garda einzuschalten, ist keine Option?«

»Callahan Doyle hat seine Finger überall. Was meinst du, warum er bereits diese vielen Jahre vor aller Nasen so agieren konnte und ihm niemand einen Strich durch die Rechnung machen konnte? Ich bin mir sicher, auf der Namensliste sind auch welche, die der oberen Etage der Garda angehören.«

Muriel nickte betroffen. »Ich werde die Unterlagen verwahren, Mädchen. Aber versprich mir bitte, dass du auf dich aufpasst.«

»Natürlich. Ich habe dir auf die obere Seite eine E-Mail-Adresse geschrieben. Ich weiß nicht, wie viel er ausrichten kann, aber sollte mir etwas passieren, dann bitte kontaktiere Officer O'Brien in meinem Namen. Ich denke, ihm können wir vertrauen. Es ist allerdings nur ein Gefühl, also sei trotzdem vorsichtig.«

»Okay.«

Sie unterhielten sich noch eine Weile. Diana erzählte auch von ihrer Schwangerschaft. Muriel strahlte etwas so Warmes, Mütterliches aus, wie sie es seit damals nicht mehr gespürt hatte. Sie verstand schnell, warum Jack sie so mochte.

Tag 10

Officer O'Brien hatte Diana gestern zum wiederholten Mal angerufen, um zu fragen, ob alles in Ordnung wäre. Doyle hatte dafür gesorgt, dass keine rechtlichen Schritte gegen Jack eingeleitet werden konnten, was den Kriminalbeamten nur noch hellhöriger hatte werden lassen. Wenn es so lief, wie sie sich vorstellte, konnte sie seine Sorge noch gut gebrauchen. Diana saß gerade auf der Bank in der Raucherecke, wo Jack und sie sich das erste Mal nähergekommen waren, und tankte ein paar Sonnenstrahlen. Seine Augen hatten an dem Tag sofort einen silbern schimmernden Abdruck in ihrer Seele hinterlassen. Ihrem Sohn ging es gut. Man konnte zwar außer der gedeihenden Fruchthöhle noch immer nicht viel auf dem Ultraschall erkennen, aber ihre Werte und auch ihr Gefühl bestätigten, dass alles in Ordnung war. Sie nahm sich kaum Zeit, ausführlich darüber nachzudenken, was es für sie bedeutete. Es würde ihr den Boden wegreißen, wenn ihr erst richtig klar wurde, wie real das alles war. Also hielt sie den Blick weiter geradeaus. Das Piepsen ihres Funkgerätes riss sie aus ihren Gedanken. »Höre.«

»Diana, ich muss dich sprechen«, antwortete Erin leise, eine Kollegin aus der Wäscherei. Vor ein paar Tagen hatte Diana begonnen, jeden in der Anstalt zu kontaktieren, den sie für halbwegs vertrauenswürdig hielt. Keine Einzelheiten, um sie nicht in Gefahr zu bringen. Sie hatte nur gesagt, dass sie sich und ihre Abteilungen bereit machen sollten, da bald etwas passieren würde. Diana wollte nicht, dass sie als Kollateralschaden zwischen die Fronten gerieten. Sie mussten vorbereitet sein.

»Gut, ich warte in meinem Büro auf dich.«

Diana machte sich gerade über ein Stück Karottenkuchen her, den Muriel ihr mitgegeben hatte, als es klopfte. Fast hätte sie sich verschluckt, als sie mit vollem Mund »Herein« murmelte.

Ein kurzgeschorener, blonder Schopf streckte sich in den Raum hinein. »Ich war noch nie hier drin. Ist ja voll abgefahren!« Erin war eine sehr kleine Frau, doch ihr loses Mundwerk machte ihre Größe wieder wett. Das mochte Diana an ihr.

»Also, schieß los!«

Erin fläzte sich auf den Stuhl vor ihrem Schreibtisch und begann sofort zu kippeln. »Krieg ich da auch was von?«, fragte sie und deutete mit einem schwarz lackierten Fingernagel auf den Kuchen.

Diana grinste. »Hast du es dir verdient?«

»Und wie. Ich hab ein paar Listen überprüft und so ein paar Leute befragt. Keine Sorge, ganz unauffällig, wie ich halt bin. Auf jeden Fall hab ich rausbekommen, dass dein süßer Jack sich in einer der Isolierzellen befinden muss.«

Jetzt verschluckte Diana sich doch. Was? Sie war davon ausgegangen, dass Doyle ihn direkt in den Keller gebracht hatte. Raus, aus ihrer Reichweite. War er etwa die ganze Zeit greifbar gewesen? Erin war von dem Stuhl aufgesprungen und schlug ihr etwas zu doll auf den Rücken. Abwehrend hob Diana die Hände.

»Alles gut, Danke«, hüstelte sie.

»Hättest du den Kuchen mal mir gegeben.«

»Bist du dir sicher?«, fragte Diana, nicht mehr zu Scherzen aufgelegt. Am liebsten wäre sie sofort losgestürmt, doch sie musste ihre Schritte genau durchdenken. War das eine Falle? Doch in Erins Augen lag nur jugendliche Unschuld. Und Verständnis. Sie nickte.

»Ich muss weiterarbeiten. Wenn ich noch was für dich tun kann …«

»Erin, ich danke dir!« Diana sprang auf und umarmte die kleine, blonde Frau mit dem runden Gesicht. Lachend erwiderte sie die Herzlichkeit und verließ den Raum mit den

Worten, dass sie morgen doch bitte einen ganzen Kuchen erwartete, mit Sahne …

Tag 11

Diana versicherte sich, dass Brody bei der Übergabe war, bevor sie mit selbstbewussten Schritten die IST betrat, mit ihrer Key-Card jede einzelne Zelle öffnete und wieder schloss. Das ging ihr zu langsam, aber eine andere Möglichkeit sah sie nicht. Es gab gut einhundert Isolierzellen, in denen viele gebrochene Seelen vermoderten. Diana kannte die Protokolle, die versicherten, dass eine Wiedereingliederung unmöglich war. Manche Patienten kamen aus dem dritten und vierten Stock hier herunter, wenn sich ihr Zustand verschlechterte. Was, wie Diana vermutete, vielleicht sogar mit Absicht provoziert wurde. Die meisten Patienten lagen stöhnend in einer Ecke, des weiß gummierten Raumes, manche bekamen gar nicht mit, dass die Tür sich öffnete. Andere hechteten sofort in ihre Richtung, doch sie verschloss jedes Mal rechtzeitig wieder die Zelle. Es war zermürbend. Als sie fast am Ende angekommen war, flossen ihr die Tränen in wilden Bächen über die Wangen. Sie wollte gerade die letzte Tür öffnen, am Ende des elendig langen Flurs, da kribbelte es in ihrer Hand. Eine seltsame Aufregung mischte sich unter ihren Frust und sie verlor fast die Karte, als sie sie hektisch über das Terminal rieb. Die Tür ließ sich öffnen und was sie dahinter sah, verschlug ihr jeden Gedanken, jedes Gefühl, hinterließ nur gähnende Leere. Als wäre sie eine unbemalte Leinwand, dessen Maler sich noch nicht für ein Bild entschieden hatte. Was sollte sie davon halten? Was ging in ihr vor? Diana betrat den viel kleineren Raum und betastete die schwarz glänzende Tür, vor der sie nun stand. Auch daneben hing ein kleiner Kasten. Probeweise hielt sie ihre Key-Card daran, doch wie erwartet, leuchtete das kleine Lämpchen über dem Terminal rot. War dies der Zugang? Er musste es sein. Versteckt, und gleichzeitig die ganze Zeit vor ihrer Nase. Wenn Jack wirklich hier gewesen war, dann war er es jetzt nicht mehr.

Dann war er jetzt dort unten. Was auch immer ihm da unten angetan werden würde, hätte sie es verhindern können, wenn sie früher hier nachgesehen hätte? Hätte sie das alles verhindern können, wenn Sie in den letzten Jahren mal die Zellen hier durchgegangen wäre? Deswegen belud Cal sie wahrscheinlich regelmäßig mit Papierkram, um sie von den Stationen fernzuhalten. Damit sie diese Tür nicht zufällig entdeckte. Sie brauchte eine Freigabe, oder vielleicht eine ganz andere Karte, um dort hineinzukommen. Derjenige, der ihr die Akte mit der Liste hatte zukommen lassen, war vielleicht auch in der Lage, sich in das System zu hacken und ihr die nötige Freigabe zu beschaffen. Aber wer konnte das sein? War das nur Wunschdenken? Funktionierte das überhaupt? Ihre Gedanken überschlugen sich. Sie kannte sich mit dem Ganzen nicht aus, aber wenn es einer tat, dann … Brody.

»Hey, Jack! Wach auf!«

Dunkelheit waberte um ihn herum, wie ein lebendiges Tier. Er entdeckte die Stimme nirgends, die ihn rief.

»Wer ist da?«

»Wie, wer da ist? Oliver. Olli. Dein bester Freund? Dein Retter, dein Messias, dein …

»Schon gut.«

Oliver lachte. Seine Stimme war jung, noch nicht im Stimmbruch. Etwas regte sich in Jack, wie eine Kerze, die aufflackerte. Die Kerze, die sich entzündet hatte, als er Gwen begegnet war. Die zarte Flamme der Erinnerung. Um Jack herum wandelte sich die Schwärze allmählich in eine Gestalt. Jack kniff die Augen zusammen, um sie besser zu sehen, ging langsam einen Schritt darauf zu, doch, was auch immer sich da vor ihm schlängelte, zog sich zurück, sobald Jack ihm zu nahe kam. Er streckte die Hand nach den dunklen Schlieren aus, griff aber ins Leere.

»Kommst du jetzt spielen?«, fragte der Junge.

War er tot? Er konnte sich nicht erinnern, wo er war, was passiert war, doch so hatte er sich den Tod immer vorgestellt. Schwarz und dunkel.

»Was redest du denn da, Skalli?«

Das Licht in seinem Inneren leuchtete heller bei dem Namen. Skalli. Und … »Hati?«

Der Junge lachte schallend und schlagartig verschwand die düstere Wolke, wie von einem aufbrausenden Wind davongetragen und entließ Jack in einen dichten Wald. Es war Herbst, die Bäume trugen kaum noch ein Blatt am Leib, dafür der Boden umso mehr. Rotgolden funkelte das Laubwerk um ihn herum, in der prallen Sonne, die durch das Geäst schien. Hinter einem der dicken Bäume ertönte wieder das Gelächter des Jungen, Oliver. Dessen Spitzname Hati war. Und Jack war Skalli. Die beiden Wolfsbrüder aus der nordischen Mythologie. Warum hatten sie sich so genannt? Denk nach. Jack folgte der Stimme seines Freundes, führte ihn tiefer in den Wald hinein.

»Erinnerst du dich jetzt wieder?«, rief Oliver.

Aber Jack konnte ihn nirgends sehen, bald wurden die Rufe leiser, entfernten sich schnell und Jack begann zu rennen.

»HATI? OLIVER?«, schrie er. Angst machte sich in seiner Magengegend breit. Seine Füße überschlugen sich beinahe, seine Stimme klang fremd, so jung … Da kam ihm plötzlich ein Gedanke. Warum fühlte er sich so wackelig, so klein? Jack sah auf seine Hände, die Hände eines Kindes … Er blieb stehen, die Blätter um ihn herum wirbelten an einigen Stellen auf, verwandelten sich in Bilder, wie Pfützen, in denen sich Filmausschnitte in Schwarz-Weiß spiegelten. Zwei Jungen, die in einem Baumhaus saßen und Karten spielten. Zwei Jungen, die an einem runden Küchentisch saßen und Eintopf um die Wette aßen. Und vor ihm, in der größte Pfütze, saßen die beiden vor einem

Zaun, ein Gehege, hier in diesem Wald. Doch bevor Jack mehr erkennen konnte, trat ein Kinderschuh direkt in das Bild und die Blätter wandelten sich erneut, in eine dicke Moosdecke, auf der Jack nun saß. Er hob den Blick und sah voller Erstaunen, wie sich eben jenes Gehege lang vor ihm erstreckte. Und durch die quadratischen Löcher in den unter Spannung stehenden Metallstreben starrten ihn zwei gelbe Augen an. Jack stand auf und bewegte sich ganz langsam näher an den summenden Zaun heran, um sich den großen Wolf näher anzusehen. Sein graues Fell glänzte in der Sonne, kein Muskel zuckte in seiner stattlichen Statur, während er Jack beobachtete. Nicht mal seine Ohren. Der Wolf wirkte aber auch nicht bedrohlich oder verängstigt, nur forschend. Jack streckte in Zeitlupengeschwindigkeit die Hand nach dem schönen Tier aus. Er war so fasziniert von dieser berauschenden Eleganz, dieser Macht. Wie magisch angezogen, hätte er fast durch den Zaun gegriffen, als ...

»Das würde ich lassen.«

Jack zuckte zurück und drehte sich zu der Stimme um. Sein Freund Oliver saß dort in dem weichen Moos. Die pechschwarzen Haare fielen ihm verspielt in sein junges Gesicht. Seine Grübchen vertieften sich, als er breit grinste und makellos weiße Zähne zeigte. Oliver trug ein dunkelbraunes Tank Top mit breiten ausgefransten Ärmeln und schwarze kurze Shorts. Sein eher schlaksiger Körper war blass und voller Kratzer und blaue Flecken, soweit Jack sehen konnte.

»Kannst du dich erinnern?«, fragte sein Freund erneut. Und ja tatsächlich. Die Kerze in seinem Inneren hatte sich zu einem lodernden gemütlichen Lagerfeuer entwickelt, hell und warm, wie ein solches, welches Hati und Skalli zusammen oft gemacht hatten. Im Wald, der direkt an Jacks Elternhaus grenzte.

»Wir haben hier viel Zeit verbracht, in diesem Wald.« Jack setzte sich zu seinem besten Freund, der wie ein Bruder für ihn war, und hatte das Gefühl, ihm würde ein Teil seiner Seele zurückgegeben. Gemeinsam schwärmten sie von alten Zeiten, wie oft sie sich über Nichtigkeiten gestritten hatten, oder die Hausaufgaben getauscht hatten, um Frau Hagen zu ärgern. Wie sie stundenlang, eingedeckt mit Proviant, entweder im Baumhaus oder hier bei den Wölfen verbracht hatten, mit denen sie sich so verbunden gefühlt hatten, dass sie sich eines Tages diese Spitznamen gaben. Jack war der Sonnenwolf wegen der blonden Haare und dem sonnigen Gemüt und Oliver ... war eher das Gegenteil von ihm. Wie Yin und Yang. Und nicht nur Jack hatte in dem klugen, rebellischen Jungen einen Seelenverwandten gefunden, dachte er, auch seine Schwester Louisa. Doch in dem Moment, als dieser Name fiel, wurde alles still. Der Wald, die Wölfe, alles verschwand. Auch Oliver. Jack tauchte in rasender Geschwindigkeit zurück in die bekannte Schwärze.

Tag 14

Die Hand auf ihrem Bauch abgelegt, streckte Diana sich auf der Couch in ihrem Büro aus. Übelkeit hatte die Kontrolle über ihren Körper übernommen. Es war ein Gefühl, als würde ihr Inneres in der Waschmaschine im Schleudergang waschen. Ein schwindelerregendes Summen stieg ihr hinter die Augen. Diana kniff sie zusammen, massierte die Schläfen, in der Hoffnung, ein bisschen Erleichterung zu erlangen und schlafen zu können. Sie war so schrecklich müde. Wann hatte sie das letzte Mal richtig geschlafen? Ein beklemmendes Gefühl beschlich sie. Die Pistole, die sie sich organisiert hatte, flüsterte in ihrem Schreibtisch, als würde sie Diana locken wollen. Benutz mich, schien sie zu rufen. Ganz ruhig, Diana. Versuch einfach zu schlafen. Doch das flaue Gefühl in ihrem Bauch ließ sie hin und her wälzen und erst, als ihr Kopf kurz vor der Explosion stand, schaffte sie es, in einen erschöpften Schlaf zu sinken. Jedoch nicht lange. Das Klopfen an ihrer Bürotür ließ sie aus dem kurzen Traum schrecken. Es war ein schöner Traum gewesen. Sie hatte mit Jack in der Badewanne gelegen, er hatte ihren Nacken geküsst, sie eingehüllt in seinen Duft und seine Wärme. Wieder hämmerte es an der Tür.

»Ich komme ja!«, rief sie genervt. Den Sand aus den Augen reibend, stand sie auf, um den ungebetenen Gast wegzuschicken. Niemand störte sie üblicherweise in ihrem Büro. Es sei denn, sie lud jemanden ein, wie Erin neulich.

Das war seit Jahren so. Sie stockte. »Wer ist da?«

»Aiden, jetzt mach auf!«

Ein Gefühl der Erleichterung beschlich sie kurz, aber sofort ermahnte sie sich, wachsam zu bleiben. Sie öffnete die Tür und empfing Aiden mit einer wütenden Grimasse.

»Was zum Teufel?!«, fauchte sie ihn an. Der große Mann drängte sich energisch an ihr vorbei und schloss die Tür, als wäre er auf der Flucht.

»Bitte, komm doch herein«, grummelte Diana und ließ sich auf ihrem Bürostuhl nieder. Wie gern hätte sie ihren Scotch hervorgeholt. In Aidens dunklem Gesicht stand ein gehetzter Ausdruck, fast schon verzweifelt. Aber Diana ließ sich dadurch nicht aus der Ruhe bringen. Aus irgendeinem Grund kümmerte es sie kein bisschen. Vermutlich war sie einfach zu müde. Fragend hob sie die Brauen, als Aiden sich auf den Sessel fallen ließ, der neben der Couch stand, auf der sie eben noch so selig geschlafen hatte.

»Was ist los mit dir, Diana?«, fragte er und seufzte gequält.

Wieder hob sie nur die Brauen, zu erschöpft, um mehr Worte als nötig zu sprechen.

»Du legst dich mit dem Boss an? Du drohst ihm? Was willst du denn damit erreichen?«

Diana hatte noch nie mit Aiden über ihre Pläne gesprochen. Er dachte wie alle anderen, sie wäre hier, um sich hochzuarbeiten und die Klinik zu einem besseren Ort zu machen. Dass Aiden sie nun mit diesen Dingen, von denen er eigentlich nichts wissen dürfte, konfrontierte, bestätigte ihr nur, dass sie ihm nicht trauen konnte.

»Was geht dich das an?«

»Was mich das angeht? Ich dachte, wir wären Freunde? Dieser Typ hat dich echt total verändert.«

»Ach, du hast doch keine Ahnung, was du da redest.« Arschloch.

Aiden stand mit einem Satz auf und schlich bedrohlich langsam auf sie zu, sodass sie sich unwillkürlich fragte, ob sie das laut gesagt hatte. Diana verzog jedoch keine Miene, blieb stur sitzen, aufrecht mit gestrafften Schultern, auch wenn ihr keineswegs danach zumute war, sich zu streiten. Sie würde es tun. Wieder huschte dieser seltsame Schatten über Aidens Gesicht.

«Kann ich dir denn vielleicht behilflich sein?«, erkundigte er sich und blieb direkt neben ihr am Schreibtisch stehen.

»Ich wüsste nicht wie, Danke.«

«Diana ...« Aiden wurde von einem erneuten Klopfen unterbrochen. Was war denn nur los hier? Mitten in der Nacht, zum Teufel!

«Was!?«, bellte Diana und zu ihrem Erstaunen betrat Brody das Zimmer. Der hat mir gerade noch gefehlt.

«Stör ich etwa?«, säuselte er gespielt überrascht, während er zum Schreibtisch schlenderte, ohne den Blick von Aiden abzuwenden.

«Du störst immer«, brummte dieser.

«Dich doch immer gern«, entgegnete Brody.

«Was wird das hier? Verbaler Schwanzvergleich? Verpisst euch jetzt aus meinem Büro! Es ist ...«, schaltete Diana sich ein und schaute seufzend auf die Wanduhr, «halb zwei MORGENS!«

Nun standen beide Männer links und rechts von ihr an ihrem Schreibtisch und Diana war kurz davor, die Knarre hervorzuholen, um sie in ihre Schranken zu weisen. Stoisch lieferten sich die beiden ein mentales Duell, das anscheinend von Brody entschieden wurde, denn Aiden zuckte zusammen und zog sich leicht zurück in seiner Haltung. Er schaute zu Diana, doch die bedachte ihn nur mit einem abschätzigen Blick. Sollte er doch glauben, was er wollte. Sie konnte sich nicht leisten, Mitgefühl zu zeigen, sie durfte nicht schwach wirken. Wie zur Bestätigung zog sich ein Kribbeln durch ihren Bauch in ihre Brust, wärmte ihr Herz. Aiden atmete scharf aus und stürmte aus dem Büro.

«Tja. Dann werde ich hier wohl nicht mehr benötigt«, seufzte Brody und schickte sich an, ebenfalls zu gehen, doch an der Tür drehte er sich noch einmal um, als wolle er etwas sagen. Diana kam ihm zuvor.

«Wieso bist du hergekommen?«

Sie konnte schwören, dass sich seine Mundwinkel zu einem leichten Lächeln verzogen, als er einmal kurz auf sein Auge zeigte und verschwand. Brody sah alles. Er hatte das schon des Öfteren betont. Sie wusste ja, dass er sich mit den Überwachungssystemen besser auskannte als jeder andere und in seinem Büro mit den Bildschirmen mehr Zeit verbrachte als irgendwo anders. Vermutlich schlief er sogar dort, so, wie er manchmal aussah. Hatte er sie beobachtet? Wahrscheinlich. Konnte sie ihn vielleicht tatsächlich um Hilfe bitten? Diana war jetzt schon ein-, zweimal versucht gewesen, doch die Angst, dass sie dem Falschen vertraute und Jack das würde ausbaden müssen, war zu groß.

Nun wieder allein in ihrem Refugium, entspannte sie sich wieder etwas, und erst da sah sie den kleinen Brief auf dem Schreibtisch. Rechts von ihr, da wo Brody gestanden hatte. Diana öffnete den kleinen zusammengefalteten Zettel und las die Notiz: ‚B-BR13-R4vo-B27. 12 Tage!‘ Was um alles in der Welt hatte das zu bedeuten?

Jack wachte mit höllischen Kopfschmerzen auf. Um ihn herum war nichts als grauer, harter Beton. Es war nasskalt und dunkel. Bis auf die kleine, flackernde Glühbirne, die an der Decke baumelte, gab es kein Licht. Aber eine Pritsche. Jack schleppte seinen schweren, müden Körper auf die durchgelegene Matratze, die, wie er schnell feststellte, einen starken Uringeruch innehatte. Überhaupt war die eisige Luft durchsetzt mit Blut, Fäkalien und Erbrochenem. Jack ahnte, wo er war. Im Keller. Die Stahltür war ebenso mit einer kleinen Luke versehen, aber hier würde er vermutlich keine Anziehsachen oder eine Bettpfanne kriegen. Vielleicht, wenn er Glück hatte, bekam er was zu essen. Aber sie hatten ihn hierher abgeschoben, damit sich keiner mehr kümmern musste. Oder würden sie ihn auch ausnehmen? Seine Organe verkaufen? Wenn noch etwas übrig war. Suchte Diana nach ihm? Ging es ihr gut? Gwen, bist du hier? Bist du bei mir? Plötzlich fuhr ein stechender Schmerz durch seine Hand, die noch immer mit dicken Bandagen umwickelt war. Moment ... Da stimmte etwas nicht. Allmählich kehrten die Erinnerungen zurück und Tränen stiegen in Jacks Augen. Sie hatten ihm seine rechte Hand entfernt. Der Schmerz, den er fühlte, war der Trennungsschmerz an der Schnittstelle. Oh Gott! Hilf mir doch! Jack schämte sich seiner Tränen nicht. Er würde hier sterben. In dieser stinkenden Baracke, die vielleicht schon seit Jahrhunderten existierte, würde hier gnadenlos verenden, wie die ganzen anderen vor ihm. Jack schloss die brennenden Augen und gab sich dem endlosen, freien Fall hin.

Tag 18

Sie konnte nichts sehen. Nicht das grelle Licht, das ihr jegliches Zeitgefühl genommen hatte, nicht die Menschen, die an ihrem nackten Körper operierten, nicht die Decke aus Beton, die ihr die Luft zum Atmen genommen hatte. Sie hatten ihre Augen genommen. Es fühlte sich an, als liefen ihr Tränen über das Gesicht. Kopfschmerzen, so stechende Kopfschmerzen. Die weißen Kittel sprachen über Abstoßungsreaktionen, Prothesen, Enukleation. Sie konnte nichts mehr sehen. Sie hatte keine Kraft mehr. Jack würde kommen. Ganz sicher. Obwohl sie ihn seit einer Weile nicht mehr spüren konnte. Obwohl das Band ausgezerrt und schlaff zwischen ihnen baumelte. Er würde kommen. Nur vielleicht zu spät.

Seit Tagen schlug Diana sich mit diesem Rätsel rum und kam nicht auf die Lösung. Sie wollte Brody aber auch nicht fragen, er würde schon seine Gründe haben, warum er die Nachricht verschlüsselt hatte. Wollte er ihr helfen? Oder sie warnen? Oder sie einfach ärgern? Das würde sie ihm eher zutrauen. Vermutlich saß er gerade irgendwo vor einem seiner Bildschirme und amüsierte sich auf ihre Kosten. Gedankenverloren schlenderte sie Richtung Raucherecke. Natürlich nicht zum Rauchen, sondern weil sie dort das Gefühl hatte, Jack zu spüren, als würde er neben ihr sitzen. Bald. Ihr fehlte nur noch ein Puzzleteil, ein letzter Schlüssel und dafür musste sie unbedingt in Callahans Büro, ungesehen, ungestört. Denn sie hatte gelesen, dass Schlüsselkarten über eine Software aktiviert werden konnten. Und sie war sich sicher, dass sie auf Cals Computer fündig werden würde. Doch die letzte Zeit verließ ihr Chef kaum noch diese Räumlichkeiten. Vielleicht rechnete er jederzeit mit einem

Putsch oder war vielleicht auch schon auf einen Gegenschlag vorbereitet. Sie musste davon ausgehen. Gesprochen hatte Diana ihn seit dem einen Tag nicht mehr. Das war ihr auch ganz recht. Schließlich war ihr so schon am laufenden Band übel, da brauchte sie nicht auch noch sein Zutun. Dem Baby ging es soweit gut. Gestern war sie wieder bei Dr. Sariba gewesen. Sie hatte einen leichten Eisenmangel festgestellt, weshalb sie neben ihren Schwangerschaftsvitaminen nun auch noch ein Eisenpräparat einnehmen musste. Auf dem Ultraschall konnte man einen kleinen schwarzen Punkt erkennen, so groß, wie die Spitze des kleinen Fingers. Die Fruchtwasserhöhle. Und dort drin schwamm ein winziges Wesen, das bereits begann, ein Herz zu entwickeln. Nicht mehr lange, dann könnte sie es sehen und dann hören. Und eines Tages wird sie ihr Baby im Arm halten. Diana wusste tief in ihrem Inneren, dass es gut gehen würde. Dass ihr Sohn überleben und gesund zur Welt kommen würde. Und sie hoffte inständig, Jack würde an diesem Tag dabei sein. Schwindel überkam sie und sie lehnte sich gegen eine Wand im Flur. Fast geschafft. Ihre Beine fühlten sich jetzt schon an, als wären sie aus Blei. Immerhin musste sie sich noch nicht übergeben. Draußen angekommen, fiel sie auf die Bank und gab sich ein paar Tagträumen hin. Nur mal kurz. Diana spürte Jacks Lippen auf ihren, konnte ihn fast schmecken. Sie hatte um ein Wunder gebeten und einen Tag später war Jack gekommen. Er hatte sie befreit. Sie dachte an den Tag in der Bibliothek, als er an ihrer Seite geblieben war, sie nicht verurteilt hatte, sie im Arm gehalten hatte, während sie sich die Seele aus dem Leib geheult hatte … Moment. Das ist es! Die Bibliothek! Ich dumme Nuss. Sofort sprang Diana auf. Sie gab sich Mühe, ruhig und entspannt zu laufen, um keinen Verdacht zu erregen. In dem großen Raum angekommen, schlug sie schnell die Tür hinter sich zu und atmete tief ein. Sie spürte ihren Herzschlag so stark in ihrem Hals, dass sie schwer dagegen anschlucken musste, um ihren Puls zu beruhigen. Seit sie ihren Körper mit einem anderen Menschlein teilte, lief ihr Kreislauf auf Hochtouren, dabei war sie erst in der Frühschwangerschaft. Das war etwas, an das sie sich nur schwer gewöhnen würde, dachte sie. Allmählich floss ihr Blut wieder im Normaltempo und sie konnte wieder denken. In der Bibliothek gab es auch Kameras und nur eine Stelle darin wurde nicht gefilmt. Sie schaute unauffällig auf die Notiz von Brody, um sicher zu gehen. B-BR13R4vo-B27. Bibliothek – Buchreihe 13. Sie tastete sich in dem schummrigen Licht voran und tatsächlich stand sie genau an der Stelle, wo Jack und sie den Tag gesessen hatten. Woher …? Sie blickte wieder auf den Zettel. R4vo-B27. 4. Reihe von oben. Buch 27. Sie nahm den dicken Wälzer in die Hand, auf dem Deckel stand: ‚Das verrückte Irland. Die grüne Insel und ihre Heilstätten'. Von dem Buch hatte Jack ihr einmal erzählt. Es war weitaus weniger verstaubt als die anderen, also schien es vor kurzem jemand benutzt zu haben. Diana öffnete es und entdeckte eine schmale Aussparung in den ersten Seiten. Darin lagen ein Schlüssel und eine weitere Notiz. Bald geschäftlich unterwegs. Sie las die letzten Worte auf dem Zettel. 12 Tage. War Cal so lange unterwegs? Oder erst in 12 Tagen? Egal, das würde sie noch herausfinden. Sie glaubte es kaum. Ihr fehlendes Puzzleteil war ihr von dem Mann in die Hände gespielt worden, von dem sie es am wenigsten erwartet hatte, von dem sie dachte, er könne sie überhaupt nicht leiden. Ihr kam der Gedanke, dass er vielleicht die ganze Zeit schon auf ihrer Seite gewesen war. Die Liste? Sie würde ihn fragen. Aber vielleicht verfolgte er seine eigenen Ziele, die ihren nur gar nicht so unähnlich waren. Sie drückte das dicke Buch an ihre Brust und schluchzte kurz auf. Danke.

‚Du Krüppel! Stirb endlich! Es kann dich sowieso keiner mehr gebrauchen!' Die Stimme des Entzugs sang lauter und schriller als je zuvor. ‚Reiß dir die anderen Körperteile auch noch ab.' Jack schaffte es nicht aufzustehen. Weder um den Kanten Brot aufzuheben und zu essen, noch um sich zu erleichtern. Ihm tat alles weh. Die Abrissbirne in seinem Kopf schwang stetig hin und her. Jack versuchte zu schlafen, flehte um eine Ohnmacht, doch sein Geist war so hellwach, so in dem Überlebenskampf gefangen, dass er gezwungen war, in die Dunkelheit zu starren. Hin und wieder blinzelte er, doch auch das war schmerzhaft. Lass mich doch einfach gehen, flehte er stumm in die Dunkelheit. Erneut zuckte ein stechender Schmerz durch seinen Körper, in seinen rechten Arm. Stöhnend wand er sich gegen die unsichtbaren Hände, die ihn festhielten. Plötzlich stand ein Mädchen neben seinem Bett. Das Gewicht, das ihn auf die versiffte Matratze drückte, verhinderte, dass er zurückschreckte. Innerlich schrie er vor Angst, vor Entsetzen über das plötzliche Auftauchen dieses Mädchens.

»Sch. Alles gut. Ich bin es doch. Erkennst du mich nicht mehr?«, fragte es und streckte eine blasse Hand nach ihm aus. Ihr blondes langes Haar lag in Wellen über ihren Schultern. Stechend blaue Augen, die an das Meer der türkischen Riviera erinnerten, sahen ihn voll Wärme an und vertrieben seine Angst.

Wer bist du?, fragte er in Gedanken, denn seine Zunge lag nur wie ein schwerer Klumpen Fleisch in seinem Mund.

Sie legte die zarte Hand auf seine Brust und löste etwas in ihm. Um ihn herum begann es zu leuchten, so hell, dass er die Augen zusammenkniff, um nicht geblendet zu werden. Dann legte er seine eigene Hand auf die Schulter des Mädchens.

»Lass dich nicht fertig machen. Du bist ein tolles Mädchen.« Die Worte klangen weit entfernt, aber sie kamen aus seinem Mund. Nur warum? Tränen glitzerten in ihren Augen, als sie zu ihm heraufschaute.

»Und wenn sie recht hat? Ich bin nichts Besonderes, ich kann ja nicht mal so ein einfaches Gedicht aufsagen. Das war so peinlich«, schluchzte sie. Das Leuchten konzentrierte sich nur noch auf das Mädchen. Sie waren nicht mehr in der Zelle aus Beton, sondern in einem Kinderzimmer. Jack saß vor ihr, auf ihrem Bett, mit schneeweißer Bettwäsche bezogen. Tiger und Pandas zierten die Wände, die in waldigen Grüntönen gehalten waren. Auf den braunen Kommoden standen unzählige kleine Tierfiguren, Elfen, Drachen und anderes. Links von ihm an der Wand hing eine riesige Weltkarte, auf der viele Pins platziert waren. Jack sprach, ohne es zu merken, als würde er diese Szene von weit weg betrachten.

»Pah, dafür kannst du auf Bäume klettern, kannst Gitarre spielen und du hast einen richtig coolen großen Bruder, der, wenn diese Nina dich nicht in Ruhe lässt, ihr mal einen Besuch abstattet. Louisa, glaub mir, ich bin richtig stolz auf dich.« Louisa. Seine Schwester, natürlich. Wie hatte er sie nur vergessen können? Ihr aufgewecktes Wesen, so klug, wissbegierig. Und sie konnte immer schon viel schneller laufen und klettern als Oliver und er. Sie hatten zu dritt oft Wettrennen veranstaltet und seine Schwester hatte fast immer gewonnen. Sie war zwei Jahre jünger als die Jungs und Oliver war so vernarrt in Louisa, dass sie später ein Paar wurden. Das schönste Paar, das Jack sich hätte vorstellen können. Die Erinnerungen prasselten auf ihn ein. Ihre Spaziergänge, ihre Spieleabende, ihre Zankereien, die Zaubertricks, ihre Küchenexperimente, bis ihm schwindelig wurde.

»Weißt du wieder, wer ich bin?«

Sie waren zurück in der Betonzelle. Jack war von der Pritsche aufgestanden, blickte auf das leuchtende, blonde Mädchen herab und umarmte sie. Sie weinten, während sie sich, eingehüllt in warmes Licht, in den Armen lagen. Er vermisste sie so. All die Liebe, die er für sie empfand, bahnte sich einen Weg in sein Inneres, fand ihren Platz. Seine Schwester. Wieso war sie gestorben? Wieso war Oliver gestorben? Er konnte das alles nicht verstehen. Da verschwand das Leuchten und Jack schlang die Arme um seinen Oberkörper, als wäre sie noch da.

Verzweiflung und Frust schrien aus ihm heraus, als seine Knie nachgaben und er auf den Boden sank. Das Gesicht in den Staub gepresst, flehte er um Gnade. Was hatte er verbrochen, dass er so gestraft war? Bitte! Töte mich! Bitte ... Da zupfte es in ihm. Wie eine Harfensaite, die angestimmt wurde, erklang ein einziger zarter Ton. Gib nicht auf. Steh auf. Die Stimme, die geschmeidig wie Honig über seine Seele glitt, ließ ihn aufhorchen. Es war nicht Gwen, es war etwas anderes. Doch er konnte der Aufforderung nicht nachkommen. Keinen einzigen Muskel konnte er mehr rühren. Jack hörte das Quietschen der Klappe in der Tür und ein neuer Kanten Brot landete vor seiner Nase. Nur ein paar Zentimeter bewegen, dann könnte er abbeißen. Und tatsächlich schaffte er es, seine Wange soweit über den rauen, dreckigen Boden zu schieben, dass er ein Stück essen konnte. Zumindest einen Bissen konnte er kauen, er war sich aber nicht sicher, ob er nur auf dem Brot oder auch auf seiner tauben Zunge herumkaute. Der Geruch nach Blut war ihm Antwort genug. Dann überkam ihn endlich wieder die ersehnte Bewusstlosigkeit.

Er hatte Aiden schon immer gern in die Schranken gewiesen, aber Brody hatte ihn trotzdem respektiert. Aiden war kein schlechter Mensch. Und vor allem war er Diana gegenüber immer freundlich gewesen, das war für ihn das Wichtigste. Denn Diana brauchte einen Freund. Brody wäre gern von Anfang an derjenige gewesen, dem sie sich anvertraute, doch im Laufe der Zeit nahm er eher eine andere Rolle ein. Sie konnte ihren Frust bei ihm abladen. Für ihn war es viel leichter, ein Arschloch zu sein und Aiden die Rolle des Guten übernehmen zu lassen. Doch er hatte sie immer beobachtet. Immer. Am ersten Tag schon war sie in sein Herz geschlichen. Hatte Zweifel in ihm geweckt, ihm die Augen geöffnet. Da hatte er erst richtig begonnen, alles zu hinterfragen, woran er geglaubt hatte. Brody war auch kein schlechter Mensch, etwas unsensibel und forsch, aber nicht bösartig. Im Gegensatz zu Callahan Doyle. Dieser hatte ihn jahrelang mit Lügen gefüttert, hatte ihn geschickt glauben lassen, dass er nichts Unrechtes tat. Doch als Diana kam … Sie war für ihn die menschgewordene Gerechtigkeit. War er verliebt? Vielleicht. Egal. Das war unwichtig. Das Einzige, was zählte, war, dass er damals beschlossen hatte, sie zu unterstützen. Aus dem Hintergrund heraus, unsichtbar, ohne seine Stellung preiszugeben, denn das hätte er mit seinem Leben bezahlt. Also hatte er sie nie aus den Augen gelassen. Auch nicht, als Jack kam und ihr den nötigen Antrieb gab, den sie gebraucht hatte. Und besonders jetzt hatte er sie im Blick, wo sie allein dastand, weil Jack in einer Zelle versauerte und sie sich erst recht nicht mehr auf Aiden verlassen konnte. Brody wusste, wie es um ihn stand. Um seine Psyche. Hatte mitbekommen, wie seine Frau erkrankt war und wie er sich in die gleichen Dienste gestellt hatte wie er. Wenn nötig, würde Brody ihn ausschalten, bevor er für Diana gefährlich werden konnte. Und Jack? Er gönnte es den beiden, glücklich zu werden. Doch die Pläne, die Doyle für den Jungen noch hatte, würden ihnen wahrscheinlich einen Strich durch die Rechnung machen. Erstmal sorg ich dafür, dass du überlebst, Junge. Und dann sehen wir weiter. Vielleicht schafft Diana es ja. Hoffentlich. Für den Fall der Fälle, war alles vorbereitet.

Diana kam wieder nicht zur Ruhe. Sie wälzte sich in ihrem Bett. Das war seit langem das erste Mal, dass sie wieder in ihrer Wohnung übernachtete, aber in ihrem Büro bekam sie erst recht kein Auge mehr zu. Sie hatte es jetzt ein paar Nächte probiert, seit der unschönen Auseinandersetzung mit Aiden, aber es ging nicht. In dem ganzen Gebäude ließ ihr Puls sie ständig wachsam sein. Doch dieses Bett … Jacks Geruch haftete noch immer an dem Laken, in dem sie sich so oft geliebt hatten. Ein Schluchzen bahnte sich ihre Kehle hoch, sie schluckte dagegen an. Selbst wenn heute alles so lief, wie sie es sich erhoffte, gab es keine Garantie. Was war, wenn sie Jack nicht finden konnte? Sie wusste doch gar nicht, was sie dort unten erwartete. Sehr wahrscheinlich würde nirgends etwas aufgezeichnet sein und sie bezweifelte, dass ihr irgendjemand etwas sagen würde. Sie hatte sich nicht getraut, Brody zu fragen, ihm zu eröffnen, dass sie den Eingang gefunden hatte. Sie hatte zu große Angst, dass Cal davon Wind bekam und heute doch nicht verreiste. Diana musste einen klaren Kopf bewahren. Das Ziel vor Augen, Jack und ihren Sohn im Herzen. Nie hätte sie gedacht, nach so kurzer Zeit für dieses Sandkorn so tiefe Gefühle zu hegen. Die Fülle an Emotionen, die über sie gekommen waren, als sie gestern den kleinen schwarzen Punkt gesehen hatte, hatten sie schier überwältigt. Eine Stunde saß sie komplett aufgelöst bei Dr. Sariba, die ihr eine Infusion mit Flüssigkeit und Vitaminen gegeben hatte und mit Schokolade gefüttert hatte. Diana sollte mehr auf sich achten, hatte ihre Ärztin gesagt. Mehr schlafen, weniger arbeiten, gesünder essen, denn ihr Blutdruck könnte sonst vielleicht zum Problem werden. Außerdem war die Gynäkologin über die Tatsache besorgt, dass Diana Gewicht verlor. Also verbrachte sie die Nächte nun in ihrem Bett. So schwer es ihr auch fiel. Zumindest war sie hier sicher. An der

Wohnungstür hatte sie ein paar zusätzliche Schlösser ange-bracht und den Kühlschrank mit allerhand Obst und Gemüse gefüllt. Schlecht war ihr zwar trotzdem, aber der Schwindel hatte sich etwas gelegt.

Diana schaltete den Wecker aus, bevor er klingeln konnte, und stand auf. Sie brauchte einen Moment, um sich zu sammeln und den bevorstehenden Tag im Kopf durchzugehen. Denn heute war es soweit. Alle Abteilungen wussten, dass sie sich bereithalten mussten. Auch in der Pflege hatte sie dafür gesorgt, dass niemand Unschuldiges zu Schaden kommen würde. Kein Mitarbeiter, kein Patient.

»Eine heiße Dusche, ein dicker Smoothie und ein ordentli-ches Frühstück, was hältst du davon?«, fragte sie in ihren Bauch hinein. Sie redete oft mit ihm, manchmal kam sie sich etwas verrückt dabei vor, aber es gab ihr ein gutes Gefühl. Es vertrieb die Einsamkeit ein wenig. Diana atmete tief durch und begann den Tag mit dem wohlig warmen Wasser, das ihr die Sorgen aus den Gedanken wusch. Wenigstens für den Moment.

Tag für Tag lag Jack auf dem Boden, kämpfte mit Schüttel-frost und Herzrasen. Das eine Mal dachte er, jetzt würde sein Herz zerspringen und für einen Augenblick spürte er eine grundtiefe Erleichterung. Doch er lebte. Dank der Stimmen in seinem Kopf, mit denen er sich stumm unterhielt. Die eine war die wütende, vulgäre Stimme des kalten Entzugs, die ihn an-schrie, beleidigte und um seinen Tod bettelte. Die andere war sanft und rein, ein glockenklarer Singsang des Frohmutes. Und er kannte diese Stimme irgendwoher, doch es wollte ihm nicht einfallen. Sie berührte etwas in ihm, brachte ihn dazu, jeden Tag ein Stück von dem Brot zu essen, auch wenn er sich vor Dehydration kaum bewegen konnte. Der Urin, den er nicht hal-ten konnte, war so konzentriert, dass er wie Sandpapier durch seine Harnröhre schmirgelte, auch sein Blut fühlte sich dick wie Morast an. Vermutlich hatte sein Herz deswegen so zu kämpfen. Jacks Kopfschmerzen hatten ihren Höhepunkt erreicht, als er vor Qual den Kopf auf den Boden schlug und sich mit seiner verbliebenen Hand ein Büschel Haare ausriss. Danach war er endlich gestorben, hatte er zumindest gehofft. Aber er war nur ohnmächtig gewesen und die Stimmen hatten gelacht. Die eine aus Schadenfreude, weil er darauf hereingefallen war und die andere aus Erleichterung. Seitdem war der Schmerz aber auszuhalten. Oder er fühlte einfach nichts mehr. Wie viele Tage waren vergangen? Wie lange müsste er das noch ertragen? Gib nicht auf, du schaffst das! Plötzlich hörte er ein Geräusch, das anders war als das Quietschen der Klappe. Schritte. Die Tür ging auf und jemand kam herein. Jack konnte nichts sehen, bis sich die Person über ihn beugte und ihm eine Flasche an die aufgesprungenen, zerbissenen Lippen hielt. Er schluckte gierig das Wasser, der Mann hielt zur Unterstützung seinen Kopf hoch. Sein braunes, gescheiteltes Haar, die blauen Augen und die markanten Gesichtszüge kamen Jack irgendwie bekannt vor. Er kramte in seinem geschundenen Gedächtnis und fand tatsächlich ein Geräusch. Das einer Haustür, die ins Schloss fiel, glaubte er. Als Jack das ganze Wasser getrunken hatte, spürte er einen kalten Lappen über sein Gesicht und seinen brennenden Kopf wischen. Der Mann verschwand, wieder ertönten Schritte und die Zellentür wurde geschlossen. Das Geräusch vermischte sich mit dem der anderen Tür in seinem Kopf. Die Töne der unterschiedlichen Schließmechanismen klangen abwechselnd in seinen Ohren, flimmerten immer schneller, vermischten sich, bis sich plötzlich ein Bild vor Jacks innerem Auge entwickelte und mit einem lauten Knall war der Mann wieder da. Sein Gesicht schwebte in der Luft zwischen ihm und der Betondecke. Das Wasser durchflutete seine vertrocknete Seele, klärte seinen Geist, zumindest so weit, dass er erkannte, wen er vor sich hatte. Seinen Vater. Wie war das möglich? Sein

Vater war tot. Doch die hellblauen, warmen Augen starrten direkt in Jack hinein, an den Ort in seinem Innern, wo die Erinnerung lag. Jack schloss für einen Moment die Augen, um besser zu verstehen, was sich in seinem Kopf abspielte. Als er sie wieder öffnete, war sein Vater weg, und die Zelle. Er lag in einem Bett. In seinem Bett, in seinem Kinderzimmer. Es war schon dunkel draußen, die schwarzen Vorhänge blähten sich auf durch den Wind, der durch das gekippte Fenster wehte. Jack stand auf und tippelte mit nackten Füßen über den blauen Teppichboden. Ein Geräusch hatte ihn geweckt, nur woher kam es? Zuerst schloss er das Fenster und als die plötzliche Stille in seinen Ohren dröhnte, verstand er. Es war die Haustür. Sein Vater war nach Hause gekommen. Er arbeitete als Kinderarzt und kam oft sehr spät in der Nacht, oder mal zwei Tage gar nicht. Aber wenn er da war, verbrachte er jede freie Minute, die er nicht schlief, mit seiner Familie. Jack wollte ihn begrüßen, wollte die Freude in seinen Augen sehen, wenn Jack ihn für eine feste Umarmung ansprang. Doch heute war etwas anders. Leise schlich er die Treppe hinunter und lauschte am Türrahmen des Wohnzimmers den aufgebrachten Stimmen seiner Eltern. Eine Gänsehaut zog sich über seinen Körper, als er das Zittern in der Stimme seiner Mutter hörte.

»Wie ist das möglich, John?«, hauchte sie.

»Ich kann es mir auch nicht erklären, aber ich bin ganz sicher. Ich hab alles doppelt überprüft!« Die Verzweiflung seiner Eltern hing in der Luft, füllte sie mit Bedauern und Ratlosigkeit.

»Oh Gott ... Was sollen wir jetzt tun?«

»Wir müssen es ihm sagen.«

»Nein!«

»Anna, Liebes ... Was ist denn, wenn Jack es irgendwann herausfindet? Wie willst du es ihm dann erklären?« Was?

»Wenn er älter ist, wird er es besser verstehen.«

»Und wenn er dann erst recht sauer wird, weil wir ihn sein Leben lang belogen haben? Willst du riskieren, dass er uns davonläuft?«

»Nein, Nein, Nein! Sag so etwas nicht.«

Die Stimme seiner Mutter entfernte sich, vermutlich ging sie in die Küche. Sein Vater seufzte tief und lief ihr hinterher. Jack huschte den Flur hinunter, um weiter hören zu können. Es ging um ihn. Was ging hier nur vor sich?

»Was ist, wenn es das Mädchen beim nächsten Mal schafft?«, fragte sein Vater vorsichtig. Das Mädchen?

»Wer ist sie überhaupt? Was ist das für ein Mädchen?«, entgegnete seine Mutter genervt.

»Sie war schon in verschiedenen Pflegefamilien registriert, ist aber immer wieder abgehauen und hierhergekommen. Das ist doch kein Zufall. Sie muss wissen, dass es

Jack gibt. Oder spüren.«

»Du klingst völlig verrückt.«

»Ich habe alles überprüft, zwei Tage lang«, beteuerte er weiter.

»Hat sie was gesagt? Wie sie heißt? Oder wo sie herkommt?«

»Nur wenig. Ihr Zustand ist ziemlich verwahrlost. Wir haben versucht, sie aufzupäppeln, lassen sie psychologisch betreuen, aber auch der Therapeut kriegt nicht viel aus ihr raus. Gwen ist wohl ihr Name.«

Eiskristalle zuckten durch Jacks Adern, wie …

»Wir können sie nicht festhalten. Natürlich können wir sie wieder der Jugendfürsorge übergeben, sobald sie fit ist, aber die können sie auch nicht anketten. Und wenn sie eines Tages hierherkommt und Jack alles erzählt?«, fuhr er fort.

»Dass sie seine Zwillingsschwester ist?!«

Jack spürte seinen Körper nicht mehr, er bekam kaum noch Luft.

»Pst! Nicht so laut, Anna«, raunte sein Vater dumpf. Es klang so, als würden sie sich umarmen. Jack hörte das Rascheln von Kleidung und dann sprach sein Vater leise weiter.

»Wir müssen Schadensbegrenzung betreiben und Jack erzählen, dass wir ihn adoptiert haben. Und du schaust, was du über diese Klinik herausfinden kannst, die ihn uns vermittelt hat, okay? Alles wird gut, mein Schatz.«

Jack hörte nur noch das Schluchzen seiner Mutter, als er zurück in die Gegenwart tauchte, zurück in seine dunkle Zelle. Die Informationen prasselten auf ihn ein, wie ein Hagelsturm. Die Körner, so groß wie Tennisbälle, schlugen tiefe Furchen in seinen Verstand, durchbrachen große Teile des Schleiers, der sich die letzten Jahre gebildet hatte, der ihn alles hatte vergessen lassen. Seine Träume, seine Flashbacks setzten sich zusammen, wie ein Puzzle. Das Haus am See, in das sie gefahren waren, um vor einer Stalkerin zu fliehen. Die unterschiedliche Augenfarbe. Adoptiert, Zwilling, Gwen ... Jacks Glieder begannen unkontrolliert zu zittern, seine Augen verdrehten sich schmerzhaft, als ein Krampfanfall seinen Körper erschütterte und ihm erneut das Bewusstsein raubte.

Diana schlich sich in die Bibliothek und hoffte inständig, dass Brody ihr die Hinweise und den Schlüssel nicht überlassen hatte, um sie dann auflaufen zu lassen. Sie klammerte sich an das warme Schmunzeln, das sie neulich bei ihm erstmals entdeckt hatte und an den Moment damals in der Raucherecke, als er ihr ohne Worte Gesellschaft geleistet hatte. Sie hatte gespürt, das mehr in ihm steckte, als er alle glauben ließ, also musste sie nun darauf vertrauen. Das Buch stand noch immer an der gleichen Stelle. Diana atmete tief durch und zog es aus dem Regal, als es plötzlich piepste und sie vor Schreck das Buch fallen ließ. Ihr Funkgerät, nur ihr Funkgerät ... Sie schaltete es aus und setzte sich schwer atmend auf den Boden. Ganz ruhig. Sie hob mit zittrigen Fingern das aufgeschlagene Buch auf und stellte überrascht fest, dass ein gefaltetes Papier herausgefallen war. Sie öffnete es. Es war ein Lageplan. Doch den darauf gezeichneten Bereich kannte sie nicht. War das etwa …? Hatte Brody ihr den hinterlassen? Es war alles da, was sie brauchte. Das war perfekt. Anhand dieser Karte würde sie Jack und hoffentlich Gwen finden und gemeinsam würden sie fliehen. Sich nie wieder umdrehen. Den ganzen unheilvollen Berg zum Teufel jagen und irgendwo neu anfangen, eine Familie sein. Sie musste Brody danken. Sie zweifelte nicht mehr an seinen guten Absichten. Er war bereits zwanzig Jahre hier, bestimmt kannte er allein durch seine Beobachtungen viele Geheimnisse. Kein Wunder, dass er manchmal so schwierig gewesen war. Diana kam der Streit zwischen ihm und Aiden wieder in den Sinn. Ganz geschickt hatte Brody eine Mauer um sich errichtet, wie sie ihre Maske, damit niemand näher hinhörte, geschweige denn genug Ernst in seine Worte interpretierte. Es ärgerte Diana, dass auch sie darauf hereingefallen war. Er hätte in den letzten Jahren ein wertvoller Verbündeter sein können. Oder nicht? Das war jetzt nicht mehr wichtig. Ihr lief die Zeit davon, sie durfte nicht zurückblicken. Sobald sie in Cals Büro gewesen war, würde sie Brody aufsuchen. Diana lehnte ihren Kopf an das Regal. Konzentration. Diana nahm den Schlüssel und stellte das Buch zurück an seinen Platz. Sie musste handeln. Jetzt. Nach ein paar tiefen Atemzügen öffnete sie die Tür der Bibliothek und spähte gerade hinüber zum Büro ihres Peinigers. Sie hatte gestern vorsichtig Viola ausgehorcht, um den richtigen Zeitpunkt abzupassen. Jetzt oder nie. Mit schnellen Schritten lief sie zu Cals Räumlichkeiten und schloss sie auf. Der Schlüssel passte. Es war geradezu gespenstisch still, als sie das Vorzimmer durchschritt. Ein letztes Mal betrat sie das Büro, Cals Wuthöhle. Ein letztes Mal berührte sie diesen riesigen Schreibtisch aus dunkel lackiertem Eichenholz. Die

Mittagssonne schien durch die großen Fenster und ließ die edle Einrichtung gelblich glitzern. Es war fast schon schön. Doch sie durfte keine Zeit verlieren. Mit flinken Fingern durchsuchte sie die Schubladen, während der Computer hochfuhr. Sie kämpfte gegen den Kloß in ihrem Hals und machte sich an die Aktenschränke an der Wand. Zu ihrem Erstaunen waren sie nicht abgeschlossen. Cal hatte sich entweder sehr sicher gefühlt, oder er hatte keine wertvollen Informationen hier verstaut. Mit einem Klick öffnete sie die erste Schranktür und darin fand sie drei Kisten mit Akten.

Allem Anschein nach Personenakten. Die vierte, die sie durchblätterte, wäre ihr beinahe aus der Hand gefallen. Ein großes Bild von Jack prangte auf der ersten Seite. Seine persönlichen Daten standen dahinter, ausführlich beschrieben. In Obhut stand in dicken roten Buchstaben auf der dritten Seite. Dann folgten etliche Berichte, von verschiedenen Ärzten verfasst. Diana betrachtete den ersten genauer:

Pat. eingeliefert am 07.02.2012, weist starke Aggressionen auf, Selbstverletzungsgefahr, schwere Verhaltensauffälligkeiten nach psych. Trauma. Körperlich unversehrt. Pat. von Dr. Siemann übernommen.

Die nächsten Berichte waren nur noch aus der Sicht des Arztes Dr. Siemann geschrieben. Psychotherapeut.

Patientenakte 2209

12.03.2012
Notiz – Patient lethargisch, kein Augenkontakt, heiser, blass, leidet unter Schlaf- und Appetitlosigkeit, Clonazepam zeigt geringe Wirkung, vergangene Sitzungen ergebnislos, erste klare Ereignisbeschreibung nach dem Vorfall.
Gesprächsprotokoll
Dr. S.: Erzählen Sie frei heraus. Ich bin bei Ihnen.

J. B.: Ich hatte Geburtstag. 18 Jahre lang haben meine Eltern jedes Jahr eine große Party geschmissen. Sie sahen aber ein, dass ich dieses Jahr mit meinen Jungs um die Häuser ziehen wollte. Es war ein lustiger Abend, doch ich hatte schon irgendwie ein schlechtes Gewissen. Also haben meine Freunde mich zu Hause abgesetzt, es war schon sehr spät. Ich weiß noch, wie ich auf die Uhr schaute, ich erinnere mich aber nicht mehr an die Uhrzeit. In unserem Haus brannte Licht, jedes einzelne Fenster war hell erleuchtet. Wie zu Weihnachten. Das war … merkwürdig. Ich möchte nicht weiterreden.

Dr. S.: Ich helfe Ihnen, das zu verarbeiten. Doch dafür muss ich wissen, was genau geschehen ist. Atmen Sie tief durch, wenn sie so weit sind, reden Sie weiter. Schritt für Schritt.

J. B.: Ich habe die Tür aufgemacht. Nein … Ich wollte die Tür aufmachen, doch sie war nur angelehnt. Ich erinnere mich an eine lautstarke Unterhaltung im Nachbarshaus, aber ich beschäftigte mich nicht weiter damit. Ich betrat unser Haus. Ich weiß, dass ich nicht verstanden habe, was ich dort gesehen habe. Komischerweise habe ich mich zuerst gewundert, warum meine Schuhe sich anfühlten wie Inlineskates. Es war so rutschig unter meinen Füßen. Ich kann mich an jeden einzelnen Gedanken erinnern, der mir durch den Kopf schoss, als ich das Blut betrachtete. Aber keiner davon war rational, keiner davon erklärte das Bild vor meinen Augen. Verstehen Sie, wenn Sie beispielsweise einen Schmetterling sehen, nehmen Ihre Augen das Bild, die Formen und Farben wahr, setzen es als ein Bild um und leiten es in unser Gehirn weiter und dieses sagt uns dann, wie wir das Bild benennen und fügt Emotionen und Erinnerungen hinzu. Und dann weiß man, was man da sieht. Aber ich bin durch die Blutlache gestapft, wie durch einen Sumpf, dieses saugende Geräusch dröhnt noch immer in meinen Ohren, und verstand es nicht. Mein Vater lag dort auf dem Boden im Flur, bäuchlings. Er hatte den abgenutzten

Baseballschlager in der Hand. Ich ging an ihm vorbei, weiter ins Wohnzimmer. Ich …

Dr. S.: Alles okay. Sie sind in Sicherheit. Ganz in Ruhe.

J. B.: Dort war noch mehr Blut. Sogar an der Decke. Überall. Und dort lagen meine Mutter und meine Schwester. Ihre Kleidung waren zerrissen, ihre Körper aufgeschlitzt. Ich erinnere mich, dass ich Louisas Wange streichelte und ihre Augen schloss. Doch dann klebte auch an meinen Händen Blut. Ich ging ins Badezimmer, um es abzuwaschen. Dann entdeckte ich Oliver. Er kauerte neben der Toilette, die Knie angezogen, das Gesicht in seinem Schoß vergraben. Ich sah nicht so viel Blut an ihm wie bei den anderen. Ich sagte seinen Namen. Doch als er nicht reagierte, berührte ich ihn am Rücken und dann fiel er um. Ich sah, dass er kein Gesicht mehr hatte. Da war ein Loch, aber kein … Gesicht. Wie in einem Horrorfilm.

Dr. S.: Ganz ruhig. Vergessen Sie nicht zu atmen. Oliver war ihr bester Freund, nicht wahr? Was hat er den Abend dort gemacht?

B.: Er war mit meiner Schwester zusammen. Sie waren ein schönes Paar …

Dr. S.: Wie ging es weiter? Haben Sie geweint?

J. B.: Nein. Ich habe bisher noch keine einzige Träne vergossen. Ist das nicht komisch? Nicht zu schreien, wegzulaufen oder zu heulen? Ich habe mich zu meiner Mutter gesetzt und ihre Hand gehalten, bis ich die Sirenen hörte, die schon bald die Straße raufdonnerten.

Dr. S.: Ein Schockzustand äußert sich bei jedem Menschen anders. Ich würde nicht sagen, dass das eine ungewöhnliche Reaktion ist.

Patient beginnt unruhig zu werden.

J. B.: Ich will jetzt nicht mehr weiterreden. Ich will hier raus. Sofort.

Dr. S.: Warten Sie. Lassen Sie uns noch zwei Fragen beantworten. Dann sind Sie fertig für heute. Was denken Sie, warum ist das passiert?

Patient verliert Kontrolle, schreit, lacht und zerrt an seiner Fixierung. Gespräch beendet.

Fazit: Der Patient zeigt manische Züge. Ausgeprägte PTBS festzustellen. Nach meiner Einschätzung besteht Selbstverletzungspotenzial. In jedem Fall weiter intensive Beobachtung und Betreuung empfehlenswert. Medikamentöse Therapie fortsetzen und im Notfall erweitern. Eventuelle Ruhigstellung und Fixierung erforderlich. In dieser Sitzung wurden keine weiteren Informationen erworben.
Patient vorerst nicht weiter zugänglich.

Dianas Atmung ging schwer. Jack sagte doch etwas von einem Unfall. Aber das war brutaler Mord. Wieso war das passiert? Ein kleiner Notizzettel erregte ihre Aufmerksamkeit.

Zu Händen: C. J. D.
Patient J. B. wird in Ihre Obhut übergeben, für Rückfragen und Informationen stehe ich Ihnen zur Verfügung. Ich bin überzeugt, dass er keinerlei Kenntnisse oder Vermutungen zu den Geschehnissen mehr besitzt. Und des Weiteren werden alle Fakten und Hinweise unter Verschluss gehalten, somit wird er es auch niemals erfahren. Mein Informant bestätigt, dass der Fall keine weitere Nachverfolgung mit sich ziehen wird. Auf eine gute Zusammenarbeit.

Der Arzt hatte fünf Jahre lang dafür gesorgt, dass Jack als Zeuge unbrauchbar wurde, um dieses schreckliche Verbrechen zu vertuschen. Callahan. Das ging alles auf seinen Mist. Diana kam der schreckliche Gedanke, dass es doch einfacher gewesen wäre, Jack zu töten, anstatt ihn so aufwendig zu behandeln und der Medikamentensucht hinzugeben. Natürlich war sie froh, dass es nicht so gekommen war. Unendlich viele Fragen überforderten ihren Verstand. Deswegen war Jack hier. Deswegen ist er hier in dieser Anstalt eingestellt worden. Warum ist Callahan sonst dieses Risiko eingegangen, wenn nicht, um ihn zu beobachten. So wie bei ihr. Weil Jack es geschafft hatte, sich über die Medikamente hinwegzusetzen, eine Toleranz zu entwickeln und wieder eigenständig zu denken. Und dadurch wurde er zur Gefahr. Oder … Sie blätterte weiter durch die Akte und entdeckte Bilder von Jack in jeder Lebensphase, bis zur letzten Seite, auf der ein Foto festgeklammert war, von einem beatmeten Baby in einem Inkubator. Was hatte das zu bedeuten? Sie verstand nicht ganz, was dort zu lesen war. Experiment A 160. Vielleicht konnte der Arzt ihre Fragen beantworten. Fragen, die diese Akte nicht offenbarte. Was war passiert mit Jacks Familie? In welcher Hinsicht arbeitete er mit Callahan zusammen? Überhaupt, was war das für ein Kerl? Und warum war Jacks ganzes Leben protokolliert? Sie empfand unendliches Mitleid für den Jungen, der solche Qualen durchlitten hatte und noch immer durchleiden musste. Es brach ihr Herz. Sie liebte ihn, für seinen Mut, seine Stärke, und das würde sie ihm sagen. So schnell wie möglich. Einen kurzen Moment schloss Diana die Augen und ging in sich. Sie würden es beide schaffen. Vertrauen flutete ihren Körper. Dann ging sie zum Telefon und wählte die Nummer, die sie in der Akte gefunden hatte.

Nach wenigen Sekunden meldete sich eine kräftige, weibliche Stimme. »Dr. Siemanns Büro, was kann ich für Sie tun?«

»Diana Kingsley mein Name, ich muss sofort mit dem Doktor sprechen.«

»Jeder, der hier anruft, denkt, es sei dringend. Geht es um einen Termin?«

»Sagen Sie ihm, ich rufe aus dem St. Caprice an, von Callahan Doyles Telefon, und wenn er nicht sofort ran geht, hetze ich ihm die Polizei auf den Hals.«

Die Frau seufzte genervt, als ob es nichts Besonderes wäre, bedroht zu werden und stellte Diana in die Warteschlange. Mit jeder Sekunde, in der sie diesem Jingle lauschte, wurde sie nervöser. Schweiß perlte über ihre Stirn und ihre Pulsfrequenz schoss wieder in die Höhe. Vor ihr auf dem Schreibtisch lag Jacks Akte. Dann hörte sie das Klingeln. »Siemann«, meldete sich eine rauchige Stimme.

»Kingsley. Sie müssen mir ein paar Fragen beantworten. Über Jack Burrow.«

Sie hörte, wie der Mann am anderen Ende scharf die Luft einsog. Dann bat er sie, fortzufahren.

»Warum haben Sie ihm das angetan? Ich habe seine Akte. Ich habe genügend Beweise, die ich alle der Polizei aushändigen werde, wenn Sie jetzt nicht mit mir zusammenarbeiten.« Ihre Stimme war fest und klar und ließ keinen Widerspruch zu. Dr. Siemann atmete zitternd aus. Als würde er … weinen?

»Woher kennen Sie ihn?«, fragte er nur.

»Ich arbeite im St. Caprice. Dort, wo er von Ihnen hingeschickt worden ist. Wie haben Sie das gemacht? Und warum?«

»Ms Kingsley, ich kann nicht …«

»Sie können und Sie werden. Ich kann das alles hier beenden. Ich bitte Sie nicht, ich appelliere an Ihre Menschlichkeit. Jack ist eingesperrt, seit Wochen. Sie haben zu verantworten, wenn dieser unschuldige Mann stirbt.«

Dr. Siemann seufzte wieder und dann schluchzte er so heftig, wie sie es noch nie von einem Mann gehört hatte.

»Ich hatte doch nur Angst um meine Tochter und meine Klinik. Ich bin einen Deal mit dem Teufel eingegangen.«

»Erzählen Sie mir alles«, setzte Diana etwas sanfter nach.

»Mr Doyle führt die Klinik nur zum Schein, eigentlich verdient er sein Geld mit … Organhandel. Und Babys. Er hat

Kunden auf der ganzen Welt. Privatkunden, die bestimmte Organe, Leber, Niere, Herz … oder was auch immer anfordern und dann kriegen sie es. Besonders verzweifelte Menschen wie ich.«

Diana versuchte aufmerksam zuzuhören, doch ihr wurde schlecht, kotzübel.

»Wo nimmt er die Organe her?« Eigentlich kannte sie die Antwort schon.

»Die Patienten. Ich weiß darüber nicht viel.«

Die Patienten, die spurlos verschwanden. Die Fitteren, die zum Schein existierten und als Nachschub dienten. Oh Gott, … Jack. Sie wagte kaum zu fragen.

»Was hat das mit Jack zu tun? Und was meinen Sie mit … Babys?« Das neugeborene Leben in dem Inkubator fixierte sie mit grauen Augen.

»Jack ist im St. Caprice geboren. Mr Doyle hat herausgefunden, dass man mit unerfüllten Kinderwünschen noch viel mehr Geld verdienen konnte. Was Menschen dafür zahlen, um ein Kind zu bekommen, ist unglaublich. Und … bitte, ich weiß nicht genau, wie. Aber er züchtet Embryonen. Und vermutlich hat er Patientinnen, die als Leihmütter dienen. Also verkauft er auch Babys. Und Jack war eines davon. Er ist geboren wurden, zusammen mit einem Mädchen.«

»Was?« Es war noch viel schlimmer, als sie gedacht hatte. Alles. Gwen. Sie sind Geschwister. Die rothaarige

Patientin und Jack. Deswegen fühlte er diese Verbindung. Aber …

»Aber wie ist das möglich? Sie sehen so unterschiedlich aus?«

»Sie ist bei Ihnen? Sie kennen das Mädchen?«

»Ja. Sie ist … war Patientin hier.«

»Sie sind im selben Mutterleib, im selben Ei herangewachsen, aber … wie soll ich das erklären? Genau weiß ich auch nicht, wie er das macht. Doyles Kunden können sich

Geschlecht, Haarfarbe und ein paar Wesenszüge aussuchen. Sie basteln sich sozusagen ihr perfektes Baby. Jack und Gwen waren ein Experiment. Sie wurden von den DNA-Grundsträngen so gleich wie möglich erschaffen, und doch wieder nicht. Das heißt, sie sind eineiige Zwillinge und dann auch wieder nicht.«

»Warum?«

»Menschen, die eine so ausgeprägte Machtgier besitzen, sind unberechenbar. Und wenn dann noch Geld mit ins Spiel kommt ...«

»Was ist mit Jacks Familie passiert? Warum haben Sie ihn am Leben gelassen?«

»Hach ... Ich weiß nur, dass ... seine Eltern ... Sie haben sich damals ein Kind gewünscht und Doyle hatte ihn Jackson vermittelt, weil er sehen wollte, wie sich sein Experiment in einem sozialen Umfeld entwickelt. Das war alles zu Forschungszwecken. Genau wie das Mädchen. Sie wurde in schlechtere Verhältnisse gegeben. Sie waren beide immer unter Beobachtung. Doyle hatte Informanten in ihre Leben geschleust. Aber er hatte nicht damit gerechnet, dass Jacks Familie so ... Zwei Jahre später haben sie doch noch ein leibliches Kind bekommen, soviel ich weiß. Ähm ... also seine Mutter war Journalistin. Und sein Vater Kinderarzt. Eines Tages hat sie irgendetwas dazu verleitet, Nachforschungen anzustellen. Und die Fähigkeiten seiner Mutter waren überwältigend.«

Dann hatte Callahan seine Männer ausgeschickt.

»Warum so ein Massaker, das passt nicht zu ihm?«

»Doyle wollte das Experiment abbrechen, als die Mutter zu viele Fragen gestellt hatte. Sie sollten alle bei einem Hausbrand ums Leben kommen, außer Jack. Der wurde von einem vermeintlichen Freund eingeladen, um nicht dort zu sein. Aber ich weiß nicht, was dann passierte. Warum es nicht so gelaufen ist wie geplant. Das Mädchen hatte etwas damit zu tun. Jack kam danach zu mir. Ich sollte ihn erstmal ruhigstellen, sollte mit

Medikamenten eine Amnesie verursachen, bis Doyle mir das Okay gab. Dann begann ich mit Hypnose und Suggestionen ihn dazu zu bringen, selbst nach Irland zu wollen, die Blue Post aufzusuchen, in der er dann auf das Jobangebot stieß. Es sollte seine eigene

Idee sein.«

Die Kneipe ihres Vaters. Was zum Teufel?

»Was hat der Pub damit zu tun?«

»Ähm … Der Mann, der dort arbeitet, war wohl bereits ein Kontaktmann von Doyle, und er sollte Jack auf das St. Caprice aufmerksam machen.«

Ihr Vater hatte auch mit Callahan zusammengearbeitet? Das durfte alles nicht sein.

»Ihnen ist hoffentlich klar, dass ich Sie zur Rechenschaft ziehen werde!«

»Bitte … ich wusste nicht, was ich tun sollte. Ohne sein Geld verliere ich die Klinik und meine Tochter … Sie braucht eine Behandlung.«

»Es gibt andere Möglichkeiten! Es gibt IMMER andere Möglichkeiten!« Diana wusste nicht, wo ihr der Kopf stand. Das war alles viel schlimmer, als sie sich jemals hätte erträumen können. Ihre Übelkeit nahm überhand und kurzerhand erbrach sie sich in den Papiermülleimer unter dem Schreibtisch. Und als sie wieder hochkam, war sie nicht mehr allein in dem Büro.

»Mama? Bist du das?«, fragte Jack die schlanke Frau, die sich aus den Schatten schälte. Ihre blauen Augen glänzten wie geschliffene Aquamarinkristalle.

»Ja, mein Schatz. Ich bin gekommen, um dich nach Hause zu holen.« Die samtige Stimme seiner Mutter strich wie Seide über seinen Geist.

»Muss ich jetzt sterben, Mama?«

»Komm. Nimm meine Hand. Ich möchte dir etwas zeigen.«

Jack stand auf und nahm die weiche Hand seiner Mutter. Ihre langen blonden Wellen strahlten wie flüssiges Gold, das geblümte Kleid flatterte leicht bei jedem Schritt. Es fühlte sich so gut an, wieder die Wärme seiner Mutter zu spüren, er hatte sie so vermisst. Sie führte ihn durch die Schatten, aus denen sie gekommen war und füllte sie mit Licht. Es war ihre Stimme, die ihn am Leben gehalten hatte, verstand er jetzt. Doch nun konnte er endlich loslassen. Jack lehnte sich ganz und gar in die Geborgenheit, in die seine Mama ihn bettete. Eine Melodie summte um seine Ohren, sein Gutenachtlied.

»Ist es schön im Himmel?«, fragte Jack.

»Du wirst schon sehen, mein kleiner Liebling.«

Immer weiter schritten sie durch die Lichtwogen, bis hinein … in ihren Vorgarten. Es war dunkel, die Sterne schienen hell und klar. Jack hielt noch immer seine Mutter an der Hand, als sie auf die Haustür zugingen. Sämtliche Fenster waren hell erleuchtet und die Tür war nur angelehnt.

»Jack. Mein kleiner lieber Junge. Hör mir zu. Du musst immer weitergehen. Eines Tages bin ich nicht mehr da, dann musst du bereit sein. Geh immer weiter. Du schaffst das.«

»Lass mich nicht los, Mama!«

Die Sätze stammten aus den Erinnerungen, die nach und nach heimkehrten. Die Ausflüge, das Fahrradfahren, das sein Vater ihm beigebracht hatte, die Abende vor dem Kamin, der Gesang seiner Mutter, im Garten spielen und Lagerfeuer machen, die Bastelwochenenden, der Tag, als seine Eltern ihm von der Adoption erzählten und er wütend in den Wald lief, wo seine Mutter ihn bei den Wölfen fand. Und die Einsamkeit, die er sein Leben lang empfunden hatte, dieser Teil in seinem Herzen, der durch nichts und niemanden gefüllt werden konnte. Und in dem Moment, als Jack die Tür öffnete und in sein Elternhaus trat, in sein Zuhause, zerriss auch der letzte Fetzen des Schleiers der Vergessenheit. Er wusste, was er vorfinden würde, bevor ihm der Blutgeruch in die Nase stieg. Seine Familie war tot. Grausam ermordet. Die letzten Erinnerungen fügten sich dem Gesamtbild. Das Auto. Es gab keinen Unfall. Er wurde nach Hause gefahren von ein paar Freunden. Sein Geburtstag … Dann fand er seine Familie, bevor er zusammenbrach.

»Du weißt es. Sei stark. Stell Dich Deiner Erinnerung«, sagte seine Mutter, ermutigte ihn weiterzugehen. Nicht stehenbleiben. Jack fand zuerst seinen Vater im Flur, Louisa und seine Mutter im Wohnzimmer und dann Oliver im Badezimmer. Von weitem hörte er die Sirenen, wie damals. Jack setzte sich zu seiner Mutter, schaute in ihre weit aufgerissenen, leblosen Augen und weinte. Und weinte. An jenem Tag hatte er nicht geweint, hatte es nicht geschafft, irgendetwas zu fühlen, außer Schock, aber heute … musste er immer weitergehen. Musste es zulassen, um nicht wieder daran zu zerbrechen.

»Genau, so ist es gut, Liebling«

Die Lichtgestalt seiner Mutter verschwand allmählich und hinterließ eine bemerkenswerte Einsamkeit. Doch eine, die nicht aus Verzweiflung erschaffen war, sondern Hoffnung. Hoffnung, diese Leere zu füllen. Wieder glücklich zu sein.

»Mama, geh nicht, ich bin noch nicht bereit, ich habe Fragen!«

»Du weißt doch schon alles. Ich liebe dich, mein tapferer, kleiner Mann. Ich bin immer bei dir.«

»Mama … Es tut mir so leid! Ich konnte euch nicht retten!«

Jack hörte noch, wie sie leise sagte, es hätte schon seinen Grund gehabt, und dann war sie fort. Und mit ihr das Haus, das Blut, seine Familie. Nie würde er je wieder zulassen, dass er sie vergaß. Jack lag in seiner Zelle, auf dem kalten, feuchten Boden und begann in seinen Körper hineinzufühlen. Suchte nach seinem Lebensfaden. Er hatte den Entzug um ein Haar überstanden. Jetzt war es an ihm, mit den Folgen und den anderen Widrigkeiten, wie der Dehydration, fertig zu werden.

Wer hatte ihm das Wasser eingeflößt? Irgendjemand schien zu wollen, dass er überlebte, und darauf musste er setzen. Und auf Diana. Denn er glaubte fest daran, sie würde kommen und ihn holen. Und dann würden sie nach seiner Schwester suchen.

Diana hatte ihre Waffe gezogen und richtete diese auf den Mann vor ihr. Einer von Doyles Raben. In Schwarz gekleidet und maskiert. »Du glaubst, du könntest hier einfach rumschnüffeln und abhauen?«, säuselte der Mann gedehnt, während er langsam auf sie zu schlenderte. Nein. Das durfte nicht hier enden. Sie konnte doch nicht jetzt und hier versagen! Das kühle Metall der Waffe kribbelte in ihrer Hand. Wenn sie abdrückte, blieb ihr kaum noch Zeit. Mal abgesehen davon, dass sie dann einen Menschen getötet hätte, würde vermutlich jemand den Schuss hören und Alarm auslösen. Diana weigerte sich mit all ihrem Trotz, die Niederlage zu erkennen. Sie setzte ihre grimmigste Miene auf. Es war das Gesicht einer Mutter, dessen Kind in Gefahr war. Zähnefletschend ging sie um den Schreibtisch herum.

»Noch einen Schritt und ich schieße!«

»Erzähl mir doch nichts, Diana. Du warst noch nie so taff, wie du alle glauben lassen wolltest.«

»Halt deine Schnauze!«

Der Mann hob eine Hand zu dem Tuch, das die Hälfte seines Gesichts verhüllte und zog es zur Seite. Für den Bruchteil einer Sekunde ließ sie die Waffe sinken. Vor Schreck. Nein. Unbändiger Zorn stieg in ihr auf, bündelte sich in ihrem Arm, in dem Finger, der auf dem Abzug lag. Vor ihr stand der Mann, den sie vor sechs Jahren zuletzt gesehen hatte. Der Mann, der damals ihre Schwester erschossen hatte. Sein Tattoo schien sich in ihre Richtung zu bewegen. Dianas Narbe brannte bei der Erinnerung. Schmerzhafte Sehnsucht und Trauer wollten Besitz von ihr ergreifen, aber sie ließ die Tränen nicht kommen, würde nicht weichen.

»Du erkennst mich also noch. Wie schön. Weißt du, ich war die ganze Zeit immer in deiner Nähe. Ich weiß, wie du lebst, wie du denkst. Auch, wie du dich von Doyle hast ficken lassen. Und du hattest keine Ahnung. Auch dieser Jack hatte keine Ahnung. Es war viel zu leicht, in die Wohnung einzusteigen.« Der Brand. Der Rabe lachte höhnisch und machte einen weiteren Schritt auf sie zu. In ihrem Kopf bildete sich ein schwindelerregender Tornado aus den Informationen, der Wut, die Angst und dann …

»Ich weiß auch von dem Baby, Diana.«

Sie explodierte. Wie eine rasende Furie sprang sie auf den Mann und preschte ihm die schwere Waffe ins Gesicht, bevor er reagieren konnte. Er stieß sie von sich, doch im nächsten Moment hielt er stöhnend inne. Diana hielt die

Waffe zwischen seine Beine. Als sie die Angst in seinen Augen sah, drückte sie ab. Der Schrei erschütterte den Raum wie ein Erdbeben. Die Qual, die darin mitschwang, vibrierte in ihren Knochen und verschaffte ihr eine seltsame Genugtuung. Es gab ihr Mut. Und ließ sie die Waffe an die Schläfe des am Boden knieenden Mannes pressen.

»Du Miststück!« Der Mörder ihrer Schwester spuckte ihr vor die Füße. Seine Pupillen surrten herum, an ihrem Körper entlang, suchten nach einem Ausweg. Doch sein Blut tropfte in einem wilden Strom auf den Teppich. Diana hätte ihn vermutlich verbluten lassen können, sein Gesicht war schon blass und kalter Schweiß überzog die vernarbten Wangen. Wenn sie jetzt nicht abdrückte, was hätte er für Möglichkeiten, ihr in die Quere zu kommen? Diana dachte einen kleinen Moment zu lang nach und sein Kopf schnellte nach vorn, direkt in ihren Bauch. Sie verlor den Halt, Blitze zuckten vor ihrem inneren Auge und erneut stieg so heftige Übelkeit in ihr auf, dass sie sich diesmal auf den Teppich erbrach. Blankes Entsetzen erfasste sie. Ihr Herz stolperte über ihre Atmung hinweg. Nein. Nein! Sie sah die Faust kommen, die sie ins Gesicht traf und zurückschleuderte. Das Krachen ihrer gebrochenen Nase dröhnte ihr in den Ohren. Dann war der schwerverletzte Rabe über ihr und versuchte ihr die Waffe abzunehmen, die sie noch immer mit aller Kraft umklammert hielt. Diesmal war sie es, die ihn anspuckte, direkt in die braunen Augen, und für einen Moment raubte sie ihm damit die Sicht. Voller Verzweiflung kämpfte sie gegen sein Gewicht, das sie am Boden hielt und dann löste sich ein Schuss. Ihr Körper erschlaffte unter der plötzlichen Stille. Seufzend stemmte sie den leblosen Körper von sich herunter. Diana versuchte einen klaren Gedanken zu fassen, in sich hineinzuhorchen, ob sie den Funken fand, der ihr sagte, dass es ihrem Sohn gutging. Jetzt konnte sie es nicht mehr halten. Tränen rannen über ihre blutverschmierten Wangen. Eine Stimme forderte ihre Aufmerksamkeit. Aus dem Telefon, das achtlos auf dem Schreibtisch liegengeblieben war, drängte die Stimme von Dr. Siemann.

»Hallo!«, schrie er entsetzt. Diana nahm den Hörer und unterdrückte ein Wimmern. »Ich lebe.«

»Geht's Ihnen gut?«

Nein. »Ja.«

»Was kann ich tun? Was ist passiert?«

»Hören Sie mir zu. Ich werde das alles hier jetzt beenden. Ich bin mir sicher, dass Sie kein schlechter Mensch sind, daher ... Bitte, gehen Sie zur Polizei. Erzählen Sie denen, was Sie wissen. Lassen Sie sich meinetwegen raus, aber bitte, schützen Sie Doyle nicht mehr. Es gibt hier einen Polizisten, mit dem ich vor nicht allzu langer Zeit Kontakt hatte. Officer O'Brien vom Hauptrevier der Garda. Bei ihm müssen Sie eine Aussage machen. Erzählen Sie ihm auch von unserem Gespräch.«

»Ich verspreche es Ihnen. Es tut ...«

»Ich weiß.«

Und damit beendete sie das Gespräch. Kurzerhand zückte sie ihr Handy und schoss Fotos von der Akte, die sie sogleich an Muriel sendete, mit dem Zusatz, dass sie loslegen sollte. Seufzend ließ sie für einen Moment die Schultern hängen. Das Blut tropfte in einer grotesken Symphonie aus ihrer Nase auf den Schreibtisch. Dort, wo sie sich so oft hatte erniedrigen müssen. Dort, wo sie ihre Seele dem Verfall hingegeben hatte. Der kleine Glasdelfin, der sie jedes Mal begleitet hatte, schimmerte im Licht der untergehenden Sonne. Sie steckte ihn ein. Diana legte eine Hand auf ihren Bauch und schluchzte auf … Da. Ein kleiner Funken. Ein Hauch Wärme durchströmte sie. Zuversicht. Die Kraft der Hoffnung ermächtigte sie, ihre nächsten Schritte anzugehen. Das Funkgerät piepte, bevor sie auf alle Kanäle sendete: »Leitet die Evakuierung ein. Ich wiederhole. Das ganze Gebäude muss restlos evakuiert werden! Sofort!« Dann stellte sie das Gerät auf den Tisch und streichelte noch einmal über ihren Bauch.

»Wir schaffen das, mein Kleiner. Wir holen jetzt deinen Papa.«

Erin hatte nochmal ein paar Listen durchgesehen. Das war ihr Steckenpferd. Sie war klein und flink. Dadurch kam sie schnell an alles, was sie wollte. In der Wäscherei verbrachte sie jeden Tag damit, zu mangeln, zu bügeln, Blut und andere Körperflüssigkeiten aus den Leinenklamotten der Patienten zu waschen. Die meisten ihrer Kollegen bekamen nichts von dem Treiben im Hauptgebäude mit. Sie hörten und schürten zwar ebenso Gerüchte wie die Klatschweiber in der Küche, aber Erin glaubte nichts, was sie nicht selbst sah. Daher verbrachte sie die meiste Zeit damit zu schnüffeln. Die Abmahnung, die sie von ihrer Vorgesetzten gekriegt hatte, hielt sie auch nicht davon ab. Gerade war sie wieder auf dem Weg zu Diana. Vor einer Weile kam ihre Kollegin zu ihr und warnte sie, dass bald etwas passieren würde. Und wenn sie das vereinbarte Zeichen wahrnahm, müssten sie sich restlos alle aus dem Gebäude bringen, so weit weg wie möglich. Und sie sollten, wenn möglich, helfen, alle Patienten zu mobilisieren. Erin war bereits ein Jahrzehnt hier in diesen Gemäuern am Arbeiten, sie wunderte sich über nichts mehr. Doch die Wandlung, die derzeit in dem Klinikum vorging, verschaffte der jungen Frau mit den vielen Sommersprossen eine Art Hochgefühl. Sie spürte es, wie ein Kribbeln im Bauch. Ein Vibrieren in den Wänden, die sie so gut kannte, ein verheißungsvolles Summen in der Luft. Daher wollte sie auch noch einmal mit Diana sprechen, um zu fragen, ob Erin sie irgendwie unterstützen könnte. Vorher allerdings wollte sie einen Abstecher in der Kantine machen, um sich einen von den leckeren Biscotti zu holen, die sie so mochte. Peet hielt ihr immer ein paar zurück, dafür achtete sie bei seiner Arbeitskleidung darauf, besonders viel Weichspüler und wenig Stärke zu nehmen. So hielt man sich hier bei Laune, dachte sie. Aber als sie die Tür zum Pausenraum des Küchenpersonals öffnen wollte, hörte sie plötzlich eine bekannte Stimme. Die verrückte Pillenlady. Ihre schrille, aufgeregte Stimme war nicht zu verwechseln. Doch heute klang sie irgendwie gestresster als sonst, nicht so ekelhaft fröhlich. Erins Neugierde war geweckt. Langsam ging sie zu der angelehnten Tür der Apotheke herüber und steckte ihren runden Kopf hindurch. Abhigail stand mit dem Rücken zu ihr vor einem der Regale und redete unaufhörlich mit sich selbst. »Ich kann nicht, ich will nicht, ich muss, aber ich will nicht, warum soll ich, warum kann ich nicht, ich muss, aber ich darf nicht.«

Erin versuchte einen Sinn in ihren wirren Worten zu finden, doch die Stimme der rothaarigen Frau überschlug sich fast. Da kam hinter einem der Apothekerschränke ein uniformierter Mann hervor, den Erin nicht kannte. Schnell zog sie ihren Kopf zurück.

»Du musst aber, sonst bist du die nächste. Du hast die Liste bekommen, also sorg dafür, dass Mr Doyle Nachschub bekommt.«

Nachschub? Was meinte er?

»Aber bei Simmons habe ich es falsch gemacht! Zu viel, zu viel, zu viel! Tod, sterben, zu viel.«

»Komm runter, du verrückte Alte! Dieser Carlos geht auf mein Konto, also mach weiter!«

Erin schluckte schwer. Machte sich in ihrem Geist Notizen, nahm sich vor, Diana alles zu berichten, was sie hier mitbekam. Vielleicht konnte sie das aufklären. Die blonde Frau schloss die Augen, um besser hören zu können. Kleidung raschelte, Papiere knisterten, Medikamentenblister knackten, das leise Klackern der Pillen, die in die kleinen Plastikbehälter hineinfielen. Eine Tür am anderen Ende des Raumes fiel ins Schloss. Abhigail setzte ihren Monolog fort, anscheinend war sie wieder allein. Was war hier los? Erin verstand nicht, was da passierte, sie wusste nur, dass es nichts Gutes war. Plötzlich piepte, ein paar Schritte hinter ihr, ein Funkgerät. Sie riss die Augen auf und wäre vor Schreck beinahe aus ihren Turnschuhen gekippt. Ein guter Freund schaute sie mit erstaunter Miene an, als die Worte Dianas ertönten. Evakuierung. Sofort. Brody blickte ihr mit einem Ausdruck von Trauer und Angst entgegen. So hatte Erin ihn noch nie gesehen. Er steckte das Funkgerät zurück in seine Gürteltasche und nickte ihr zu. Sie wussten beide, was sie zu tun hatten. Darauf hatten sie gewartet. Nach einem tiefen Atemzug ging der große Mann auf sie zu und beugte sich zu ihr herunter, um sie zu umarmen.

»Bring dich in Sicherheit«, flüsterte er ihr ins Ohr.

Sie dachte an all die schönen Momente, die sie miteinander verbracht hatten. In denen sie es geschafft hatte, ihn zum Lachen zu bringen, dem unnahbaren Mann ein Stück Wärme zu entringen. Sie waren Freunde. Doch als er sie nun mit diesem bedrückten Lächeln bedachte, bevor er sich umdrehte und ging, wurde sie das Gefühl nicht los, dass sie ihn zum letzten Mal gesehen hatte.

Jack hatte ein kleines bisschen Bewegung in seinen Körper bringen können. Bis zur Pritsche war er vorgerutscht. Doch seine Glieder waren noch immer schwer und wund, als würde statt Blut Salzwasser durch seine Adern fließen. Seine zerlumpten Kleider waren mit Dreck und Ausscheidungen getränkt. Den Geruch nahm er mittlerweile kaum noch wahr, aber nackt hätte er sich wahrscheinlich wohler gefühlt. Jack hatte sich vorgenommen, bis zur Tür zu laufen, um reagieren zu können, wenn die Klappe wieder aufging oder vielleicht nochmal jemand die Zelle betreten wollte. Also los, du Jammerlappen!

‚Du musst immer weitergehen'. Die Stimme seiner Mutter klang in seinem Kopf. Er würde es schaffen. Seine Beine zitterten, als er versuchte, sie aufzustellen. So schwer. Wie mit Blei gefüllt ergaben sich seine Beine der Schwerkraft. Bitte. Jack atmete tief durch, versuchte Adrenalin durch seinen Körper fluten zu lassen, in dem er sich ausmalte, was mit Diana oder Gwen geschehen könnte, wenn er es nicht schaffte. Und nach einer Weile reagierten seine Muskeln endlich. Stöhnend stand er auf, zog mit höllischen Schmerzen seinen Leib in die Höhe. Der Splitt des groben Betonbodens grub sich unter seine Fingernägel, als er sich abstieß. Dann ein Schritt. Und noch einer. Es brauchte noch drei weitere Schritte, bis seine Glieder verstanden, was sie tun sollten. Und noch ein wackeliger Schritt, dann war er bei der Tür. Jack sackte gegen den kalten Stahl, kühlte seine Stirn, als plötzlich ein Ruck durch seinen Körper ging und er nach vorn fiel. Der erstickte Aufschrei, der ertönte, ging ihm durch und durch, als er registrierte, was gerade geschehen war. Die Tür war geöffnet worden. Der weiche Duft nach Kamille und Meersalz hüllte ihn ein.

»Diana …«, hauchte er lautlos in ihre Umarmung hinein. Sie hatte ihn wirklich gefunden. Hatte ihn befreit. In so vieler Hinsicht.

»Ich muss dir so viel erzählen«, juchzte sie.

Jack konnte nur nicken, brachte kein weiteres Wort raus. Selbst wenn er gewusst hätte, was er hätte sagen wollen, war Sprechen viel zu schmerzhaft. Das Gewebe in seinen Wangen und seine Zunge waren noch immer geschwollen, voller kleiner Wunden.

»Jack … oh Gott, du hast mir so gefehlt!« Der vertraute Druck ihres Körpers, gepaart mit ihrem lieblichen Geruch ließ ihn aufatmen. Frei. Wie lange war er eingesperrt gewesen? Jack hatte jegliches Zeitgefühl verloren. Wochen? Oder sogar Monate? Sie kauerten ineinander gekeilt auf den harten Fliesen des Zellenflurs, der nur durch die schwache Notbeleuchtung erhellt wurde.

»Du stinkst entsetzlich, weißt du das?«, schnurrte Diana nach einer Weile belustigt. Jack nickte wieder, verzog sein brennendes Gesicht zu einer entschuldigenden Miene.

»Alles okay, du lebst! Das ist das Wichtigste!«

Naja, soweit würde er nicht gehen, denn sein Herz schlug zwar und auch sein Gehirn verrichtete seine Arbeit, aber sein restlicher Körper war ein Schlachtfeld. Die Dehydrierung, der gnadenlose Entzug und dann auch noch die schwere Infektion an seiner Hand … da, wo eine Hand gewesen war. Wenn seine Organe aussahen, wie er sich fühlte, dann war daran nicht viel lebendig. Jack lief im Überlebensmodus. Das, was er benötigte, um vorwärtszukommen und sich einer dringenden ärztlichen Behandlung zu unterziehen, funktionierte. Er würde diese Reserven aber nicht verschwenden, um sich selbst zu retten. Vorher gab es einen Menschen, der ihm wichtiger war. Seine Schwester. Gwen. Auch wenn er noch immer nicht verstanden hatte, wie das alles möglich war, es war ihm egal. Alles in ihm hatte ‚Ja!' geschrien, als sein Vater diese Worte sprach. Etwas in ihm hatte es die ganze Zeit gewusst, hatte nach ihr gesucht. Wie nach einer fehlenden Hälfte. Und als er damals ihren Schrei gehört hatte, hatte dieser Teil in ihm erkannt, wer sie war. Und als er ihr in die Augen geschaut hatte, war es Glückseligkeit, die ihn durchströmt hatte. Das wusste er jetzt.

»Was haben sie dir nur angetan?«, fragte Diana schockiert, als sie ihn nun das erste Mal gründlich betrachtete. Jack erwiderte ihren prüfenden Blick. Ein dicker Bluterguss prangte auf ihrer verformten Nase und zwischen ihren Augenbrauen zog sich eine tiefe Sorgenfalte.

»Mir geht es gut«, versicherte sie dennoch, als stünden ihm seine Gedanken ins Gesicht geschrieben. Sie zog aus ihrer Gürteltasche eine Flasche Wasser, die sie sogleich öffnete und an seine Lippen setzte. Mit gierigen Schlucken trank er, stöhnte auf vor Erleichterung. Als er fertig war, lehnte er kurz seine Stirn an ihre, bevor sie die halbleere Flasche wieder verstaute. Das lebensspendende Elixier flutete seinen Körper, rüttelte seine Zellen wach. Diana küsste seine aufgeplatzten Lippen mit einer Sanftheit, die ihm die Tränen in die Augen trieb. Da kam ihm plötzlich ein Gedanke. Diese Frau würde er heiraten. Seine beste Freundin. Seine Heldin. Und mit ihr und Gwen würde er wieder eine Familie haben, einen Sinn. Diese Erkenntnis gewann an zustimmender Kraft, als sie ihre enzianblauen Augen, die er so liebte, auf ihn richtete, ihm die verfilzten Locken aus dem Gesicht strich und die Worte aussprach, die ihm die ganze Zeit aus Unfähigkeit und Blindheit nicht über die Lippen gekommen waren.

»Ich liebe dich.« Jack hatte damals schon gespürt, dass sie es sagen wollte, nach der schrecklichen Nacht in Doyles Anwesen.

»Ich liebe dich«, krächzte auch er mit trockener Kehle. Trotz der verwaschenen Aussprache hatte Diana ihn verstanden und schlang erneut die Arme um ihn, was ihm einen stechenden Schmerz in den Kopf trieb. Jack zischte, hielt sie aber fest, so sehr er konnte.

»Wir werden alle Zeit der Welt haben, um uns alles zu erzählen und um gesund zu werden, natürlich. Aber jetzt müssen wir los. Jack, ich habe etwas in Gang getreten, das nicht mehr rückgängig zu machen ist. Das wird alles hier vernichten, uns bleibt nur ein Weg, und zwar vorwärts, verstehst du?«

Immer weitergehen. Die Worte seiner Mutter hallten in seinen Ohren wider und gaben ihm die Kraft, mit Dianas Hilfe aufzustehen.

Während sie gemeinsam den Flur entlanghumpelten, erzählte Diana ihm von dem illegalen Organhandel, dem Geburtslabor und ihrem Kampf mit dem Raben. Das Telefonat behielt sie erstmal für sich, aber die Tatsache, dass Jack und Gwen beide hier entstanden waren, ,gezeugt' war wohl das falsche Wort, als Experiment, und dass sie Geschwister waren, teilte sie ihm, so einfühlsam sie konnte, mit. Der Schmerz in ihrer Nase breitete sich in ihren Kiefer aus, doch weitestgehend konnte sie ihn ausblenden. Diana war so voller Glücksgefühle, Jack endlich wiederzuhaben. Lebendig. Seine Wunden mussten dringend versorgt werden. Zum Glück hatte sie die Geistesgegenwart besessen, eine Flasche Wasser mitzunehmen. Sie mochte sich nicht vorstellen, wie schlecht es ihm ergangen war die letzten Wochen, angesichts seines miserablen Zustands. Doch er liebte sie. Er hatte es gesagt und sie hatte es gefühlt. Der Gedanke trieb ihr ein breites Lächeln ins Gesicht, doch sie bereute es sofort, denn der Bereich unter ihren Augen brannte so heftig, als wären ihre Tränensäcke mit Lava gefüllt. Sie würden eine Familie sein. Ihr kleiner Funken Leben in ihrem Bauch flimmerte wie zur Bestätigung. Aber noch wollte sie es ihm nicht sagen, ihn nicht überfordern.

Vorhin in Cals Büro hatte sie den Raben gefilzt und eine schwarze Key-Card gefunden. Die sah nicht aus wie die anderen, und ein Instinkt sagte ihr, es gäbe nur eine Tür, die man damit öffnen konnte. Sofort zog es sie hier herunter, glücklich, sich nicht mit der Software auseinandersetzen zu müssen. Auf ihrem Weg allerdings liefen die Mitarbeiter schon aufgeregt hin und her, wie aufgeschrecktes Vieh. Die Panik, die in manche Gesichter geschrieben stand, deutete darauf hin, dass sie ihre Nachricht vernommen hatten, und Dianas Beine überschlugen sich beinahe.

Sie schaute in die Richtung, aus der sie gekommen war, den grau gefliesten dunklen Flur entlang. Links und rechts waren die Bunker. Hinter manchen ertönten schabende, kratzende Geräusche, einige waren von stumpfen, heiseren Schreien erfüllt und andere waren totenstill. Am anderen Ende des schmalen Ganges, der sich auf circa achtzig Meter erstreckte, lag ein weiteres Treppenhaus, zu dem sie sich gerade schleppten. Dieses führte weiter nach unten. Es blieb nur der Weg nach vorn.

Jack blieb stehen, nahm Dianas Hände und sah sie eindringlich an. Seine Zunge war anscheinend angeschwollen, denn das Sprechen fiel ihm sehr schwer und es schien auch ziemlich schmerzhaft zu sein. Er versuchte es trotzdem.

»Gwen.«

»Jack, du …« Wieder drückte er ihre Hände und setzte ein gequältes Lächeln auf. Er wollte ihr sagen, dass er es schaffte, dass sie zuerst Gwen holen mussten. Seine Schwester. Ernsthaft an seinem Zustand zweifelnd stimmte sie schließlich seufzend zu.

»Soll ich die Zellen durchforsten?«

Jack dachte kurz nach, schüttelte dann aber den Kopf. Zur Antwort setzte er sich wieder in Bewegung. Seine Schritte wurden sicherer, aber sein Atem schwerer.

Mit einem zufriedenen Lächeln betrachtete Callahan sein Werk. Jahrzehntelang arbeitete er bereits im Unterirdischen, hatte seine loyalen Mitarbeiter unsichtbar aus- und eingeschleust, Tag für Tag. Professoren, Ärzte jeglicher Art, Laboranten. Es war wirklich großartig, was sie hier geschaffen hatten. Ein Reich der Perfektion. Der Vollkommenheit. Sie veränderten die Welt von diesem Stützpunkt aus. Und bald schon waren sie nicht mehr die Einzigen. Dort draußen gab es noch mehr Menschen wie ihn. Und sie arbeiteten eng mit Cal zusammen. Nun brauchte er nur noch ein paar Daten und Proben seines Erfolgsrezeptes und dieses war schon auf dem Weg hierher, wie er auf dem kleinen Bildschirm in seiner Hand sehen konnte. Auf der Suche nach seinem Gegenstück würde Jackson ihm direkt in die Arme laufen. Leider war das Mädchen bei weitem nicht so gut geraten wie ihr Bruder. Die Zunge war deformiert, ihre Verhaltensstörung eine Zumutung. Aber für seine Zwecke würde sie noch dienen. Cal mochte sich kaum eingestehen, dass sein eigener Samen etwas so Unvollkommenes erschaffen hatte. Aber Jack … Seine Kinder. Jackson war im Grunde ein hervorragendes Exemplar. Callahan würde ihm allerdings nie verzeihen, dass er ihm Diana abspenstig gemacht hatte. Eigentlich hatte er noch mehr für den Jungen geplant, aber dieser Verrat … Er wollte sein Gesicht nicht mehr sehen, daher war es auch nicht wichtig, in welchem körperlichen Zustand er sich mittlerweile befand. Denn seine Forscher benötigten nur sein Genmaterial. Danach würde er entsorgt werden. Den Berichten zufolge, war nach der schweren Infektion und dem Entzug nicht einmal mehr ein brauchbares Organ vorhanden. Diana hatte Callahan ebenfalls sehr enttäuscht. Selbst seinem besten Mann, seinem ersten und längsten Untergebenen hatte sie den Kopf verdreht. Es war ein Gefühl gewesen, dass Brody nicht mehr so hörig wie früher war, dass sich etwas verändert hatte. Daher hatte Cal auch gelogen, als er sagte, er würde geschäftlich verreisen. Gut, zum Teil stimmte das ja. Aber nichtsdestotrotz war es sicher kein Zufall, dass am ersten Tag seiner vermeintlichen Abreise plötzlich einer seiner

Männer in seinem Büro tot aufgefunden wurde. Sicherlich hatte Diana etwas damit zu tun, denn auf den Überwachungsbildern war zu erkennen, dass sie es war, die den Jungen aus der Zelle geholt hatte. Ein einziges korruptes Volk da oben. Aber er würde es in Ordnung bringen. SIE in Ordnung bringen. Er musste nur warten. Hier unten konnte er sich entspannen und die Geschehnisse passieren lassen. Wenn seine Bienchen um ihn herumsummten und fleißig Honig produzierten. Ihnen konnte Callahan blind vertrauen.

Er brauchte dringend mehr Wasser, den Rest wollte er aber für Gwen aufheben. Er hatte gespürt, dass sie dort unten war. Folgte ihrem Ruf. Vorher mussten sie allerdings erstmal diese vielen Stufen hinab. Nach dem ersten Absatz in dem dunklen Treppenhaus hatte Diana einen Fahrstuhl in einer Nische entdeckt, doch die Key-Card funktionierte dort nicht, es musste noch eine andere Autorisierung geben. Also war ihnen nichts weiter übriggeblieben, als zu laufen, Treppe für Treppe. Es führten weder Türen noch irgendwelche Gänge von den Absätzen ab. Der kalte Beton führte sie hinab in ein schwarzes Loch. Vom Tod in den Tod. Aber es war der einzige Weg. Weitergehen. Diana schrie kurz auf, als Jacks Beine zusammenklappten wie ein kaputtes Bügelbrett.

»Nur kurz … Luft«, stammelte er. Diana schaute ihn besorgt an, strich sich des Öfteren über ihren Bauch, weshalb er sich unwillkürlich fragte, ob sie auch da verletzt war.

Vorsichtig legte er seine Hand auf ihre.

»Der Kampf. Ich habe einen Schlag abbekommen, nicht schlimm«, beantwortete sie seine unausgesprochenen Bedenken. Fürs Erste nahm er es so hin, doch sein Blick haftete mit intensiverer Besorgnis auf ihr, während sie weiter in die finstere Ungewissheit stolperten.

Da. Ein Licht. Diana ließ Jack am Geländer stehen und rannte zu dem Lichtschein vor ihnen. Eine Tür, die offen stand, führte in eine schmale Schleuse. Ein ungutes Gefühl beschlich Diana, irgendwas stimmte hier nicht. Es war zu einfach. Zu still. Nirgends waren Wachen oder Raben postiert, ebenso hatte sie noch keine Kameras oder Bewegungsmelder ausmachen können. Das Zischen, das plötzlich hinter ihr ertönte, ließ sie zusammenfahren.

»Sch. Ich … «

»Oh, Jack. Du hast mich erschreckt.«

Er hatte den Knopf betätigt, der die mechanische Tür hinter ihnen schloss, bevor die andere Seite geöffnet werden konnte, ähnlich wie in einem Zug zwischen den Abteilen. Entschuldigend zuckte er mit seinen Schultern und bedeutete ihr weiterzugehen. Vor ihnen erstreckten sich lange, weiß gefliese Flure in alle Richtungen, mit unzähligen Türen gesäumt. Bis auf wenige Energiesparlampen, die nur schwaches Licht in die Gänge warfen, war es weitgehend düster.

»Ich hoffe, dass ich den Plan richtig gelesen habe und wir …«

Jack packte Diana am Arm und zog sie in einen der Türrahmen, presste ihren Körper dicht an seinen. In dem Moment hörte sie ebenfalls die Schritte und hielt den Atem an. Carter kam den Flur entlang und bog in das Zimmer direkt gegenüber von ihnen. Als die Tür sich hinter ihm schloss, füllten sie ihre Lungen keuchend wieder mit Luft. Zitternd spähten sie um die Ecke, lauschten auf jedes winzige Geräusch und schlichen vorwärts. Diana hatte die Karte im Kopf, sie wusste, wo es langging. Nach der nächsten Biegung konnte sie es schon sehen.

Wie ein stechend rotes Auge starrte das Licht des Notausschalters, der über dem Heizungsraum angebracht war, sie an, als würde es sie warnen wollen. Jack hatte seine Finger mit ihren verschränkt. Es war so dunkel, außerdem hatte Diana keine Ahnung, wer hier unten noch alles herumlief. Ihnen musste nach dieser harten Zeit unbedingt großes Glück vergönnt sein, sonst würde das nicht klappen. Das beklemmende Gefühl, das alles wäre zu einfach, ließ sie dennoch nicht los.

Jack folgte Diana in den Heizungsraum und ließ ihre Hand los, damit sie beginnen konnten. Das Licht ihrer Taschenlampe, die sie nun erstmals aus dem Halfter an ihrem Gürtel gezogen hatte, erhellte den großen Raum ein wenig. Die Anlage summte und stöhnte, die mit Aluminium verkleideten Rohre zitterten. Jack war sich nicht sicher, was genau Diana bezweckte, bis sie ihn flüsternd bat, die Taschenlampe zu halten und auf die Decke in der Mitte des Raumes zu richten. Dort baumelte eine Glühlampe, die Diana nun auf Zehenspitzen ergriff. Sie klopfte darauf herum, doch Jack war nicht klar, wie … die Birne zersprang. Klirrend landeten die Scherben auf dem Blechboden und unwillkürlich zuckten beide zusammen, denn das Scheppern hallte in ihren adrenalinberauschten Köpfen viel lauter nach, als es eigentlich war. Vor allem bei dem Lärm um sie herum. Sie warteten, lauschten. Einatmen, ausatmen. Jack konnte hören, wie Dianas Atem stockte, bevor sie sich an einem der großen runden Tanks zu schaffen machte. Bald schon verstand er, was sie vorhatte, doch sonderlich gefallen tat es ihm nicht.

Diana hatte sich im Internet informiert, wie man eine Glühbirne kaputtmachen konnte, ohne den Faden zu beschädigen. Nur ihr Taschenmesser war nötig und drei kleine Punkte. An dem Propangastank öffnete sie das Füllventil ein bisschen und sofort strömte das Gas in ihre Umgebung. Nun aber so schnell wie möglich weg hier. Erst hatte sie überlegt, die Technik zu manipulieren, doch das wäre zu zeitaufwendig gewesen, mit zu vielen Risiken verbunden. Zum Glück hatte sie vor drei Jahren Cal überredet, die Heizungsanlage zu modernisieren, da die alte mehr Geld geschluckt als Wärme gegeben hatte. Also veranlasste er, von Öl auf Gas umzusteigen. So viel sie wusste, gab es auch jemanden von außerhalb, der einmal im Jahr kam, um das System zu warten und zu befüllen. Bislang hatte Diana aber den ganzen Wandel nur auf Papier gesehen. Die Pläne, die Zahlen, Belege. Jack hatte ihren Plan durchschaut. Angst und Zweifel standen in seinem Gesicht, als sie ihm die Hand an die Wange legte und mit den Lippen die Worte formte: Vertrau mir. Bitte. Er warf ihr einen strengen Blick zu, bevor sie so unauffällig wie möglich den wummernden Raum verließen, die Taschenlampe wieder ausgeschaltet, und sich langsam im Dunkeln weiter vortasteten. Um Gwen und dann einen Ausweg zu finden. Ja, vielleicht überlebten sie diesen riskanten Plan nicht, der in ihrem Kopf Form angenommen hatte, seit sie dieses Baby im Inkubator gesehen hatte. Aber es gab nur zwei Möglichkeiten, wie das Ganze hier ausgehen konnte. Entweder sie schafften es zu dem Tunnel, den Diana auf der Karte gesehen hatte und entkamen lebend, oder sie würden es nicht rechtzeitig schaffen und gemeinsam mit diesem Höllenloch brennen. Diana dachte an ihr ungeborenes Kind, was sie ihm alles antun könnten, wenn sie entdeckt werden würden, als … Gleißend helles Licht flutete den Gang und blendete sie. Ihre Augen füllten sich mit Tränen, verzweifelt versuchte sie sie wegzublinzeln, um etwas sehen zu können, doch da hörte sie bereits seine Stimme.

»Wen haben wir denn da? Meine Liebste kommt mich besuchen?«

Der Hohn in Cals Stimme wurde nur von seiner blinden Arroganz überschattet. Wie ein Film klebten die Worte an Dianas Haut, ließen sie erschaudern. Nein.

»Und sie hat unseren entflohenen Patienten gefunden, da bin ich aber froh.« Nein, Nein, Nein!

Sie spürte das kalte Metall ihrer Waffe an ihrem Bauch kribbeln. Doch wie viele waren es? Wie die Waggons eines Zuges rasten ihre Gedanken vor ihrem inneren Auge vorbei, ging alle Möglichkeiten durch. Sie mussten raus. Allmählich schärfte sich ihr Blick und sie erkannte Callahan, zusammen mit vier seiner Wachen. Unverhüllt umzingelten die in Schwarz gekleideten Männer Jack, der sich nicht zur Wehr setzte, als zwei ihn grob an den Armen packten und ansetzten, ihn zu bewegen.

»Fasst ihn nicht an!«, fauchte Diana. Sie hatte einen von ihnen getötet. Mörderin, spuckte ihr Verstand Diana ins Gesicht. Sie würde es wieder tun. Für ihre Familie. Die anderen beiden stellten sich ihr in den Weg. »Lasst mich in Ruhe, ihr Drecskerle!« Mag sein, dass Jack zu schwach war, sich zu wehren, aber Diana würde nicht so einfach nachgeben. Der eine verschränkte blitzschnell ihre Arme auf dem Rücken und nahm sie in den Polizeigriff. Mit aller Kraft zerrte sie an ihren menschlichen Fesseln und wand sich in den starken Händen, bis der zweite blasse Mann seinem Kollegen zu Hilfe kam und ihr einen Schlag auf die Schulter verpasste. Etwas in ihr brüllte, als ihr Körper plötzlich erschlaffte, und kurz darauf verlor sie das Bewusstsein.

Er wollte schreien. Doch kein Ton überwand den dicken Kloß in Jacks Hals, als er Diana zu Boden sinken sah. Die beiden Männer hielten ihn fest gepackt, seine Kräfte waren erschöpft.

Er konnte sich nicht wehren. Ihr nicht helfen. Wie ein Pfeil war die plötzliche Helligkeit in seine Schläfen eingedrungen, hatte ihn gelähmt. Auch jetzt, als sich seine Netzhäute beruhigten, hemmte Zerschlagenheit jeden Muskel. Denk nach. Fieberhaft überlegte Jack, was er gegen die vier Männer ausrichten konnte, allesamt größer und kräftiger als er. Das letzte Mal, als er sich mit einem von ihnen angelegt hatte, war er zwar der Sieger geblieben, aber die Konsequenzen trug er noch immer. Diana und er wurden den Flur entlanggeschleppt, in eine riesige Halle, ebenfalls von weißen Neonröhren erhellt. Sie sah aus wie ein auf industrielle Fertigung ausgelegtes Labor. Rechts von ihm standen raumgroße, massive Safes, den Symbolen auf den Türen nach waren es Kühlkammern. Und links zwei Reihen mit seltsamen Stühlen. Wie die, die bei einem Gynäkologen immer standen. Hier sollte er entstanden sein? Geboren? Aus einer Petrischale? Jack war innerlich aus allen Wolken gefallen, als Diana es ihm vorhin erzählt hatte. Er wusste jedoch, dass er sich erst darüber Gedanken machen durfte, wenn sie hier raus waren. Da erinnerte Jack sich an Dianas Waffe, die sie im Hosenbund verstaut hatte. Hoffentlich fanden sie sie nicht! Die manipulierte Heizungsanlage schwelte ihm im Nacken wie eine kleine Zecke, die sich dort festgesogen hatte. Sie durchquerten weiter den Raum und kamen in einen Bereich, der von unzähligen Trennwänden durchzogen war, wie in einem Großraumbüro, nur waren diese hier aus Plexiglas. In jeder Kammer befand sich ein Tisch, ein Hocker und jede Menge Laborausrüstung, die Jack zum großen Teil gar nicht benennen konnte. Aber nur wenige Menschen arbeiteten hier unten. Jack zählte drei Männer und zwei Frauen, allesamt in weiße Kittel gehüllt. Manche trugen Schutzbrillen und experimentierten mit seltsamen Flüssigkeiten. Ein anderer hing so dicht über einem Mikroskop, dass man das forschende Auge gar nicht erkennen konnte. Der eine Rabe hatte Diana über die Schulter gelagert, ihr Oberkörper baumelte leblos vor Jacks Nase. Zu gern hätte

er nach ihr gegriffen. Als hätte er seine Gedanken laut ausgesprochen, verstärkte sich der Griff um seine Arme. So müde.
Der Kopfschmerz ließ nicht nach, es wummerte und dröhnte.
Die Stimme, die ihn so lang begleitet hatte, war aber fort. Jetzt
leitete ihn nicht mehr die Stimme der Sucht, sondern die seiner
Mutter. Immer weitergehen. Diese zwei sanften Worte ließen
ihn auch das letzte bisschen Kraft aus seinen Muskeln pressen,
alles, was er noch an Energie in den Tiefen seines Bewusstseins
übrig hatte, sammelte sich in seinem geschundenen Körper. Sie
wurde geschürt von der Wut auf den Mann, der ihn erschaffen
hatte, der seiner besten Freundin, seiner Frau, Leid zugefügt
hatte und seiner Schwester, die hoffentlich noch am Leben war.
Geschürt von der Hoffnung, eine Zukunft zu haben, mit seiner
Familie. Bereit für den Gegenschlag atmete Jack tief durch, genoss das Summen in seinen Adern. Sobald der Zeitpunkt gekommen war. Die Gruppe lief durch die Laborparzellen hindurch und kam in den hinteren, letzten Teil der großen Halle.
Und da sah er sie. Die Ruhe, die er in seiner Zelle empfunden
hatte, als er am Tiefpunkt angelangt war, ergriff ihn wieder.
Das Ziel einer langen, harten Reise lag vor ihm. Nur ein paar
Meter entfernt. Auf eine Liege gefesselt. Halbnackt und blutüberströmt. Ein dicker Verband war um ihren Kopf, über ihre
Augen gewickelt. Jack kämpfte um seine Selbstbeherrschung,
damit er sie nicht alle verdammte. Doch dieses zarte Wesen mit
den karmesinroten Haaren, der bleichen Haut, lag dort so zerbrechlich, so zum Greifen nahe. Der Teil in ihm, der leer war,
der ständig sein ganzes Leben nach etwas gesucht hatte, ohne
zu wissen, nach was, sang aufgeregt eine heroische Symphonie.
Das fehlende Puzzleteil, der Mensch, wegen dem er überlebt
hatte, war endlich da. Und er erinnerte sich. An den Tag auf
dem Spielplatz. Das weiche Gesicht des kleinen Mädchens, die
smaragdgrünen Augen glitzerten ihn an, sie wollte ihm etwas
sagen, doch brachte es nicht hervor. Jack saß auf der Schaukel,
war gerade sieben Jahre alt geworden. Das Mädchen trug ein

weißes, feines Kleid, sah zerzaust aus, aber in ihrem Blick lag Freude. Sie hatte ihn gesucht, hatte dieselbe Anziehung gespürt wie er und ihn gesucht, das wusste er jetzt. »Kennen wir uns?«, hatte er gefragt.

»Ich weiß nicht, ich dachte es«, hatte sie mit zitternder Stimme geantwortet, ein wenig undeutlich.

Dann lud er sie ein, mit ihm zu schaukeln und die nächsten Stunden schaukelten sie stumm nebeneinanderher. Es war, als müssten sie nicht sprechen, ihre Gedanken nicht in Worte fassen, und trotzdem lachten sie hin und wieder oder nickten, denn irgendwie war es klar. Die Sätze entstanden in ihren Köpfen, sie waren wie ein und dieselbe Person, die sich mit sich selbst unterhielt. Jack hatte später gelernt, dass Zwillinge keine Gedanken lesen konnten, und dennoch war es auf unerklärliche Weise möglich, sich zu verstehen. Damals war ihm nicht klar gewesen, dass sie verwandt waren, beide wussten es nicht. Jack hatte Gwen eingeladen, am nächsten Tag wieder mit ihm zu schaukeln, doch sie kam nicht wieder. Jeden Tag, den ganzen Sommer lang, ging er auf den Spielplatz, brütete in der Sonne und mied die anderen Kinder. Er wartete auf dieses Mädchen, mit dem er sich so verbunden gefühlt hatte. Irgendwann gab er es auf. Einen ganzen Tag und eine Nacht lang hatte er geweint. Seine Mutter hatte sich fürchterliche Sorgen gemacht, er konnte es ihr nicht erklären. Am nächsten Morgen war alles wieder normal, doch die Leere, die Einsamkeit wurden ein Teil von ihm. Kein Mädchen konnte in den Jahren danach sein Herz erobern, nicht einmal Oliver, sein bester Freund, konnte diesen Platz füllen. Bis zu dem Zeitpunkt, als sich alles änderte. Der Tag, als sie eingeliefert wurde. Und jetzt war er hier in diesem unterirdischen Labor. Ihrer beider Geburtsstätte. Seine Schwester direkt vor ihm. Er musste zu ihr. Durfte nie wieder zulassen, dass sie irgendetwas trennte. Er würde es nicht noch einmal überleben. Jacks ganzer Körper vibrierte vor

Adrenalin. Da blieben sie alle stehen und Doyle ergriff das Wort.

»Ja. Endlich sind meine Schafe zur Herde zurückgekehrt.«

»Was?«, entfuhr es Jack.

»Es hat lang gedauert und eigentlich hätte ich dich gern etwas kooperativer gehabt, Jackson, aber nun ja. Dank Diana habe ich dich nun trotzdem da, wo ich dich brauche.

Und mein Mädchen, die kleine A160, oder Gwen, wie sie getauft wurde, ist dir sowieso überallhin gefolgt. Eine Zeit lang konnte sie sich sehr gut verstecken. Die Jahre, die du in der Obhut von Dr. Siemann warst, hat sie meine Männer ordentlich auf Trab gehalten. Das muss man ihr lassen. Aber als ich gemerkt habe, dass sie an deinem Rockzipfel hängt, war es ein Leichtes, sie in unseren Schoß zurückzuführen.«

»Und wofür braucht ihr sie?« Jack spuckte ihm die undeutlichen Worte förmlich vor die Füße, als Doyle langsam zu der Liege hinüberging. Diana regte sich leicht, stöhnte leise, immer noch über der Schulter des Raben baumelnd.

»Euch beide. Dr. Siemann hat mich informiert, dass er Diana aufgeklärt hat. Und sie wahrscheinlich dich. Über unsere Experimente hier, nicht? Unsere Geschäfte?« Jacks Grunzen reichte ihm als Antwort.

»Ja, und nun ist es so, dass du und Gwen unsere Meisterstücke seid. Hast du eine Ahnung, was das für eine Leistung ist, eine kostspielige Leistung, will ich dazu sagen, ein Baby zu erschaffen, einen Menschen, der genau so aussieht, wie man es sich wünscht? Die DNA, die Erbanlagen so zu verändern, dass etwas völlig Neues daraus entsteht? So konnten wir eineiige Zwilling erschaffen, die das komplette Gegenteil voneinander sind. Äußerlich zumindest. Und wir können noch mehr. Es gäbe keine Hässlichkeit mehr auf der Welt, keine Unvollkommenheit, sobald wir mit unserer Forschung an die Öffentlichkeit gehen können.«

»Das ist geisteskrank!«

Doyle fuhr mit seiner Hand über Gwens Hüfte, jeder Muskel in Jacks Körper spannte sich an.

»Nicht so zornig, mein Lieber. Ich brauche euch, um die Forschung voranzutreiben. Wir haben nämlich neue Kunden dazu gewonnen. Und die wollen sehen, was wir zu bieten haben. Daher brauchen wir eure Zellen, um das Experiment zu wiederholen. Immerhin haben wir nun auch ausreichend Forschungsmaterial über eure Entwicklung sammeln können.«

Da dämmerte es plötzlich. Durfte das wahr sein?

»Haben Sie was mit dem Tod meiner Familie zu tun?«, platzte es aus Jack heraus. Blankes Entsetzen durchfuhr ihn, als Doyle seine wulstigen, vernarbten Lippen zu einem höhnischen Lächeln verzog. Er trat langsam auf Jack zu.

»Ja, deine Familie, Ha.« Er lachte.

»Zum einen waren sie einfach zu lästig. Ständig hat deine elendige Mutter, wie du sie nennst, rumgeschnüffelt, wollte Informationen über unsere Klinik einholen und über dich. Und über Gwen. Tatsache war, sie wussten einfach zu viel und haben nicht nachgegeben. Also, naja … den Rest kennst du ja.«

Zornesröte, Schock, Raserei. Schreien. Nie hatte er eine solche Gefühlswelle gespürt, solch Abscheu und Hass, gepaart mit Angst und Trauer.

»Warum?!« brüllte er. Doyle lachte erneut. Er verstand, was Jack meinte, obwohl dieser es nicht schaffte, die Worte zu sprechen. Warum dieses Blutbad? Warum hatte er überlebt?

»Ach, sei doch nicht so naiv. Ich hatte dich immer im Blick, meine Leute waren überall zu jederzeit.«, Doyle tippte sich mit einem Finger an den Hals hinter sein Ohr.

Die Narbe. Ein Sender? Natürlich. Dadurch hatte er sie auch heute gefunden. Es war eine Illusion gewesen, die Hoffnung. Es hatte nie eine gegeben.

»Erinnerst du dich an deinen Freund Nick?«, sprach Doyle unbeirrt weiter.

Ja. Jack erinnerte sich. Der junge Mann hatte ihn damals überredet, an seinem 18. Geburtstag mit ihm und ein paar anderen um die Häuser zu ziehen. Das Auto.

»Ich gebe zu, dass es nicht ganz so gelaufen war, wie ich es mir gewünscht hatte. Denn unsere liebe Gwen hier musste sich ja unbedingt einmischen.«

»Was?«

»Sie war wie so oft aus ihrer Unterbringung geflohen und bei euch zu Hause aufgetaucht. Daher war es etwas schwieriger, sie ebenso gut im Auge zu haben wie dich. Zumal sie auch die Dreistigkeit besaß, sich ihren Peilsender zu entfernen. Naja, und an dem Abend, als deine Familie eigentlich bei einem Brand ums Leben kommen sollte, hat sie dafür gesorgt, dass die Jungs nicht fertig wurden mit ihrer Arbeit. Sie nahmen die Verfolgung auf, da ich diesem widerspenstigen Kind Einhalt gebieten wollte.«

Sie hatte ihn gerettet. Jack erinnerte sich an die Sirenen, die die Nachbarschaft in Aufruhe versetzt hatten. Damals war seine Schwester dafür verantwortlich gewesen, dass er seine Familie gefunden hatte, dass ermittelt wurde, wenn auch ohne Ergebnisse.

»Ich habe Leute überall, auch bei der Polizei, Jack«, sinnierte Doyle, als hätte er seine Gedanken gelesen.

Er wusste nicht mehr, wie ihm geschah. Solch überwältigende Emotionen schnürten seine Brust zu, zerfetzten sein Herz. Wegen ihm, wegen seiner Existenz, hatte seine Familie sterben müssen. Die reinsten Menschen, die er je kennenlernen durfte. Sie waren von Grund auf gut gewesen. Hatten ihn so sehr geliebt, dass sie mit dem Leben bezahlt hatten.

Jack sah zu Diana, etwas an ihr hatte sich verändert, sie war … steifer. Sie war wach? Schnell wendete er den Blick wieder ab. Anscheinend merkte der Mann, der sie festhielt, nichts, war zu abgelenkt von dem hochtrabenden Geschwafel seines Bosses. Alle Teile des großen Ganzen hatten sich zusammengefügt.

Sein Leben bestand aus einem perfiden Plan, war aus solchem entstanden. Doyle war in seinem Element, die Kontrolle zu genießen. Den Moment auszukosten, wie einen edlen Tropfen. Vermutlich würde er gerade alles preisgeben, berauscht von der Macht, gewonnen zu haben. Und es gab eine Frage, die noch nicht geklärt war. Und Diana zuliebe würde er sie stellen.

»Was ist mit Beth, Dianas Schwester, passiert?«

Doyle schaute überrascht, setzte aber sofort wieder sein Schlangenlächeln auf.

»Diese Kleine kam mir gerade recht. Du weißt, wir finanzieren uns mit dem Organhandel und da können wir immer Nachschub gebrauchen. Allerdings gefiel mir die Schwester des Mädchens ganz besonders. Ich wollte Diana und habe sie gekriegt.« Doyle schritt langsam auf sie zu und ergriff die schlaffen Finger, streichelte sie. Jack bäumte sich auf vor Zorn, brüllte aus vollem Halse. Doch Doyle blieb unbeeindruckt. »Ich kriege immer, was ich will! Und ich will die Welt zu einem besseren Ort machen. Jack, sieh mal, wir helfen den Menschen da draußen! Wir schenken Kinder, wir schenken Organe, wie ... schau. Gwen hat ihre wunderschönen Augen – die sie von mir hat, will ich dazusagen – gespendet. Irgendwo kann ein Kind nun wieder sehen.«

Da war es vorbei. Deswegen der Verband. Übelkeit überkam ihn, und dann riss er sich los, wie ein Pfeil, der von der Sehne schnellte, rammte dem Ersten rechts von ihm seinen Ellenbogen ins Gesicht, zog zurück und landete bei dem anderen einen Kinnhaken. Bevor die letzten beiden wussten, was los war, setzte Jack zu einem Hechtsprung an, ließ all der angestauten Energie freien Lauf. Im nächsten Augenblick schon lag Doyle am Boden und Jack sah nur noch rot.

Er hatte sie gefunden. War zu ihr gekommen. Endlich, zum zweiten Mal in ihrem Leben, spürte sie Glück, Freude, sie fühlte sich vollständig. Das Ziel einer langen Reise. Das Ende ihrer Geschichte. Alles konnte nun hier enden. Er wusste, wer sie war, und sie spürte seine Liebe, auch wenn sie ihn nicht sehen konnte. Und sie liebte ihn. Es war ihr egal, dass sie Geschwister waren, es war nicht wichtig. Mit jeder Faser ihres Körpers liebte sie. Und kein Schmerz der Welt war so stark wie dieses Gefühl. Sie wollte juchzen, als sie seine Stimme hörte, sie wollte ihn berühren, ihren Bruder. Ihren Seelengefährten. Doch was …? Sie hörte, wie Jack sich bewegte, wie er sich auf den Mann stürzte, der ihnen allen so unsagbares Leid zugefügt hatte.

Diana hatte den Großteil des Gesprächs mitbekommen. Wie töricht von ihr zu glauben, Dr. Siemann würde sich ihr anschließen, würde Reue empfinden. Nein. Letztlich war sich jeder nur selbst am nächsten. Diana hörte die Worte, die die folgenden Ereignisse auslösten. Spürte die Berührung an ihrer Hand. Hörte, was Cal über Beth sagte, über Gwen. Und als Jack sich losriss, war ihr Zeitpunkt gekommen. Sie spannte ihren gesamten Körper an, warf sich zurück und verpasste dem Mann, der sie festhielt, eine Kopfnuss. Die ohnehin schon gebrochene Nase, knackte laut, doch Diana verdrängte den Schmerz, ließ ihn in dem aufkochenden Adrenalin garen. Mit einem Satz sprang sie dem Mann aus den Armen und rammte ihr Knie zwischen seine Beine. Kurz darauf ließ sie eine Rechts-links-Combo auf das Gesicht des Letzteren einprasseln und verpasste ihm nach einer perfekten Drehung einen Rückwärtstritt direkt in die Magenkuhle. Sie warf einen kurzen Seitenblick zu Jack, der ihn mit beeindrucktem Staunen erwiderte. In ihren Augen ließ sie die unausgesprochenen Worte ,Du weißt noch nicht alles über mich, Mr Burrow', flackern, und als der Erste erneut versuchte, sie zu packen, zog sie ihre Waffe. Gott sei Dank hatte sie niemand entdeckt. In dem Labor war es mit einem Mal still geworden. Jeder schien den Atem anzuhalten, zu warten, was als Nächstes geschah. Selbst Cal, der Jack von sich heruntergeschmissen hatte, schien zum ersten Mal, seit sie ihn kannte, verunsichert.

»Mach keinen Unsinn, meine Liebe.«

»Unsinn? Das ist das Klügste, das ich jemals getan habe«, sagte Diana ruhig und richtete die Waffe auf Cal. Der kleine Glasdelfin summte in ihrer Tasche. Unaufhörlich tropfte ihr Blut aus der Nase.

»Diana, wir haben immer so viel Freude geteilt. Willst du das alles wegwerfen? Für einen dahergelaufenen Bengel? Du könntest Teil an unserem Weltenverbesserungsprogramm sein. Du könntest an meiner Seite sein.«

»Nein, danke.«

Diana beobachtete unauffällig, wie Jack sich kaum merklich in Richtung Gwen bewegte. Wenn es hier gleich losging, mussten sie drei in Sicherheit sein. Die Uhr tickte. »Du elender Mistkerl! Dein Imperium ist gestürzt. Es ist vorbei. Ich habe wichtige Beweise bereits an vertrauenswürdige Personen weitergeleitet. Du wirst niemandem mehr schaden!«

»Bedauerlich. Dass ihr nicht verstehen wollt, was wir hier schaffen. Aber du brauchst dir keine Sorgen zu machen, es gibt hier keine vertrauenswürdigen Personen, wie du so schön sagst. Denn auch, wenn du es nicht wahrhaben willst, jeder wünscht sich insgeheim eine perfekte Welt.«

Cal richtete sich langsam auf, suchend blickte Diana sich um. Wie nur konnten sie fliehen? Wie …? Hinter ihnen war ein schwarzer Tunnel, hoffentlich war das der Ausgang, den sie auf dem Plan gesehen hatte. Daneben hing der Sicherungskasten, den sie brauchte, um die Explosion auszulösen. Doch wie sollten sie dort hinkommen? Vor ihnen waren mit Plexiglas ummantelte Parzellen, in denen ein paar Leute in weißen

Kitteln das Szenario beobachteten. Links waren die Liegen, Gwen und Jack. Und rechts … Da! Vielleicht brauchte sie den Schalter gar nicht umzulegen, um den zündenden Funken im Heizungsraum auszulösen. Mannshohe Fässer, etwa ein Dutzend, nur zwanzig Fuß ungefähr entfernt. Sie konnte nicht erkennen, was in den großen Alugefäßen drin war, konnte keine Symbole entdecken, die auf brennbaren Inhalt aufmerksam machten. Aber das hier war ein Labor, also lag die Vermutung nahe, dass sich Alkohol oder ähnliche entzündliche Stoffe darin befanden. Hoffentlich. Die beiden Männer, denen Jack entkommen war, starrten sie an, als könnten sie sie durch Telepathie dazu bewegen, die Waffe sinken zu lassen und die anderen beiden hielten sich ihre schmerzenden Stellen, ohne auf sie zu achten. Cal bemerkte die Nachlässigkeit seiner Beschützer und Diana hätte schwören können, Zweifel in seinen grünen Augen zu erkennen. Dann klickte es. In den nächsten Sekunden passierte alles so rasend schnell, dass sich die Zeit verlangsamte. Jack hatte die Fesseln von Gwen gelöst und sie in einer fließenden Bewegung an sich gezogen. Die Köpfe ihrer Feinde schnellten aus Reflex zu ihm herum, als er sich mit ihr zu Boden warf und die Liege als Schutzschild vor sie zog. Die Sekunde der Ablenkung nutzte Diana und schoss dreimal auf die Fässer. Eine endlose Sekunde lang herrschte in dem großen Raum Totenstille. Die Kugeln sirrten in Zeitlupe durch die von Furcht und Hass geschwängerte Luft, zerrissen die Realität, wandelten jede Energie, die einst in diesem Gebäude geherrscht hatte, in blanke, feurige Panik. Bereits beim Abziehen hatte Diana ihren Muskeln den Befehl gegeben, zu springen, zu Jack, hinter die Barriere. Sie befand sich gerade noch wenige Zentimeter von seiner ausgestreckten Hand entfernt, betete still um ihr Baby, als die Kugeln einschlugen.

Jack hielt die beiden zitternden Frauen dicht an sich gepresst, als die Welt um sie herum explodierte. Gwen klammerte sich an seinen Hals, schluchzte wild, während er ihr immer wieder versicherte, dass alles gut werden würde. Er war jetzt da, sie hatten sich endlich gefunden und nichts würde sie wieder trennen. Blut floss unter dem Verband in zarten Rinnsalen über ihre Wangen, wie rote Tränen. Diana presste sich an seine andere Seite, seine Hand umfasste ihre Hüfte und hielt sie so fest, als könne sie auseinanderfallen. Jack konnte nicht erkennen, was sich hinter der Bahre abspielte, nur wilde Flammen, die durch die Rauchschwaden züngelten und … Schreie. Gellende Schreie ertönten um sie herum. Glas zersplitterte, ein weiterer Knall erschütterte den Boden, auf dem sie kauerten.

»Jack! Wie müssen raus hier!«, schrie Diana über den Lärm des knisternden Infernos hinweg.

»Wenn das Feuer den Flur und den Heizungsraum erreicht, dann stürzt das ganze Gebäude ein!«

Jack nickte nur. Er hatte keine Kraft mehr zu sprechen. Das Dröhnen der tosenden Flammen, der zerplatzenden Scheiben und der explodierenden Chemikalien sang in seinem Kopf wie ein Schwerttanz. Die Schreie waren allmählich verstummt oder hatten sich entfernt. Jack warf einen sorgenvollen Blick zu Gwen und flüsterte ihr dann ins Ohr, dass sie jetzt aufstehen würden und sie ihn nicht loslassen durfte. Ihr Kopf sank zustimmend, dann kam der schwierige Teil. Aufstehen. Die Hitze um sie herum versengte ihm die Härchen auf den Armen, brannte so lichterloh wie sein Inneres. Er hatte seine Kraft verbraucht, hatte sie - wie Zahnpasta aus der Tube - aus seinen Muskeln gequetscht und nun … gehorchten sie ihm nicht mehr. Verzweifelt versuchte Jack, seine Beine zu bewegen, doch er spürte sie nicht einmal mehr. Tränen schossen ihm in die Augen. Tränen der Furcht und der Erschöpfung.

»Jack! Was ist los? Bitte steh auf!«, flehte Diana, die sich bereits aufgerichtet hatte und zerrte an seinem Arm.

»Diana … ich versuche es, aber es geht nicht. Bitte, bringt euch in Sicherheit!«

»Niemals. Ich werde den Vater meines Kindes hier nicht sterben lassen!«

»Was?« Was? Vater? Er wurde …

Unglaube und Schock spiegelten sich in seinem Blick. Doch Diana nickte ernst und zerrte wieder an seinem Arm. Schwanger? Oh Gott. Ein Kind! MEIN Kind. Gwen klammerte sich noch fester an seinen Hals. Wahrhaftig. Dies war seine Familie. Er musste sie in Sicherheit wissen. Gleißender Schmerz zog sich durch sein Rückgrat, als er mit qualvollem Stöhnen die Beine aufstellte. Du schaffst das! Immer weitergehen! Kein Leid konnte größer sein als das, seine Familie zu verlieren. Einmal hatte er es schon erfahren müssen. Oh Gott, was sollte er nur tun? Noch einmal schaute er auf Gwen, sog ihren blumigen Duft ein und dann hob er sie beide auf die Beine.

»Wir schaffen es, wir müssen nur durch den Tunnel dort«, schrie Diana, aber sie kamen nur mühsam vorwärts. Jack konnte nicht richtig laufen, die Wochen der Gefangenschaft zollten ihren Tribut. Die Trümmerteile, die zerstreute Einrichtung und das Feuer bildeten das reinste Chaos, was das Vorankommen noch erschwerte. Um sie herum tosten die Flammen. Der Alkohol hatte sich bei der Explosion im ganzen Labor verteilt, dadurch war eine Kettenreaktion entstanden. Der Brand war fast am anderen Ende der Halle angekommen, dort, wo der Flur lag, der Richtung Heizungsraum führte. Das Gas strömte dort unvermindert raus. Es war vermutlich eine Frage von Minuten. Die Druckwelle, die ihr die Arme versengt hatte, hatte es schon in sich gehabt. Sie mochte sich gar nicht ausmalen, wie brutal es wäre, wenn … Eine Hand griff nach ihr und zog sie zu Boden. Ihre Muskeln gaben nach und allesamt stürzten sie.

Jack hatte seinen Arm um ihre Hüfte geschlungen, den anderen, mit dem bandagierten Stumpf, in Gwens Armbeuge gehakt. Die Hand zog unerbittlich an ihrem Fußgelenk, doch sie erkannte erst nicht, woher sie kam. Dann …

»Du entkommst mir nicht, du kleine Schlampe!« Cals Stimme dröhnte in ihren Ohren. Sie konnte sich nicht bei Jack halten. Mit einem kräftigen Ruck an ihrem Bein rutschte sie zu ihm, hinter eine der Liegen. Sein dicker Kopf war blutüberströmt, Schweiß rann ihm über das rußgeschwärzte Gesicht. Keuchend zog er sie näher. Diana versuchte zu treten, ihn zu boxen, doch sie erwischte ihn nicht. Mit ihrer Faust schlug sie wie wild auf Cal ein, der sie nun mit seinem massigen Körper auf dem Boden fixierte, damit sie sich nicht mehr wehren konnte. Er war eingeklemmt, wie sie erkannte. Ein Trümmerteil hatte sein Bein zerquetscht.

»Hol mich hier sofort raus!«, brüllte er.

»Ich denk nicht daran!«, antwortete sie genauso laut und dann starrte sie plötzlich in den Lauf einer Waffe.

Jack hatte sie nicht halten können. Sie war ihm aus dem Arm geglitten wie Seife und hinter eine umgekippte, rauchende Bahre gezogen worden. Gwen und Jack saßen auf dem Boden, gemeinsam versuchten sie aufzustehen, doch unsichtbare Hände drückten sie nach unten. Dann eben kriechen.

»Hey, du musst kriechen, halt dich an meinem Oberteil fest, wies er sie sanft an und gab ihr den Stoff seines Leinenhemdes in die Hand. Gwen stimmte wimmernd zu. Im wahrsten Sinne des Wortes musste sie ihrem Bruder blind vertrauen. Die Fliesen glühten unter seiner Hand. Bei jedem schweren Atemzug brannte die heiße Luft in seiner Nase. Gerade, als er die Bahre erreichte, und sie beiseiteschieben wollte, trat ihm jemand mit voller Wucht gegen die Seite. Hustend sank er zu Boden. Gwen schrie auf, rüttelte an seinem Körper.

»Mir geht's gut«, keuchte Jack und spuckte Blut. Gwen schlang schützend die Arme um ihn, während er nach seinem Angreifer Ausschau hielt.

»Aiden! Tu das nicht, bitte!«, flehte Diana. Seine dunkle Haut schimmerte in der rauchdurchzogenen Luft wie Onyx. Die Hand, die die Waffe auf sie richtete, zitterte etwas, doch seine Miene war stählern.

»Du hättest einfach auf mich hören sollen! Du hast alles zerstört!«

»Warum machst du da mit?! Du bist doch ein guter, kluger Mann!«

»Du Närrin, die Frau, die ich liebe, wartet auf ein neues Herz! Wir hätten fast eins gehabt und du hast alles zerstört!«

Ein Schauer lief über Dianas Rücken. Doyle lachte laut, bevor er einen Schwall Blut neben ihren Kopf erbrach.

»Sie wird eins kriegen!«, versuchte Diana es unbeholfen. Ihr war schlecht. Der Blutgeruch, der Stress, das lodernde Feuer um sie herum waren nicht gut für ihren Blutdruck. Mit rasend schnellem Puls sprang ihr das Herz fast aus der Brust.

»Sie schafft es nicht mehr, sie wird sterben und das ist deine Schuld!« Seine Stimme überschlug sich beinahe vor Frust. Diana sah die Kugel schon auf sie zufliegen, als das verzweifelte Gesicht ihres Kollegen und Freundes von einer Faust zurückgeschleudert wurde. Doyle schreckte zusammen. Starke Hände schubsten den sich windenden Callahan von ihr runter. Durch die Bewegung riss das Trümmerteil an seinem zerschmetterten Bein. Ein schrecklich verzerrter Schmerzensschrei hüllte Diana ein, die ihren zitternden Körper an der Bahre abstützte, um nicht einer Ohnmacht zu erliegen. Der Mann, der sie gerettet hatte, kämpfte mit Aiden um die Waffe. Als Dianas Blick sich klärte, sah sie Brody, der seinen Gegner in den Schwitzkasten nahm und in den Bauch trat. Brody steckte auch ordentlich ein. Callahans wütende Rufe brachten sie zur Besinnung. Bring es zu Ende, flüsterte eine Stimme in ihrem Kopf. Sie überlegte kurz, suchte nach ihrem Taschenmesser, doch den Gürtel hatten sie ihr abgenommen. Sie fand aber etwas anderes. Ohne zu zögern, bückte sie sich, zückte den kleinen Glasdelfin und rammte ihn mit voller Wucht in Cals speckigen Hals. Gurgelnd rann das Blut in einem wilden Strom aus seinem Mund. »Das war für Beth«, sagte sie nur und stand auf. Sie warf einen letzten Blick zurück auf ihren langjährigen Peiniger. Frei. Callahan würde jetzt und hier sterben. Er hatte ihr nichts mehr entgegenzusetzen. Sie hätte sich kein armseligeres Ende für ihn wünschen können.

Durch die stiebenden Funken sah sie, dass das Feuer bei den raumgroßen Kühlcontainern angekommen war. Wie viel Zeit blieb ihnen noch? Immer wieder gellten kleinere Explosionen, von berstenden Chemikalien und Alkoholbehältnissen, die das schrille Klingeln des Feueralarms übertönten. Die Sprinkleranlage kämpfte gegen die Flammen, versagte jedoch kläglich. Diana bahnte sich einen Weg durch den Rauch zurück zu Jack, der benommen in einer der Laborparzellen lehnte, mit Gwen im Arm. Es war eine der wenigen, die noch nicht zerplatzt war.

»Diana, du lebst!«, keuchte er erleichtert, aber benommen.

»Und ihr auch! Wir müssen jetzt hier raus.«

»Brody ... Er hat uns hier reingesetzt, nachdem Aiden mich angegriffen hat.«

Diana wünschte sich, noch einmal die Chance zu bekommen, sich bei Brody für alles zu bedanken.

»Ich bin so müde, Diana ...«

»Ich auch, Jack. Wir können uns ausruhen, wenn wir hier raus sind. Bitte!«

Seine glasigen Augen schauten sie gequält an. Tränen schimmerten darin und an seinen Mundwinkeln haftete Blut.

Es war zu viel. Der Tritt hatte in seinem Innern etwas verletzt. Es war wie ein heißes, unangenehmes Kribbeln in seinen Adern, das ihm jegliche Kraft raubte, seinen Körper betäubte. Neben Dianas flehendem, betörendem Gesicht schwebte das seiner Mutter. Sie streckte wie Diana die Hand nach Jack aus. Würde sie ihn mit sich nehmen? Sein Kopf fühlte sich an wie die schwelenden Rauchschwaden, die ihre Lungen verrußten. Dunkel, nebelig, wie in Watte gepackt. Er hatte versagt. Als er sich dies eingestand, kehrte eine seltsame Ruhe in seinem Inneren ein. Nie würde er mit seinem Kind spielen, würde Diana nie mehr spüren oder lachen hören, würde Gwen nie richtig kennenlernen. Für all das hätte sich das Leben gelohnt.

»Es wird ihnen gut gehen«, sang seine Mutter. Mit einer Stimme, samtig wie Seide, strich sie über seine Seele. Lockte sie. »Du bist jetzt bereit.«

»Jack! BLEIB BEI MIR! BITTE!« Diana schrie ihn an, rüttelte an seinem Arm, ebenso wie Gwen, die ihn schluchzend umklammert hielt. Dann tauchte da noch ein verschwommenes Gesicht zwischen ihnen auf und im nächsten Moment ging ein Ruck durch Jacks Körper.

Panik. Sie kannte die Anzeichen der tödlichen Triade. Jack war dabei, aufzugeben. Diana überlegte fieberhaft, wie sie ihn transportieren konnte. Sie mussten nur hier raus, dann würde er sofort ins Krankenhaus kommen.

»Bleib wach, verdammt noch mal! Ich liebe dich!«

Seine Lippen kräuselten sich zu einem Lächeln. Sanft drückte er ihre Hand. Dianas Panik übertraf alles Erdenkliche, als seine Augen zufielen. Plötzlich trat Brody neben ihn, mit zerbeultem Gesicht und hob Jack auf seinen Arm. »Diana, nimm die Kleine und los!«

Bevor ihr klar wurde, was gerade passierte, gehorchte sie und stapfte mit Gwen durch das zerstörte Labor und die Brandherde hindurch, immer hinter Brody her. Sie trennten nur etwa fünfzig Meter von dem Ausgang. Von der Rettung.

»Warum hast du mir geholfen?«, rief sie.

Brody drehte sich kurz zu ihr um und schaute sie mit einer Sanftheit an, die sie nicht von ihm erwartet hätte.

»Ich habe dich nie aus den Augen gelassen. Diana, ich weiß, was du alles geopfert hast und ich … will, dass du lebst. Wenn es einer verdient hat, dann du.«

Die Wärme, die von Brody ausging, trieb ihr die Tränen in die Augen. Er hatte es die ganze Zeit gewusst. Der Moment in der Einfahrt kam ihr wieder in den Sinn. Er wusste von Doyle, von ihren Plänen, vermutlich sogar von Jack und seiner Sucht. Nie hätte sie gedacht, so viel Freundlichkeit in ihrem Kollegen zu entdecken. Wusste er auch von dem Baby?

Brody hatte sich schon wieder in Bewegung gesetzt. In Wahrheit hatte sie all die Jahre einen wahren Freund gehabt, ohne es zu wissen.

»Danke«, rief sie noch, bevor der Schuss ertönte.

Brody sank mit Jack auf die Knie. Gwen, die sich an Dianas Arm geklammert hielt, zuckte zusammen.

Aiden stand hinter ihnen, die Waffe hoch erhoben. Diana sah, wie sich ein Blutfleck auf Brodys Rücken abzeichnete, dort, wo die Kugel ihn getroffen hatte, aber er machte keinen Laut. Aidens vor Wut verzerrtes Gesicht war geschwollen und voller Blutergüsse.

»Ihr geht nirgendwo hin.«

»Brody, alles okay?«, fragte Diana ängstlich.

Er nickte, ihr noch immer mit dem Rücken zugewandt, bevor er den bewusstlosen Jack am Boden ablegte. Plötzlich drehte er sich um und schoss auf Aiden, mit einer Pistole, die er aus der Tasche seines Kasacks gezogen hatte. Ihre Pistole. Die sie vorhin von sich geschleudert hatte, als die Hölle hereinbrach. Brodys Oberkörper war besudelt von dem Blut, das unaufhörlich aus der Wunde trat. Aiden hatte die Kugel nicht kommen sehen und ging mit einem Loch in seinem Auge zu Boden. Einen Bruchteil einer Sekunde schmerzte der Anblick des toten Mannes. Aber der kurze Moment der Trauer wich dem Selbsterhaltungstrieb und der Angst.

»Mir reicht es jetzt mit diesem Wichtigtuer«, schnaubte Brody und hielt sich den Bauch. »Bring die Kleine raus! Ich komm nach! Los!«, wies er Diana mit fester Stimme an. Das schaffte er nie.

»Los!«, brüllte Brody noch einmal. Fest entschlossen, gleich wieder umzukehren, sobald Gwen in Sicherheit war, rannte sie los, noch zehn Meter. Gwen zerrte an ihrer Hand, bei jedem Schritt versuchte sie sich loszureißen. Sie drehte sich noch einmal um und sah zu ihrer Erleichterung, dass Brody Jack tatsächlich wieder auf die Arme genommen hatte, trotz des Lochs in seinem Körper. Dann hatten sie den Tunnel erreicht, Schritt für Schritt kamen sie in der kühlen, dunklen Unterführung voran.

»Wir sind hinter euch«, rief Brody. Sie liefen unter der Erde entlang. Die kalte, feuchte Luft roch modrig, nach Wald, erfrischte ihre brennenden Lungen. Der Ausgang war nicht mehr weit, als die erste große Explosion das Diesseits erschütterte. Der Boden bebte, selbst die Luft flimmerte. Und als Diana sich umdrehte, waren sie nicht hinter ihnen. Nein. Gwen kreischte wie eine Sirene und mit einem Ruck riss sie sich los und lief zurück in das vibrierende Innere. Diana setzte an, hinterherzulaufen, doch eine Druckwelle erfasste ihren Körper und riss sie von den Beinen. Staub und kleinere Geröllteile rieselten auf sie herab. Verzweifelt versuchte sie, aufzustehen. Nein, sie durften nicht tot sein. OH Gott! Oh Gott, Jack, nein! Ihre Beine gehorchten nicht, ein Zittern durchlief ihre Glieder, bevor sie sich wegen starker Unterleibskrämpfe krümmte. Als wäre das Feuer, das hinter ihr loderte, in sie eingedrungen. Als hätte es Besitz von ihr ergriffen, presste sie sich an den Boden. Dann folgte die zweite große Explosion, die alle anderen in den Schatten stellte.

Jack öffnete die Augen. Sengende Hitze verglühte sein Bewusstsein. War er tot? Wohin er blickte, sah er Feuer, ein Knall hatte ihn geweckt, erinnerte er sich. War die Hölle explodiert? Jack konnte seinen Körper nicht fühlen. Als er es gerade so schaffte, seinen Kopf zu drehen, entdeckte er zwei Augen, die ihn anstarrten. Brody ... Jack war also nicht tot. Er war gefangen in einem Meer aus Feuer, ohne jegliche Hoffnung.

»Es ... tut mir leid!«, keuchte Jack heiser in Richtung des leblosen Mannes, der sich für ihn geopfert hatte, für Diana. Sie war in Sicherheit. Er hatte nicht gesehen, wie sie geflohen war und doch kribbelte die tiefe Gewissheit in seinem Innern, wie das Flattern tausender Schmetterlinge. Sie würde leben, würde ihr gemeinsames Kind großziehen und glücklich werden. Ganz bestimmt. Jack klammerte sich an diesen Faden aus Licht, als eine Gestalt aus einer Flammenwand sprang und auf ihn zu stolperte. Sein schwaches Herz machte einen Satz. Gwen fiel auf die Knie, tastete blind mit ihren rußgeschwärzten Händen.

»Ich bin hier«, krächzte er. Sie kroch auf ihn zu und schluchzte wild auf, als sie ihn innig umarmte.

Gwen war zu ihm zurückgekommen.

»Du dummes Mädchen«, weinte er. »Du sollst leben! Du sollst ein Leben haben!«

»Nicht ohne dich«, fiepte sie. Die ersten Worte, die er aus ihrem Mund vernahm. Ihre Körper waren eng verschlungen, Brandblasen fraßen sich durch ihre Haut.

»Ich liebe dich«, meinte Jack zu hören, als ein zweiter Knall die Welt erschütterte.

Sekunden. Nur wenige Sekunden würde ihnen bleiben, dann würden sie sterben. Gemeinsam. Seine Arme schlangen sich noch enger um ihren ausgemergelten Körper. Er sah die feuerbrünstige Druckwelle in Zeitlupe auf sie zu rasen, doch er empfand nichts als Glückseligkeit. Sein Loch im Herzen war endlich gefüllt. Diesmal nahm Jack die Hand, die ihm seine Mutter reichte, dankend an.

»Jetzt sind wir alle wieder zusammen«, sagte Jack noch leise zu der seichten Lichtgestalt, die vor ihm schwebte, bevor sie durch das Inferno zerrissen wurde und Gwen und ihn mit sich nahm.

Lächelnd vergingen sie in den ewigen Fluten des feurigen Todes.

Diana saß auf einem grasbewachsenen Hügel, an einen Baum gelehnt und betrachtete das leuchtende Schauspiel vor ihr. Die feuchte Nässe der Nacht drang ihr durch die Kleider, weichte ihre Haut auf. Der Tunnel hatte in einem Schacht geendet, der über eine Leiter an die Oberfläche führte. Genau zu diesem Platz, an dem sie nun saß, von Schock und Trauer gelähmt. Nur eine einzige Träne kullerte über ihre Wange, tropfte auf ihre Hand. Sanft streichelte sie ihren Bauch. Die Krämpfe hatten ein wenig nachgelassen, doch das Blut, das Dianas Oberschenkel entlangrann, verhieß nichts Gutes. Vor ihr erstreckte sich das gesamte Klinikgelände. Das Anwesen war am Einstürzen, die unterirdische Explosion hatte sich, wie sie sich gedacht hatte, durch die Heizungsrohre ausgebreitet. Und nun züngelten die Flammen wie ein lebendig gewordenes Tier aus dem zertrümmerten Gemäuer, gierig nach mehr. Der Nachthimmel war durchzogen von schwarzen Rauchschwaden. Von dem Hügel aus konnte Diana erkennen, wie mehrere Feuerwehrwagen und Krankenwagen auf dem Parkplatz Stellung bezogen. Eine große Traube Menschen hatte sich dort versammelt, wuselte durcheinander wie ein Schwarm Ameisen. Die Evakuierung war erfolgreich gewesen. Brody hatte sicher dabei geholfen. Sie verdankte diesen beiden Männern ihr Leben. Brody und Jack, der in kürzester Zeit ihr Herz erobert hatte und ihr Leben lebenswert gestaltet hatte. Er hatte ihr Hoffnung und unendliche Freude geschenkt. Und nun war er tot. Sie würde ihn nie wieder sehen. Das Feuer loderte noch einmal kräftig auf, wie zur Bestätigung. Es kämpfte gegen die Feuerwehr, gegen das Wasser, das auf die Trümmer prasselte. Wie lebendig ihr das rote Raubtier vorkam. Es kämpfte um sein Überleben, brauchte Luft zum Atmen und Nahrung zum Wachsen. Bei all der Grausamkeit, dem Schrecken, den es brachte, war es doch seltsam majestätisch. Es war ihre Schuld. Dass Jack nicht mehr bei ihr war, dass Brody, Aiden und alle, die es nicht geschafft hatten, zu entkommen, tot waren, war ihre Schuld. Diana hatte dieses Tier frei gelassen, hatte aus Verzweiflung und Zorn gehandelt und nun alles verloren. Jetzt kamen die Tränen doch. Schwallartig ergossen sie sich über ihr geschundenes Selbst. Es war ihre Schuld. Sie weinte. Und weinte und weinte. Bis der Tag anbrach und ihr erschöpfter, durchgefrorener Körper aufgehoben wurde.

Sie wachte im Krankenhaus auf. Officer O'Brien stand an ihrem Bett.

»Schön, Sie zu sehen. Lebendig.«

347

Dianas Kehle war staubtrocken, nicht einmal ein Krächzen brachte sie heraus. Der Kommissar half ihr, den schmerzenden Oberkörper zu heben, und hielt ihr ein Glas Wasser an die Lippen. Die kühle Flüssigkeit schaffte etwas Linderung, doch die Erschöpfung saß auf ihrer Brust wie ein Elefant.

»Wir müssen uns über einiges unterhalten. Aber werden Sie erst einmal gesund. Sie beide.«

Dianas Herz machte einen Satz. War es möglich …?

In ihren enzianblauen Augen lag eine Frage. Ihr Baby, ob es lebte? Tatsächlich hatten die Ärzte ihn gleich nach seiner Ankunft über das Nötigste aufgeklärt. Ihrem Baby ging es gut. Es war vermutlich genauso erschöpft wie Ms Kingsley. Sanders mochte sich gar nicht ausmalen, was die Frau alles hatte durchleiden müssen. Nur sie wusste, was in der Klinik passiert war. Man hatte sie völlig durchnässt im Wald gefunden, neben einer Luke. Nachdem sie herausgefunden hatten, wie das alles zusammenhing, war Sanders sofort zu ihr ins St. James gefahren. Er erfuhr, dass sie intubiert werden musste, aufgrund der Rauchinhalation. Drei Tage lag sie unter strenger Beobachtung in einem künstlichen Koma. Das Feuer war mittlerweile eingedämmt, auch wenn es ein Bataillon an Feuerwehrleuten gebraucht hatte, dieses gewaltige Inferno zu zähmen, zumal auch der Fichtenwald sehr unter der Hitze zu leiden hatte. Sanders betrachtete die schöne Frau und nickte zaghaft.

»Es geht Ihrem Baby gut«, bestätigte er ihr. Er war wirklich froh, dass diese unheilvolle Anstalt und ihr Besitzer endlich fort waren. Vermutlich würden so einige Menschen diese Tage ein Fest veranstalten. Deshalb würde Sanders auch nicht wegen mutwilliger Zerstörung ermitteln, geschweige denn jemanden verhaften. Es war ein Gasleck nach der offiziellen Lesart. Die E-Mail von einer gewissen Muriel Blake mit dem beweisträchtigen Anhang hatte er allerdings erhalten und zur Kenntnis genommen. Sanders war entsetzt, dass solch unmenschliches Grauen direkt vor seiner Nase praktiziert wurde, es stellte alle seine schlimmsten Befürchtungen in den Schatten. Plötzlich wusste er nicht mehr, wem er noch trauen konnte bei der Garda. Es lag an ihm, das nun herauszufinden. Nach vierzig Jahren als Kriminalbeamter hatte er nie einen solchen Fall bearbeitet. Und jetzt auch noch allein. Verdeckt. Denn die Kontakte, die Doyle sich in der ganzen Welt aufgebaut hatte, mussten ausfindig gemacht werden. Beim heiligen Patrick, er MUSSTE diesem blutigen Geschäft so schnell wie möglich ein Ende machen. Die junge Frau würde ihm da sicher noch behilflich sein. Aber erst, wenn sie sich erholt hatte. Immerhin war das St. Caprice keine Gefahr für niemanden mehr. Die Patienten waren an andere Einrichtungen und Krankenhäuser vermittelt worden. Zu seinem Erstaunen war der Großteil sehr zugänglich und kooperativ gewesen. Nur wenige, grausam zugerichtete Gestalten brauchten ein wenig mehr Feingefühl. Ein Schaudern durchfuhr seinen stämmigen Körper bei der Erinnerung.

»Schlafen Sie sich aus, Ms Kingsley.« Dann verließ Sanders O'Brien das Zimmer. Er wollte geradewegs nach Hause zu seiner Frau, der einzigen Person, der er bedingungsloses Vertrauen schenken konnte, und sie so in den Arm nehmen, wie er es schon lang nicht mehr getan hatte.

5 Monate später

Diana betrachtete gedankenverloren das filigrane Schaumblatt auf ihrem Kaffee. Die Sonne wärmte ihr Gesicht, das mittlerweile ganz verheilt war. Lediglich eine kleine Beule auf den Nasenrücken erinnerte an diesen furchtbaren Tag. Drei Wochen war sie im Krankenhaus geblieben, um die Chemikalien, die sie eingeatmet hatte, aus ihrem Kreislauf zu filtern. Ihr Baby wurde streng überwacht. Es war ein Wunder, dass es überlebt hatte, sagten die Ärzte. Dass sie überlebt hatte. Die Explosion hatte das gesamte Gebäude einstürzen lassen, achtzehn Tage hatten sich Rettungskräfte und freiwillige Helfer zusammengeschlossen, nachdem der Brand gelöscht war, um die Trümmer nach den Leichen zu durchkämmen. Es wurde nichts gefunden, außer Asche und Staub. Diana hatte sich jede Nacht in den Schlaf geweint. Doch heute Morgen war etwas anders gewesen. Als sie aufgestanden war, hatte sie nicht das Gefühl gehabt, gleich wieder umzufallen, sie hatte einen gesunden Appetit gehabt und sogar gelacht, über etwas, das im Fernsehen lief. Als ob ihr jemand einen unsichtbaren Tritt gegeben hätte, hatte sie beschlossen, es leid zu sein, Trübsal zu blasen. Ja, sie würde vermutlich niemals aufhören, sich die Schuld dafür zu geben, Jack verloren zu haben, aber sie würde alles daransetzen, dieses Wunder, das sie in sich trug, zu beschützen und zu genießen. Das Wunder des Lebens. Also griff sie zum Telefon und tätigte einen längst überfälligen Anruf.

Und nun saß sie hier. Auf der Terrasse eines Cafés in der Innenstadt und rührte in ihrem koffeinfreien Getränk, die Hand auf die Wölbung ihres Bauchs gelegt. Als könne sie ihn damit abschirmen, vor den Schrecken dieser Welt. Die tiefe Stimme ihrer Verabredung ertönte hinter ihr.

»Hallo, Diana.« Ihr Vater setzte sich zu ihr an den Tisch. Er sah ein bisschen zögerlich aus, aber in seinen Augen lag eine

Wärme, an die sich nicht mehr erinnern konnte. Sein leicht aufgedunsener Körper, der deutlich schlanker geworden war, kleidete sich in ein feines himmelblaues Hemd, das in eine engsitzende schwarze Jeans gesteckt war. Barron sah gut aus. Gepflegt und ... gesund. Dianas Herz machte einen Hüpfer, als sie ihn so wohlauf sah. Ein paar Dinge mussten geklärt werden, das war ihr klar. Zum Beispiel seine Verbindung zum St. Caprice. Aber sie wollte einen Neuanfang wagen. Mit ihrem Sohn und ihrem Vater. Kein Groll, keine Anfälligkeit schwirrte in ihren Gedanken.

Sie war einfach froh.

»Hi, Dad«, begrüßte sie ihn mit einem zufriedenen Lächeln.

»**M**ama, können wir heute wieder die Bibliothek besuchen?«, fragte Emmet Jackson Kingsley.

»Ja, mein Schatz. Muriel hat bestimmt wieder was Schönes gefunden für dich.« Seine Mama strich ihm die blonden Strähnen aus dem Gesicht. Er wollte sie wachsen lassen, bis sie ihm zum Kinn reichten. Er hatte mal ein Bild von einem Mann in einem Buch entdeckt, der auch eine solche Frisur hatte, und das war ein Held. Seine Mama schaute gedankenverloren zu den Ruinen vor ihnen. Jedes Jahr kamen sie am Todestag seines Papas hier in diesen Wald. Emmet hätte ihn wirklich gern kennengelernt. Ihm gefielen die Ausflüge hierher nicht sonderlich, weil seine Mama dann immer so traurig war. Oft hörte er sie nachts weinen, aber an diesem Tag war es besonders schlimm. Sie wollte Emmet das nicht so zeigen, deswegen machten sie auch oft danach einen Ausflug in den Zoo oder gingen in Opas Eisdiele, den größten, buntesten Becher essen, den die Karte zu bieten hatte, oder sie hatte sich was noch Tolleres ausgedacht. Emmet wünschte, er könnte ihr die Traurigkeit nehmen, so, wie sie es immer bei ihm schaffte, wenn er schlecht geträumt oder Ärger in der Schule hatte. Emmet nahm die Hand seiner Mutter und drückte sie ganz fest. Sie schenkte ihm ihr wunderschönstes Lächeln.

»Ich hab dich lieb, Mama«, flüsterte er leise.

»Und ich dich, Liebling. Mehr als du es dir vorstellen kannst.«

Diana war erfüllt von Glück, als sie ihren klugen, kleinen Jungen betrachtete. Die Ähnlichkeit zu seinem Vater war bemerkenswert. Er lebte in ihm weiter, in seinen grauen Augen. Manchmal übermannte sie die Einsamkeit, aber sie konnte sich bisher auch nicht vorstellen, ihr Leben mit einem anderen Mann zu verbringen, sich neu zu verlieben. Gemeinsam mit ihrem Vater, mit dem sie sich besser als je zuvor verstand, hatte sie eine kleine Eisdiele eröffnet. Sie kümmerte sich hauptsächlich um die Buchhaltung. Es war schön, eine Aufgabe zu haben. Besonders, wenn Emmet in der Schule war, brauchte sie Ablenkung. Im Großen und Ganzen ging es ihr zwar gut, aber … Sie musste mit dem traurigen Kapitel in ihrem Leben abschließen, denn sie ertrug es nicht, wie sich ihr Kummer in den Augen ihres Sohnes widerspiegelte, als er ihre Hand ergriff. Sie musste es hinter sich lassen, daher würden sie von nun an nicht mehr herkommen, entschied sie. Ein letztes Mal betrachtete Diana die moosbewachsenen Trümmer. Dachte ein letztes Mal daran, wie es hätte werden können. Sie begrub ihre Schuldgefühle in der Erde unter ihren Füßen. Spürte die Sonnenstrahlen im Gesicht und ließ sich davon durchströmen. Und nach einem tiefen Atemzug, verließ sie mit ihrem kleinen Prinzen die Grabesstätte, in der von nun an nicht mehr nur die Liebe ihres Lebens lag, sondern auch alles, was ihre Seele im festen Griff umklammert gehalten hatte. Denn sie hatten überlebt, sie beide, dafür würde sie auf ewig dankbar sein.

Ende

Danksagung

An dieser Stelle möchte ich einen herzerweichenden Dank an die Menschen aussprechen, die mich immer unterstützt haben und meinen Traum, Autorin zu werden, ernst genommen haben. Selbst in Momenten, in denen ich am Verzweifeln war und alles in Frage gestellt habe, habt ihr mir Mut gemacht: meine beste Freundin, mein Fels in der Brandung, die mich stets mit kreativen Leckerbissen gefüttert hat. Der Vater meiner Tochter, der immer an mich geglaubt hat. Und natürlich meine Eltern, die schon in meiner Kindheit den Grundstein gesetzt haben, dass kein Traum unerreichbar ist. Und natürlich gebührt auch ein besonderer Dank meiner wundervollen Lektorin, die mich mit ihrer Erfahrung und ihrem freundlichen Wesen durch die letzte aufregende Phase dieses Abenteuers begleitet hat.

Es war eine lange, schwierige Reise bis hierher, die mich viel Zeit und Nerven gekostet hat. Doch es hat auch unheimlichen Spaß gemacht, den Figuren, die mich nun seit Jahren begleitet haben, endlich eine Stimme gegeben zu haben. Es ist mein erstes Werk, aber durchaus nicht mein letztes. Denn die Reise fängt gerade erst so richtig an. Ich lerne stetig Neues und habe noch so einiges mehr, dass ich mit der Welt teilen möchte. Mit all der Liebe in meinem Herzen und voller Vorfreude auf alles, was noch kommen mag, bedanke ich mich auch bei dir, lieber Leser. Denn du bist nun auch ein Teil dieses Wegs geworden. Bis hoffentlich Bald!

Deine Lara-Shamen Cyll